An Introduction to Linguistics

四版

謝國平 著

語言學
概論

三民書局

再版說明

　　本書作者謝國平教授從事相關教職數十年，以自身所累積之豐富學養，搭配專業但平易近人的文筆，完成此一著作。

本書出版後，有幸獲得各界先進賢達諸多好評，並承蒙眾多院校採用為授課教材，本局與有榮焉。然成書至今已超過二十年，既有之印刷品質已顯漫漶，其版面格式亦略嫌陳舊。

藉由此次再版機會，編輯部另行設計規劃嶄新版面，並適度調整圖片品質，期望能提昇讀者之閱讀感受，進而充分吸收本書內容。

增訂新版序

　　本書初版付梓，迄今已十三載，在這漫長的日子裡，一方面收到不少讀者之指正，另一方面書中疏漏之處次第發現，加上十餘年來語言學理論亦不斷地發展，這些因素形成本書修訂的動力。

　　記得在初版序言中說過，「寫概論是一種耐心的工作」。其實修訂一本書所需之耐心也不少。這次內容之增訂，在兩年前開始至今年初定稿，經歷之時間竟與初版全書撰寫之時程相若。進度緩慢之主因在於自己教學課業繁重，另一原因則在於增訂方向及程度之擬定費時。近十幾年來語言學的進展相當快，面對從一九八五年迄今新增的大量文獻，取捨之間就費煞思量了。雖然每一位著者心中總想把書本的內容充實盡致，但概論終究應謹守入門書的本分。在考慮讀者意見、自己教學經驗、語言學發展的新趨向、以及其他相關因素後，決定有限度增訂一些與語言學晚近重要發展有關的課題。這些課題包括音韻學方面的「多層次音韻學」理論、句法學中的「管轄─約束」理論、構詞與音韻互動的「詞彙音韻學」、心理語言學中的「第二語言習得」、以及語言學與語言障礙等；同時，與書中各章節內容相關的疏漏及錯誤，也一併訂正。

　　在初版序中，我感謝了許多人，對這次增訂工作，我還是要向他們表達同樣的謝忱。此外，我更感謝三民書局董事長劉振強先生對本書始終如一的支持；也感謝這些年來來函賜教的讀者，沒有他們的策勵，這次的修訂不會順利完成。

　　最後，在盡力求好之餘，疏漏之處還是渴望方家讀者不吝指正。是所至感。

謝　國　平

謹誌於銀婚紀念日

原　序

　　「概論」是入門性質的書，寫概論是一種耐心的工作。我很久以前就想用中文寫一本語言學概論了，因為最新出版的語言學入門的書，大多數是以英文撰寫，書中例證又大多數以英語或其他非中文的語言為主，對於外文系以外的學生而言，讀起來總覺得不很方便。用中文寫的語言學概論並不是沒有，前輩學者如趙元任教授、董同龢教授等都寫過非常好的入門書。近年來，語言學的研究在臺灣相當蓬勃，卓然有成的語言學家很多。然而，我總覺得，精深的學術研究不少，而用中文寫的入門書卻不多。於是，兩年多以前，我就毅然的提起筆來寫這本概論。

　　開始的時候，我以為只要按照自己在師大英研所授課的綱要去寫就可以了。但是後來發覺行不通，畢竟語言學要比一時一地的一門課（即使也稱為「語言學概論」的課）要廣得多了。所以我重新做了一次廣泛的文獻考察，定下十四個主題，分別作為書中十四個章次討論的內容，在這兩年多的時間裡，慢慢地，耐心地一章一章的寫下去。

　　這十四個課題中，包括與語言有關的一些概念（第一章至第三章），語言學的定義（第四章），語言本身各層次的結構（第五章至第十章），語言在時間上的變化（第十一章），以及語言學的應用（第十二章至第十四章）。當然，內容的選擇方面，一定無法包含所有的課題。比方說，在應用語言學方面，書中並沒有討論人類語言學、計算語言學、語言教學、語言哲學、語言學與文學等課題；在討論方面，語音學、心理語言學的討論佔的篇幅比較多，另外語言規劃則另闢一章來討論，這多少反映個人學術上的興趣。

　　這本書的對象是初學者，因此我盡量以一般的用語來寫，但是仍然免不了引用不少語言學的專門術語。希望這些術語不致於對學生的閱讀構成太大的妨礙。

　　這本書得以寫成，我需要感謝很多人。首先要感謝二十年前師大英語

系教授過語言學科目的教授們，他們是我在語言學方面啟蒙的老師，其次要感謝南加州大學語言學系的師友，以及師大英語系及輔大語言研究所對語言學感興趣的同仁，書中有許多構想是與他們切磋討論的過程中給我啟發的；也要感謝我在師大英研所的學生們，在教他們的過程中，使我領略到教學相長的真義，他們所提的許多問題，也反映在本書好些討論之中。末了，我更要感謝我的妻子以及兒女，在這兩年中，這本書佔去了很多應該屬於陪伴他們的時間，而他們卻毫無怨言的承受下來。十二年前，結婚之初，很想把 John Lyons 寫的 *Chomsky* 一書翻譯出來，十二年後，這本書沒有翻成，但是在妻及兒女協助之下，寫成這本書，實在也很高興。

　　最後，雖然花了兩年多的功夫，也盡力小心去寫，但是疏漏之處一定會有，希望語言學的先進以及對語言感興趣的學者專家們多予賜教。

謝　國　平

謹誌於結婚十二週年紀念日

語言學概論

目次

第六章　音韻學

第九章　語意學

第十章　語用學

第十一章　語言的變化

第十二章　社會語言學

第十三章　心理語言學

第十四章　語言規劃

第十五章　語言學與語言障礙

參考書目　　　　　　　　　　　416

索引　　　　　　　　　　　　　436

第一章 緒論：人類的語言

1-1 語言：人類有別於其他生物的主要特點

我們談到人類與其他生物的差異時，最明顯的一點莫過於人類有語言，而其他生物則沒有。因此，我們往往喜歡說，語言是人類所獨有的行為（或能力）。然而，其他生物真的沒有「語言」嗎？這個問題的答案要看我們對語言所下的定義而定。如我們只把語言當作傳達訊息的方法，那麼其他生物也有其本身的傳訊方法，我們也未嘗不可說其他生物也有「語言」。但是，如果我們只承認目前人類所共有的，主要是以語音做基本組織的單位，利用發音與聽覺做傳達及接收音訊的方式的符號系統，才算是語言的話，那麼，我們也可以說，只有人類才有語言。這兩種看法各有其立場，我們也不必一定說哪種對或哪種錯。一般來說，從所有生物的進化歷程看來，語言的確是現階段所有生物中人類所獨有的傳訊方式。我們並不否認其他生物有傳達訊息的能力，我們只想強調在傳訊能力方面人類遠超過其他的生物。

我們知道很多種生物都有將某種訊息傳達給同類的能力。螞蟻會分泌某種化學物質，在牠走過之處留下蹤跡，以便其他螞蟻追隨。鯨魚會發出相當複雜的音調，以傳達訊息給同類，而這些特定頻率的訊號可以傳得相當遠的距離。其他的動物如蜜蜂可以利用一定的舞動來傳達有關覓食的方向、目的地蜂蜜的多少等訊息。鳥類也有特殊的鳴叫訊號，以傳達諸如求偶、示警、建立勢力範圍等訊息。靈長類動物如猴子、猩猩等，在牠們自然的生活環境中，更是能利用體態及聲音來傳達不少訊息（關於動物的傳訊系統，詳見第三章）。然而，這種種

的傳訊方式及能力，無論在其複雜的程度上，在運用時之彈性變化上，以及在可表達之訊息種類及範圍上，都無法與人類的語言相比。大體而言，就文獻上研究得最多的三種動物傳訊系統來說，蜜蜂的舞動所傳達的訊息通常局限於與覓食有關的範圍。鳥類的鳴叫比較複雜些，可分成「叫」(calls) 與「歌」(songs) 兩種方式，傳達的訊息也比蜜蜂的舞動要廣，但仍相當有限。靈長類的傳訊系統雖然更複雜，但所能傳達的訊息亦限於示警、嚇敵、求偶、求援等二三十種左右。❶

當然，有些受過特別訓練的猩猩，牠們的傳訊能力往往使語言學家很感興趣。語言學文獻記載成就最高的猩猩所使用的系統都是利用視覺符號作基礎的。比方說，經過訓練的猩猩能以手語表達意思，其中甚至有某猩猩會利用手語「說謊」的報導（詳見第三章）。凡此種種，都使語言學家對於「語言是人類所獨有的」的說法稍作保留。有些語言學家觀察這些受過訓練的猩猩的成就以後，甚至對這種說法存疑，認為語言能力並不一定是人類所獨有。❷

然而，無論我們如何對語言下定義，人類的語言仍是遠遠超越所有動物的傳訊能力。即使是受過訓練的猩猩的「語言」，雖然也具有不少人類語言的特性，但最多仍只能說是很原始的形態而已。同時，在身體的結構及生理上，人類亦有一些特點是其他生物所無，或不是輕易做得到的。而這些特點都特別與語言有關而且都不易從純生理功能的觀點去解釋的。比方說，與猿猴及猩猩比較起來，人類的咽喉在頸部的更下方，使喉腔的空間增大，以便發出更多種類的語音。同一部位的結構猩猩等保留了可使吞咽順利而不易阻塞的通道，而人類則發展出以發音為主要取向的通道。從純生理上吞咽的功能看來，人類咽

---

❶　參看 Akmajian 等，1979，第 2 至 4 章。

❷　參看 Atkinson 等，1982，第 1 章。

喉與發音腔道各器官的相對位置並非是最理想的形態。這一點的確是人類比較特別之處，而這特點似乎只與發音及語言有關。❸ 另外，我們知道人類大部分語音都是由肺中呼出的氣流作發音的主要能源的。因此，我們在說話時，勢必多用呼出的空氣。我們平常不說話時呼吸的比例大致是平均的，亦即是呼與吸各半（呼吸的週期每分鐘約 16 次）。但是在說話時，我們會按句子的長短而將呼吸的比例調節，最多可以調節成呼佔 85%，而吸只佔 15%，亦即在一單位時間之內，呼氣要比吸氣的比例多好幾倍，以便說話的進行。這種調節，完全是為說話而設的，並無其他生理上的需要。❹

綜合而言，雖然人類與其他生物都有傳達訊息的能力，但是，從傳訊系統的複雜程度，彈性變化，以及表達訊息的種類的多寡及範圍看來，人類語言確實遠超過其他生物的傳訊系統。同時，人類部分的生理機構與功能亦似乎為語言的發展而作了適度的修飾。因此我們雖然對於「語言是人所獨有」的說法有點保留（當我們看到受過訓練的猩猩的「交談」能力時尤有此感），但是經過上面的簡略說明，我們可以放心的說，語言的確是人類有別於其他生物的主要特點。

1-2　語言的特徵

既然語言在人與其他動物之區別上那麼重要，那麼我們自然應該問一問語言究竟是什麼？如果我們拿這問題去問一般的人，大部分都會說，「語言是人類傳言達意的工具」。這一點都沒錯，但是這種說法沒有說明語言本身是什麼。另一方面，語言學家對語言所下的定義往

---

❸　參看 Atkinson 等，1982, p. 4；及 Miller, 1981, p. 30。
❹　參看 Denes 與 Pinson, 1963, p. 55。

往往會比較注重語言本身的性質。因此，在我們討論文獻上的定義之前，我們先在這一節探討一下語言的特徵。

有關語言的特徵很多人都有不同的看法，但是綜合起來大致不會超過以下十六種 。（參看 Hockett (1960), Hall (1964), Chao (1968), Atkinson 等 (1982), Akmajian 等 (1979)）

㈠聲音——聽覺的傳訊管道 (Vocal-auditory channel)：傳出訊號的人（說話者）以發音腔道發出聲音訊號，而接收訊號的人（聽者）則以他的聽覺器官的功能來接收這些聲音的訊號。

㈡廣播方式的傳訊與定向的接收 (Broadcast transmission and directional reception)：語言的訊號，即聲音，是以廣播的方式向四周各方向傳出的。一如投石於平靜水面所引起的漣漪一般。因此說話者不必一定面對聽者，語言訊號亦可傳達。但是，聽者聽到這些訊號之後通常都可以判定聲音來源的方向。因此，即使聽者背著說話者，通常仍能輕易的判斷出說話者在其後面大致的方位。

㈢迅速消失的訊號 (Rapid fading signals)：語言的訊號是聲音，而聲音以空氣為傳達的媒介，因此語言訊號是以音速傳送。相對的亦是以音速消失。在平常狀態下，音速大約是每秒 1100 英尺（約 340 公尺）。換言之，幾乎在我們開口說話之後，聲音就「消失」了。在一般的說話情況中，說話者一開口，聽者就聽到聲音。而說話者一停口，剛剛說過的話就「消失」了。

㈣可交替性 (Interchangeability)：每一個人都可以做說話者，也可以做聽者。

㈤完全的回輸 (Total feedback)：說話者能聽到他自己所送出的全部語言訊號。這一點對人的語言行為很重要。因為我們通常是一邊說話，一邊同時在監聽自己所說的一切。一旦這條回輸的路線不通例如成年之後因故變聲，或甚至只是延慢很短的時間才聽到自己所說過的

話例如在「延緩語言回輸效應」(delayed speech feedback effect) 的實驗中，我們說起話來就會變得十分不流暢。❺

（六）功能專門化 (Specialization)：語言系統的主要功用是傳達及接收語言訊號，而語言的使用雖然要以身體器官做基礎，但語言卻不負起任何生理上的功用。例如，說話並沒有呼吸或消化的作用。因語言使用而產生的結果也與直接的體能上的機能不同。例如：一個醉漢被酒吧的保鏢一手推出門外。保鏢這種身體上的行為雖然直接產生了使醉漢離開的結果，但我們並不把它視作「溝通」(communication) 的行為。但是如果保鏢說了一句話：「你再不走我就打斷你的腿。」之後而醉漢就離開酒吧。醉漢的行動並不是保鏢的行動（語言）的直接結果（直接的結果是醉漢的聽覺器官接收到這句話的聲響訊號而已）。因此語言的使用具有促起其他行動的效果，但語言本身則不具有直接的機體上的功能。

（七）具有語意 (Semanticity)：語言系統中的詞語具有固定的語意。亦即在語言中的語詞與我們生活環境中的事物或情況有一種固定的相關。例如我們中文把寫字的工具叫做〔ㄅㄧˇ〕，那麼〔ㄅㄧˇ〕這個單字就與這一種用具有了固定的關係，〔ㄅㄧˇ〕這個聲音形態亦有了固定的語意。

（八）任意性 (Arbitrariness)：語言的符號單位，特別是單字，與所表達的事物並沒有必然的關係。比方說，我們稱為〔ㄕㄨˋ〕的東西，英語卻叫〔tri〕。我們叫〔ㄆㄧㄥˊ ㄍㄨㄛˇ〕的東西，英語卻叫〔ˋæpl̩〕。同樣是「房子」，英文是 house，西班牙文叫 casa，日文叫 uchi，法文叫 maison。同樣是狗，英文叫 dog，西班牙文叫 perro。諸如此類的例子很多。關於這方面，最生動有趣是趙元任 (1968)《語言問題》一書

---

❺　參看 Denes 與 Pinson, 1963, p. 66。

中第一講 (p.3) 的講述。因此，語言與所表達的事物的關係大部分是約定俗成，而且是任意的。在這裡，我們說「大部分」是任意，而不說完全是任意的，是因為我們願意稍作保留，因為有些「擬聲字」(onomatopoeic words) 例如「叮噹」等與其代表的「事物」之間的關係並非完全是任意的。不過，擬聲字在任何語言中都是少數的字。

㈨分立性 (Discreteness)：語言系統可以分成幾個部門，而每個部門又可分為可以重複出現及使用的單位。例如：語音是語音部門的單位，詞是句法部門的單位等。

㈩超越時空性 (Displacement)：語言訊號所指的事物不必一定在說話即時情境中出現。例如，我們常常可以談到一些不在我們眼前的人、地、事物。我們面前沒有蘋果，我們卻可以談及蘋果。我們也可以談論孔子、唐太宗等，而這些人物卻是我們從未見過的。

㈠創新性 (Creativity or productivity)：語言系統的規律雖然有限（如主要的句法規則通常是有限的），但我們都可以利用這有限的規則，造出無限多的句子，也因此永遠可以傳達出無數的新訊息。

㈡傳統性 (Traditional or cultural transmission)：語言不是生理上遺傳的而是從已經會使用語言的人那邊學來的。通常是小孩向大人學習。因此語言有其傳統性質，是一代一代的傳習下去的。同時這種特性可使人類的知識累積起來，而且也可以透過別人的或前人的經驗去適應環境而不必每一件事都得經過親身的經驗才能學會。這種特性對人類的生存十分重要。另一方面，如果從現代語言學的觀點，尤其是 Chomsky 的立場去看，語言的傳統性使小孩子能夠將其天生的語言本能透過社會環境的誘發（即四周的人都使用語言），得以在很短的時間內學會使用語言。語言的使用有利於知識的累積，而知識累積的速度則更能促使我們對環境的控制與適應。

㈢型式的二元性 (Duality of Patterning)：語言系統可從兩個層次來

描述。其中之一是物理的層次，語言符號是聲音，聲音是物理的現象，本身是沒有意義的。但在另一層次上，亦即語意解釋系統中，不同型式語言符號的組合都是有意義的。比方說，在英語中，〔æ〕，〔t〕及〔p〕這三個聲音本身沒有意思，但組合成〔tæp〕，〔æpt〕及〔pæt〕三種型式時，每一種型式都具有語意了。因此，在語言系統中符號本身沒有意義，但組合的型式則具有意義。

㈮為不實之言的能力 (Prevarication)：人可以利用語言來作與事實不相符的訊息。比方說，我們可以撒謊，我們可以支吾其說，我們甚至可以說毫無意義的廢話。

㈯反顧的特性 (Reflexiveness)：我們可以用語言來談語言系統。我們可以談論中文的特性、英文的特性等等。但是其他動物的傳訊系統都缺乏此種特徵。蜜蜂無法以舞動的方式來與其他蜜蜂「談論」其舞動的系統。其舞動所傳達的只是與覓食有關的訊息。鳥類也無法以鳴叫方式來「談論」其鳴叫系統。

㈰可學習性 (Learnability)：我們都可能學會母語以外另一種甚至多種語言的能力。這特徵與學習者無關而是語言系統本身的特徵，靈長類動物及蜜蜂通常都只能學會自己種類的傳訊系統。而人可以學會任何別的種族的語言。

以上這些特徵可以說是人類語言最明顯的特徵。當然，我們並沒有意思說以上十六點只有人類語言才具備，其他動物的傳訊系統則沒有。事實上並非如此。大體而言，除了「反顧的特性」以及「為不實之言的能力」這兩種特徵以外，其他各種特徵或多或少也會出現在動物的傳訊系統中，當然，在程度上是無法與人類語言相比的（關於這種特徵與動物傳訊系統的比較的詳細資料，可參看 Akmajian 等，1979，p. 58, 表 5–2）。

1–3　語言的定義

　　我們討論過語言的特徵之後，可以進一步對語言下定義了。有關語言的定義相當多，但是大部分多以 1–2 所討論的特徵為基礎，而且一般說來，這些定義大都大同小異。在眾多的定義中 Chomsky (1957) 的定義是最為獨特，他認為「語言是一組（有限或無限的）句子的集合，其中每一個句子的長度都是有限的，而且每一個句子都是由有限的一組成分所組成的」("From now on I will consider a *language* to be a set (finite or infinite) of sentences, each finite in length and constructed out of a finite set of elements.", Chomsky, 1957, p. 13)。從這定義中我們不難看出 Chomsky 特別強調語言單位的有限性與組合之後的無限「創新性」的對比。

　　除 Chomsky 以外的其他語言學家對語言所下的定義倒並不特別強調語言的「創新性」。以下我們按年代的先後從文獻中簡略的看幾個不同語言學家所下過的定義：

　　Sapir (1921) 在他 *Language* 一書中說 "Language is a purely human and noninstinctive method of communicating ideas, emotions, and desires by means of a system of voluntarily produced symbols. These symbols are, ..., auditory and they are produced by the so-called 'organ of speech.'"（語言是人類表達及溝通其意念、感情及慾望的一種方法，這種方法本身的形式是一個符號系統，而這些符號則是人在自主而有意識的情形下由「發音器官」所發出的聽覺上的訊號）。

　　美國結構學派語言學家 Trager 及 Smith (1942) 說 "A language is a system of articulatory vocal symbols by means of which a social group cooperates."（語言是一群人互相合作而使用的一種任意的聲音符號的

系統)。

W. Nelson Francis (1958) 說 "A language is an arbitrary system of articulated sounds made use by a group of humans as a means of carrying on the affairs of their society." (語言是一群人在處理社會事務所使用的任意的聲音系統)。

De Saussure (1959) 說 "Language is both a social product of the faculty of speech and a collection of necessary conventions that have been adopted by a social body to permit individuals to exercise that faculty." (語言是人類說話功能的社會產品，同時它也是促使人類能使用這種說話功能的一切必須的約定俗成的規則的集合)。De Saussure 把語言看成是社會性的系統，是大家約定的規則的總和，沒有這系統，則無法使用說話的功能。

趙元任 (1968) 說「語言是人跟人互通信息，用發音器官發出來的，成系統的行為方式」。

Alber Cook III (1969) 說 "A language is a system of arbitrary vocal symbols and grammatical signals by means of which the members of a speech community communicate, interact, and transmit their culture." (語言是任意的聲音符號以及語法信號的系統，是一個語言社區中的成員跟其他成員溝通訊息，相處以及傳播其文化所使用的方法)。

Pearson (1977) 說 "Language is a system of human communication based on speech sound as arbitrary symbols." (語言是人類溝通訊息的系統，這系統是以任意的語音符號作基礎的)。

以上這些定義只是文獻中的部分，類似的定義不勝枚舉。當然，我們不可能也不必盡數列舉。從這些定義中 (Chomsky 的除外)，我們發現他們大都提及語言是有系統的，是以聲音為傳訊的符號，是任意 (約定俗成) 的，是人的自主而有意識的行為，以及是與文化有關的

社會行為。由此觀之，這五點可以說是語言最重要的共同要素。在下面幾節中，我們分別進一步討論一些與語言有關的基本問題。而這些問題大部分與這些要素有關。

1–4　語言能力與說話行為

　　一般正常的人每天都說話。每個人至少都會說一種語言。然而，我們說某甲會說英語，某乙會說國語時，我們所指的是什麼？通常我們說某人會說某種語言時，我們的意思是這個人具備一種能力，透過這種能力的運用，他可以用該種語言說話，而且別人也能透過他的話來了解他的意思。這種能力，就是語言能力。當然，這是很廣義的說法。如果我們仔細一點的考慮，我們至少可以獲得下面推論。比方說，會說國語的人都具有以下能力：

　　㈠能分別國語的語音與非國語的語音。這種能力並不是在學校裡老師教的，而是屬於我們語言能力的一部分。而且大多數的人並不察覺這種能力的存在。但是每當我們聽到別人用非國語的語音來代替國語的語音時，這種能力馬上就使我們察覺到發音的錯誤。例如，當說英語的人用英語 /ʃ/ 來代替國語聲母 /ㄒ/，或用 /dʒ/ 來代替國語的 /ㄐ/ 時，我們馬上會發覺不對勁。這兩對聲母最大的分別在於 /ʃ/ 與 /dʒ/ 的唇形撮起而突出，但 /ㄒ/ 及 /ㄐ/ 則是展唇，另外 /ㄒ/ 與 /ㄐ/ 的發音部位要比 /ʃ/ 及 /dʒ/ 為後。

　　㈡知道國語語音組合的型式。例如，我們聽到〔pʰan〕的聲音組合時，我們知道這是國語所許可的組合，用高平調唸出來是"潘"或"攀"，用高降調唸則是"盼"或"叛"等字。但是聽到〔pʰam〕時，我們馬上知道國語根本不可能有這樣的字，因為雙唇聲母不能出現在字尾。

㈢認識相當數目的字與詞。亦即是說，知道某些語音的組合在國語中具有某種語意。而且語言在構詞（單字）層次上具有任意性，因此這種能力更是重要，因為同樣的聲音在不同的語言中有不同的語意。同樣的語意在不同的語言中則由不同的語音來表達。

㈣除了語音、詞彙以外，還有能力判斷句子的合法性，句子的多義、同義性，句子省略部分的語意判斷等。例如，我們如果看到下面的句子，我們馬上知道是不合語法的句子（有關同義性、多義性等更詳細的例子，參看湯廷池，1977, p. 288）。

⑴ *打張三我。

⑵ *飯了我吃。

⑶ *這是一塊大象。

（在不合語法的項目之前打星號﹝*﹞，是語言學文獻上常用的標示法。）

㈤能夠創造出並且了解新的句子，這些句子很可能從來都沒有人說過的。以下的例句⑷很可能從來沒有人說過，但是任何會說國語的人都能了解句意，也不難利用想像力想出這句所描述的情景。

⑷張三手拿一根四節棍坐在一隻長了五條腿和三條尾巴的母老虎背上。

同時，我們還可以造出理論上無限長的句子來，例如：

⑸他吩咐我要用功讀書，要聽父母的話，要早睡早起，要少看連續劇……要少說廢話，要多做運動……

⑹這本書既老，又舊，又貴，又薄，又寫得不好，又難看，又殘破，又……

⑸及⑹可以（在理論上）一直無窮無盡的說下去。

以上這幾點是我們會說國語的人所具備的語言能力。事實上，我們是以這種能力作基礎來與別人交談的。然而，這種能力是無法看見的，能直接觀察到的是我們說話的行為。大部分人總是以為說話行為

就等於語言的能力。其實說話行為與語言能力之間是有一點距離的。

　　大體而言，語言能力是我們內在的知識，而說話行為是實際交談時的表現。 語言學家把我們內在所具有的知識稱為「語言能力」(competence)，而把實際的交談行為稱為「說話行為」(performance)。知識與行為中間常有差距。從理論上說是可能的，在實際行為上不一定做得到。例如以上(5)及(6)是可能的句子，但在實際的生活中，我們不可能無限制的說下去。我們也可以看看下列的句子：

　　　　(7)我看見那個女孩子。

　　　　(8)那個女孩子穿著一件紅外套。

　　　　(9)那件紅外套有兩個口袋。

　　　　(10)那兩個口袋上面繡著兩隻老虎。

　　　　(11)那兩隻老虎的造形很生動。

如句子(7)至(11)所提的女孩子、紅外套、口袋、老虎都指相同的人或物，依國語語法可以透過關係子句的方式組合成以下各句：

　　　　(12)我看見那個穿著一件紅外套的女孩子。(7+8)

　　　　(13)我看見那個穿著一件有兩個口袋的紅外套的女孩子。(7+8+9)

　　　　(14)我看見那個穿著一件有兩個上面繡著兩隻老虎的口袋的紅外套的女孩子。(7+8+9+10)

　　　　(15)我看見那個穿著一件有兩個上面繡著兩隻造形很生動的老虎的口袋的紅外套的女孩子。(7+8+9+10+11)

從理論上說(12)至(15)都是合語法的句子，組合的方法都是按照國語的關係子句構句方式寫成的。我們的語言能力也使我們能了解這些句子的意思。但是在日常生活中我們發現比較起來(12)是最常用的，(13)偶而會聽到有人說，(14)幾乎很少會有人說，(15)可以說是不可能有人說的。我們確實具備說出及了解這些句子的能力，但是當我們把這種能力用在說話的行為時，我們會受種種心理上及生理上的因素所影響。我們無

法說出無限長的句子，因為我們生命是有限的，事實上，太長或是結構太複雜的句子如(15)也不是我們短期記憶所能應付得了。有時候我們精神累了，注意力分散了等等都可影響我們說話的行為。

語言能力是一種複雜的認知系統，是我們說話行為的基礎。這種能力是不自覺的，通常是在我們說話或是判斷我們所聽到的句子合不合語法時才顯示出來的。說話的行為可能受心理、生理等因素的影響，但語言能力則不然。說話的行為變化很大，語言能力，尤其是我們的語法，卻是固定的。因此語言學研究的主要是有系統的語言能力（亦即我們所共有的知識）。

1–5　語法

從以上 1–4 節的描述，我們可知每個語言都有一定的規律。語音有語音的組合規律，語詞也有語詞的組合規律。我們學習一種語言時，我們學會這種語言的語音，以這些語音組成的單字，以及將這些單字組成句子的規律。這些組成語言的基本單位（語音、語詞等）以及各種規律（包括語音規律、構詞及造句的規律）的總和就是這語言的「語法」(grammar)。因此「語法」是我們說話的依據，亦代表我們的語言能力。

每個會說某種語言的人都會這種語言的語法。語言學家要描述一種語言時，他們所做的也就是描述存在於會說這種語言的人腦子裡的這種內在能力。這種能力，亦即是語法，很可能在個別的說話者之間會有稍許不同，但大體而言，在說同一種語言的人之間，絕大部分的語法規則是一樣的（注意這是廣義的語法，包括語音，構詞，造句以及一切與交談有關的法則）。如果不是這樣，人與人之間就無法用語言來溝通與交談了。因此，語言學家對某種語法的描述可以說是對所有

會說這種語言的人共有的語言能力的描述，也可以說是對這種語言的描述。這種描述稱為「描述性的語法」(descriptive grammar)。

從上面的討論看來，「語法」有兩種：(1)是指存在於說話者內心的語法規則系統，(2)是指語言學家對這個內在的「共同意識」的描述。這是自古以來的體認。遠在二千多年前，希臘語法學家 Dionysius Thrax (170～90 B.C.) 就將語法知識分成四種，其中包括類似「說話者內在的語法」與「語言學家對語法的描述」的分別（參看 Dineen (1967), Fromkin & Rodman (1978)）。近年來語言學家認為既然「描述性的語法」是對「說話者內在的語法」的描述，我們就可以把二者視為一體。因此，語言學家可以利用說話者本身的「語感」(intuition) 來衡量他們所寫的語法的正確性。如果寫下來的語法中的規律與說話者本身「語感」相反時，就表示這些規則不對。也就是基於這種觀念，近二十多年來語言學家認為對語法的描述，也就是對語言能力的一種描述。對於語法的了解亦將有助於我們對人類語言能力以及人的心智的了解。

另外，我們還指出，有些語法學家常持有「語文純正派」(purist) 的看法，覺得語言的改變是代表語言的「退化」或「墮落」的現象。因此他們所寫的語法常定下很多所謂正確的用法。這些用法大部分也是對的，但也常有不能反映實際說法的規則。這種語法目的並非描述及反映說某種語言的人所使用的規律，而只是想要定下些正確的用法(有些只是想當然耳的規則而已。比方說，在很多學校英文文法書中對於 who/whom, shall/will, ain't 等的用法，everyone/everybody 的數目等的規定，都不能反映當代說英語的人的實際說法) 來規範語法的規律。這種語法稱為「規範性的語法」(prescriptive grammar)。規範性語法最常見的例子是學校所教授的文法。在西方的教育系統中這是很悠久的傳統。在中國的國語文教學上，並不特別列有文法的課本及課程，因此一般而言，中國學生對規範性的語法的印象並不深刻。

1–6 口語與文字

　　語言能力與說話的行為既是兩回事，因此「語言」(language) 與「說話」(speech) 也是兩回事。在本書中「語言」與「語言能力」，「說話」與「說話行為」大體而言是互相通用的，不再細分。

　　語言是我們內在的能力，形之於外則有兩種形式，一是口語 (oral speech)，一是文字 (writing)。從語言演化的觀點來看，口語是語言比較基本而主要的表達方式，而文字則是次要的。當然，人類語言發展到現階段，有一個很重要的特性，那就是傳訊的媒體有聲音／聽覺與文字／視覺兩種方式，而這兩種方式可以相當自由的交換。也就是說文字也可以是語言的適當的表示方式了。那麼，為什麼幾乎所有現代談語言學的書都特別強調「口語為主，文字為次」的觀念呢！歸納起來大致有以下幾種原因：

　　㈠語言學家很想改變一般傳統文法及語言教學特別重視文字以及文學傳統教學的偏見，促使一般人對口語以及通俗用語認識。使他們了解口語是我們語言能力更基本的表達方式。

　　㈡從演化的歷史看來，口語先於文字是不容置疑的。今天在世界上數千種語言中（有些語言學家認為有一千多種，也有的認為大約有五千種），有書寫文字的語言只有數百，而其他大部分的語言都沒有文字。而且，即使是今天，在有文字的社會及國家中，還是有很多不識字的人。世界上一百多個國家中，只有一個國家（冰島）聲稱有 100% 的識字率。然而，即使不識字的人，也能隨心所欲的使用口語來交談及溝通意見。

　　㈢對拼音文字而言，口語在結構上是比較基本的。因為語音的組合是有規律而可以預測的，但字母的組合卻無法從字母本身的外形來

預測（並非圓形配圓形，方形配方形）。字母的組合，完全是按語音的組合規律而定，字母僅代表聲音。因此，口語是基本，文字（表音的字母組合）是次要。但是對於非拼音文字（如漢語）而言，這種結構上語音與文字的基本與次要關係是不存在的，因為漢字並不直接表音。當然，即使在漢語中，口語在歷史演化上仍是比文字為優先的。

　　㈣從使用的功能看來，口語使用的範圍要比文字使用的範圍大，口語使用的目的也遠比文字為多。在我們日常生活中，大部分的活動都是以口語為溝通的方式。甚至在教學的過程中，我們大部分時間是用口語來解釋以文字寫成的教科書內容。同時，如果一個人不識字，不能用文字來表達自己，別人不會覺得他本身（身體及心理方面）有什麼毛病，但是如果一個人不能很順利的用口語來表達自己的話，別人多少會懷疑他（身心某方面）是否有毛病。因此，從功能上看來，口語確是比較基本。

　　㈤從生理及生物演化過程看來，人類似乎也預設有處理及發出口語的能力。雖然我們常說人的發音器官主要的功能並不為說話而設的，但是人也確實有些器官上的功能很難以純生理學的觀點來解釋的（如說話時，呼與吸比率的調整，咽喉的位置，參看 1–1）。與其他生物比較起來，人類的發音器官也比較適宜發更多的語音。人類大腦功能偏向的現象 (lateralization of brain function) 使一般人的左腦對語言訊號以及語音的處理能力較右腦為優。凡此種種都可使我們推想在現階段的演化過程中，聲音的確是比視覺符號的文字更為基本的表達語言能力的媒體。

　　因此，近代語言學的研究是以口語為主要對象。以下各章所討論的問題，尤其是關於語言本身的結構的描述，都是以語言的基本表達方式——口語為主。

1-7　有關語言的兩點觀點

　　語言是人內在的一種能力。語言學家相信沒有任何語言比任何其他語言為優異。人類語言發展的過程是一致的，因此今天現代文明國家所用的語言如國語、英語等與落後地區原始部落的人所使用的語言無論在性質及結構的複雜程度上都是在人類演化史上同一階段的發展結果。說英語或中國話的人所能表達的思想及感情，說任何其他語言的人透過他們自己的語言也都可以表達出來。對任何人來說，他們自己的語言就是他們之間溝通思想最有效的工具。所以，就從語言本身而言，並沒有所謂進步的語言與原始（或落後）的語言的區別。

　　另外，我們相信在同一語言社區 (speech community) 中，大部分人所說的語言是相同的。當然，我們知道，這只是一種信念而已。在比較大的語區裡，我們總可以發現不只一種的說話方式，這些可以明顯地辨認出來的不同方式叫「方言」(dialect)。每一種方言也總是有相當數目的人在使用。事實上，從比較極端的角度看來，每個人所說的話都不完全一樣，可以說是每個人都說他自己的「個人語」(idiolect)。因此完全一致的語言區，亦即每一個人說話的方式都完全一樣的區域，理論上是不存在的。但是，從能否相互溝通的觀點看來，在同一語言區的人所使用的語言也的確可以看作是相同的。而語言學所研究的是語言或方言，而非「個人語」。

1-8　為什麼要研究語言？

　　我們每天都使用語言，語言在我們日常生活中就幾乎像呼吸或走路一樣的自然。大部分時間我們都是習而不察的，使用語言就像是呼

吸一樣理所當然的事。也有很多人會認為語言是很簡單的事，我們通常也不需要父母刻意的教導，在四、五歲左右大都會說自己的母語了。但是，語言其實並非簡單的事。我們只要學習任何一種母語以外的語言就可以體會出語言的複雜性了。那麼，我們僅是為了語言的複雜性而去研究它嗎？

對 Chomsky 而言，語言是反映心智 (mind) 的鏡子，因此對語言作詳細的研究可以幫助我們了解心智如何使用及處理語言。 Chomsky 說：「有好幾個問題促使人從事語言的研究，在我個人來說，透過語言研究可能明瞭人類心智的內在特性，這是我十分感興趣的。」("There are a number of questions that might lead one to undertake a study of language. Personally, I am primarily intrigued by the possibility of learning something, from the study of language, that will bring to light inherent properties of the human mind.") 因此，語言的研究亦是以了解人類的心智為理想的最終目標。這種想法可說是近三十年來語言學的主流。

從實用的層面去看，語言研究可以對母語、第二語言，或外語教學方面有貢獻。我們對語言結構的了解及分析對語言教學的理論、教學方法以及教材設計都有幫助。在日常生活中，語言研究與通訊器材的使用與發展，資訊及資料處理，文獻的整理以及各種語言符號或使用法標準的訂定與規範等等都息息相關。

所以語言不只是因為本身是個複雜的系統，值得我們為滿足我們的求知慾而去研究。同時，在學理上我們希望能透過語言的研究更了解我們的心智；在實用上我們希望對語言作更精確的了解，從而將這些研究的結果，應用到日常生活與語文有關的各方面去。

複 習 問 題

1. 除語言以外，你能舉出任何其他特點（包括行為或能力）是人類所獨有的嗎？如果你能舉出這些特點，能否解釋其為人類所獨有的理由？

2. 在 1–2 節所提的十六種特徵中，有哪幾種為其他動物傳訊系統所無者？試解釋之。

3. 本章所列之「語言」定義中，你覺得哪一種最完善？為什麼？

4. 比照 1–4 節中例句(1)～(15)的方式，舉出一些例子，說明合語法的句子不見得是日常生活中常說的句了。（除關係了句以外，試亦舉出其他結構的句子。）

5. 本章所述文字與口語的關係，你同意嗎？如不同意，試說明你的理由。

6. 語言本身是否有「進步」與「落後」之別？試說明之。

7. 除 1–8 節所列之理由外，你能否想到別的研究語言的理由？

第二章 語言的起源

　　自從人類會說話以來，人對於與語言有關的問題的興趣就一直存在。很自然地語言的起源也一直是人覺得好奇的問題。人當初是如何發展出語言來作為傳訊的方式，因為年代久遠，早已無法獲得直接的證據了。在有文字之前，我們沒有關於語言的任何記錄，但是即使是最早的文字也只有幾千年的歷史而已，而人類生存於地球上最少有一百萬年以上。❶況且，即使文字記錄對我們探究語言的起源有幫助，但這種功用也不會很大，因為語言是以口語表達為主，書寫文字為次要表達方式，從最早期的原始口語至文字發明之間時間上的差距是很大的，亦即是說，在人類最初會用文字之時，他的說話能力早已是相當完備而不是原始的形態了。因此即使是最早期的書寫文字，也是相當「進步」的語言的記錄了。

　　在人想要了解語言的起源過程中，最令學者專家感到洩氣的是這種研究總是缺乏直接而有力的證據。因此從文獻的考查，我們可以發現有些時候學者們對這問題感到很灰心。Fromkin 及 Rodman (1978) 指出在 1886 年巴黎語言學會 (Linguistic Society of Paris) 通過決議，視討論語言起源的論文為「不合法規」。1911 年倫敦哲學學會 (Philosophical Society of London) 的會長 Alexander Elliss 亦支持類似的「禁令」，亦認為探討一種語言的歷史發展過程要比猜測所有語言的起源更為有意義。但是這些所謂的「禁令」以及因研究時所遭遇的挫折感並沒有使人對這問題的興趣消失，認為語言起源的研究是相當重要的還是大有人在。兩百多年前 Lord Monboddo 就認為研究語言的起源不僅本身是

---

❶　參看 Fromkin 與 Rodman, 1978，第 1 章。

有意義的，同時對於人類在發明語言以前的原始情況以及原始人性的了解也十分重要。語言學家 Otto Jesperson 亦認為語言學家亦無法避免討論語言起源的問題。❷我們很了解，在目前的階段，想要明白語言的起源是不可能的事。而且也許在很遙遠的將來我們還是無法達成這種願望。但是，如果 Chomsky 的想法（見 1–8）是對的話，語言與心智的關係既然是十分密切，那麼語言的起源與人類心智的發展過程也是有很大關聯的事。事實上語言的起源與語言的特質亦很有關係。因此，長久以來學者專家對這問題的興趣一直不斷，的確是不難理解的事。

對於語言的起源，大致有兩種看法：㈠語言是神所賜的；㈡語言是人類自己發展的結果（自創語言或是模仿自然）。以下我們簡略的研討這兩種不同的看法。

2–1　語言是神所賜的？

基於宗教信仰來解釋語言的起源是很普遍的現象。這種情形亦不僅限於語言，對於無法或是難以探討的事，以宗教信仰來解釋在人的歷史上是很自然的事，人的起源如是，世界宇宙的起源如是，語言的起源亦不例外。因為這種解釋最基本只需要信仰，而不特別需要證據的。所以，一般而言，我們也無法證明或是推翻這些理論。

關於語言之始，各種宗教的看法都有不少相似之點。根據基督教的信仰，在《舊約·創世記》第二章第 19 節中記載說神創造人（亞當）之後，將萬物引到他跟前，讓他命名，凡是亞當所取的名字，就成了這種生物的名字。而且在神造了女人之後，女人的名字也是亞當所取

---

❷　參看 Fromkin 與 Rodman, 1978，第 1 章。

的。據 Fromkin 與 Rodman (1978) 的討論，埃及人相信語言的創造者是名叫 Thoth 的神。巴比倫人相信語言是由名叫 Nabû 的神所賜。印度教徒也相信人的語言是一位女神所賦予的，Brahma （梵天）是宇宙的創造者，他的妻子 Sarasvati 把語言賜給人。

在宗教上語言視為由神所賜，不僅是信徒的信仰，同時亦常反映在宗教的禮儀上。一直到二十世紀的 60 年代之前，天主教的彌撒中都只能用拉丁文。梵文 (Sanskrit) 是 Vedic 及 Classical Indic 的總稱。Vedic 大約是西元前 1500 至 800 年左右所說的，而 Classical Indic 大約是西元前 800 至西元 300 年左右的語言。但是西元前五世紀前的印度教徒相信禱告及禮儀只能用 Vedic 梵文的發音。因此引發了相當重要的語言研究（梵文研究在東西語言研究史上有很重要的地位）。回教徒相信《可蘭經》只能用阿拉伯文來唸。猶太教的禱文也只用希伯來語來唸。中國人所誦之佛經中，很多專用名稱都是梵文的音譯。

在「語言乃神所賜」的看法下，語言起源應該是沒有問題的事了。但是，現在世界上語言種類繁多，究竟哪一種才是最原始的一種？為什麼會分成那麼多種？這些相關的問題，在歷史上也有各種不同的答案。據云埃及法老 Psammetichus (664～610 B.C.) 曾經以實驗的方式來決定哪種語言是最原始的語言。他下令將兩個嬰兒分別放置於兩間山上的小屋中，各由一僕人照料，而僕人不得對嬰兒說任何的話，違反則處以極刑。他認為在完全沒有語言的環境下，小孩定會發展出最原始的語言來，因此亦可揭示出語言的起源。據說小孩們說出的第一個字是 bekos，查證於學者的結果 bekos 是腓利基亞語 (Phrygian) 的「麵包」一字。因此 Psammetichus 認為腓利基亞語是最原始的語言。

蘇格蘭王 James 四世 (1473～1513) 據說亦做過類似的實驗，其結果發現希伯來語是人類原始的語言。德國學者 J. G. Becanus (1518～1572) 認為神所賜予人類的語言一定是最完美的，而德語是最完美的

語言，因此德語是神所賜之語。 Joseph Elkin 在他所著的書 *The Evolution of the Chinese Language* 中認為中國話是人類原始之語言。當然，《聖經》在〈創世記〉第十一章第 1 節中亦說世界上原本只有一種語言，但是並沒有說是哪一種語言。

至於當今為什麼有這麼多種語言這問題，最為人所熟悉的說法莫過於巴貝耳塔 (Tower of Babel) 的故事了。根據《聖經》的說法，人本來只有一種語言，因為想修築一塔以達天庭，神就將人的語言混亂，於是產生了各種不同的語言。Babel 之本意就是 "Confusion"（混亂）。

當然根據宗教上的看法，是人的語言分化混亂之後，人才散佈到各地去。但是從語言發展史的研究看來，大部分語言的分化是因地域阻隔之後，而各地居民不相交往才慢慢地分成不同的方言及語言的。而且人類的原始語言 (Proto-language) 也許也不只一種。假如人類最先是在地球上一個地方出現，然後才分散到各地，那麼我們只有一種原始語言，而所有語言都是由這語言演變而來。但是如果人類最先是在地球上好幾個地方同時出現的話，那麼也許我們可以有不只一種原始的語言了。概括而言，語言乃神所賜的看法是宗教的信念，我們無法證明或是推翻這種理論。

2-2　語言是人類發展的結果？

雖然我們在前面說過，關於語言起源的研究，我們缺乏直接的證據，但是間接的證據還是有的。例如：(1)小孩子語言習得的過程；(2)比較原始的部落社會的語言；(3)語言的歷史演變（尤其是有記錄的文獻）；(4)發生語障（尤其是失語症）的病人。這幾種「證據」其實都不很理想：比方說，(1)小孩習得語言時，他四周已經有一個成人的社會及語言，而這語言已是很複雜的現代語言了。這與最原始的人類從無

到有的發展出語言是不同的；⑵現今原始部落的語言在進化的歷史上
與任何文明國家的語言一樣，在結構上是相當進步而複雜的語言，不
是人類最早的原始語言；⑶文獻的記錄只有幾千年的歷史，而人的語
言的歷史遠超過文獻的歷史；⑷失語症病人重學語言的過程是否真的
能反映人類發展語言的經過還是無法肯定。然而，這幾方面的「證據」
雖是不理想，卻也是我們所僅能獲得的線索。而且這些線索亦多少可
以提供我們一些資料作為合理推測的基礎，例如，小孩學說話時最先
學會的語音及音節形態以及「單字句」(one-word utterance) 與其他兒童
語言中早期的簡化句法結構等，多少可以幫助我們推測原始語言發展
的情形，又當今原始部落的語言亦可顯示出語言與原始生活需要之間
的關係（尤其是詞彙方面）；文獻的記錄，尤其是拼音的文字更可提供
比較可靠的記錄。根據這些「證據」，不同的學者提出過不同的理論來
解釋語言的起源，以下我們簡略的討論這些理論。這些理論大都強調
語言是人為了適應環境而發展出來的。

2-2-1 模仿聲音理論

這種理論認為語言是由人類對自然界的聲音模仿而起的，文獻上
因此稱為 bow-wow theory。贊成這種想法的人常舉出任何語言都有不
少「擬聲字」(onomatopoeic words) 作為支持的理由。但是這種說法最
多只能解釋原始語言中的部分語詞，以及原始人從呼叫的傳訊方式到
使用語音符號的部分過程，卻無法解釋語言起源的詳細過程。同時，
這種說法也無法解釋人是如何發展出語音結構，特別是為什麼同樣的
一種自然聲音，不同的語言模仿的方式會有不同，例如同樣是狗吠，
在英文是 "bow-wow"〔bauwau〕，在中文卻是 "汪汪"〔waŋ waŋ〕。

2-2-2 情緒呼叫理論

　　這種理論（亦稱為 pooh-pooh theory）認為語言起源於人類直覺情緒的喊叫，例如表示痛苦或快樂的叫聲。因此人類初期的語言都是表示情緒狀態的一些叫聲以及簡單的呼號。但是這種說法只能提示人類發展語言時所使用過的部分素材，卻無法解釋語言起源的過程，也無法說明語言的發音特色。特別是從情緒性的呼號至語音呼號中間的差距更是無法交代。

2-2-3　合作勞動理論

　　這種理論 （亦稱為 yo-he-ho theory） 是由一位十九世紀的學者 Noiré 所指出。他認為語言起源於初民的合作勞動。例如合力移動大石頭或抬動樹幹等重物。我們都知道在使用大量體力時，我們必須將大量空氣鎖緊在肺部（以緊閉聲帶的方式），如此我們胸腔上的肌肉收縮時才能獲得足夠的支持。當我們放鬆而休息時，咽喉張開，肺中的空氣因而逸出，因而會發出勞動時常有的低沉的咕嚕聲。由於聲門這一合一張之間所發的聲音含有子音與母音的發音特性。這類發音很可能在群體合作的勞動時發展成為帶有「用力舉起」、「休息」、「抬起」等語意的字。這種理論有兩種好處：(1)對語言之「母音—子音」語音結構起源提供一種可能的解釋；(2)共同合作的情況為語言起源提供適當的動機，同時亦可推測最原始的語句大都是祈使句。但這理論所假設的社會合作情況過於進步，亦即是說語言的發展在人類能從事上述的合作勞動之前。當然，另一個可能性是最早期的語句是與強烈的手臂的動作同時發出，但是這些語句不是合作勞動時說的而是在一個人從事粗重體力勞動而求助於別人時所用的。

2-2-4　手勢理論

　　這種理論（亦稱為 the gesture theory）認為語言源於手勢，而手勢

發展先於口語。支持這種說法的人指出很多動物會使用相當多種的姿態來傳訊，而且很多落後的原始部族的人亦有相當複雜的手勢來傳達意見。最常舉的例子是北美印第安人不同部落之間所賴以傳訊的手語。這種手語是一種很精密的符號系統。這種理論雖然能說明手勢在溝通及語言中的重要性，但卻無法證明手勢先於口語的必然性。事實上，當我們考慮手勢與發聲相比時，聲音所具備的優點，我們最低限度也可以假設手勢與聲音可能是同時發生的。比方說，使用聲音表意時，手可同時做其他的事，用手勢表意時，手就不能作二用；在示意的雙方不是面對對方時，或是雙方之間有物相隔時，或是處在黑夜時，手勢不可用，但聲音仍可以用。這些情況往往在原始人的生活中是很重要的，例如，當某一原始人手拿武器與野獸搏鬥，想要向同伴求援之時，用手勢傳訊是不可想像的事。因此，雖然我們並不否認手勢的重要，但是實際的情形可能是，在發展的過程中，手勢與口語同時發生。在人學會使用工具之後，再加上聲音優於手勢的種種情形下，口語遂逐漸變成主要的傳訊方式。

另一種相關的說法叫「口舌姿勢理論」(mouth gesture theory)，這種看法認為原始人開始以手勢交談，但在打手勢的同時嘴巴、舌頭、唇等不自覺地模仿手勢在動。後來人的手及眼要做的事愈來愈多無法「分出手來」打手勢時，口舌唇的「手勢」仍可繼續。同時人也發現在口舌等動作時送出之氣流可以發出類似「耳語」的聲音，如果他同時吼叫或咕嚕，還會發出聲帶振動的響亮聲音來。口語由是逐步發展出來。這種說法的好處是可以解釋語音在口語中的起源，事實上我們有時候工作時嘴舌等亦會同時動作的；例如有人在用剪刀時下巴也會像剪刀一樣的張合，很多人寫字時，嘴亦不自覺的在動。然而，因為唇口舌等的動作並不如手勢精確，因此我們只要想像力豐富，亦不難把口舌等的任何小動作與任何手勢聯想在一起，這種推想易流於武斷。

這也是這種理論的缺點。

　　在以上 2–2–1～2–2–4 這四種理論以外，在文獻上常提到的還有 Otto Jesperson 的「音樂理論」(musical theory) 及 G. Révész 的「接觸理論」(contact theory)。前者認為語言起源於表意的樂聲與歌唱，如求偶時情緒之表達。後者認為語言起源於人直覺上想與其他人接觸的渴望，因此語言發展的過程是：「表示意欲接觸（聯繫）的聲音→在一般四周環境的呼叫（如求偶）→對其他人的呼叫→詞語」。當然在這些理論以外，還可能有其他的看法，以上這幾種看法都把語言看作人類為應付其生活需要所發展的傳訊方式。我們亦明白這些理論中，沒有一種是全對的。事實上，對於語言的發展，在有文字記錄之後的歷程我們才比較肯定，在此以前的，都是不同程度的猜測。以上幾種理論，充其量也是比較合理的猜測而已。

———————— 複 習 問 題 ————————

1. 除 2-1 節所提之外，你能提出一些其他宗教對語言起源所持的看法嗎？

2. 在 2-2 節所提之理論中，你認為哪種最好？為什麼？

第三章　動物的傳訊能力

　　語言除了是人的一種內在能力以外，本身也是一種傳訊系統。研究動物傳訊的能力及系統有助於我們了解人類自己的語言。誠然，我們知道在人類語言與動物傳訊能力之間的差距是相當大的，但是這種差距並不表示兩者之間毫無相同之點。兩者之間的差距顯示在演化歷程上人類在認知與高層次精神力量方面的領先，但相同之點則顯示出有效率的傳訊系統中的重要因素。

　　自然界中很多動物都有傳訊的方式，但文獻中研究得最多而且可以與語言比較的是蜜蜂的舞動、鳥的鳴叫，以及靈長類的傳訊系統。

3-1　蜜蜂的傳訊系統

　　養蜂的人通常會注意到一些有趣的現象，比方說在某處花蜜或花粉來源發現有一隻蜜蜂時，不多久就可發現同一蜂房的其他蜜蜂，而且同一蜂房的大部分蜜蜂採蜜的來源可能與另一蜂房的大多數蜜蜂採蜜的來源不同。因為蜜蜂具有這種能力，使養蜂人士能相當有信心的說他養的蜂所產的是某種花蜜或花粉為基礎的蜂蜜。蜜蜂這種採蜜的方式也使我們聯想到，這可能是蜜蜂具有傳訊能力的結果。

　　Karl von Frisch (1967) 曾經對蜜蜂（特別是歐洲蜜蜂）的傳訊行為做過相當詳盡的研究。❶他發現當蜜蜂發現一處分量豐富的花蜜來源

---

❶　本章中有關蜜蜂、鳥類以及靈長類動物傳訊的研究，均以 Akmajian 等 (1979), Fromkin 與 Rodman (1978), Miller (1981), Atkinson 等 (1982), Brown 等 (1973) 為依據。其中原始資料亦以上述各項之評述為準。例如 von Frisch 的研究是以上述各書的評述為基本依據的綜合討論。

時，牠能夠以相當複雜的方式通知與牠同一蜂房的其他蜜蜂。信息的內容包括花蜜來源的距離、方向以及食物的種類。傳訊的方式是以不同的動向在蜂房的垂直表面上舞動。按照花蜜來源的距離，分成基本上兩種舞動的形式。如果花蜜來源是在 10 公尺以內，使用的是圓形舞動 (Round dance)，如花蜜來源在 100 公尺以外，使用的是搖尾舞動 (tail-wagging dance)。這種舞動的行為能力基本上是天生的。

3-1-1　圓形舞動

圓形舞動的形態是蜜蜂先以一方向以圓周形舞動，然後以反方向再舞動一圓周。這種動態可重複好幾次（見圖 3-1，Adapted from Akmajian 等，1979, p. 10）。

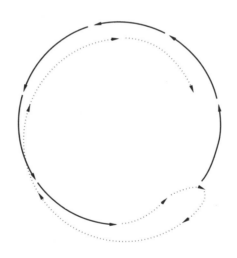

圖 3-1　圓形舞動的形態

同時在舞動的過程中，蜜蜂會將採到的花蜜讓其他蜜蜂嚐試。舞動形式本身顯示花蜜來源在附近，通常在 10 公尺以內。動作強烈的程度（速度及舞動時間的長短）顯示花蜜分量的多少。而在舞動的蜜蜂

身上沾有的氣味顯示花蜜的種類。當然，我們可以問這種舞動真的有傳訊功能嗎？據觀察的結果，蜜蜂不會在空的蜂房上進行舞動。顯示這不是一種僅是飛回蜂房後的自動反應，必須有其他蜜蜂在蜂房方能引起這種舞動，因此可以顯示這種舞動是有傳訊的性質的。同時 von Frisch 也以實驗方式證明過，圓形舞動的確能將花蜜來源、分量等訊息傳給其他蜜蜂，而圓形舞動最主要的功用是召集更多的同伴來採蜜。

3-1-2　搖尾舞動

搖尾舞動又稱為「8 字形舞動」，形態如圖 3-2 所示（Adapted from Akmajian 等，1979, p. 12），大致由兩個半圓組成，而由中央直線方向

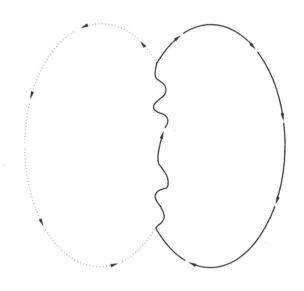

圖 3-2　搖尾舞動的形態

分開，在中央直線方向舞動時，蜜蜂同時會搖尾。在溫和的日子，蜜蜂會在蜂房的水平面上做這種舞動，而 8 字形中之直線動向直接對準

花蜜來源。其他的時候，舞動是在蜂房的垂直面進行。蜂房垂直面之垂直線與舞動形態中央直線表示花蜜來源方向。如圖 3–3 所示，如花蜜來源在蜂房朝太陽的方向，舞動的中央直線與蜂房垂直平面之垂線（即地心引力的垂線）吻合而舞動的方向朝上，如圖 3–3A 所示，如花蜜方向在蜂房背太陽之方向，亦即要背著太陽而飛行時，舞動的中央直線與垂線吻合而舞動的方向朝下，如圖 3–3C 所示（Adapted from Akmajian 等，1979, p. 13）。如花蜜在蜂房左邊朝太陽方向 80°，舞動的中央直線與蜂房垂直平面之垂直線（3–3B 之虛線）向左成 80° 角，舞動的方向朝上，如圖 3–3B 所示。在中央直線搖尾舞動的時間與相伴的嗡嗡聲表示花蜜來源的距離，而在中央直線時搖尾的強烈程度則表示花蜜的質量（參看 Atkinson 等 (1982)）。

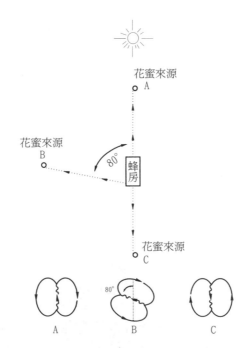

圖 3–3 A、B、C 分別為實驗之三處花蜜來源。
圖下方是三種相對應的舞動形式

　　蜜蜂可以用搖尾舞動，將 100 公尺以上最遠達 11 公里（在實驗情況中，參看 Akmajian 等 (1979)）的花蜜來源的方向及距離等訊息傳達給其他的蜜蜂。所傳達的訊息的正確性經實驗證明相當高。同時更有趣的現象是蜜蜂的舞動類似人的語言，也有「方言」的不同。據研究報導義大利蜜蜂與奧國黑蜜蜂的舞動就略有差異。食物在 10 公尺左右的範圍，兩者都以圓形舞動傳訊，在 10 至 100 公尺以內時義大利蜜蜂進行一種「鐮刀形舞動」(Sickle dance)，這是奧國黑蜜蜂所沒有的。這種舞動類似一個寫成半圓形的扁平 8 字，其中心對準花蜜來源的方向，如圖 3–4（Adapted from Akmajian 等，1979, p. 18）。但食物來源在 100 公尺以外時，義大利蜜蜂和奧國黑蜜蜂一樣進行搖尾舞動，唯一不同的地方是舞動的節拍比奧國黑蜜蜂慢（搖尾舞動的節拍愈慢，表示食物來源愈遠。參看 Akmajian 等 (1979)）。因此當這兩種蜜蜂一起養時，如果一隻奧國黑蜜蜂對一隻義大利蜜蜂的搖尾舞動有所反應時，往往會飛到比食物來源實際處所更遠的地方。

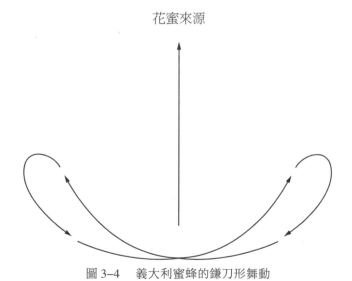

花蜜來源

圖 3–4　義大利蜜蜂的鐮刀形舞動

3-2 鳥類的傳訊系統

鳥類傳訊方式文獻上研究最多的是鳴叫的方式。我們知道鳥類亦能以視覺方式示意，例如求偶時的舞蹈，但是關於這些視覺傳訊方式研究並不夠廣泛，因此我們只討論聽覺的傳訊。一般說來，鳥類的鳴叫可以分為比較簡單的「叫」(calls) 與比較複雜的「歌」(songs)。在傳訊方面「叫」與「歌」形態各有不同，功能亦各有所司。鳥類的「叫」在聲音的形態上是比較簡單，通常只是單音，或是很短的單音串連。大致上與飛行、特殊示警、歡喜、求救、防衛領域、餵食、群集、攻擊、一般示警等作用及活動有關。大體上，鳥類的「叫」聲系統是由個別而分立的聲音組成而具有一定範圍的功能。

至於「歌」的形態，比「叫」複雜，通常由雄性鳥類使用，以建立領域以及在交配期吸引異性。有些鳥類使用不同的「歌」來傳達這兩種不同的功能。「歌」的形態結構比較複雜，大多數鳥類只是雄性使用，有些鳥類卻發展相當複雜的「對唱」（由雌雄鳥分別使用；關於對唱的複雜情形的舉例，參看 Akmajian 等，1979, pp. 25–26）。

像蜜蜂的舞蹈一樣，鳥類的「叫」與「歌」也有不同的「方言」。通常「歌」的方言要比「叫」的方言普遍。

鳥類的「叫」大抵都是天生的，但是「歌」卻可能全部或是大部分是學習的。Akmajian 等 (1979) 曾經把文獻上好幾種鳥類學習「歌」的過程綜合討論，發現鳥類習得歌唱能力的過程和人類習得語言能力的過程有兩點重要相似之處：(1)學習歌唱的能力有一個「關鍵時期」(critical age)，在這時期之前如果聽不見同類的「歌」，過後就無法習得這種能力，這情形如人類一樣，過了關鍵時期以後就無法（順利）習得語言（這種能力可見證於歷來所發現由野獸餵養長大的兒童以及因

病或其他原因在關鍵時期之前失去學語言機會的兒童；關於「語言習得的關鍵時期」，Lenneberg (1967) 認為是在發育時期，但亦有其他學者持不同的意見，認為是在 4 至 5 歲之間)。(2)有證據顯示鳥類的「歌」如人的語言在腦部也是有偏向處理的現象。❷比方說，鷦類 (chaffinch) 的「歌」由左邊的舌下神經 (hypoglossal nerve) 所控制，將左舌下神經割除會使鷦類的「歌」受損或全部破壞，但將右舌下神經割除時其「歌」並不受損或只有少數「歌」的簡單成素損失。而且無論是左或右的神經，如果割除時間是在年幼時，剩下的一方都可以接掌「歌」的學習功能而發展出正常的「歌」。從鷦類的研究中亦發現傳訊能力的天生性質與後天學習的複雜關係，鷦類的「歌」的一般特徵是天生的，但整個系統的細節似乎是後天學習的。這情形與 Chomsky (1965) 的假設很相似。人類的語言能力是天生的，因此語言的一般結構有高度的共同性 (universal)，而個別語言的特徵大多數是後天習得的。

3-3　靈長類的傳訊系統

在生物界中與我們最接近的「近親」是靈長類的猿猴與猩猩。在自然的生活環境裡靈長類動物大多數過的是群居生活，因此傳訊能力亦是生存技巧之一。猿猴與猩猩通常可以透過視覺與聽覺的方式傳達訊息。視覺方面包括身體的姿態（如背的彎或直，四肢的角度等）、面部的表情，以及表示痛苦的有意動作。聽覺方面，發音的訊號，亦即呼叫的系統，可以傳達諸如求援、攻擊、恐嚇、防衛、動情、臣服、示警等訊息。這些訊息還可以細分成為不少「次訊息」。很多時候呼叫的訊號與不同的視覺訊號（如體態等）共同使用。比較起來靈長類的

---

❷　參看 Nottebohm (1970)。

呼叫系統要比鳥類的「叫」與「歌」更複雜，但基本上兩者在訊息的範圍上是相當接近的。

　　在傳訊系統的特性以及習得的過程上，靈長類與鳥類也有相似之處，亦即傳訊系統的一般結構是天生的，而結構的細節是學習來的。Mason (1960, 1961) 比較不同生活環境中的恆河猴，發現其傳訊系統所使用的體態、表情，以及呼叫的聲音基本上是一致的，但是在自由環境中的猴子的系統比在實驗室中生活的猴子的系統具有更多精細的變化。同時 Altmann (1973) 亦發現與甲類猴子一起養大的乙類猴子通常能了解甲類猴子的訊號，但是本身卻只能做出自己乙類特有的訊號。

3–4　會說話的猩猩？

　　在自然界生活的靈長類傳訊的能力雖然比鳥類的傳訊能力強，但與人類語言相比之下，仍有天淵之別。然而，靈長類動物（尤其是猩猩）的學習能力比鳥類強。因此我們會問，如果猩猩具有學習的能力，那麼我們是否也可以教猩猩說話呢？這個問題的答案並不固定。如果說，「說話」是指人類的口語，那麼，答案一定是否定的。但如果是指口語以外的表意系統如「手語」，答案似乎可以說是肯定的。文獻上的確記載有受過訓練的猩猩能以「手語」表達相當不少的訊息。這些「會說話的猩猩」的「語言」能力並不一致，這當然與訓練的方式相關。以下是記載最多及最具代表性的幾個例子。

　　1930 年代在美國有 Kellogg 氏夫婦及 Hayes 氏夫婦曾經分別嘗試以帶人類小孩的方式來訓練黑猩猩，Kellogg 夫婦訓練的名叫 Gua，Hayes 夫婦訓練的名叫 Viki。他們把 Gua 及 Viki 當作自己孩子一般的看待，給牠們最自然的家庭氣氛及生活，並教牠們說英語。但是結果並不理想。Gua 並沒有學到任何英文字，而 Viki 只能說出三個發音大

致像 "papa", "mama" 及 "cup" 的字。Viki 以 "cup" 字表示「要求喝水」
而 "papa" 及 "mama" 兩字則並沒有固定語意，牠喜歡用這兩個字代表
什麼就算是什麼。Viki 與 Gua 訓練的成效不佳使得與猩猩說話／溝通
的興趣沉寂了相當長的一段時間。

　　到了 1966 年，在美國內華達州的 Gardner 氏夫婦有感於手的操作
及運動十分靈巧，想到如果教猩猩使用「美國手語」(American Sign
Language) 的話，成效可能會比教口說英語好。於是他們養了一隻大約
一歲大的非洲黑猩猩，取名為 Washoe，開始教牠美國手語。手語與一
般口語很相像，符號大都是任意的(符號與語意之間沒有必然的關係)，
也有區域性的「方言」，只是缺少聲音而已。至於 Washoe 訓練的方法，
Gardner 夫婦盡量培養一個鼓勵牠自然交談的環境。Washoe 在家中可
以自由走動，就像一般正常的小孩一樣。而且牠隨時都有人伴著。在
Washoe 面前 Gardner 夫婦只用手語，甚至他們之間的交談也以手語進
行。同時 Washoe 的任何可以視作與手語相近的動作，都得到最熱切的
鼓勵及獎賞。訓練的結果相當令人鼓舞，在 20 個月大時，Washoe 使
用第一次的「兩字句」(gimme sweet「給我糖果」)，到了 34 個月大時，
Gardner 夫婦記錄得 330 種手語「單字」的組合，到四歲時 Washoe 能
對 500 個手語符號作出適當的反應，並能做出 80 個符號。在訓練結束
時，Washoe 的字彙有 150 個手語符號。同時牠也能將所學到的手語符
號轉用到適當的物件上。把「單字」(手語符號) 組合成「句」亦無困
難。這些成就都經過三個獨立的觀察者證實，絕非 Gardner 夫婦「過
分熱心」解釋的結果（關於 Washoe 訓練及學習的詳細討論，參看
Gardner & Gardner (1969) 以及 Akmajian 等，1979，第 14 章）。

　　在 Gardner 夫婦訓練 Washoe 同時，在美國加州 Premack 夫婦亦訓
練一隻名叫 Sarah 的黑猩猩。他們並不教 Sarah 用美國手語。Sarah 學
到的是使用不同大小、形狀及顏色的塑膠牌子來示意。這些牌子後面

鑲有金屬小片，可以在一面磁性板上隨意排列。訓練者首先教會 Sarah 把某些牌子與某些事物相連，如某牌子代表 Sarah 自己，另一個代表做實驗的人，還有些代表香蕉、水桶等，另外還有一些代表動作或是事物之間的關係（如「相同」、「不同」、「如果……就」等）。這些牌子與所代表的事物之間並無相似之處。從溝通的觀點看來 Sarah 的「語言」比不上手語實用，因為如果手中沒有牌子，Sarah 就無法示意。但是從實驗的觀點來看，Sarah 的「語言」也有好處；例如實驗者比較容易記錄符號出現的順序，同時實驗者可以減少一些變項 (variable)，例如「寫」在磁性板上的牌子不會像聲音或手語符號一樣迅速的消失，因此「記憶」的問題不會影響實驗，再者，「字彙」的數目能夠直接控制，因此對實驗中解決問題時所牽涉的困難類別，比較容易確定。

　　Sarah 在訓練時自然地使用垂直的順序，實驗者也使用這種順序。訓練時訓練者與 Sarah 以這些牌子的排列來溝通。Premack 夫婦聲稱，實驗的結果顯示 Sarah 能掌握以下各種語言的運用：稱呼（以牌子來代表具體事物，包括自己在內），構句（以牌子構成有意義的串連），比較（「相同」或「不同」），發問，分類的辨別（如顏色、大小、形狀），組成對等連接句子，使用連繫詞（如「紅是顏色」），表示複數，否定，邏輯關係（如「如果……就」），連接（如使用連接詞 "and"），以及空間關係的表達（如正確使用介詞 "on"）（關於實驗的細節，參看 Premack & Premack (1972) 以及 Miller (1981)，Akmajian 等 (1979)，Atkinson 等 (1982) 中的評論）。

　　另外還有一隻由美國人 Rumbaugh 及 Gill 所訓練的黑猩猩，名叫 Lana。Lana 是透過與電腦相連的鍵盤，以按鈕的方式使特定的幾何圖形在銀幕上出現，以不同的符號及其組合來示意。據稱 Lana 的「語言」（溝通）能力的成就也相當可觀。

　　或許在文獻上報導過最令人矚目的成就是一隻名叫 Koko 的雌性

大猩猩。據牠的訓練者 Francine Patterson 聲稱，Koko 學會 400 多個美國手語符號，同時可以使用這些符號的組合來侮辱牠的訓練者（說 you nut「你這笨蛋」），使用比喻說法（如以 eye hat 表示「面罩」，以 finger bracelet 來表示「指環」），甚至還會「說謊」。❸

　　在這許多的報導中，熱中人士認為猩猩的確具有明瞭及使用人類語言的能力。雖然牠們永遠無法使用口語，但是我們不得不承認也許猩猩具有比人以往所想像的更強的抽象能力。另一方面，存疑人士認為這些「成就」（或「語言能力」）大多數是假象，是實驗時的「Clever Hans 效果」❹ 或是猩猩為了得到賞報所玩的遊戲，其中很多所謂「自然的句子」其實只是對問題的直接反應，或是純粹模仿訓練者的動作，或是機械式的重複以前記下來的組合，或是訓練者「過分熱心的解釋」(over explanation)。這些說法以哥倫比亞大學心理學家 Herbert Terrace 主張最強烈，他訓練了一隻名叫 Nim Chimsky 的猩猩（故意開語言學家 Noam Chomsky 的玩笑），原意是要證明 Chomsky 錯了，黑猩猩也會「語言」（因為 Chomsky 主張語言是人所獨有）。但 Terrace 訓練的結果卻使他對黑猩猩的「語言能力」大為存疑。因此在 1979 年寫了一本名叫 Nim 的書（Knopf 出版社出版），對文獻上「會說話的猩猩」的研究提出強烈批評（參看 TIME, March 10, 1980, pp. 38–39）。

---

❸　參看 TIME, March 10, 1980, pp. 38–39；以及 National Geographic, October, 1978, p. 438 起。

❹　在十九世紀末，二十世紀初，德國有一個馬戲團有一匹名叫 Hans（漢斯）的馬。據稱 Hans 會做算術的加法。牠能以蹄踏地的次數來演算加法。但事實上，後來一位心理學家發現，聰明的 Hans 其實不會加法，牠只是觀察到詢問或出題目給牠的人不自覺之間流露出來的提示（如面部表情的改變，呼吸速度的改變，甚至瞳孔大小的改變等等），才會在適當的時刻停止踏蹄，因而「給出」正確的答案。這種現象是心理學家在設計實驗時盡力避免的因素，以避免影響正確的實驗效果。

在這些正反意見的報導中，我們很難下斷語說猩猩有或沒有語言能力，因為實際上我們所知仍有限，所有這些研究都是初步的探討。但是這些研究使我們得到一些暫時的看法，亦即是，在適當的情況下，猩猩可以學會一些粗淺的溝通技巧，而這些技巧在形式上有若干方面與人類的語言相似，但是從實際的研究中，仍未發現這些猩猩有像人類一樣的自然應用這些「語言」的能力。

然而近年來研究人員在美國 Oklahoma 州的一個實驗所中，研究黑猩猩語言活動。這些黑猩猩有些是實驗所養的，有些是私人養的，其中也包括著名的 Washoe 在內。據報導這些猩猩學美國手語的過程的速度不相同，而且使用手語時亦各有偏好，有些喜歡用手語與人溝通，有些只是用來與同類溝通，同時也發現有某種程度的自然使用手語，有些猩猩甚至發明新的符號，或是利用學會的符號引申使用到新的用法及情況。如果這些報導都是精確而可信的話，進一步最值得我們探究的是，這些學會使用手語的猩猩，會不會把這種技巧傳給下一代？

3-5　語言與動物傳訊系統的比較

從上面的討論中，我們發現，如果以第一章所列舉的十六種特性來衡量動物的傳訊系統，大致上可以說動物的傳訊系統或多或少的都具有「語言」的特性，但是沒有一種動物的系統具有全部十六種特性，只有人類語言才具有所有這些特性。當然受過訓練的猩猩也許甚至連「為不實之言的能力」(Prevarication) 及「反顧的特性」(Reflexiveness)都做到（如果這些報導及研究都絕對精確可信的話），這些能力，還是無法與人類語言能力的精確度，以及創新性相比擬。在現階段的演化中，語言仍是人類有別於動物的最重要的特徵（關於語言與動物傳訊

系統詳細的比較，參看 Akmajian 等，1979，第 5 章）。

　　晚近有關大腦與語言的研究中，也顯示出句法能力及運作的發展似乎能獨立於認知及概念形成的發展之外（參看 Damasio 與 Damasio (1992)）。而且在人類大腦中，使用語言時，名詞與動詞分別在大腦不同部分中處理 (Lemonick (1995))。這些特性，在人以外的動物中似乎未發現過。

─────── 複 習 問 題 ───────

1. 蜜蜂的舞動有幾種？每一種的功能如何？

2. 鳥類的鳴叫傳訊方式與人類語言有哪些相同之處？

3. 在許多訓練黑猩猩或猿猴「說話」的方法中，你認為哪種最好？為什麼？

第四章　語言學是什麼？

4-1　一般的定義

　　我們研究語言學，總是想先知道語言學是什麼。亦即是說，我們想知道語言學的定義。但是令人遺憾的是我們不容易找到一個令每個人都覺得滿意的界說。我們在第一章裡對語言本身已經有了初步的了解。那麼，廣義的說來，對於一切語言事象的研究就是語言學。在近代學術研究的發展中，各學門都強調「科學」兩字，所以現代的醫學稱為「科學的醫學」以別於傳統的「經驗醫學」，現代心理學稱為「科學的心理學」，以別於傳統的「哲學的心理學」。語言的研究也不例外。因此近代語言學家喜歡把語言學 (Linguistics) 界定為「對於語言的科學研究」(the scientific study of language) 或是「語言的科學」(the science of language)。當然，這種定義並不能使人對語言學增加多少了解，因為這種定義太籠統，而且其中「科學」一詞也不容易界定。然而在語言學文獻中，這種定義一再出現，並且常加強調。使人感覺語言學家好像對語言學本身的「科學地位」信心並不夠。畢竟我們很少聽到化學家、物理學家，或生物學家需要大聲疾呼地聲稱他們的研究是科學的研究，或是化學、物理學及生物學是科學。因此，不少人也自然會問，語言學真的是「科學」嗎？

　　一般說來，如果採取嚴格的經驗論 (empiricism) 及實證論 (positivism) 的立場的話，很多現代的行為科學 (behavioral science) 都很難稱為「科學」，因為行為科學中研究的主體很多是無法直接觀察的。例如心理學家研究人的智力時，智力本身是無法直接觀察到的，他們

只能從人的外在行為來推究內在智力的種種。但是在今天心理學是一門科學，已經是毫無疑問的事了。事實上，每一門研究之所以能或不能稱為科學，並不在於其研究主體是否能直接觀察或其研究的資料是否由具體的觀察而來並且能直接的測量，而在於其研究的方法。因此語言學能否被稱為「科學」，端視其研究方法而定。❶

4-2　語言學研究方法與特徵

科學的方法通常暗示有系統的方法；系統表示有一定的次序與步驟。語言學家研究語言時也採取有系統的方法。比方說，語言學家對語言現象描述，並提出假設，這些假設經過進一步的驗證，如果與語言事實不相反時，才能成立，如果與事象相反，則必須修改假設。假設成立之後，必須建立通則（generalization，亦稱概判），作為一切同類語言事象的解釋原則。

先前我們說過，語言是存在於我們心智的一種能力。因此我們研究語言的目的在了解這種能力。這種能力無法直接研究，我們只能從表面的說話行為去了解內在的語言能力。因此我們對語言的描述是代表我們對語言能力的一種假設。而這種假設是要經過驗證 (verification) 的。現代語言學對語言描述的驗證，常尋求「心理真實性」(psychological reality)，也就是說，我們提出某種描述時，我們會問，我們是否真的有這種能力。例如在描述英語的語音系統時，我們會有以下的描述：

⑴ /s/ 在介音 /j/ 之前唸成 /ʃ/（或以音韻學常用的形式表示為 s →

---

❶ 關於科學與科學方法以及心理學（作為行為科學的一種）的科學地位的討論，請參看張春興，1976，第一章。

/ʃ/–j)

因此以下(2)的變化可以從(1)的描述加以說明：

　　(2) I miss you /aɪ mɪs ju/ 唸成〔aɪ mɪʃ ju〕

如果(1)真是我們語言能力的一部分的話，它就會有心理的真實性，而在說話的行為上也能表達出來，因此，(1)所描述的情形不應只限在一個人，或是一種例子（如只在 miss 與 you 之間發生），而是應該對所有適合(1)之條件的情形都適合，並且是所有說英語的人所共有的能力。事實上，我們可以從實際的說話行為求到驗證，不僅是大多數說英語的人都會將 miss you 發成〔ˋmɪʃ ju〕，而且適合(1)之條件的情形（如 He wants to kiss you 中的 kiss）也會如此。尤有進者，英美人士學西班牙文時也常把西班牙語中類似 gracias〔ˋgrasɪəs〕的字唸成〔ˋgrɑʃəs〕。凡此種種，都可以說是支持(1)的證據。我們因此也相信(1)是一種有效的通則。由此觀之，語言學研究在方法上，亦是依據科學研究的方法，要求客觀性 (objectivity)、系統性 (systematicity) 與可驗證性 (verifiability)。

　　雖然現代語言學在研究方法上有上述的要求，因此也具有科學的特性，但是在達到這些要求的方式上，並不是毫無爭議的。特別是現代語言學在研究資料的蒐集及研究結果的驗證方面，接受說話者對母語的語感 (intuition) 並採用這種語感判斷作證據。當然，過去有一段不短的時間，語言學家傾向實證論的看法，以為語言的研究可以從蒐集大量實際說出來的語料（亦即可直接觀察的資料）開始，透過詳盡而有系統的分析，就可以明瞭語言的真相，說話者直覺上的語感（因為無法直接觀察）不應也不必應用於語言分析上。但是，目前語言學家都明白，很多實際上說出來的句子是不合語法或是不能接受的。因此無法透過這些句子去了解我們所看不見的語言結構；同時，因為語言是一個開放性的系統，資料再多也無法包括所有合語法的句子在內。

所以現代語言學家並不排除內省法 (introspection)，也接受直覺的語感判斷作為論證的過程的證據。然而，語感的運用基本上最受爭議的一點是這種語感的可信度，對一般人而言，不同的說話者對相同的句子會有不同的語感判斷，同一個人在不同的時間裡的語感判斷也會改變；而語言學家的語感更是經常受理論的影響，判斷更難客觀。不過語感判斷的運用雖然有這些缺點，但是大多數情形下，這種判斷（甚至是語言學家的內省判斷），大致上都相當一致而可靠的，不會構成可信度上太嚴重的問題。

從以上的討論看來，語言學是否要被承認為一種「科學」並不是最重要的問題。重要的是現代語言學希望透過比較有系統的方法來探討語言，而這種研究的方式，與早期的哲學家、傳統規範文法學家、詞源學家、文獻學家研究語言的方法的確不相同。在客觀及科學的程度上，也確實是向前邁進了不少。

4–3　語言學的範圍

我們在前面兩節的討論中，雖然對語言學下了非常籠統的觀念上的定義，但是這些定義並不能完全回答「語言學是什麼？」這個問題。如果我們把這個大問題改為「語言學包括多少方面的研究？」然後把語言學的各種分類研究約略的說明，對於了解語言學究竟是如何一回事方面，總會比簡單籠統的說一句「語言學是研究語言的科學」來得更有幫助。

語言是一個很複雜的系統，如果能了解這系統的運作，也等於了解我們的心智。這個複雜的系統主要的功用是作意念與表示這些意念的聲音的聯繫。因此在最具體的層次上，語言學要研究聲音，在抽象的層次上，語言學要研究句法構詞及語意。

　　語音學 (Phonetics) 是研究人類語音的學科，語音是語言最能直接觀察、記錄及測量的成分。語音學研究語音的種類、語音的性質以及發音的方法。

　　語音要組合成詞才能表意，但語音的組合並非「隨意」的。在每一種語言中，語音的組合有一定的型式；在大的範圍裡，有些語音組合的型態則是大部分語言都具有的。前者如我們國語聲調系統中，不容許兩個「上聲」一起出現，遇到這種情形時，前面一個要變調，唸成「陽平」（所謂「後半上」其實在調值上是等於陽平調）。像這種組合型式上的限制，並沒有非如此不可的理由的。後者如沒有任何語言的單音節字中可以有一連七或八個子音的串連出現的，這種型式上的限制，是一般性的，而且大多數會有一些發音上的理由（一連發七、八個不同的子音在發音的動作上是不可能做到的）。語音組合的型態以及有關的問題是音韻學 (Phonology) 研究的範圍。

　　語音本身通常不具語意，語音組合成詞（或字）後方才具義，因此，詞（或字）是表意的基本單位。構詞的法則及其有關問題是構詞學 (Morphology) 研究的範圍。

　　我們以語言表意時，並非隨意把語詞湊合在一起就可產生適當的語意，語詞的排列也有一定的法則，我們有時候甚至發現句子的語意並不一定是表面單字語意的總和，語詞的排列本身也是有意義的。構句的法則及有關的問題是句法學 (Syntax) 研究的範圍。

　　語言行為的目的是要表達語意，因此，語意本身應該也是研究的範圍之一，語意學 (Semantics) 是對語意及其有關問題的探討。

　　現代語言學的研究也特別注重語言的使用。作為溝通意見的工具，語言的使用功能亦在與語言各層次的結構有密切的關係。語言使用及溝通功能的種種，以及語用與語法各層次結構的關係是語用學 (Pragmatics) 研究的範圍。

　　語言本身不是固定而不變的系統，隨著時空的變異，語言亦會變化，研究語言變化的是歷史語言學 (Historical linguistics) 及方言學 (Dialectology)。

　　語言與心智的關係：如語言的習得、語言的心理歷程、語言與大腦的關係等是心理語言學 (Psycholinguistics) 研究的範圍。

　　語言的使用與語言行為社會層面上共同的規範及組織，包括語言使用的社會條件，對於語言及語言使用者的其他外在行為以及語言的態度等，是社會語言學 (Sociolinguistics) 研究的範圍。

　　此外，語言與文字之間的研究，以及語言的規劃 (language planning) 以及語言的病理與障礙研究，也是現代語言學所關注的問題，本書以下的各章，是對這些語言學的分屬學科作一有系統的介紹。

───────── 複 習 問 題 ─────────

1. 語言學研究的方法中，具有哪些特性，使我們能聲稱語言學是一種科學？

2. 在語言學大領域裡，有哪些研究科目（次學門）？

第五章　語音學

5-1　引言

　　人類語言的種種特性中，以聲音作為傳播的媒體是最基本的一種特性。事實上我們知道，會發出聲音的生物絕不止人類，而人類所能發出的聲音，也不僅於說話時所產生的聲音。我們笑、哭、咳嗽、打哈欠、打嗝、吹口哨，甚至喘氣等時候，都會發出聲音。而且由於我們發音器官的奇妙結構，我們事實上可以發出千千萬萬種不同的聲音來。但是在很多不同的聲音中，我們只利用幾十個不同的聲音來作說話時的基本單位，這些聲音就是語音 (speech sound)。

　　當我們聽到有人用我們不懂的語言說話時，我們覺得聽到一連串毫無意義的聲音，但是我們同時也會知道，這些聲音有別於其他如笑聲、哈欠聲等非語音，亦即是說我們聽到一連串語音（這些人是在說話）。同時，我們也會聽出一些熟識的語音（也就是我們自己語言也有的語音）和一些我們不熟悉的語音。由此我們可知，人類發音器官所能發出的聲音很多，其中只有部分是語音，在所有人類語言所利用的語音中，每種語言只選取部分來作說話表意之用，因此不同的語言會因選用的語音不盡相同而聽起來有所差異。因此，人類所能發的聲音，人類的語音，與個別語言的語音的關係可以下圖來表示。

　　圖中 L_1 及 L_2 重疊的部分就是這兩種語言從人類所發的共同語音群中所選出的相同聲音。比方說如 L_1 是國語，L_2 是英語，那麼，國語的ㄇ與英語的 m 在發音方式上是相同的，應屬於重疊的部分；而國語的ㄩ及英語的 θ 或 ð，是對方所無的聲音，應分別屬於不同的部分。

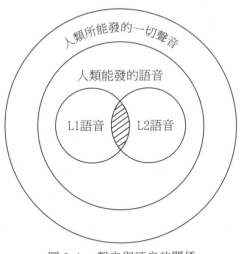

圖 5-1　　聲音與語音的關係

　　以上我們說過，當我們聽到別人說話時，我們會聽到一連串的聲音，如果這些話是我們所不懂的話，我們聽到的是一連串毫無意義的聲音。以上這些描述句中關鍵的字眼是「一連串」。事實上，我們說話時所發出的聲音很少是單獨一個個地發出來的。假如我們唸「山」(ṣanˉ) 字，我們聽到的是一連串的聲音，在聲響上也是連續的現象。但是，我們心裡知道這個字包含了三個不同的聲音，因為我們知道這三個音可以用不同的方式代換其他語音，就可產生不同的意思，如ṣaˉ（沙），tʰanˉ（貪），ṣənˉ（伸），ṣauˉ（燒），fanˉ（翻）等。這幾個單字的發音證明了「山」字是由 ṣ, a，及 n 三個聲音構成的。這種認識，對於語音的研究非常重要。因為我們要描述語音時，必須分開描述每個單音。

　　從圖 5-1 看來，人類的語音是有限的，每個語言的語音更是有限。研究人類語音的學科叫做語音學。語音學的主要目的在描述人類傳言達意所用的所有語音。至於描述某種語言的語音的學科是個別語言的語音學。

5-2 語言的連鎖歷程

　　語言是一個連鎖性的心理，生理及物理的活動歷程，其中聽與說的過程表面上看來又似乎是方向相反的活動。 以下圖 5-2 (Adapted from Denes & Pinson, 1963, p. 5)，可以把這種歷程與所牽涉的層面表達出來：

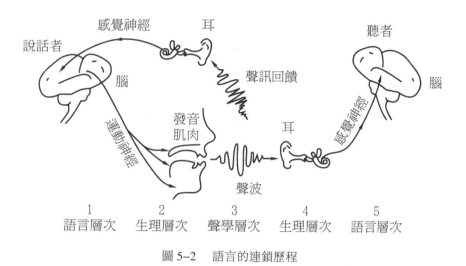

圖 5-2　語言的連鎖歷程

圖 5-2 所表達的看法，其實 Ferdinand de Saussure (1857～1913) 在他的講學中亦已提及，只是他把語言層次的活動看作心理層次的活動而已。事實上，這個圖可以看作是我們以語言溝通意思時，說話者與聽者的活動歷程。如果這個過程是以說話者腦子中的語意（即任何所想表達的意思）開始，而以聽者腦子中獲得相同的語意（即說話者之意思傳達至聽者）為結束，那麼圖 5-2 之第 1 步是說話者將語意依照說話者與聽者所共用的語言的語法而傳譯為語言訊碼（亦稱「編碼」encoding）的過程。這也是 Saussure 所指的心理層次歷程，表面語言訊碼決定以後第 2 步

是由大腦下達指令，使與發音有關的器官及肌肉，作出發這些字音所需做的一切動作的生理歷程。聲音發出以後，是以空氣振動方式（聲波）傳至聽者的耳朵中，這是物理現象（第 3 步）。語音訊號傳進聽者耳朵以後，由耳鼓膜以物理性質的振動經過中耳而傳至內耳，在內耳蝸牛管內再將這物理振動轉化成為與其相等的神經脈衝 (nerve pulse)，經聽覺神經而傳進聽者的大腦，這是第 4 步，也是生理層次的歷程。語言訊號送進大腦以後 ， 聽者照同樣的語法結構及規律而將這些語言訊號所具有的語意「解碼」(decoding)，這是第 5 步的歷程，亦是屬於語言（心理）層次。如果在這過程中，沒有其他因素（如聲音被隔阻，或說話者的語音被環境噪音所遮蓋，或聽者聽話時心不在焉等等）的影響，第 5 步的結果是解出與說話者本意相同的語意。

　　大致上說來，理論語言學研究的是在第 1 與 5 步兩種歷程中說話者與聽者所共同的語法的結構及規律（包括了語音的組合律，構詞以及構句時的規律）。心理語言學則對 1 與 5 的實際心理歷程感興趣。語音學，亦即研究語音的科學，則對第 2、3 及 4 步這三種歷程中的種種感興趣。

5–3　語音學的分類

　　按性質而分，我們可以研究語音的生理基礎，亦即研究發音的器官，發音的方法，以及語音的種類等等，這種研究稱為「發音語音學」(articulatory phonetics)，這也是一般人對於「語音學」一詞最常有的了解（這可說是與圖 5–2 第 2 步歷程有關的研究）。

　　對於語音的物理（聲學）性質（例如語音的強度、頻率、音質等）的研究稱為聲學語音學 (acoustic phonetics)。

　　對於語音與聽覺之間的關係的研究，亦即聽者如何聽到語音，或

不同的語音訊號與聽者的感受之間關係的研究稱為聽覺語音學（auditory phonetics，或稱 perceptual phonetics）。

以下我們分別對這幾種研究加以介紹，重點放在與我們發音最有關係，而且是一般情況最常用的發音語音學上。

5-4　聲學語音學：語音的物理基礎

在我們語言連鎖活動的過程中，最具體而可以直接觀察的部分是語音。語音是可以聽得見，而且也可以記錄下來。從最具體的層次看，語音是聲波，聲波是空氣分子 (particles) 振動所導致的氣壓變化，是物理的現象，聲學語音學是研究語音的物理特性以及這些特性在語言系統中所具有的功能。

5-4-1　研究聲學語音學的理由

我們常常會問，研究語音時，只要知道語音的數目，發音的方法就夠了，為何還要研究語音的聲學特性呢？似乎那是物理學家的工作。是的，廣泛的聲學研究的確主要是物理的研究範圍，但是由人所發出的語音，其聲學上的特性也是語言學研究的一部分。大致說來，我們有以下的幾種理由，使我們想要探究語音的聲學特性。

㈠我們對聲音的感覺取決於語音的聲學性質，因此，明瞭語音聲學性質的原理基本上是很重要的事。近代語音研究發現很多發音的要素（例如：voicing「帶聲」），都有其特定對應的聲學性質。研究語音的聲學性質能使我們明瞭語音的組成原理。

㈡有些語音（像母音）不容易以發音動作來描述，以聲學特性，特別是「共振峰」(formant) 的形態及其頻率分布為基礎，能更精確的描述各種母音之差別。

㈢有些語音比較容易混淆（如擦音），以聲學特性為基礎比較容易解釋，如各種擦音之間聽覺上的區別主要是非週期性的噪音 (white noise) 在聲譜上頻率分布區域高低不同以及其整體音響之強度差別而引起的。

㈣說話的聲音是很短暫的，語音會隨著時間而消失。雖然語音可以模仿，甚至可以用符號記錄下來，但那與原本語音並不是同一回事。因此，獲得永久性的語音記錄是研究語音的一種助力。由於近代聲學儀器的發明，我們不只可以使語音有聲音上的重現可能，我們更可以將語音變成視覺上的記錄（如波形圖，聲譜圖等）。這樣一來，語音不只可以聽見，還可以「看見」，在研究分析上，更進一步的克服語音瞬間消失的困難，使我們可以更詳盡的分析語音的聲學特性。

㈤對語音的聲學特性研究，可以提供相關學科（如聽（力）學 (audiology)），特殊教育的聽障教學，語言病理學 (speech pathology) 等基本的資料。例如，依據語音的聲學特性，我們可以知道高頻率聽障與低頻率聽障的人對語音感知的影響如何。

5-4-2　聲波與語音

聲波的形成主要是因為有一振動體在振動，使其四周的空氣壓力產生變化，這種空氣壓力的變化在很短的時間內發生很多次，傳至我們耳中，就產生聲音的感知。空氣分子受振動體的影響，產生擠壓 (compression) 及稀疏 (rarefaction) 交替現象，因此空氣壓力也產生相對應的變化。這種壓力的變化（亦可視作空氣分子異動的形態）就是聲波。聲波在空氣中可以藉著類似水面上的漣漪的方式傳送。如以音叉為振動體，空氣分子受振動影響的情形可如圖 5-3 (Adapted from Ladefoged, 1962, p. 6)。圖 5-3 的第二行假設音叉的兩支端開始迅速往外張，除了第一顆以外，其他所有的空氣分子都不動。稍後，第三行

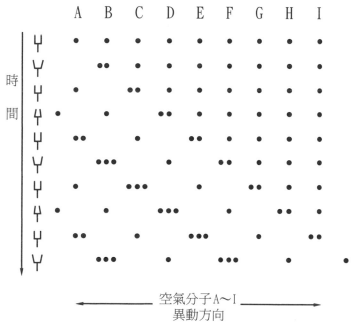

圖 5-3　聲波的擴散示意圖

顯示第一顆分子因為推動了第二顆已經回到原來位置，而第二顆開始快速移動。第四行則表示再稍後時，第一顆分子已往反方向移動，第二顆推動第三顆後也回到原來位置，而第三顆開始快速移動。到了第五行時，第三顆空氣分子推動了第四顆，自己回到原來位置，第二顆往反方向移動，而第一顆再回到原來位置。每顆分子都是以這種類似鐘擺方式在移動，而振動體的振動就往外傳出。如果我們把圖 5-3 的時間資料以水平方式表達，而個別空氣分子的異動就如圖 5-4 (Adapted from Ladefoged, 1962, p. 12)。

　　如果我們在音叉前端縛上一支細針，振動音叉後在一張紙上以均勻的速度拉過去，也可以畫出類似圖 5-4 的波狀圖來。

　　一般說來，利用儀器，我們可以把空氣壓力受振動體振動影響所產生的變化記錄下來。因為氣壓改變直接與空氣分子異動的形態有關，

因此聲波的圖形也可以如圖 5-5 的方式表示。

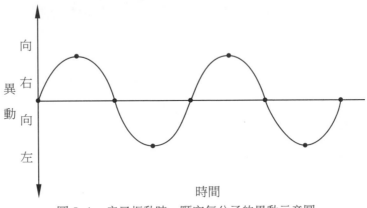

圖 5-4　音叉振動時一顆空氣分子的異動示意圖

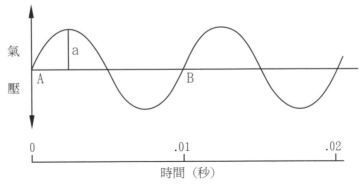

圖 5-5　音叉振動時氣壓的變化

　　語音是由人類發音器官所發的聲音，大部分語音的振動體是聲帶。聲帶振動時使空氣產生振動，氣壓也產生變化。然而，語音是比音叉所發的聲音更複雜的聲音，因此語音的波形圖也比圖 5-5 要複雜許多。一般而言，聲帶振動的帶音（亦稱濁音 voiced sound 如母音）具有規則性（週期性 periodic）的氣壓變化。而擦音的聲波氣壓變化是不規則的。以下圖 5-6 是英語中母音〔ɔ〕的波形圖，圖 5-7 是英語的子音〔s〕的波形圖。

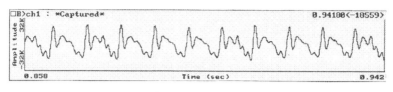

圖 5-6　母音〔ɔ〕

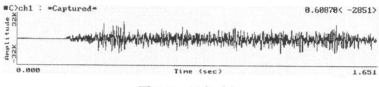

圖 5-7　子音〔s〕

5-4-3　音調與音強

　　聲音聽起來的音高 (pitch) 要看聲音的頻率而定，聲音的頻率 (frequency) 是指每秒鐘以內氣壓變化的週期 (cycle) 數目。週期是指氣壓從靜止狀態到最高點，回到靜止狀態後再達到最低點，然後回復到靜止狀態。因此如圖 5-5 中 A 至 B 為一個 cycle，而這 cycle 所需是 0.01 秒，因此這個聲音的頻率是 1 秒 100 個 cycles，或以 100 CPS (cycles per second) 來表示。CPS 也可稱為 Hertz（赫），100 CPS 亦即 100 Hertz（縮寫 Hz）。頻率是專門的術語，一般語音學所關心的是語音的音調高低 (pitch)，音調高低是指聲音在聽者聽覺上所引起聲音高低的感受。大體而言聲音的頻率增加時，音調亦提高。語音頻率的資料對於語音研究非常重要，母音與母音之間的不同，是因為語音共鳴時不同的頻率區域振動能源受到增強的結果。語調 (intonation) 以及聲調語言（tone language，如國語）的聲調 (tone) 的不同是語音的基礎頻率 (fundamental frequency) 的變化結果。

　　聲音的強度 (intensity) 取決於空氣壓力異動的大小，圖 5-5 中的 a

是聲波的振幅 (amplitude)，a 愈高，聲音的強度就愈大，intensity 是聲學上的用語，與聲波的 amplitude 成正比。計量的單位是分貝 (dB)。在語言的研究中，重音 (stress) 與聲波的 intensity 是息息相關的。

　　聲音與聲音之間的不同，音調高低與聲音強度是兩種重要因素，例如，用不同的力量敲打鋼琴的中央 c，聲音的高低是一樣的，但強度卻不一樣。如用相同的力量去敲打不同的琴鍵，聲音的強度是一樣的，但高低（頻率）產生了變化，兩個聲音聽起來就不同了。除這兩種不同以外，聲音還有性質 (quality) 的差異，如以同樣的力量（音強相同）分別敲打鋼琴及木琴的中央 c（頻率相同），我們還是能聽出兩者之差異，原因是兩者的音質不同。

5-4-4　語音的音質

　　語音的聲波是複雜的（不像音叉的聲波那麼簡單），大體上，我們可以把一個複雜的聲波看作由若干個頻率不同的簡單聲波構成。複雜聲波本身的週期數目是其基礎頻率，如圖 5-6 的複雜聲波的基礎頻率大約是 130 CPS，與基礎頻率成整數比的頻率稱為陪音（harmonics 諧頻，或稱 overtone 泛音）。因此一個複雜的聲音也可看作是基礎頻率和很多陪音的組合。

　　當我們發音（特別是母音）時，聲帶振動的次數構成語音（特別是母音）的基礎頻率 (F_0)，F_0 和陪音使發音腔道中的空氣亦同時振動（共鳴），因為我們發音腔道是不規則而複雜的形狀，因此共鳴振動的能量會集中在某幾區，這些能量集中區域稱為「共振峰」(formant)，母音的共振峰有五六個。因為發音腔道的大小及形狀可以隨發出不同的母音的動作而改變，不同的發音口型便形成不同的共振峰分布情形。通常第一至第三共振峰 (F_1, F_2, F_3) 的不同分布決定不同母音的聲響特性。較高的共振峰則構成個人的聲音特質。

　　我們要注意，共振峰不是單一的頻率，而是相鄰的好些頻率組成的能量集中區，因此母音的 F_1，或 F_2（其實任何 formant 都是），都可能包括好幾個陪音 (harmonics) 在內。

5-4-4-1　母音的聲學特性

　　顯示母音音質最詳細的方法是以聲譜儀 (sound spectrograph) 所記錄下來的聲譜圖 (sound spectrogram)，以下圖 5-8a 顯示作者本人所發的四個英文字 (heed, hid, head, had) 中之母音 i, ɪ, ɛ, æ 的聲譜圖。另外，圖 5-8b 是作者本人發音，以聲譜儀寫下來的國語一，ㄩ，ㄨ，帀（空韻）四個母音的聲譜圖。

　　聲譜圖是在二度空間的圖上，以水平方向表示時間，垂直方向表示頻率，顏色深淺表示音強 (intensity)，色度愈黑的頻率愈強。圖 5-8a 及圖 5-8b 中每一母音都有三、四條橫向黑帶，即共振峰，從下而上是 F_1, F_2, F_3 及 F_4。 我們可以看出每個母音的共振峰的分布情形都不一樣，F_1 與 F_2 的差異尤為顯著。圖 5-8a 及圖 5-8b 這種聲譜稱為「寬帶

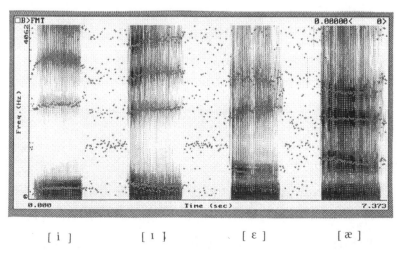

[i]　　　　[ɪ]　　　　[ɛ]　　　　[æ]

圖 5-8a　聲譜圖範例（英語）

聲譜圖」(broad-band spectrogram)，這種記錄對時間方面的資料比較精確，formant 的結構也特別清楚。另外一種聲譜稱為「窄帶聲譜圖」(narrow-band spectrogram)，對頻率的記錄比較精確。

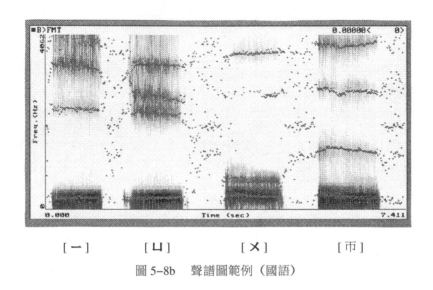

[ㄧ]　　　[ㄩ]　　　[ㄨ]　　　[ㄕ]
圖 5–8b　　聲譜圖範例（國語）

　　圖 5–9a 是一句英語 "Is Pat sad or mad?" 的「寬帶」與「窄帶」兩種記錄，從圖下方之窄帶聲譜中，我們可以看到一條條的橫線就是陪音 (harmonics)，其中第十陪音 (10th harmonics) 特別以加深顏色黑線表示，陪音橫線之全部或局部的顏色深淺並不一致。如果與圖上之寬帶聲譜相比，F_1 至 F_4 之四條黑帶仍淡淡可辨，但是在窄帶聲譜中可以清楚看出，每一 formant 都牽涉到好幾個 harmonics。從圖 5–9b 中也可看出國語的四聲的調值，參看窄帶聲譜的陪音的變化方向。

　　母音的 formant 結構一般說來相當穩定，聲音的基礎頻率變化對其影響並不大，只要是母音〔i〕，無論張三或李四所發的，F_1 的中心頻率（亦即採取 formant 穩定部分中心線的頻率）大約在 280 Hz 左右而 F_2 則在 2000 Hz 左右。以下是主要母音的 formant frequency 數值（參

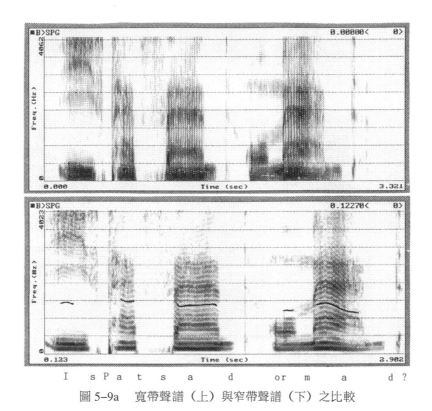

I s P a t s a d o r m a d ?

圖 5-9a　寬帶聲譜（上）與窄帶聲譜（下）之比較

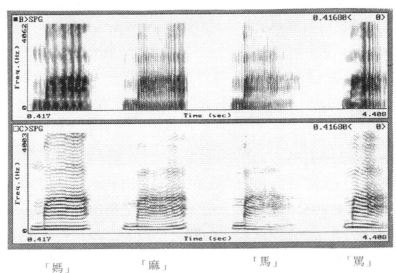

「媽」　　　　「麻」　　　　　「馬」　　　　「罵」

圖 5-9b　國語「媽」「麻」「馬」「罵」四字之寬帶聲譜（上）與窄帶聲譜（下）之比較

看蘇義彬，1972, p. 15）。

		i	ɪ	ɛ	æ	ɑ	ɔ	o	u
男	F_1	270	390	530	660	730	570	440	330
	F_2	2290	1990	1840	1720	1090	840	1020	870
	F_3	3010	2550	2480	2410	2440	2410	2240	2240
女	F_1	310	430	610	860	850	580	470	370
	F_2	2790	2480	2330	2050	1220	920	1160	950
	F_3	3310	3070	2990	2850	2810	2710	2680	2670
平均	F_1	250	390	530	660	730	570	470	270
	F_2	2200	2020	1750	1650	1080	810	1000	910
	F_3	2850	2500	2400	2450	2630	2630	2420	2250

圖 5–10　　母音共振峰頻率數值

　　從圖 5–8a 我們可以看出來，F_1 的頻率高低與母音舌位高低 (vowel height) 成反比；F_1 與 F_2 之間的距離與母音前後也有關係，距離愈大，母音愈前。如果我們以 F_1 的頻率數目以及 F_1 及 F_2 的距離（亦即 F_2-F_1）的頻率數目作為每一母音的兩個數值，以 F_1 為縱座標，F_2-F_1 為橫座標把母音標示出來，我們可以得到圖 5–11。

　　（以圖 5–10 平均值為準）　　　　母音 (F_1, F_2-F_1)

i　(1950,250)　　　　　　ɪ　(1630,390)

ɛ　(1220,530)　　　　　　æ　(990,660)

ɑ　(350,730)　　　　　　ɔ　(240,570)

o　(530,470)　　　　　　u　(640,270)

　　圖 5–11 的座標圖與我們平常習慣有點不一樣，因為 F_1 及 F_2-F_1 的值與傳統母音的前後高低成反比，因此我們把零點設在右上角，亦即使用座標的負值，另外，頻率的間隔是以 Mel 為單位（簡單而言，Mel 是音調的聽覺上的單位），經心理聲學實驗證明我們對音調高低聽

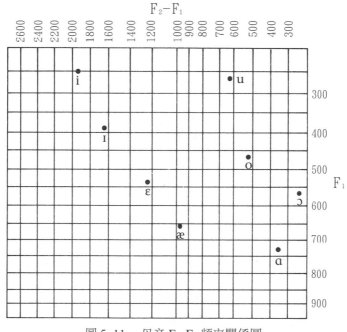

圖 5-11　　母音 F_1, F_2 頻率關係圖

覺上的判斷與實際的 CPS 數值並不成線性的比例關係，亦即是說，並非 10 CPS 的聲音聽起來就覺得比 5 CPS 的聲音高兩倍（參看 Denes & Pinson, 1963），因此圖中座標上的方標並不平均，低頻率部分比較寬，高頻率部分比較窄。從圖中我們可以看出來，傳統母音示意圖的確有相當客觀的依據。但是，同時我們亦不難發現，〔u〕與〔o〕要比傳統的描述更前。

5-4-4-2　子音的聲學特性

關於子音的聲學特性，我們僅以列舉項目的方式大略敘述。對這方面有興趣的讀者可參看 Ladefoged (1962, 1975), Singh & Singh (1976), Mackay (1978) 以便作初步了解的基礎。對聲譜閱讀方面，則可參看 *Visible Speech*（Porter 等 (1947)）。

　　㈠塞音 (stop) 在聲譜上可觀察到的特性有：送氣 (aspiration)，嗓音起始時間 (voice onset time)，共振峰過渡音段 (formant transition，這是辨別不同發音部位子音的最主要聲學特性)，音軌 (locus，每個母音的每個 formant 無論受任何子音影響而變化，其變化方向都指向一共同點，如齦塞音〔d〕後面母音的 F_2，無論其後接的是〔i〕，或〔ε〕，或〔ɑ〕，其變化的始端都指向 1800 Hz)。這些聲學特性是研究塞音的重要資料（參看 Mackay (1978); Singh and Singh (1977)）。

　　㈡擦音 (fricative) 因為發音時空氣由很窄的通道擠出，產生混亂的氣流，造成噪音 (noise，或稱 white noise，類似收音機沒有調到電臺播音頻道時發出沙沙聲的噪音)。在聲譜圖上這種氣壓的不規則變化是在廣闊的頻率區上面顯現出不規則不平均的陰影，如圖 5–9a 中 Is 及 sad 的 s 部分。每種擦音都可以這種不規則的陰影分布的頻率區而區別，如〔f〕均在 2000 Hz 至 8000 Hz 之間（其實不止 8000 Hz，但聲譜儀記錄的上限是 8000 Hz)；〔θ〕大致與〔f〕相同，但下限接近 1000 Hz，而且整體而言噪音比〔f〕弱很多；〔s〕大約在 3500 Hz 至 8000 Hz 之間；〔š〕在 1500 Hz 至 6000 Hz 之間。同時，在聲譜上的顏色深淺，亦可以表示擦音的強弱，大體上，s 與 š 最強，f 次之；θ 最弱。其帶聲相對音 z, ž, v, ð 等情形亦相似。

　　㈢介音 (glide，亦稱滑音，如 j, w) 及流音 "liquid，如 r, l"。這兩種聲音類似母音，有特別的共振峰。

　　㈣鼻音 (nasal) 也有特別的共振峰的形態，與母音類似，但是鼻音因為共鳴方式與口腔母音不同，formant 的強度比較弱。同時與母音一起使用時 m, n, ŋ 會產生很突然且變化明顯的共振峰過渡音段 (formant transition)。

　　㈤喉塞音 (glottal stop) 在聲譜與塞音相似，有一段靜止的時間以及帶聲起點的輕微延緩，但喉塞音卻沒有共振峰過渡音段。

㈥喉擦音 (glottal fricative)〔h〕（其實這名稱並不很對）的不規則噪音形態分布以尾隨母音的 formant 為中心，原因是〔h〕的口型與尾隨的母音完全一樣。

5-5 發音語音學

發音語音學 (articulatory phonetics) 的重點是從發音的生理去分析及描述語音，因此，舉凡語音的種類，數目，發音器官，發音部位，發音方式，發音氣流，聲門的狀態等等，都是發音語音學研究的範圍。

5-5-1 發音的生理基礎

發音需要能源，振動體，共鳴腔。這些條件都具有生理的基礎。能源是肺裡的空氣（大多數語音是利用肺裡呼出的空氣），振動體是聲帶，共鳴腔的變化由發音器官掌管。以下我們分別討論發音器官，發音氣流方式，以及聲門的狀態。

5-5-1-1 發音器官 (Speech Organs)

我們說話時所用到的器官及身體部分包括肺、喉頭（包括聲帶）、舌頭、牙齒、口腔、喉腔及鼻腔。大體而言，這些器官的主要功能都不是為說話或發音而設的，發音器官主要分屬呼吸及消化兩系統。但是在第一章我們也提到，人類進化至今天，發音器官的結構亦的確與發音及說話很有關係。以下是主要發音器官的剖面圖。

5-5-1-1-1　聲門以上的發音器官 (supraglottal organs) 包括：雙唇 (lips)；上下齒 (upper teeth, lower teeth)；齒齦 (alveolar ridge)；硬顎（palate 或 hard palate）；軟顎（velum 或 soft palate）；小舌 (uvula)；口腔 (oral cavity)；鼻腔 (nasal cavity)；喉腔 (pharynx)；氣管 (trachea)；

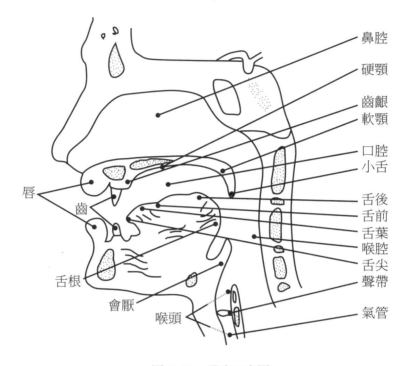

圖 5–12　發音器官圖

以及舌 (tongue)。

　　發音器官有些能動有些不能，其中最活動的發音器官是舌頭，舌頭不同的部位可以與其他發音器官接近或接觸，構成發聲時氣流的修飾部位。舌可分為舌尖 (tip of the tongue)，舌葉 (blade of the tongue)，舌前 (front of the tongue)，舌後 (back of the tongue) 以及舌根 (root of the tongue)。軟顎也是可動的發音器官，其主要的功能有二：(1)是當舌後抬起與軟顎接觸時，發顎音之用；(2)軟顎本身可以提升及垂下，發口腔語音時，軟顎提升起，將口腔與鼻腔的通道分隔開，發鼻音時則垂下，使空氣可由鼻腔逸出，因此軟顎是發鼻音與非鼻音的重要器官。

　　口腔、鼻腔及喉腔是發音時的共鳴腔道，對於語音的物理性質的

形成，非常重要。

5-5-1-1-2　喉頭 (The larynx)，位於氣管上端，是一個主要由軟骨及韌帶構成的複雜結構，在喉頭中間有一對有彈性的肌肉帶子，可以張合，叫做聲帶（vocal cords，或叫 vocal folds 或叫 vocal bands）。喉頭主要的生理功能有二：⑴在吞咽東西時，在會厭軟骨蓋住喉頭入口的同時，聲帶及假聲帶 (false vocal cords) 也同時緊閉起來，防止食物或水進入氣管。如一旦食物「跑錯管道」時，聲帶以咳嗽方式將異物彈出 (Ian Mackay, 1978, p. 56)；⑵在使用上半身做粗重工作或舉起重物時，聲帶可緊閉，將空氣鎖於胸腔中，使肋骨上的肌肉得到充分的支持。除此之外，喉頭最主要的功用是：在發音時聲帶不同程度的開合，可發出不同的語音。在發聲的過程中，聲帶是最主要的振動體，聲帶每秒鐘振動的次數稱為語音的基礎頻率（fundamental frequency，簡寫 F_0），F_0 多少受不同人的年齡，性別及體位大小的影響，同時 F_0 也多少能受我們自由的控制。比方說同一個「啊」的聲音，我們可以用高低不同的音調說出來。發音時聲帶振動的語音叫帶音（如母音及帶聲子音、濁音，voiced sounds），發音時聲帶不振動的語音叫非帶音（如非帶聲子音、清音，voiceless sounds）。帶聲與非帶聲在漢語研究中又稱濁音及清音。

5-5-1-1-3　聲門以下的發音器官 (subglottal organs) 包括氣管下端，支氣管 (bronchi)，肺，橫膈膜 (diaphragm)，及肋間肌肉 (intercostal muscle)，這些器官是驅動發音氣流的主要裝置。

5-5-1-2　發音氣流方式 (Airstream Mechanism)

發音必需要有空氣的流動，從生理的觀點看來，在發音器官中，有幾個部位存有空氣，如肺、喉腔、口腔及鼻。同時空氣流通的方向也有兩種可能，一種是呼出的方向 (egressive)，另一種是吸入的方向

(ingressive)。在人類語言中，除鼻腔的空氣不作發音能源外，其餘如肺、口腔，及喉腔中的空氣都可以利用來作發音的氣流。因此，依照呼出及吸入的方向，發音氣流方式有以下六種可能性：

肺部的 (pulmonic)		喉腔的 (glottalic)		口腔的 (velaric)	
呼　出 egressive	吸　入 ingressive	呼　出 egressive	吸　入 ingressive	呼　出 egressive	吸　入 ingressive

㈠肺部呼出氣流 (pulmonic egressive airstream) 是所有語言大多數語音所利用的氣流方式，氣流由肺呼出，經過喉頭，引起聲帶的振動，加上發音腔道的共鳴，就可發出不同的語音。

㈡肺部吸入氣流 (pulmonic ingressive airstream)，平常說話時很少利用，但是在做粗活時，或在喘氣如牛時說話，我們會同時使用吸入及呼出兩種肺部氣流。

㈢喉腔呼出氣流 (glottalic egressive airstream)，是利用喉頭的急速往上推動，將喉腔的空氣射出發聲，有些語言利用這種氣流發出「喉塞化子音」(ejective，又稱 glottalized consonant) 如 p', t', k'，這種語音的聲響效果是同時帶有喉塞音 (glottal stop) 的子音。

㈣喉腔吸入氣流 (glottalic ingressive airstream) 是利用喉頭的急速往下抽回，將喉腔的空氣吸入發聲，有些語言利用這種氣流發出「吸入塞音」(implosives) 如 ɓ, ɗ, ɠ 等。

㈤口腔呼出氣流 (velaric egressive airstream) 在自然語言中沒有應用。有時候少數語言治療師 (speech therapist) 會訓練全喉切除的病人 (laryngectomees) 使用這種氣流發音，叫口腔語 (buccal speech)，但因為口腔中同時要做發音動作，又要同時製造氣流，因此相互干擾，效果不好。所以，全喉切除病人大多練習使用食道語 (esophageal speech)。

㈥口腔吸入氣流 (velaric ingressive airstream) 是以舌後往後移動，頂住軟顎，與口腔其他發音器官形成之阻礙部位（如雙唇）之間形成部分真空狀態，阻礙部位急速放鬆時，空氣往口腔內急速吸入，但因舌後頂住軟顎，因此空氣不進入喉腔，只在口腔中發出一種「滴答聲」的「吸入滴答子音 (click)」，這種子音在一些非洲語言中使用。

5-5-1-3　聲門的狀態 (state of the glottis)

聲帶之間的空間稱為聲門 (glottis)，聲門的開合狀態與發音也有密切關係，大體上聲門有六種狀態與我們平常生活與說話有關。

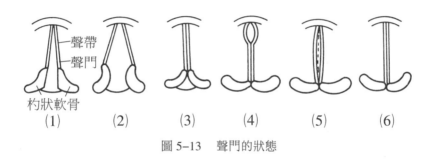

圖 5-13　聲門的狀態

在圖 5-13 中，⑴是平常呼吸（以及發非帶聲的子音）時的狀態，兩條聲帶後端張開，空氣可自由進出，聲帶不振動；⑵是氣息粗重時的狀態，聲帶分得更開；⑶是在耳語 (whisper) 時的狀態，兩條聲帶幾乎完全合起來，只剩下後端接近杓狀軟骨 (arytenoid cartilages) 處留下一細小空間，氣流可流出，產生輕沙沙聲的耳語聲音效果；⑷是發出嘰嘎聲（亦稱緊喉嗓音 creaky voice）的狀態，平常在下降語調將結束時所聽到的音調很低的聲音就叫 creaky voice，這時候兩邊的杓狀軟骨緊閉，因此聲帶只能在前端振動；⑸是平常發聲時的狀態（母音及帶聲子音），兩條聲帶從前端到後端全部都很接近，並輕微接觸，空氣可以擠出，產生振動；⑹是做粗活，或提舉重物時的狀態，兩條聲帶從

前端到後端全部緊閉，空氣不能呼出。

5-5-2　母音

語音大體上可分為兩大類，母音（vowel，又稱元音，在研究漢語時則稱韻母），及子音（consonant，又稱輔音，漢語語音學則稱聲母）。現在一般人更習慣的說法叫母音及子音，因此我們現在討論一般語音學時也採用這種名稱。

5-5-2-1　母音的發音特徵

發母音時，發音器官並不緊接，亦即口腔內並無阻礙，發音氣流暢通，聲帶同時亦振動。因此母音通常是有規律的聲波構成的樂音。母音與另一母音之間的分別，主要是因為聲帶振動時，發音腔道中空氣共鳴而產生不同的共振峰，因而產生不同的聲音效果。發音腔道的共鳴，我們可以用發音腔道（特別是口腔）的大小及形狀來控制，這種大小與形狀的不同，是形成不同母音不同的共振峰結構的主要因素。口腔的大小及形狀在母音發音時可以由舌頭雙唇及下巴的開合來控制。所以母音的分類主要考慮的因素有三：⑴（舌面最高點的）高低；⑵（舌面最高點的）前後；⑶唇形（展或圓）。我們通常以一不規則四邊形來表示母音的發音方式，如以圖 5-14 為例，其中水平方向代表舌位的前後，以前、央、後，表示三種大約的位置，垂直方向代表舌位的高低，以高、中、低，表示三種大約的位置。至於唇形，一般習慣是以外側所列的表示主要母音 (cardinal vowel)，內側所表示的是次要母音 (secondary cardinal vowel)，大致上說，主要母音的前母音是展唇，後母音大多是圓唇 ，而次要母音則相反 。 圖 5-14 是國際語音學會 (IPA) 所公布的主要及次要母音的符號及位置。

前母音 i, e, ε, æ 是展唇音，y, φ, œ 是與 i, e, ε 相對的圓唇音。後

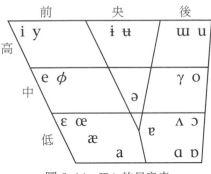

圖 5-14　IPA 的母音表

母音 ɔ, o, u 是圓唇音，ʌ, γ, ɯ 是與 ɔ, o, u 相對的展唇音。另外主要母
音 ɑ 是展唇，與其對應之次要母音 ɒ 是圓唇。圖 5-14 所表示的都並
不是絕對的位置，這些位置原先是以 X 光照相術先將 i, a, ɑ, u 四個母
音舌位的前後高低先定好，然後再定出其他母音的相對位置（參看 The
Principles of the International Phonetic Association, p. 5）。

　　如以圖 5-14 作參考，我們可以把國語的七個單韻母及所謂的「空
韻」(ㄭ) 的舌位表示如下，注音符號下面括號中是「國際音標」(IPA)
的符號。

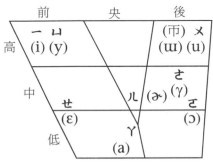

圖 5-15　國語單韻母及空韻表

　　圖 5-15 有兩點值得說明一下，首先，國語的ㄝ不單獨使用，其前
面一定有介音ㄧ或ㄩ，但是從ㄝ本身的音值來看，確實與 ɛ 相當。也有

人認為ㄝ的音值應介乎 ɛ 與 e 之間，另用 E 來表示，但實際上沒有必要分得那麼細，況且，能辨別 E 與 ɛ 之區別的人也不多。第二、有關所謂國音的空韻（ㄭ），通常很多人都說是舌尖元音ㄭ（在ㄗ，ㄘ，ㄙ後面），或ㄭ（在ㄓ，ㄔ，ㄕ，ㄖ後面），但圖 5–15 以純粹音值為觀點，將ㄭ的音值定為展唇的後高母音 ɯ，這種做法主要的好處，是符合語音現實，我們唸ㄗㄭ，ㄘㄭ，ㄙㄭ等時，音質是舌後抬升而且軟顎化音值特色 (velarization) 很濃的後母音，但是聽起來好像又帶有一點舌尖的音值 (apical quality)，其實這種舌尖的音值是舌尖塞擦音ㄗ，ㄘ，ㄙ本身的特性，並非母音ㄭ本身的音值，如果我們把空韻ㄭ看作是所謂舌尖元音 (apical vowel) 的話，就很難從發音的觀點去解釋，為何ㄗ，ㄘ，ㄙ（連ㄓ，ㄔ，ㄕ，ㄖ在內，雖然程度不同）都帶有軟顎化音值。但是如果我們把空韻ㄭ看作是 ɯ（事實上其音值也是如此），我們就不必解釋為何有 velarization 了，因為 ɯ 本身就是 velarization 特色很濃的母音。至於在ㄗ，ㄘ，ㄙ之後具有舌尖的音值（所謂ㄭ），以及在ㄓ，ㄔ，ㄕ，ㄖ之後具有捲舌音值（所謂ㄭ），只是子音本身的特性而已，ɯ（即空韻ㄭ）與其相鄰，自然受其同化 (assimilate) 而多少帶有這兩種特性，但其本質最大的特性，即舌後抬升接近軟顎及 velarization 卻從未消失過。因此，從語音學上看來，國語的空韻（ㄭ）音值應該是 ɯ。從圖 5–8b/ㄭ/ 的聲譜第一二共振峰的位置分布看來，絕對不是前高母音。這也可看作是空韻ㄭ不是舌尖母音的聲學上的證據。Tse (1988, 1989) 對空韻聲學特性進一步詳細分析亦支持此種看法。此外，圖 5–15a 為 "資"〔ㄗㄭ〕及 "之"〔ㄓㄭ〕兩字之波形（上）、聲譜（中）、及頻譜（下）。其中下方之頻譜顯示 "資" 的韻母〔ㄭ〕之第一共振峰 (F_1) 頻率為 338 赫，第二共振峰 (F_2) 為 1547 赫，而 "之" 的韻母〔ㄭ〕之 F_1 為 345 赫，F_2 為 1883 赫。頻率幾乎一樣的兩個 F_1，反映出空韻共有之軟顎化音值。

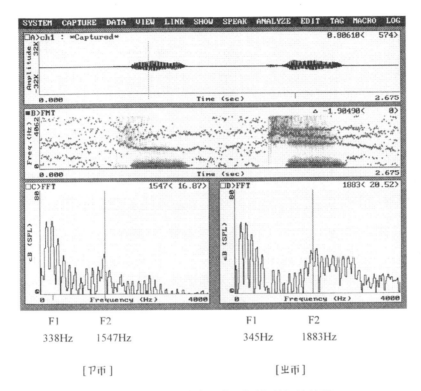

F1	F2	F1	F2
338Hz	1547Hz	345Hz	1883Hz

[ㄗ帀]　　　　　　　　　　[ㄓ帀]

圖 5-15a　國語空韻之聲譜圖與共振峰結構

至於我們所熟悉的外語──英語單母音的位置圖亦可表示如下：

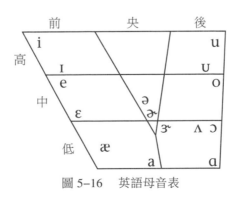

圖 5-16　英語母音表

以上我們說過，母音發音描述的準則有三：前後、高低及唇形。

其實除此以外，還有一種特性我們應該注意的，那就是：發音時肌肉的緊張度 (tenseness)，有些母音發音時發音器官各部分的肌肉都比較緊張 (tense)，有些則比較鬆弛 (lax)，這種分別，在英文的母音系統中是很重要的因素，例如英文的 i 與 ɪ, e 與 ɛ, u 與 ʊ, o 與 ɔ，主要區別之一（除了高低前後之外）是緊張程度的不同，這四對母音中，前面一個都是「緊音」(tense)，後一個都是「弛音」(lax)。這種因素在國語中並不重要，因為重要的辨音成分並不在此。當然，緊音與弛音之間的差異主要成因，並非只在於發音時肌肉緊張的差異。晚近的研究顯示，這兩者之間聲響值的不同，主要是因為發緊音 (tense vowel) 時舌根往前移動，增加了喉腔的共鳴空間而發弛音 (lax vowel) 時卻沒有這個動作。因此才引起聲響效果的不同。僅是肌肉的緊張與鬆弛是不足以引起這種聲響的不同的。

5–5–3   子音

語言治療學家 James Shank 說過 "Vowels are the carrier of voice; consonants are the carrier of intelligibility." ❶（母音是嗓音的實現方式；而子音是語言清晰度的憑依）。這句話很有意義，能夠發出嗓音的語音，多半是母音，而子音在語音的結構形態方面往往是充當母音的起首或結束的界限（也可以說子音是母音的起首及結束時發音的修飾），不同的子音與同一母音組合時，會使母音的聲學效應產生變化，因此產生出不同的語音效果來。子音的重要性絕不在母音之下，因為在負擔起表意功能上子音與母音是缺一不可的。世上固然沒有只有子音沒有母音的語言，因為這樣的話，這種語言大部分的語句都聽不見的，但是

---

❶   此語乃 Dr. Shank 在 1984 年 4 月 20 日至 22 日在師大舉行之「中美語言治療研討會」中發表論文 "Reduced Intelligibility of Speech" 時所說的一句話。

世上也沒有只有母音而沒有子音的語言，因為這種語言的發音也不合乎自然法則。在所有自然語言的音節形態中以 CV 形態最為普遍（C 代表子音，V 代表母音）。

5-5-3-1　子音的發音特徵

子音發音時，氣流都有阻礙（唯一的例外是 h），阻礙的方式可能是完全的阻塞，或是部分的約束，聲帶並不一定振動；另外，發子音聲氣流可以從口腔逸出，成為口腔子音 (oral consonant)，亦可以由鼻腔逸出成為鼻音 (nasal)。所以描述子音時，主要是以發音方式、發音部位、聲帶振動與否為依據。

5-5-3-2　發音方式

發音方式 (manner of articulation) 主要是指發音氣流在口腔裡被修飾的方式，例如完全的阻塞、部分受約束，或是轉由鼻腔逸出。這是子音分類的重要依據之一。按發音方式，子音可以分為以下五種：

㈠塞音（stop，亦稱 plosive 塞爆音）：塞音的發音要素是，氣流必須完全阻塞，軟顎提升，阻隔口腔與鼻腔之間的通道，因此口腔內的氣壓增加，然後突然及急速的釋放口中空氣，使產生一種「爆裂」聲效的語音，英文的 /b/, /d/, /g/, /p/, /t/, /k/，中文的 /ㄅ/，/ㄉ/，/ㄍ/，/ㄆ/，/ㄊ/，/ㄎ/ 都是塞音。

㈡鼻音 (nasal)：鼻音發音方式與塞音相似之點是發音氣流在口腔中也是完全阻塞，不同之點是氣壓不會在口腔中增加，因為軟顎垂下，氣流從鼻腔逸出，產生鼻腔共鳴的鼻音特性。英文的 /m/, /n/, /ŋ/，以及中文的 /ㄇ/，/ㄋ/，以及聲隨韻母的 /ㄤ/，/ㄥ/ 的收尾部分（即聲母兀），都是鼻音。

㈢擦音 (fricative)：擦音發音要素是將發音器官中兩部分互相接

近，但不完全阻塞，留下窄縫，軟顎提升，讓氣流從縫中擠出口腔外，產生嘶嘶的摩擦聲來，英語的 /f/, /v/, /θ/, /ð/, /s/, /z/, /ʃ/, /ʒ/，以及國語的 /ㄈ/，/ㄙ/，/ㄕ/，/ㄖ/，/ㄒ/，/ㄏ/ 都是擦音。

㈣塞擦音 (affricate)：塞擦音發音方式可說是塞音與擦音的組合，先是氣流完全阻塞，軟顎提升，再以擦音的發音方式釋放氣流。因此很多語音學家不把塞擦音當作一種獨立的子音，而認為只是塞音加擦音的子音串連。英語的 /dʒ/, /tʃ/，以及國語的 /ㄗ/，/ㄘ/，/ㄓ/，/ㄔ/，/ㄐ/，/ㄑ/ 等都是塞擦音。

㈤接近音 (approximant)：這名稱對一般人而言比較陌生，發音方式的主要特性是發音器官中兩部分互相接近，接近的程度要比母音 /i/ 要窄一些，但卻要比發擦音時要張開一些，而不致產生摩擦聲效，因此「接近音」有時候也稱為「非摩擦延續音」(frictionless continuant)。「接近音」主要分兩類（這兩類的名稱是比較熟識的名稱），一是「介音」(glide)，另一種是「流音」(liquid)。英語的 /j/, /w/，以及國語的 /ㄧ/，/ㄨ/，/ㄩ/ 是介音；英語的 /l/, /r/，國語的 /ㄌ/ 是流音。

另外，發 /l/ 或國語的 /ㄌ/ 時，氣流是從舌頭的一邊或兩邊流出口外，因此又稱為「邊音」(lateral)。

5-5-3-3　聲帶的振動

是否具有帶聲（voicing 亦即聲帶振動）的特性也是子音分類依據之一。傳統漢語語音學以「清音」表示發音時聲帶不振動的子音 (voiceless consonant)，而以「濁音」表示發音時聲帶振動的子音 (voiced consonant)。現在通俗的稱法將 voiced（濁）稱為「有聲」而 voiceless（清）稱為「無聲」。這種名稱其實並不理想，但無可諱言，對一般人而言「有聲子音」及「無聲子音」是相當普通的名詞，反而「清音」與「濁音」則不盡然。英語的子音中，清濁的對立相當重要，從塞音

到塞擦音都有，如 /b/ 與 /p/, /g/ 與 /k/, /d/ 與 /t/, /v/ 與 /f/, /ð/ 與 /θ/, /z/ 與 /s/, /ʒ/ 與 /ʃ/, /dz/ 與 /tʃ/，但在國語的子音中，濁音只有ㄇ，ㄋ，ㄌ 及ㄖ四個，其餘都是清音，其中只有ㄕ與ㄖ一對可算是以清、濁為對立 的主要條件。

5-5-3-4　發音部位

發音部位 (place of articulation) 指的是發音時氣流在 口腔中受到修飾 （如阻塞或約束 等）的實際位置。因此從口腔的最 外緣雙唇一直至聲門理論上都可 以是可能的發音部位。但實際上， 按照國際音標常用的發音部位有 下列 12 種：

(1)雙 唇 (bilabial)， (2)唇 齒 (labiodental)，(3)齒 (dental)，或齒 間 (interdental)，(4)齒齦 (alveolar)， (5)捲舌 (retroflex)，國語又稱「舌 尖後」，(6)顎齦 (palato-alveolar)， (7)齦顎 (alveolo-palatal)， (8)硬顎 (palatal)， (9)軟顎 (vela)， (10)小舌

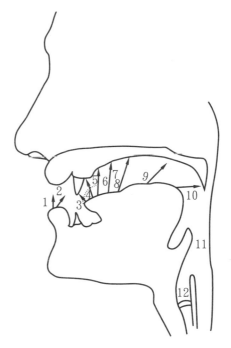

圖 5-17　發音部位示意圖

(uvula)，(11)喉腔 (pharyngeal)，及(12)聲門 (glottal)。但是一般說來，個別 語言並不會全部使用這十二種部位。例如國語就沒有小舌音、喉腔音 及聲門音。下面是這十二部位的示意圖、國語的子音表以及國際音標 的聲符圖（以發音部位及發音方式及清、濁三種標準劃分）。

方式 ＼ 部位及簡稱	雙唇	唇齒	舌尖前（上齒背）	舌尖（上齒背/齒齦）	舌尖後（顎齦前）	舌面前（齦顎）	舌根（軟顎）
塞 清 不送氣	ㄅ p			ㄉ t			ㄍ k
塞 清 送氣	ㄆ pʰ			ㄊ tʰ			ㄎ kʰ
塞擦 清 不送氣			ㄗ ts		ㄓ ʂ	ㄐ tɕ	
塞擦 清 送氣			ㄘ tsʰ		ㄔ tʂʰ	ㄑ tɕʰ	
鼻 濁	ㄇ m			ㄋ n		(广) ȵ	(兀) ŋ
邊 濁				ㄌ l			
擦 清		ㄈ f	ㄙ s̪		ㄕ ʂ	ㄒ ɕ	ㄏ x
擦 濁		(万) v			ㄖ ʐ		

圖中注音符號旁邊的是 IPA 的符號。加在符號上方的小 h 如 pʰ, tʰ, kʰ, tsʰ 等是表示「送氣」。加在 s 之下的〔n〕符號表示是齒音 (dental)，國語之ㄙ〔s̪〕與英語的〔s〕主要不同之處是前者是舌尖齒音 (apical-dental)，而後者是舌葉齦音 (laminal-alveolar)。

圖 5–18　國語子音表

子音	雙唇	唇齒	齒與齦	捲舌	顎齦	齦顎	硬顎	軟顎	小舌	咽	喉
塞音	p b		t d	ʈ ɖ			c ɟ	k g	q ɢ		ʔ
鼻音	m	ɱ	n	ɳ			ɲ	ŋ	N		
邊音			l				ʎ				
邊擦音			ɬ ɮ								
顫音			r						R		
閃（拍）音			ɾ	ɽ					R		
顫擦音			ɹ								
擦音	ɸ β	f v	θ ð s z ɬ ɮ	ʂ ʐ	ʃ ʒ	ɕ ʑ	ç j	x ɣ	χ ʁ	ħ ʕ	h ɦ
半母音 及 非摩擦延續音	w ɰ ɥ	ʋ	ɹ				j (ɥ)	(w) ɰ	ʁ		

母音	圓唇					前　央　後					
合口	(y ʉ u)					i y　ɨ ʉ　ɯ u					
半合口	(ø o)					e ø　　　ɤ o					
						ə					
半開口	(œ ɔ)					ɛ œ　　3					
						ɐ					
						æ					
開口	(ɒ)					a　　　ɑ ɒ					

圖 5–19　IPA 的子音表

5-5-4 超音段

母音與子音通常合稱為音段 (segment)，其原意是說話雖然是連續的現象，但是我們感覺上總是覺得可以劃成更小的分立單音。因此，每一語音 （包括母音或子音） 都稱為一個音段。音段可以組成音節 (syllables)，音節組成更大更長的語言單位。但是有些語音要素是加在音段之上的，亦即其影響的範圍往往超越一個單音段而擴及整個音節，例如聲調 (tone)，重音 (stress)，語調 (intonation) 等，這些語音要素我們稱為「超音段」(suprasegmentals)，趙元任 (1968) 又稱之為「上加成素」。有時候，語音的長短 (length)、快慢等都包括在 suprasegmental 的範圍裡，但是最常用的超音段是聲調、重音及語調。

一般而言，國語並不像英語一樣在詞彙的 (lexical) 層次上使用重音作基本的對立，如 `insult（名詞）與 in`sult（動詞）的分別是在重音的不同。但是，國語裡卻有輕聲（亦即非重音）與一般非輕聲的對立。同時，按照語意焦點 (focus) 與重音關聯的一般原則，國語也有所謂「平常重音」（如多音節語詞中間沒有停頓的話，通常是最後一字唸得最重，第一個其次，中間的最輕）與「對比重音」（句中有對比的語詞，相對的項目唸重音，如"他是黃先生，不是王先生"一句中"黃"，"王"兩字唸重音）。在國語語音系統裡，輕聲比較特殊，需要特別的注意，如母語並非國語，學習國語時輕聲更是需要刻意的學習方可。因為"鴨頭"與"丫頭"，"蓮子"與"簾子"，"蛇頭"與"舌頭"等語詞對立間的不同，只是在於後一項第二字是唸輕聲而已。至於「對比重音」與「平常重音」的分配，多少是受「普遍語法」(universal grammar) 中的「通用語音律」(universal phonetic rules) 的支配，並非僅存於國語，英語或其他語言亦如此，因性質比較通用而易記，通常也比較易學。

無疑的，在國語語音系統裡，詞彙的聲調 (lexical tone) 可以辨別

單詞的語意，因此比重音顯得更重要。國語因此亦稱為「聲調語」(tone language)。聲調語最主要的特徵是在詞彙的層次上，不單只音段（子音及母音）可以有辨義的功能，聲調的高低與變化也具有辨別單詞語意的功能。因此在國語裡ㄇㄚ（媽），ㄇㄚˊ（麻），ㄇㄚˇ（馬），ㄇㄚˋ（罵）就是四個不同的單字，其不同並非母音或子音的不同，而只是聲調的不同而已。

在英語中，重音除了具有「對比重音」和在片語與子句的「平常重音」之外，還有詞彙的重音 (lexical stress)，亦即是在構詞的層次上，重音可以辨別單字的詞類，如上文的 `insult（名詞）與 in`sult（動詞）之別，因此重音在英語裡具有語法的功能。

整句的聲調高低的變化稱為「語調」(intonation)。語調可以使整句的句意產生變化。這種變化通常表示「語言行為」(speech act) 種類（有關「語言行為」詳情，參閱第十章）。以英語為例，普通可以用 Yes 及 No 回答的「yes-no 問句」(yes-no question)，是以「上升語調」(rising intonation) 來表示。「疑問詞問句」(wh-question) 及陳述句是以「下降語調」(falling intonation) 來表示。句中的停頓以及一連串項目細說時，中間的短暫停頓是以「平調」(sustained intonation) 來表示。直接稱呼時，亦用「上升語詞」。此外，表示懷疑時可用「降升調」(falling-rising intonation)，表示確定時可以「升降調」(rising-falling intonation) 來表示。Ladefoged (1975) 以 yes 一字把在英語中可能有的所有語調形態綜合起來：

yes 下降 ="The answer is yes."（答案是 yes。）

yes 降升 ="I'm doubtful."（我很懷疑。）

yes 高 ="Did you say 'yes'?"（你是說 yes 嗎？）

升 ="Please go on, I am listening."

yes 低 （請繼續說下去吧，我在聽。）

yes 升降 ="I'm certain."（我很確定。）

　　所有以上所提到的超音段發音要素都是以其本身與同一句子的其他項目之間的關係來決定的。可以說，超音段要素是某一項目本身在音調 (pitch)，音強 (loudness) 及長度 (duration) 上的相對值。其絕對值，如頻率或 dB 數值，並不重要。比方說，男人所說的"媽"，"麻"，"馬"，"罵"四聲與小孩子所說的同樣四聲在絕對值上是不同的，小孩子語音的頻率通常比較高，但是兩者所表的語意是一樣的。因此絕對的物理數值在語意系統的運作上並不重要。

5-6　聽覺語音學

　　從以上圖 5-2 的語言連鎖活動流程來看，其中第 4 步是聲波傳到聽者耳中，經過聽覺神經傳到大腦去辨別語音的過程，這正好是聽覺語音學（perceptual phonetics 或稱 auditory phonetics）研究的範圍。

　　在發音的過程中，發音器官的動作由大腦發出很多的指令來控制。比方說發鼻音時鼻音特性是由軟顎垂下的動作來達成。那麼，在聽到語音時，聽者是否也以相同或相似的指令來辨別語音呢？原則上，我們可以假設發音的動作與語音的感知有相當密切的關連。發音與辨音是否由完全相同的大腦指令所控制我們並不能夠肯定。但是，我們對

某種語音的感知常與發該種語音所要做的動作有關。更明確一點的說，當我們聽到語音時，我們可能是在考慮我們要發同樣聲音時該做哪些動作，這種看法稱為「語言感知的運動理論」(motor theory of speech perception)。

語音訊號雖然是物理現象，但是子音與母音的聲學特性並非一成不變的。比方說，辨別同一子音的聲學特徵在不同的母音前往往有所差異，但是聽者所聽到的仍是同一子音。因此，有人假設當聽者聽到某一語音時他是在考慮要發這語音時所該做的動作。當然這種說法只是一種理論，但我們也不能否認我們對發音動作的體認也確實對我們對語音的感知有相當影響。

5-6-1　微小詮釋者：大腦詮釋語訊的模式

對於語音訊號的感知 Sadanand Singh 及 Kala Singh (1976) 提出所謂「微小詮釋者」(miniinterpreters) 模式，試圖描述大腦對於音訊輸入以後的處理過程。這模式的基本假設是每個語音都具有一定的發音要素或成分 (phonetic features)，這些成分的實現可使語音與其他語音聽起來不同，因此從這方面來看這些成分又可稱為「辨音成分」(distinctive feature)；有關「辨音成分」的詳情，見下一章。在發音時，大腦按照這些語音成分來作出發音運作；在音訊傳到聽者大腦時，分辨這語音是何種語音的過程亦是決定這聲音具有什麼語音成分的過程。Singh 與 Singh 二人以英語子音 /p/ 為例子，說明這語音的聲波傳到聽者的大腦之後經過七個「微小詮釋者」的決定步驟，因而判別是 /p/ 的聲音。簡單的說，聽者的大腦需要做以下的判別：(1)根據聲帶的情況決定聲音是「清音」而非「濁音」；(2)根據氣流阻礙的部位，決定聲音是「前」而非「後」；(3)根據唇部的動作，決定聲音是「唇音」而非「非唇音」；(4)根據氣流阻礙的程度，決定聲音是「阻音」(obstruent)；(5)根據聲訊

的長短及阻礙氣流釋放的方式決定聲音是「塞音」；(6)根據聲訊的音質，決定聲音是「非噝音」(non-sibilant) 而非「噝音」(sibilant)；(7)根據鼻腔共鳴音質的有無，決定聲音是「非鼻音」(non-nasal)。經過這系列的決定以後，這個聲音就判定為 /p/（亦即口腔前部，雙唇，阻塞，非噝音，非鼻音的清音）。以上這些決定雖然在描述上有先後，但是在大腦的處理上，是同時進行的。這些「微小詮釋者」因為能辨別語音與語音之間的不同，因此也稱為「辨音成分」。「辨音成分」當然不是只有七個，所有自然語音共有一種「通用語音系統」，其中也包含能辨別所有人類語音所必需的語音成分。

這些辨音成分亦經過 些心理語音方面的實驗證明。其中一種實驗要求受試者聆聽一對對的語音，然後評量兩者之相似性質。實驗的結果顯示，受試者的判斷以所聽到的一對語音之間共有的辨音成分多寡為依據，兩者共有的辨音成分愈多，受試者對兩音的判定就愈相似。反之則覺得兩者愈不相似。比方說，/p/ 與 /b/ 兩音除了「帶聲」(voicing) 這種辨音成分不一樣以外，其他所有辨音成分都相同，而 /p/ 與 /ŋ/ 則除了「阻塞」與「非噝音」兩種辨音成分共有以外，所有其他成分都不相同，因此受試者毫無例外地判定 /p/ 與 /b/ 比 /p/ 與 /ŋ/ 更相似。其他的實驗亦顯示當聽者比較不同的語音的異同時，的確涉及辨音成分的判斷。以辨音成分來研究語音感受的過程頗能與現代音韻學理論配合，對於語言連鎖活動過程中的一環，亦提供了不少有意義的概念。「語音的感知是辨音成分有無的判別過程」這種假設對於兒童語音習得 (acquisition) 過程中，個別語音辨別能力習得的先後，以及學習母語以外另一語言時對某些語音成分不能分辨這兩種情形，也能提供合理的解釋。根據這種假設，我們可以認為兒童習得母語的辨音成分有先後，因此辨別語音的能力也有先後。學習外語時，母語沒有而外語有的辨音成分，往往也構成學習者辨別該種外語語音時的困難。例如塞

音及擦音在國語裡沒有「清」「濁」之分，而在英語則有，因此在初學階段，中國學生很難分辨英語的 p 與 b, s 與 z, f 與 v, t 與 d 等。

5-6-2　影響語音感知的物理及生理因素

㈠影響語音感知的物理因素主要來自對語音的聲波所產生的干擾或變化，因此使語音訊號扭曲 (signal distortion)。語音訊號的扭曲可以經由電子或其他方式達成。我們從日常經驗得知，在吵鬧的環境中比較不容易聽清楚別人的話，在電話中談話，有些語音也不容易分辨，如果是電話交談，對方又是在很吵鬧的地方打過來，就更是不容易聽清楚了。環境噪音 (environmental noise) 是形成語音訊號扭曲的普遍的因素，電話等電子通訊設備通常有固定的頻率範圍，比這範圍高或低的語音頻率是無法通過的，因此從電話中所傳來的聲音並不是原來聲音的全部頻率，而是在最經濟的原則下傳過來能足夠辨別語（聲）音的頻率。所以有效的辨音頻率範圍經常是通訊科學家 (communication scientist) 研究重點之一。

從實驗中我們知道音訊扭曲的種類與其效果大致如下：

⑴不同強度的環境噪音對於辨音成分「塞音／延續音」(stop/continuant) 以及「前／後」(front/back) 有很大的影響。在吵鬧很嚴重的情形下，聽者辨別前子音與後子音，以及塞音子音（如 p, b 等）與延續音子音（如 f, v 等）的能力就會大為降低。

⑵含有高、中、低三種頻率的語音可以用電子方法將高與中的頻率除去，只讓低頻率通過，送入聽者耳中，這種情形下，最受影響的辨音成分是「塞音／延續音」與「嘶音／非嘶音」(sibilant/non-sibilant)。擦音及塞擦音是嘶音，其他語音是非嘶音。擦音（擦音大都是嘶音）的聲學特徵是在高頻率層次的不規則氣流形成的噪音，而塞音的聲學特徵之一的 F_2 變化集中點 (F_2 的 locus) 通常也在中（或高）層次的頻

率帶，因此如語音只剩下低頻率，自然不易分辨這兩種辨音成分了。

(3)以類似的方法將語音的低及中層頻率除去，只讓高頻率通過時，最受影響的辨音成分是「清音／濁音」(voiceless/voiced)，「響音／阻音」(sonorant/obstruent)，如鼻音、流音都是響音，塞音及擦音是阻音，以及「鼻音／非鼻音」(nasal/non-nasal)。改變音訊的長度則影響「塞音／延續音」、「噝音／非噝音」及「清音／濁音」這幾種辨音成分。

㈡影響語音感知的生理因素是聽覺障礙與腦損傷。聽障的情形可能發生在高頻率、中頻率，或低頻率區域，也可能在所有的頻率區都有阻礙。高頻率聽障的人難以分辨「前／後」的發音部位，「塞音／延續音」以及「噝音／非噝音」。低頻率聽障的人則難以分辨「清音／濁音」、「響音／阻音」、以及「鼻音／非鼻音」。

至於腦損傷時語音感知能力受損的原因是大腦中某些辨音成分的「微小詮釋者」失去功能，所以無法聽出原來是很熟識的聲音。因此經過語言治療之後失語症病人語音感知如有改善也可以看作是這些辨音成分的功能恢復（Singh 與 Singh, 1976，第 6 章）。

5-7　結語

語音學除了是語言學研究的一個分支範圍以外，與「通訊科學」(communication science)、「語言病理學」(speech pathology) 以及「特殊教育」(special education)，國語及外語教學都有密切的關係。發音語音學在教學上以及語言治療 (speech therapy) 上的重要性自然是不言而喻了。聲學語音學對於聲音的物理學、語音合成、語音辨識、人工智慧以及通訊科學的研究也是很基本的知識。聽覺語音學對於電子通訊器材的設計，語言治療人員、特教人員以及一般語言教師的訓練，也是一種重要的課題。當然，這三種語音學的關係更是密切，三者是互

補的，每一種語音學的研究與進展都可以促進其他兩種的發展，也能增加我們對人類自然語言中語音的生理與物理的原理原則的了解。這種了解，不只在學理上重要，在我們生活中也重要，語言教學少不了它，語言治療也少不了它，通訊器材的設計也少不了它。有些時候，了解語音訊號中哪些訊號資料是溝通意思所必需是非常重要的。Ohio State University 的 John W. Black 教授曾經說過一段二次大戰期間的經驗。當時他參與通訊音訊清晰度的研究。他經常有系統的研究在各種不同情形中音訊受到各種不同程度的扭曲及干擾下，如何能使說話的信息能夠清晰的傳達。這種研究對於改善飛機與航空管制人員之間的無線電通訊以及對於戰鬥機的駕駛與槍砲手之間的對講機的通信的清晰度非常重要。當時的小型電子零件的效果並不很好，因此在飛機上噪音很大的情形下，機員之間的通訊常有誤會。有一次訓練飛行中，飛機駕駛員對位於機尾的槍砲手（透過對講機）說 “Get your brass out.” （這是他們的行話。brass 意思是指「彈藥」。全句大意是「開始射擊吧」）。這話說完，槍砲手馬上就往外跳傘。在噪音大，線路不良的情形下 brass out 與 parachute（降落傘）聽起來大概很像。這種錯誤，如在真正的戰鬥行動中，可能是生與死之間的問題了 (Mackey, 1978, p. 28)。在我們日常生活中，語音中的擦音 (fricative) 也容易受到噪音的干擾，因為擦音本身也是噪音，這種情形在電話中較易發生。有一次作者在電話中自報姓名，但當時線上噪音頗大，對方把作者的姓 “謝” 聽成 “葉” 而以 “葉先生” 相稱。細探其因，可能是因為噪音剛好把〔ㄒㄧㄝˋ〕前面之擦音〔ㄒ〕遮蓋住 (masked)，以致只能聽到響音的韻母部分〔ㄧㄝˋ〕。在通訊器材設計中，語音可能遇到的 masking 問題也是工程人員關心的課題之一。

複 習 問 題

1. 語音學可以分為哪幾種？每一種研究的內容如何？

2. 在 5-4-1 節所列舉研究語音學的理由中，試列出三項你認為最重要者，並說明你為何作此選擇。

3. 試解釋下列名詞：
   a. 基礎頻率
   b. 週期
   c. 振幅
   d. 陪音（諧頻、泛音）
   e. 共振峰

4. 如果我們說人的發音器官沒有任何一個是專門為發音／說話而設的，你會同意這種說法嗎？試說明你同意或不同意的理由。

5. 試說明母音與子音之主要特性以及兩者之差異。

6. 試說明母音分類的條件。

7. 何謂「發音部位」、「發音方式」及「清／濁」？

8. 何謂「超音段」？「超音段」包括哪些語音現象？

9. 試以語音學分類方式描述下列語音：
   例如：〔ㄅ〕「不送氣雙唇清塞音」
   〔ㄓ〕、〔ㄈ〕、〔ㄑ〕、〔ㄏ〕、〔ㄖ〕、〔β〕、〔ɟ〕、〔ɱ〕

10. 何謂「語音感知的運動理論」？

第六章　音韻學

　　很多人對於音韻學 (phonology) 這個名詞在語言學上的意思並不很了解。事實上，很多英漢字典對於 phonology 一詞的註解是「音韻學」或「語音學」。對一般人而言，語音的研究就叫做語音學就夠了，為何還需要另一種名稱呢？如確實需要兩個名稱，那麼，他們各自的意義又如何呢？對語言學家而言，語音的種類、數目、發音的原理以及語音的物理 (聲學)、生理及聽覺上的特性是語音學的研究。這也是相當基礎而具體的研究。但是在語言系統的運作過程中，每　個母語使用者除了知道該語言有多少個語音，每個語音如何發音之外，還具有一種比較抽象的知識。那就是：這些語音組合的規律。我們都知道，儘管發音的方法是全人類共同而一致的，比方說「雙唇不送氣清塞音」是以雙唇把發音氣流完全堵塞，使口腔內氣壓增加，然後快速瞬間釋放氣流，產生爆破的聲效，同時不送氣，聲帶也不振動。無論哪個語言，只要具有這個聲音的話，發音的過程都是如此。但是同樣的聲音，在不同的語言裡，其使用 (特別是組合) 的法則可不一定一樣。就用上面「雙唇不送氣清塞音」來說吧，英語和國語都有這個語音，國語的符號是〔ㄅ〕，英語的是〔p〕，國際音標是〔p〕，但是不送氣的〔p〕在國語裡只出現在音節起首的位置，而英語不送氣的〔p〕則只出現在字或音節起首的〔s〕音後面。同樣是〔m〕的聲音，國語的〔m〕永遠不可出現在音節或字的末位，但英語的〔m〕則可以。語音組合的型態與法則的研究在語言學裡稱作音韻學。在現代語言學的理論中，音韻學也是描述句子的詞彙項目如何依據我們母語的音韻規律，給予每個詞項在個別的句子組合狀態下的正確發音過程。以下我們分別討論現代音韻學中比較重要、也是廣被接受的概念。

6-1 音位：具有辨義功能的聲音

對於母語使用者 (native speaker) 而言，他們不但會發出母語所有的語音，同時還知道在眾多不同的語音當中，哪些語音是他母語中的聲音。比方說，學過英語的中國學生大多數會發出〔θ〕及〔ð〕兩擦音，但是他們同時也會知道這兩個子音並不是國語裡面的聲音。相形之下，〔ɕ〕(ㄒ) 與〔ʂ〕(ㄕ) 同樣是擦音，但是對中國人而言，這兩個語音每個人都知道是國語裡面的聲音，他們更知道〔ɕiau〕"簫" 與〔pʰiau〕"飄" 只相差一個子音，但卻是兩種語意。〔ʂa〕"沙" 與〔tʰa〕"他" 亦然。因此，我們明白到，母語使用者對於母語語音的知識，絕對不僅限於語音的數目以及每個語音的發音方法。 他還能分辨哪些語音是母語的語音，哪些不是。在母語的語音當中，他也知道有些不同的語音具有分別語意的功能。有些語音雖然不同，卻並不能使語意有所改變。

我們知道從形式上看來，單字是由聲音組成，但是單字可以說是語言符號之一。De Saussure 認為語言符號是語意與形式（亦即代表這語意的語音）的組合體。因此，母語使用者學習母語時，不僅是學會單字的發音，同時也認識這發音所代表的語意。在第一章我們說過，在不同的語言裡，語音與語意之間的關係是任意而沒有必然的關係。同樣的語意在不同的語言中可以由相當不同的聲音組合來代表。因此個別單字的語音及語意要一起學會方可。雖然語音本身沒有語意，但單字既由語音組成，語意的改變亦必然是以語音改變來表示。我們看一下下面的單字：

I. pa˥ ❶ "爸"　ta˥ "答"

---

❶　本書所使用的聲調符號是參照趙元任 (1930) "A System of Tone Letters," *Le*

pʰ aꜛ "趴"　　tʰ aꜛ "他"

maꜛ "媽"　　　naꜛ "那"

faꜛ "發"　　　laꜛ "拉"

　　　　　　　xaꜛ "哈"

tsaꜛ "紮"　　　tʂaꜛ "扎"

tsʰꜛ "擦"　　　tʂʰaꜛ "叉"

saꜛ "撒"　　　ʂaꜛ "沙"

II. beat 〔bit〕　　but 〔bʌt〕　　bat 〔bæt〕

bit 〔bɪt〕　　　boot 〔but〕　　bite 〔baɪt〕

bait 〔bet〕　　　bought 〔bɔt〕　　bout 〔baʊt〕

bet 〔bɛt〕　　　boat 〔bot〕

　　I 是國語的單字，II 是英語的單字，但是這兩組字都有一個共同的特色，那就是每一個字與另一個字只有一個語音不同。例如"爸"與"趴"的不同只是以字首子音的〔p〕與〔pʰ〕來表示，母音與聲調都完全一樣。英文字 beat 與 bit 的不同以母音的〔i〕與〔ɪ〕的不同來表示，其他語音都完全一樣。這種不同的語音形式表示不同的語意的現象，我們稱語意的「對立」現象 (meaning contrast)，而能引起語意對立的語音我們稱為能辨義的語音 (distinctive sound)，在音韻學上這些辨義的語音叫做「音位」(phoneme，亦稱音素)。從上面 I, II 兩組字來

Maitre Phonétique 45: 24–27，所提出的聲調圖，以垂直線分成五點，每點代表五種程度的音高：1 低，2 半低，3 中，4 半高，5 高。因此國語的四聲是：

	音高（調值）	調圖（聲調符號）
陰平	55	ꜛ
陽平	35	꜓
上聲	214	꜈
去聲	51	꜖

看，我們知道國語的 p, p^h, t^h, m, n 等是國語的子音音位，英語的 ɪ, i, ɛ, ʌ, e 等是英語的母音音位。當然以上 I, II 兩組字所能表示的只是國語和英語部分的音位而已。

　　從上面的討論看來最直接能夠決定哪些語音是能辨義的音位莫過於看看將單字的一個語音以另一語音取代能否形成語意對立。如果能，我們可以認為這兩個語音是音位。兩個單字如果只有一個語音不同，其他所有的語音都完全相同時，我們稱這兩個字為「最小差異對偶詞」(minimal pair)，如〔pa〕"爸"，〔p^{h}a〕"趴"是最小差異對偶詞，英語的〔bit〕,〔bet〕也是，以上 I, II 兩組字當中每兩個字都是。I, II 兩組字亦稱為「最小差異字組」(minimal set)。我們很容易看出來 I 並沒有包括所有的國語子音音位；II 也沒有包括所有英語的母音音位，但是以最小差異對偶詞為標準我們也不難把其他不在 I 的國語子音或不在 II 的英語母音音位找出來。例如在 I 當中 tɕ, tɕ^h, ɕ (ㄐ，ㄑ，ㄒ) 不在其中，但我們知道 tɕiau˥ "嬌"，tɕ^{h}iau˥ "敲"，ɕiau˥ "蕭"，p^{h}iau˥ "飄"，piau˥ "鏢" 對立，tɕ^{h}iau˩ "橋" 與 p^{h}iau˩ "瓢" 對立。

　　在相同的語音環境 (phonetic context) 裡會引起語意的對立的聲音我們稱為音位。但是兩個不同的音位在相同的語音環境中，卻不是非要引起語意對立不可的。比方說，國語的母音 u 和複母音 ou 是不同的音位，因為他們能引起語意對立（如 tʂu˥ "豬" 與 tʂou˥ "舟"），但是同一個 "熟" 字（語意不變）可以有 ʂu˩ 及 ʂou˩ 兩種發音，亦即是說在相同的語音環境裡 (ʂ_˩) 不同的音位並沒有引起語意的對立。英語也有類似的情形，比方說 θ 與 ð 是對立的音位，(thigh〔θaɪ〕「大腿」與 thy〔ðaɪ〕「你」，古語)，但 with 可以唸成〔wɪθ〕也可以唸成〔wɪð〕。同樣地〔ɪ〕與〔ɛ〕在英語也是對立的音位，但在 economics 一字中，第一個母音可唸〔ɪ〕，也可唸〔ɛ〕，語意也不變。因此我們應知道，音位是語音的辨義單位，大多數情形下在相同的語音環境裡不同的音位

會引起語意的對立，但是在少數情形下，平常是對立的音位亦可以不引起語意的對立。

不引起對立的聲音除了上面這段所談的少數情形外，還有一些可以從個別語言本身的語音系統或是通用語音學 (universal phonetics) 可以預知的。例如在鼻音子音前面的母音，會變成鼻音化的母音，在英語和國語中，鼻音化母音所能出現唯一的環境就是在鼻音子音前，也就是永遠可以預知的。在國語和英語裡我們確知有〔i〕也有〔ĩ〕（鼻音化的 i）兩種聲音，但是後者永遠出現在鼻音前如〔pʰĩnˊ〕"拼"，bean〔bĩn〕。而且〔i〕與〔ĩ〕之間並沒有對立現象，事實上，無論在國語或英語裡，〔i〕與〔ĩ〕永遠都不會出現在同一語音環境中（〔ĩ〕永遠只出現在鼻音前，而〔i〕則不出現在鼻音前面）。這種分佈情形我們稱為「互補分佈」(complementary distribution)。兩個語音是互補分布時，其出現的語音環境各不相同，相互排斥，A 出現的環境，B 不會出現，反之亦然。因此，在英語及國語中，我們沒有必要設有鼻音化母音〔ĩ〕，因為〔ĩ〕的出現是可以預知的。另外我們都熟悉的一個例子是英語的雙唇清塞音在字首必須送氣，在字尾可送氣或完全不除阻 (unreleased 亦即不發出爆破聲)，但在〔s〕後面，則不能送氣。

字　首	字　尾
pill 唸〔pʰɪl〕	lip 唸〔lɪpʰ〕或〔lɪpˈ〕

〔s〕後面
spill 則唸〔spɪl〕

〔pʰ〕與〔p〕因此是呈互補分佈，也永遠不可能構成語意的對立。

對於這些互補分佈而且語音性質相似的語音（如 p 與 pʰ，i 與 ĩ 等），我們的感覺是這些語音是同一種可辨義的音位的不同表現，因此母語使用者在平常情況下不會察覺有這些不同的，例如英美人士覺得 pill 與 spill 當中的〔pʰ〕與〔p〕是同一種聲音，但 pill 與 bill 當中的

〔pʰ〕與〔b〕卻是兩種不同的語音。對於對立的語音以及互補分佈的語音，音韻學處理的情形是這樣的。一個語音我們稱為音段 (segment) 或單音 (phone)。一個音位 (phoneme) 則是一個能引起語意對立的語音單位，是一個抽象的單位。音位本身可以有好幾種不同的表現方式（唸法），例如英語的 p 音位可以有〔pʰ〕, 〔p〕及〔pˀ〕（不發爆破聲）三種不同的唸法，這些音位的表現方式叫做「同位音」(allophone)。因此音位是同位音的集合。例如英語的 p 音位有三個同位音，國語的 i 音位有兩個同位音。同位音的選擇是可預知，有規律可循的。在音韻學中，我們習慣將音位置於斜線之間而同位音則置於方括號裡。因此，我們說英語的 /p/（音位 p）有三個同位音：〔pʰ〕, 〔p〕及〔pˀ〕。在以下各章的敘述中，我們都使用這種記音的方法。

在我們討論英語的 /p/ 音位時，我們提到〔pʰ〕與〔p〕是互補分布，〔pˀ〕與〔p〕也是，但是〔pʰ〕與〔pˀ〕都可以出現在字尾的位置，但是單字 lip 唸成〔lɪpʰ〕或〔lɪpˀ〕其語意都不變，這種情形在傳統音位分析中稱為「自由變化」(free variation) 而〔pʰ〕與〔pˀ〕稱為「自由變體」(free variant)。自由變體不會引起語意對立，但是自由變體並不必要同屬一音位。以上提到在英文字 economics 裡 /i/ 與 /ɛ/ 可以自由變化。但是 /i/ 與 /ɛ/ 在其他地方卻是可以對立的獨立音位（如 beat /bit/ 與 bet /bɛt/）。

從以上的討論中，我們可以綜合出以下的概念來。語言系統中具有辨義功能的語音單位是「音位」，「音位」是一組「同位音」的組合，因此其本身是一個抽象的單位。音位的實際代表（唸法）是同位音，同位音之間呈「互補分布」或「自由變化」，因此同位音的選擇是有規律可循也是可預知的。然而，我們要注意的要點有二：

(1)音位是組成詞的基本單位，對母語使用者而言，是內在知識的一部分，並不是透過機械的原則如互補分布及最小差異對偶詞來發現

出來的，因此單字在句子中從基本的音位組合到實際發出聲音的過程中，並非一定要緊守這些原則。

⑵「互補分佈」與「最小差異對偶詞」是發現音位很有用的線索，但是音位與音位之間並不必要永遠都對立的。因此，自由變化有兩種，一種是同位音與同位音之間（如英語 /p/ 的〔pʰ〕與〔p˺〕），另一種是音位與音位之間（如 with 唸成 /wɪθ/ 或 /wɪð/）。

6-2　記錄語音方法的層次 (Levels of sound representation)

上面第五章我們約略談過語音的聲學特性。我們知道語音是相當短暫的現象，會隨著時間而消失。事實上聲音在空氣中傳播的速度是一秒鐘 1100 英尺，比我們體內神經訊號傳到大腦還要快（神經脈波在神經傳遞的速度一秒鐘少於 200 英尺）。我們研究語音時，自然會想到先把語音記錄下來，然後分析。

記錄聲音的方法有好幾種，因此我們可以分好幾方面來討論：

㈠如果我們說出一個語音，如〔a〕，最直接的方法是用錄音機把這個聲音記錄下來。假設這個錄音機性能極端良好，可以把原來的聲音所有空氣異動的資料全記錄下來的話，那麼錄音帶上所記下來的資料也就是等於這語音〔a〕的一切，因此也是這語音最實際而具體的記錄。

㈡但是錄音帶上的資料我們無法看見，如果我們把這些資料輸入示波器 (oscilloscope) 或是寫波器 (oscillomink) 裡我們就可以把原先錄下來的〔a〕顯示在示波器的螢光幕上或是寫在紙上（用寫波器），這就是語音的聲波圖，亦即是這個語音的視覺上的記錄。以下是由寫波器記錄下來的兩個國語語詞的聲波圖，A 是"心算"，B 是"簽收"。

　　從圖 6–1 的圖形我們可以看出來語音是連續的物理現象，圖中大致分成四部分（AB 各兩部分），每一部分剛好是一個單字，比方說第一部分是 "心" 字的聲波記錄。但是如果不是對聲學語音學有研究的人，恐怕不易看出這一團東西中哪一部分是ㄒ (ɕ)，哪一部分是ㄧㄣ (in)，特別是 i 與 n 之間的界線更難決定，即使是對聲學語音學有研究的人，也不容易很正確的做出音段的切割 (segmentation)。

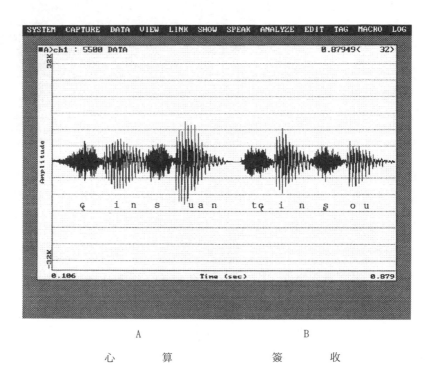

A　　　　　　　　　　　　B
心　　　算　　　　　　　簽　　　收

圖 6–1　國語語詞 "心算" 與 "簽收" 的聲波圖

　　另外一種視覺上的記錄是聲譜圖，在上面第五章我們已經介紹過。這些用儀器記錄下來的語音圖形都有一個共同的特點。他們所記下來的幾乎是語音的一切資料，也可以說是語音的最忠實而具體的記錄，但是這種記錄除了對於專門研究語音學的人而言是有用的以外，並沒

有很大的實用價值。比方說，我們如果要為某一個仍未有文字的語言設計一些標音符號，以這些符號做拼音的文字時，這些聲波圖及聲譜圖都是無法使用的。因此，為了實用，我們必須使用比較抽象的記錄，亦即使用並不是與聲波原來物理資料完全相同的記錄方式。

㈢一般說來，我們最熟悉的記錄語音符號的方式就是以約定俗成的原則而設計出來的書寫符號。這些符號的種類不少，如各種不同的字母，音標，及注音符號等都是。以書寫符號來記錄語音可以說是一種距離物理現象相當遠的記錄。如以〔a〕代表「低中母音」時，符號 a 與發「低中母音」時的聲波是兩回事（這點與㈠㈡兩點所述的記錄方式不一樣）。a 與「低中母音」的聲學及感覺上的特性並無必然的關係，完全是約定俗成的一個符號而已，對於一些對這種「約定」(convention)並不知道的人而言，符號 a 是沒有意義的。比方說對於一個從未唸過任何西方語文的中國人而言，符號〔ㄚ〕才是代表「低中母音」。然而，這種標音符號的好處是：在這種符號系統約定俗成以後，的確可以代表語音，而具有實用的價值。這種記音方式又可以分為兩種：

⑴將發音的細節盡量地以符號記錄下來，這些符號包括主要符號以上的 「附加符號」 (diacritic mark)。比方說，英語的子音 k 在 key〔ki〕, call〔kɔl〕, cool〔kul〕三個單字裡發音部位受後面母音的影響，多少有點不同，其中尤以 key 的 k 與 cool 的 k 分別最大，前者部位移前，具有相當明顯的舌面化或顎化 (palatalization) 的現象，而後者則比較接近 k 本來的發音部位「軟顎」。如果我們記音的方式要力求精細，那麼 key 字中的 k 則要注成〔k̟〕，附加符號 < 是表示移前之意。同時，出現在字首的 k 在英語中要送氣。因此，更精細一點的注音方式是將這特點也表示出來，因此 key 的 k 要注成〔k̟ʰ〕才能表示。這種方式我們稱為「精細注音」(narrow transcription 亦稱「嚴式注音」)，又稱為「語音注音」(phonetic transcription)，也是以上 6–1 所說的同位音發音

細節的記錄。

　　⑵如果只把能辨義的音位記錄下來，沒有辨義功能的同位音細節則不記下來的記音方式稱為「概要注音」(broad transcription 亦稱「寬式注音」)，又稱為「音位注音」(phonemic transcription)。這是更進一步抽象的語音代表。現在英漢字典的注音方式大致上採取概要注音。比方說，pill 注成 /pɪl/，而不會注成〔pʰɫ〕(ɫ 代表舌後頂向軟顎的軟顎化 l 的唸法)。

　　㈣以上第三種記音法不只是要有約定俗成做基本條件，同時也包含一種假設，就是語音是最小的一種單位，不可能由更小的成分組成的。但是，近年來研究語音的人大都有一種共同的體認，語音是由一組「發音要素」或稱「辨音成分」(distinctive feature) 所組成的。我們試以「軟顎送氣清塞音」的例子來看，中國人代表這聲音的符號是〔ㄎ〕，英美人士則用〔k〕，這兩個符號的本身與這兩個聲音的音質並沒有必然的關係，完全是約定俗成的代表法，因此才會有不同的符號。但是如果我們看看下面的一段話：

　　　⑴某語音發音的要素組合是：「a. 口腔有障礙；b. 聲音不響亮；c. 聲音不能延續；d. 障礙地點在顎齦區之後（軟顎）；e. 舌葉不抬起；f. 氣流並不延緩釋放（亦即瞬間釋放）；g. 氣流釋放時不產生嘶嘶聲；h. 聲帶不振動；i. 沒有鼻腔共鳴；j. 發音時送出強烈氣流。」

依照⑴的 a 到 j 十種要素的規範所能發出的聲音，一定是〔kʰ〕（或〔ㄎ〕）。我們可以看出來，a 是子音的共同特性，b 是除鼻音，流音，介音以外一切子音的特性，c 是塞音及塞擦音的特性，d 及 e 是軟顎音的特性，f 及 g 是塞音的特性，h 是清音的特性，i 是非鼻音的特性，j 及 f 是送氣音的特性。事實上我們可以⑴看作是一種通用的語音描述，對所有人而言（不管母語是何種語言）都是適用的，⑴用中文說出來，

中國人會發出〔丂〕的聲音，用英語說出來，英美人士會發出〔kʰ〕，以任何語言說出來，聽到這番話的人如果要照著去做，亦只能發出同樣的語音來（即「軟顎送氣清塞音」）。以這種方式描述語音，比較以〔k〕或〔kʰ〕或〔丂〕等個別語言或社會約定俗成的符號更接近語音事實。

如果我們再進一步將 a～j 形式化，然後把每種發音要素以二元系統 (binary system) 方式處理，亦即是假設每一發音要素只有「有」或「沒有」兩種值，那麼，和 a～j 有關的發音要素可設定如下：

⑵ a. 子音性 (consonantal)

　　b. 響音性 (sonorant)

　　c. 延續性 (continuant)

　　d. 顎齦前性 (anterior)

　　e. 舌葉提升性 (coronal)

　　f. 緩放性 (delayed release)

　　g. 粗擦性 (strident)

　　h. 濁音性 (voiced)

　　i. 鼻音性 (nasal)

　　j. 緊音性 (tensc)

如果以「+」代表⑵中任何一項的「有」而「−」代表其「無」，那麼⑴所描述的語音就具有以下的發音要素。從上而下我們依次把 a～j 這十種要素的正負值表示如下：

⑶一般語言學文獻上因排印方便起見多使用與 a 相同的英文字母縮寫如 b。

(3a) 與 (3b) 是完全相同的描述，如以 IPA 符號表示，都是〔kʰ〕這個子音。與⑴的描述亦相同。

a.
+ 子音性	b.	+cons
− 響音性		−son
− 延續性		−cont
− 顎齦前性		−ant
− 舌葉提升性		−cor
− 緩放性		−d. r. (或 del rel)
− 粗擦性		−str (或 strident)
− 濁音性		−vd (或 voiced)
− 鼻音性		−nas
+ 緊音性		+tns (或 tense)

以上(1)～(3)顯示以發音要素的組合來描述語音，可以相當客觀而忠實的表達語音的發音實情。事實上，這種描述方法亦可以分辨不同的語音。比方說，英語的〔k^h〕與〔g〕的分別，在於前者具有「− 濁音性」而後者則沒有，以及前者送氣後者不送氣。如上(3)的方式表示，我們可以有如下的組合：

(4)
$$
\begin{bmatrix}
+cons \\
-son \\
-cont \\
-ant \\
-cor \\
-d.\ r. \\
-str \\
+vd \\
-nas \\
-tns
\end{bmatrix}
$$

(4)與(3)發音要素的數目相同，但其二元值不一樣（其中 vd 及 tns 的正負不同），因此(3)與(4)代表的語音不同。事實上在英語中塞音送氣與否並不使語意對立，因此如果我們不考慮〔tns〕這一要素時，〔g〕與

〔k〕的不同只在於〔vd〕的有無。由此看來，發音要素不只具有描述的能力，也具有分辨不同語音的能力，因此我們稱之為「辨音成分」(distinctive feature)。

6-3　辨音成分：語音描述的基本單位

6-3-1　為什麼要使用辨音成分呢？

上面 6-2 所說的四種記音方式中，第四種是現代音韻學一般使用最廣的一種。當然，在看過 6-2 的討論之後，我們明白，除了以機器錄音或「寫」音以外，以約定俗成的符號及「辨音成分」的方式皆能注出不同的聲音來。只是辨音成分更接近語音實情而已。因此，我們會問除此以外，還有沒有更多的好處呢？答案是有的。在眾多的好處當中，其中有兩點是大多數音韻學家所重視的。

首先，我們知道在人類所使用的語音中，特別是個別語音音韻系統的語音當中，語音之間的關係並不一致。有些語音不僅是在發音特徵上相似，在語音組合及變化的形態上也很相像，這些語音似乎是很自然的一群，在概念上我們稱為「自然語音群」(natural class)。這種自然音群使用約定俗成的標音符號並不容易表達出來。我們可以用例子來說明。比方說，下面有四組語音，每組都有不同數目的語音，以 IPA 音標來表示如下：

⑸ a. s　　b. p　　c. ʃ　　d. s
　　k　　　t　　　ʒ　　　z
　　b　　　k　　　tʃ　　　r
　　r　　　　　　dʒ　　　d

一般說來，我們並不需要對音韻學有多深的研究，多少能直覺的

判斷，(5b), (5c)，及 (5d) 是自然語音群而 (5a) 則不是。因為 (5b) 的三個語音都是「清塞音」，(5c) 的四個語音都是「齦顎音」(alveolo-palatal)，(5d) 的四個語音都是「齒齦音」(alveolar)。但是 (5a) 的四個語音之間並無相同之處。因此不是自然的語音群。(5a) 與 (5b), (5c), (5d) 之間的不同（即自然語音群與非自然語音群之不同）是無法用標音符號明確地表示出來的。我們可以從⑸看出來，(5a) 使用四個符號，(5c) 與 (5d) 也各使用四個符號，從形式上來看，沒有什麼理由說 (5c), (5d) 中的四個符號要比 (5a) 的四個符號更能形成自然的語音群。然而，如果我們以 6-2㈣的辨音成分來描述，我們可以得出以下的方式（因為 (5a)～(5d) 都是子音，因此我們將「子音性 (cons) 省略」）。

(5′) a.   s   k   b   r

−son	−son	−son	+sor
+cont	−cont	−cont	+cont
+ant	−ant	+ant	+ant
+cor	−cor	−cor	+cor
+d. r.	−d. r.	−d. r.	−d. r.
+str	−str	−str	−str
−vd	−vd	+vd	+vd
−nas	−nas	−nas	−nas

b. p, t, k

−son
−cont
−d. r.
−str
−vd
−nas

c. ʃ, ʒ, tʃ, dʒ

$$\begin{bmatrix} -\text{son} \\ -\text{ant} \\ +\text{cor} \\ -\text{nas} \end{bmatrix}$$

d. s, z, t, d

$$\begin{bmatrix} -\text{son} \\ +\text{ant} \\ +\text{cor} \\ -\text{nas} \end{bmatrix}$$

(5′b) 的辨音成分組合是 p, t, k 所共有，也只 p, t, k 才具有這種組合，(5′c) 及 (5′d) 的組合分別也只是這兩組語音所共有。但是對於 (5′a) 的四個聲音（即 s, k, b, r），我們除了〔−nas〕之外，根本無法找出四者共有的成分，我們不能以〔−nas〕來代表 s, k, b, r，因為〔−nas〕的聲音還包括其他的聲音。因此我們只能分別的將這四個語音的辨音成分列出來。

所以從形式上看來，我們可以把自然語音群中各語音的共同辨音成分抽出來作這音群的代表。但是非自然語音群則無法有共同的辨音成分（試比較 (5′b), (5′c), (5′d)；(5′a) 比之複雜很多），如果我們把語音當作不可分的單位，那麼自然語音群與非自然語音群就不易表達出來（試比較 (5a), (5c), (5d)；三者都是使用四個音標）。

第二，利用辨音成分比較能更明確的描述語音的變化過程。我們都知道語音在語音環境中常會發生變化。例如在英語中有以下的語音規律。

(6)〔s, z, t, d〕在〔j〕前變讀為〔ʃ, ʒ, tʃ, dʒ〕，因此根據這規律：

we miss you	唸成	〔wi mɪʃ ju〕
we please you		〔wi pliʒ ju〕
don't you		〔dontʃ ju〕
did you		〔dɪdʒ ju〕

雖然我們直覺的知道，(6)是很自然的現象，而〔s, z, t, d〕及〔ʃ, ʒ, tʃ, dʒ〕都是自然語音群，但從(6)看來，形式上我們只看到四個音標在〔j〕之前變為另外四個音標。正如上面第一點，這種直覺的知識不是明確的表示，用音標來描述（如(6)）亦不夠明確。但是如用辨音成分來表示(6)，可寫成(7)的形式：

(7)　子音　　　介音　　　　子音

$$\begin{bmatrix} +ant \\ +cor \end{bmatrix} 在 \begin{bmatrix} -ant \\ -cor \end{bmatrix} 變讀成 \begin{bmatrix} -ant \\ +cor \end{bmatrix}$$

從(7)的形式我們可以明確的看出來這是一個發音部位前後的「同化過程 (assimilation)」，亦即一個齦音（〔+ant〕）在非齦音前面（〔−ant〕），受其影響也變讀成非齦音（〔−ant〕）。因此，這種描述能把這種語音變化語音上的理由很明確地表示出來。這也是(7)比(6)強的地方。其實(6)與(7)都是表示同一現象，但是(6)經由約定俗成的內在感覺才能體會其變化過程。可是(7)卻在外在形式上就一目了然的看出是〔+ant〕受〔−ant〕影響而也變成〔−ant〕的「同化過程」。

6-3-2　通用辨音成分

從一般語音學研究得知，人類發音器官與方法大致相同。因此我們假設世界上所有自然語言的語音都可以由一組數目有限的辨音成分來描述。描述的方式就如前面 6-2，將每一個語音視作一組辨音成分的「有」或「無」的組合。除了 6-2 所介紹過的十個以外，還有以下的常用成分：

⑻音節性 (syllabic，縮寫〔syl〕)

　高 (high)

　低 (low)

　圓唇性 (round)

這組辨音成分是由語言學家 Chomsky 和 Halle 所創，用於他們 1968 年出版的 *The Sound Pattern of English* 一書中，因此，文獻上常簡稱為 SPE 辨音成分系統。有關這十幾個成分的定義及其他比較少用的辨音成分，請參看 Chomsky 與 Halle (1968); Hyman (1975), Wolfram 與 Johnson (1982) 以及其他有關文獻。

我們試以 SPE 系統將國語的母音及子音的辨音成分組合列成表格如下。圖 6–2a 與圖 6–2b 最頂端橫的一排是傳統的音標，最左直的行是辨音成分，在每個音標下方的直行「+」「−」號是指這個音標所代表的語音的辨音成分組合，這種表亦稱「辨音成分方陣」(distinctive feature matrix)。

在圖 6–2a 方陣中有幾點值得一提：⑴鼻音因為口腔完全隔阻，因此 SPE 系統認為是〔− 延續性〕的語音；⑵國語的〔ㄧ〕〔ㄨ〕〔ㄩ〕是介音，亦即半母音，因此口腔的阻障不若子音明顯，因此是〔− 子音性〕的語音 ；⑶「捲舌性」這種辨音成分在 SPE 系統中並不是〔+retroflex〕而是以〔−distributed〕（〔− 氣流約束分布性〕）來表示的。

從圖 6–2a 及圖 6–2b 可以看出來：⑴每一個子音或母音都與整個子音或母音系統中的任何另一個音最少有一個辨音成分不同。如 p 與 pʰ 的不同是前者是〔− 緊音性（不送氣）〕而後者是〔+ 緊音性（送氣）〕；i 與 y 的不同是前者是〔− 圓唇性〕而後者是〔+ 圓唇性〕；⑵每個語音的音質也就是這些辨音成分所規範的發音方式所產生的語音。因此，辨音成分方陣不但具有辨音的功能 (distinctive function)，也同時具有描述語音的功能 (descriptive function)。

辨音成分 ＼ IPA	ㄅ p	ㄆ pʰ	ㄇ m	ㄉ t	ㄊ tʰ	ㄋ n	ㄌ l	ㄍ k	ㄎ kʰ	ㄫ ŋ	ㄈ f	ㄏ x	ㄐ tɕ	ㄑ tɕʰ	ㄒ ɕ	ㄗ ts	ㄘ tsʰ	ㄙ s	ㄓ tʂ	ㄔ tʂʰ	ㄕ ʂ	ㄖ ʐ	ㄧ j	ㄨ w	ㄩ y
響音性 (sonorant)	−	−	+	−	−	+	+	−	−	+	−	−	−	−	−	−	−	−	−	−	−	−	+	+	+
子音性 (consonantal)	+	+	+	+	+	+	+	+	+	+	+	+	+	+	+	+	+	+	+	+	+	+	−	−	−
延續性 (continuant)	−	−	−	−	−	−	−	−	−	−	+	+	−	−	+	−	−	+	−	−	+	+	+	+	+
顎齦前性 (anterior)	+	+	+	+	+	+	+	−	−	−	+	−	−	−	−	+	+	+	−	−	−	−	−	−	−
舌葉提升性 (coronal)	−	−	−	+	+	+	+	−	−	−	−	−	+	+	+	+	+	+	+	+	+	+	+	−	−
濁音性 (voiced)	−	−	+	−	−	+	+	−	−	+	−	−	−	−	−	−	−	−	−	−	−	+	+	+	+
粗擦性 (strident)	−	−	−	−	−	−	−	−	−	−	+	−	+	+	+	+	+	+	+	+	+	+	−	−	−
鼻音性 (nasal)	−	−	+	−	−	+	−	−	−	+	−	−	−	−	−	−	−	−	−	−	−	−	−	−	−
緊音性 (tense)	−	+	−	−	+	−	−	−	+	−	−	+	−	+	+	−	+	+	−	+	+	−	−	−	−
圓唇性 (round)	−	−	−	−	−	−	−	−	−	−	−	−	−	−	−	−	−	−	−	−	−	−	−	+	+
捲舌性 (retroflex)	−	−	−	−	−	−	−	−	−	−	−	−	−	−	−	−	−	−	+	+	+	+	−	−	−

圖 6–2a　國語子音辨音成分方陣

辨音成分	ㄧ i	ㄩ y	ㄝ ɛ	ㄚ a	ㄛ ɔ	ㄜ ɤ	ㄭ ɯ	ㄨ u	ㄦ r
高 (high)	+	+	−	−	−	−	+	+	−
低 (low)	−	−	−	+	−	−	−	−	−
後 (back)	−	−	−	−	+	+	+	+	−
圓唇性 (round)	−	+	−	−	+	−	−	+	−
捲舌性 (retroflex)	−	−	−	−	−	−	−	−	+

圖 6–2b　國語母音辨音成分方陣

6–4　可預測的辨音成分 (Redundant Feature)

　　圖 6–3a 及圖 6–3b 是英語的子音與母音辨音成分的方陣，我們可以看出：

	y	w	m	n	ŋ	r	l	p	b	f	v	θ	ð	t	d	s	z	š	ž	č	ǰ	k	g	h
syl	−	−	−	−	−	−	−	−	−	−	−	−	−	−	−	−	−	−	−	−	−	−	−	−
son	+	+	+	+	+	+	+	−	−	−	−	−	−	−	−	−	−	−	−	−	−	−	−	−
cons	−	−	+	+	+	+	+	+	+	+	+	+	+	+	+	+	+	+	+	+	+	+	+	+
ant	−	−	+	+	−	−	+	+	+	+	+	+	+	+	+	+	+	−	−	−	−	−	−	−
cor	−	−	−	+	−	+	+	−	−	−	−	+	+	+	+	+	+	+	+	+	+	−	−	−
hi	+	+	−	−	+	−	−	−	−	−	−	−	−	−	−	−	−	+	+	+	+	+	+	−
lo	−	−	−	−	−	−	−	−	−	−	−	−	−	−	−	−	−	−	−	−	−	−	−	+
bk	−	+	−	−	+	−	−	−	−	−	−	−	−	−	−	−	−	−	−	−	−	+	+	−
cont	+	+	−	−	−	+	+	−	−	+	+	+	+	−	−	+	+	+	+	−	−	−	−	+
str	−	−	−	−	−	−	−	−	−	+	+	−	−	−	−	+	+	+	+	+	+	−	−	−
d. ŗ,	+	+	+	+	+	+	+					+	+	+			+	+	+	+	+	+			+
vd	+	+	+	+	+	+	+	−	+	−	+	−	+	−	+	−	+	−	+	−	+	−	+	−
nas	−	−	+	+	+	−	−	−	−	−	−	−	−	−	−	−	−	−	−	−	−	−	−	−
lat	−	−	−	−	−	−	+	−	−	−	−	−	−	−	−	−	−	−	−	−	−	−	−	−
rd	−	+	−	−	−	−	−	−	−	−	−	−	−	−	−	−	−	−	−	−	−	−	−	−

圖 6–3a　英語的子音辨音成分方陣

	i	ɪ	e	ɛ	æ	u	ʊ	o	ə	a	ɔ
syl	+	+	+	+	+	+	+	+	+	+	+
son	+	+	+	+	+	+	+	+	+	+	+
cons	−	−	−	−	−	−	−	−	−	−	−
hi	+	+	−	−	−	+	+	−	−	−	−
lo	−	−	−	−	+	−	−	−	−	+	+
bk	−	−	−	−	−	+	+	+	+	+	+
tns	+	−	+	−	+	+	−	+	−	+	+
rd	−	−	−	−	−	+	+	+	−	−	+

圖 6–3b　英語的母音辨音成分方陣

這兩種語言在辨音成分的選用上略有差異，國語的子音有送氣與不送

氣，捲舌與不捲舌之別，因此，國語子音的方陣中多了這兩種成分，但是國語的母音並沒有緊音與弛音之別，因此少了〔緊音性〕的成分。這種差異是音韻系統上的差異，而不僅是發音上的差異。比方說，英語使用者並非不會發送氣的塞音，而只是送氣與否並非音位的差異，只是同位音的差異，其辨音成分永遠可以預測，因此不必表示。另外，前面我們也說過在很多語言中（如國語及英語），母音出現在鼻音前面自動會具有〔＋鼻音性〕，如 $p^h\tilde{i}n$ "拼" 或英語 bean〔$b\tilde{i}n$〕中的〔i〕，原來都沒有鼻音的特性，但是在鼻音子音前卻有。其情形如(9)。

(9)　　　　母音＋鼻音　　母音＋任何非鼻音

　　鼻音性　　＋　　　　　－

英語的塞音送氣特性的預測條件如(10)。（＃代表字的分界）

(10)　　　　＃ s＋清塞音　　任何其他情形下出現的清塞音

　　緊音性　　－　　　　　　　　＋

(9)與(10)的情形都是取決於語音與其他語音組合的時候。另外還有一些可以預測的辨音成分是語音本身的特性，取決於音段的本身。例如，$\begin{pmatrix}＋音節性\\－子音性\end{pmatrix}$ 的語音（亦即真母音）通常也是 $\begin{pmatrix}＋濁音性\\－鼻音性\end{pmatrix}$ 的。

　　無論是取決於音段本身或是取決於組合的環境，可預測的辨音成分是一種廣泛的特性，並不屬於任何一個單字，可以用廣泛的規律決定，因此不具備辨義的功能。比方說，我們說英語及國語母音的〔鼻音性〕不具備辨義的功能，因為〔鼻音性〕完全是可預測的，也沒有鼻音化母音與相同部位的非鼻音化母音的最小差異對詞。但是在 Akan 語（迦納語，參看 Fromkin 與 Rodman, 1978, p. 78）則不同，〔鼻音性〕是母音的能辨義成分之一。

(11)〔ka〕'咬'　　　〔kã〕'說'

　　〔fi〕'從……來'　　〔fĩ〕'髒'

　　　〔tu〕'拉'　　　　　〔tũ〕'洞穴'

⑾的三對字唯一的差異在於母音的〔鼻音性〕，而這個辨音成分是無法預測的。因此我們說在英語及國語中母音的〔鼻音性〕是可預測而不能辨義，而在 Akan 語裡母音的〔鼻音性〕是可以辨義而無法預測的。同理，英語清塞子音的〔緊音性〕（即「送氣」）是可以預測而不能辨義，但是國語清塞子音的〔緊音性〕是可以辨義而不能預測的。

6–5　語音組合法 (Phonotactics)

　　我們在前面提過母語使用者不僅知道自己的語言有多少聲音，也知道語音的組合有一定的規則。比方說國語的音節有固定的組合法，如音節中不可以有兩個或兩個以上的子音串連 (consonant cluster)，因此，任何 $ CCV $（$ 代表音節分界 (syllable boundary)，C 代表子音，V 代表母音）形的音節都不可能是國語的音節。類似的組合法則很多，比方說，國語音節的最後一音除〔n〕及〔ŋ〕外不可有其他任何子音。因此，$ (C)Vm $ 或 $ (C)Vt $ 等形式（括號中的項目代表可用也可不用的項目）的音節也不是國語的音節。又如英語容許字首有 $ CCC（亦即一連三個子音）的串連，但是這三個位置的子音也並非隨意組合的。假使是三個子音的串連時，第一個 C 只能是〔s〕，第二個 C 只能是〔p〕,〔t〕或〔k〕，第三個 C 只能是〔l〕,〔r〕,〔j〕或〔w〕。簡單的說，語音的組合並非任意的。每一個語言有它本身的組合規律，這就是傳統所稱語音組合法 (phonotactics)。

　　語音組合法是母語使用者內在語言知能 (competence) 的一部分，因此每一個母語使用者都能分辨出哪些語音組合是自己母語所容許的，哪些不是，亦即能分辨「可能的單字」或「不可能的單字」。例如英語使用者知道〔*blɪk〕〔*bnɪk〕（* 代表不合語法的項目）都不是英

語的單字，因為兩種組合都沒意義，但是他們會覺得〔*blɪk〕更像英語而〔*bnɪk〕則不可能，因為〔*blɪk〕是英語容許的語音組合，只是碰巧英語沒有這樣的字，因此這是英語詞彙 (lexicon) 裡的「偶然空缺」(accidental gap)。但是〔*bnɪk〕是英語所不容許的組合，英語語音系統沒有 *bn 的字首串連，因此這是英語詞彙裡的「系統空缺」(systematic gap)。這種情形很像國語裡 *ʂanˋ是詞彙裡偶然空缺（沒有ㄕㄢˊ這種讀音的單字），但是 *ʂamˋ 卻是系統空缺，國語不容許 m 作字尾音。

6-6　音韻規律 (Phonological Rule)

上面我們說過，單字是我們語言知能的一部分，我們如果要表示「攀」的意思時，我們會說 /pʰanˋ/ 而不會說 /fanˋ/，因為 /fanˋ/ 是另一語意（"翻"）了。因此我們知道單字（或詞項 lexical item）是以語音及語意組合體的方式儲存在我們腦子裡，而且音義之間有固定的關係。同時，存在於腦子裡的聲音我們認為是「音位形象」(phonemic representation)，亦即是其基本音段都是能辨義的音位。但是，當我們實際將詞項說出來時，我們還會加上一些自然的語音變化，如上面的 /pʰanˋ/ 說出來時是〔pʰãˋ〕，/fanˋ/ 說出來時是〔fãˋ〕，真正說出來的聲音我們稱為「語音形象」(phonetic representation)。從基本的音位形象到說出來的語音形象的關係，由「音韻規律」來聯繫。/pʰanˋ/ 與 /fanˋ/ 是經過以下音韻規律而唸成〔pʰãˋ〕及〔fãˋ〕的。

⑿在鼻音前面的母音要鼻音化

語音形象中的語音細節如果是有規律可循，就不必儲存在腦子中，這樣可以使記憶的負擔減輕。我們只需知道音韻規律（如⑿）就可以應用到千千萬萬適合這條規律的情形。⑿這條規律不只適用於一個單

字。事實上⑿的寫法是以語音群來寫的，包括了①受影響（即改變）的音群（母音），②改變所發生的環境（所有鼻音的前面），以及③所發生的變化（變成鼻音化母音），因此，任何母音，只要出現在⑿所標明的環境，就會產生⑿所描述的變化。同時⑿的三要素①～③是音韻律所必須描述的。在音韻學術語上，①稱為⑿的「輸入」(input)，③是⑿的「輸出」(output)，②是⑿的「語境」(context)。我們可以再看一些例子。

　　⒀上聲字在另一上聲字之前變讀為陽平 ❷

或是在英語中，

　　⒁清塞音在字首或唸重音音節首要送氣

⒀及⒁都具有這三種要素。⒀的輸入是上聲字，輸出是陽平聲字，語境是另一上聲字之前，⒁的輸入是清塞音，輸出是送氣清塞音，語境是字首或重音音節首位。

　　這些音韻律是我們語言能力的一部分，是我們內在知能之一。音韻律的種類有以下幾種：

6-6-1　同化律 (Assimilation Rule)

　　同化律是詞項中某一聲音受另一（通常是鄰近）聲音影響而變得像那個聲音，以辨音成分的描述方式則是：詞項中某一音位將鄰近音位的某一辨音成分「複寫」過去，因此變得與鄰近音位（在發音方式或發音部位方面）更相像。⑿是鼻音同化律，其應用過程如下：

---

❷　也有人說第一個上聲讀成後半上，第二個讀前半上。其實所謂後半上的調值與陽平相同，在聽覺上並無多大區別。

	"攀"	"翻"	"趴"	"發"
音位形象	/pʰanˀ/	/fanˀ/	/pʰaˀ/	/faˀ/
辨音成分 nasal	－ － ＋	－ － ＋	－ －	－ －
同化律(12)	↓（應用）	↓（應用）	不適用	不適用
辨音成分 nasal	－ ＋ ＋	－ ＋ ＋	－ －	－ －
語音形象	〔pʰãnˀ〕	〔fãnˀ〕	〔pʰaˀ〕	〔faˀ〕

(12)是發音方式的同化律，另外，如我們說「三普飯店」或「中山北路」時，"三" /sanˀ/ 字的 /n/ 以及 "山" /ʂanˀ/ 字的 /n/ 在正常或略快的速度下說出時，都會唸成〔m〕，這是因為受後面唇音（"普" 及 "北"）的影響，因此發音部位的辨音成分（即 $\begin{pmatrix} +\text{anterior} \\ +\text{coronal} \end{pmatrix}$）變得和唇音一樣（$\begin{pmatrix} +\text{anterior} \\ -\text{coronal} \end{pmatrix}$）。

母音有時候受前後清（或送氣）子音的影響〔+voiced〕也會變成〔–voiced〕。例如國語的 "他" /tʰaˀ/ 在快速說話時常變成〔ḁ〕（或〔haˀ〕）。日文的 sukiyaki 中的 /u/ 常常唸成〔u̥〕（〔 ̥〕代表聲帶不振動）。

從這些例子看來，我們可以明白，同化律也是辨音成分改變律。同時同化律通常都有語音學上的理由，因此是相當自然的規律。但是自然的語音律雖然經常會發生，卻不是非發生不可的，例如以上母音清化的現象雖然是自然的變化，但是很多語言都沒有這條規律。

6-6-2　辨音成分增加律 (Feature Addition Rule)

有些音韻律並不是同化律而是使語音獲得新的辨音成分，例如上面有關英語的規律(14)中，輸入的清塞音原本沒有「送氣」的成分，因

為英語塞音送氣與否並不是音位差異，不能辨義。但是經過(14)應用之後，其輸出的清塞音增加了「送氣」的成分，亦即從 /p/, /t/, /k/ 變成〔pʰ〕, 〔tʰ〕, 〔kʰ〕。

一般說來，同化律及辨音成分增加律都是改變音段音韻規律。

6-6-3 省略音段律 (Deletion Rule)

有些語音規律可以將整個音段省略。例如在美國英語的一些方言中，bent 或 meant 原本的音位表相是 /bɛnt/ 及 /mɛnt/，但是實際發音時則可以唸成〔bɛ̃t〕及〔mɛ̃t〕，這情形我們假設這類方言中有一條「鼻音省略律」。

(15)在鼻音化母音後面的鼻音子音省略

(15)是可用律，因為有些人不唸〔bɛ̃t〕或〔mɛ̃t〕而保留〔bɛ̃nt〕及〔mɛ̃nt〕的唸法。

法語字尾的子音如尾隨單字是母音開始時要唸，但如尾隨單字是子音開始時，字的字尾子音要省略（參看 Schane, (1968, 1971)），因此

　　　　petit ami 　　唸成〔pətit ami〕 "小朋友"，
但是　petit tableau 唸成〔pəti tablo〕 "小圖畫"，
因此，法語的音韻系統中有一條「字尾子音省略律」 (word final consonant deletion rule)，而且這條規律只要條件適合，就必須使用，是必用律 (obligatory rule)。

6-6-4 音段增加律 (Segment Insertion Rule)

有些音韻規律會在詞項的音位表相中插入一個母音或子音。例如，英語中 dance〔dæns〕, fence〔fɛns〕及 since〔sɪns〕等字在有些方言中可以唸成〔dænts〕,〔fɛnts〕及〔sɪnts〕，這些字語音表相中的〔t〕就是經過音段〔t〕增加律而引進的。

這種情形也常出現在借字的過程。例如廣東話"手杖"一字的發音是〔sɪtɪk〕(聲調符號省略)。這字是從英語 stick〔stɪk〕一字借過來的,但因為廣東話和國語一樣,不容許有字首子音串連,因此在〔st-〕中間插入一個母音變成〔sɪtɪk〕(廣東人用漢字"士的"來表示這個詞項的聲音)。bus〔bʌs〕變成國語的"巴士"〔basi〕也是類似的情形。

6-6-5 音段移位律 (Metathesis 或 Movement Rule)

有些音韻規律可以將詞項的語音移位,最常舉的例子是英語的 ask〔æsk〕一字有時候誤讀成〔æks〕。但是有些英語的方言中 ask 卻是在正常(非誤讀)情形下唸成〔æks〕,但是這些方言中 asking 一字還是唸〔æskɪŋ〕。因此我們可以假設這些方言中 ask 一字的音位形象仍是〔æsk〕,但是在特定的語境中,說這些方言的人引進一條 s 及 k 的移位律 (s-k metathesis rule),因此會有〔æks〕的語音形象。

6-7 音韻規律的功能

在語法中,音韻規律的功能是提供實際發音時所需的語音資料,亦即是將儲存於我們語言能力中的詞項的音位基底形象,變成實際說出來的語音(表面)形象。其中過程可以用以下形式表示:

(16)輸入　　　　句子中詞項的音位形象

　　　　　　　　(詞彙的形象)

↓

音韻規律

↓

輸出　　　　　句子中詞項的語音形象

　　　　　　　　(實際的發音)

　　音位形象代表詞項的基底形象，是語意取決的基本，語音形象常常與音位形象相同，但是卻不必永遠相同。比方說，國語詞項 "趴下" 的音位形象是 /pʰaˉ ɕiaˋ/，因為不需要作音韻上的調整，沒有應用音韻規律，因此，語音形象也是〔pʰaˉ ɕiaˋ〕。但是句子 "他想你" 的情形就不一樣了。

(17)　　　　　　他　　　　想　　　　你
　　輸入　　　/tʰa　　　ɕiaŋˋ　　niˋ/
　　　　　　　　　　　↓
　　上聲變調律（即 6–6 中的(13)）
　　　　　　　　　　　↓
　　輸出　　　〔tʰaˉ　　ɕiaŋˊ　　niˉ〕

　　任何會說國語的人都不會說出 *〔ɕiaŋˋ niˋ〕這種聲音來，但是當他說出〔ɕiaŋˊ niˋ〕時，他心中認為他說的是 "想" 字，亦即是，口中說出陽平的 ɕiaŋ，但心中想的都是上聲的 ɕiaŋ，因此，(17)這句話語意取決於基底的音位形象（即 "想" 上聲），經過音韻規律後的實際唸法，並不影響語意。因此說話者嘴巴說 ɕiaŋˊ niˋ，心中想的是 "想你" 兩字，決不是 "祥你" 或 "降你"，因為後兩者是沒有多大意義的。因此我們可推斷當不同的音位形象經過音韻規律後得出相同的語音形象時，一定會產生解釋語意上的困擾。事實上情形的確如此。試看下例：

(18) a.　　馬　臉　　　　　　b.　　麻　臉
　　　　/maˋ liɛnˋ/　　　　　　　/maˊ liɛnˋ/
　　上聲變調律↓（應用）　　　　　↓（不適用）
　　　　/maˊ liɛnˋ/　　　　　　　/maˊ liɛnˋ/

　　我們可以從(18)知道當我們聽到〔maˊ liɛnˋ〕的聲音組合時，我們確實無法確定究竟是 "馬臉" 或是 "麻臉"。

綜合以上的討論，我們可知我們所認識的詞項在實際句子中使用時，基底的音位形象與說出來的表面語音形象不必完全相同，而音韻規律的功能正是描述這兩個層次的語音現象的關係。

6-8　音韻規律的形式化

我們在以上幾節中，提到好些音韻規律，但是這些規律都是用文字敘述方式寫出來。在音韻學的研究文獻中，音韻規律常以形式化的方式寫。其理由大致有三：⑴使用形式化的規律可以使規律寫得更明確。因為形式化以及符號的應用比用文字精確，不易產生語意含糊不清的情形，其正確性也更易於衡量；⑵形式化可以使音韻律達到內在的一致性。比方說，我們以同一套符號與形式來描述所有的音韻過程。這種做法可以使我們把各種不同的音韻過程之間的關係以明確的形式表達出來；⑶因為目前所有現代的音韻學研究都使用形式化的規律，為了實用的理由，我們也得介紹一下這種形式化的規則。

上面我們談過每條規律都有輸入、輸出及語境三部分。因此音韻規律最基本的形式是：

⑲ $X \rightarrow Y/A - B$

X 代表輸入，Y 代表輸出，斜線右方是語境而一是變化 (Y) 所發生之處。因此⑲唸起來是：X 在 A 與 B 中間時唸成 Y。其意思亦等於 AXB $\rightarrow$ AYB。

以這種方式加上辨音成分的應用，我們可以將上面⑿改寫成

(12′)　　　　　　　V　　　　C

　　　　$V \rightarrow [+nas] / - [+nas]$

　　　（大寫 V 代表母音，C 代表子音）

⑭可改寫成

(14′)　　C
$$\begin{bmatrix} -\text{cont} \\ -\text{str} \\ -\text{voiced} \end{bmatrix} \rightarrow \text{〔+tense〕} / \begin{Bmatrix} \text{\# —} \\ \text{\$ —} \begin{pmatrix} \text{V} \\ \text{+stress} \end{pmatrix} \end{Bmatrix}$$

（花括號代表「選擇其一」）

(15)可改寫成

(15′)　　C　　　　　V

〔+nas〕→ ϕ/〔+nas〕—t

（ϕ 代表「零」，因此 (15′) 是省略律）

另外，可用的項目則置於（　）之中，如：

(20) X → Y/(A)B—

(20)代表兩種情形：

　　a. X → Y/AB—　　　　b. X → Y/B—

亦即是說 A 是可有可無的項目。可用規律則可以把輸出部分置於括號中，如：

(21) X → (Y)/A—

(21)表示這條規律可用也可不用。

6-9　基底形式

在 6-7 中我們討論過單詞或詞項的基底形式，亦即其音位形象不必與其語音形象一致。因此基底形式可以看作是抽象的形式，而表面的形式（語音形象）看作是具體的形式。基底形式究竟要怎樣訂定呢？如果要訂立與表面形式不相同的基底形式時，有沒有一定的限制呢？比方說，如果我們認為 "攀" 的基底形式是 /pʰan/，而其表面形式是應用鼻音化規律(12)的結果。這種基底形式大家都能接受。因為基底與

表面的距離並不算大，而(12)也是有相當良好語音上的理由的規律。

　　在英語的音韻系統中，有些人認為表面〔ŋ〕是從基底 /ng/ 而來的。因此 sing 的基底形式是 /sɪng/，經過

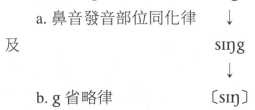

　　a. 鼻音發音部位同化律　　↓

及　　　　　　　　　　　　sɪŋg

　　　　　　　　　　　　　　↓

　　b. g 省略律　　　　　　〔sɪŋ〕

而唸成表面的〔sɪŋ〕，這種基底形式，比上面"攀"字的設定基底形式更抽象。因此雖然主張這種基底形式的人提出不少支持的理由，但是亦有不少人提出不少相當合理的反對理由來。

　　又如我們知道，國語的 tɕ, tɕʰ, ɕ (ㄐ，ㄑ，ㄒ) 在歷史上與 k, kʰ, x 有關。現今"家"〔tɕia〕的聲母在有些南方方言（如廣東話）還是唸 k 的 (ka)。但是如果我們假設國語的「家」字的基底形式是 /kia/，經過舌面化規律而變成〔tɕia〕，這種做法很可能是過於抽象了。對於只會說國語的人來說，/kia/ 是永遠不會呈現在表面讀音的，我們又如何能證明 /kia/ 確實存在他們的語言能力中呢？對於他們的孩子們來說，他們從未聽過〔kia〕，我們又如何能說他們學會"家"的基本形式是 /kia/ 呢？

　　基底形式抽象程度的問題一直是音韻學上爭議很多的問題。限於本書性質及篇幅，我們不擬作詳細的討論。對這問題有興趣的讀者，可參閱本書後參考書目中與音韻學有關的文獻。

6–10　音節 (The Syllable)

　　在任何一種語言的語法中，都含有語意、句法、及音韻這三個主要部門。句法部門決定語詞排列順序及層次結構（參看以下第八章），

語意部門賦予組成語句之詞及詞組應有的語意內容 （參看以下第九章），音韻部門則決定詞項的音位組合及詞項和整句的實際發音。

從上面各節的討論看來，音韻部門以組成語句的詞項的基底形式為輸入，經過音韻規律的運作，衍生這些詞項的實際發音作為輸出。

傳統上，音韻的結構似乎只限於音位的排列組合。一個詞項無論由多少音段組成，重要的結構只有語音的線性結構（即先後順序）。然而，有趣的現象是，組成語詞的語音群，常常可以分成若干「音節」(syllable)，而且很多語音規律，常常也以音節來作為運作的範圍或條件。近年來音節作為音韻結構單位之一種，引起音韻學家相當大的興趣。在這一節中，我們討論音節在音韻學上的一些重要概念。

6-10-1　音節是什麼？

在討論語音或音韻時，我們常會提到音節。在一般日常用語中，「音節」似乎也不是很陌生的語詞。提到音節，大多數的人或多或少都會有一些看法，而且如果給他們一些語詞，他們也經常可以指出有哪些音節。如果是中文，每一個方塊字的語音形態都是一個音節；如果是像英文的語言，單字可以含多音節，一般人也多數可以指出單字中的音節及其數目。然而，就如同 Ladefogad（1975，第 10 章）指出，幾乎沒幾個人能夠對音節提出一個令人滿意的定義。這種情形，向來如此。

文獻中有關音節的定義基本上可分為三種。第一種是把音節看成聲學／物理現象，是語音本身的性質；第二種是把音節看成說話者的發音活動，是生理的性質；第三種是把音節看成音韻系統中抽象的組織單位，是心理的性質。

在第一種觀點下，音節可以用語音的「響亮度」(sonority) 來下定義，也就是說，每一個音節具有一個聲音響亮度的高峰（通常是母音）。

音節的核心與響亮度高峰吻合,而響亮度可以用語音的聲學強度測量。這種定義可以說明為什麼每個人對英文字 income, compensation 等字的音節數目的判斷都能一致,因為前者有兩個響亮度高峰,而後者有四個,並沒有不一致的可能。同時,對於類似 history 的字,有人認為有三個音節,有人則認為只有兩個音節,是因為〔ˋhɪstərɪ〕的唸法產生三個響亮度高峰,而〔ˋhɪstrɪ〕的唸法則只產生兩個的緣故。然而,這種定義卻無法說明為何 spa 一字如以聲學儀器來測量其強度,在不送氣的塞音〔p〕的兩邊,〔s〕與〔a〕分別各自具有清楚可辨的響亮度高峰,理應算有兩個音節才對,但任何說英語的人都只會認為 spa 是單音節的字。

　　把音節看作是發音生理現象的人認為每個音節都是以一次胸腔脈動 (chest pulse) 引起的。所謂胸腔脈動是指肋骨框架上肌肉的收縮。這種收縮的動作可將肺中空氣推出。然而,這種看法在語言學文獻及其他研究中得不到實證的支持,因此並不太可靠。

　　至於把音節看作音韻系統中的組織單位,其主要的證據來自「語誤」(speech errors) 的研究,特別是不自覺的「說溜了嘴」的發音錯誤。最常見的一種語誤是語音對調 (spoonerism);例如把 missed all my history lectures 說成 hissed all my mistery lectures;或是把"複雜"〔ㄈㄨˋㄗㄚˊ〕說成ㄗㄨˋ ㄈㄚˊ。然而,在語誤中語音的對調並非任意的,通常是在兩個音節相對應位置上的語音(通常是音節首的子音)的對調。這種情形顯示在發音過程中,音節的確是一個重要的組織單位,甚至在發音產生語誤時,其位置也是以音節為參照。此外,很多音韻規律,如重音定位 (stress placement)、音節省略 (haplology) 等都是以音節為基準的。如果音節不是音韻系統中重要的組織單位的話,上面所說的現象都不易解釋。然而,如果只是說音節是音韻系統中一種組織單位,嚴格說來也算不上是理想的定義。

　　綜合而言，雖然我們無法為音節下一個完善的定義，但在音韻學裡，音節的確具有心理上及發音行為上的真實性，在音韻系統中亦有其結構上的重要性。因此，我們不妨以實用的態度，在缺乏正式的定義的情形下，接受「音節」這個概念。❸ 在以下兩小節中，我們分析音節的結構及其在結構系統中的重要性。

6-10-2　音節之重要性

　　音節雖然不容易下定義，但在音韻系統中具有以下幾種重要性：

　　㈠上面 6-5 節已說明，每個語言都有固定的語音組合法，其 C（子音）與 V（母音）不是任意組合的。這種組合法是母語使用者內在知能的一部分，而描述語音組合法最允當的結構單位是音節。我們可以用英語作例子說明此點。如果不是在同一個音節中，英語中有很多語音的組合是可能出現的，如 tl, mb, nd 等 (at-las, part-ly, sub-mit, con-duct 等)。但是這些組合卻不可能出現在同一音節中 (*tlack, *bmeet, *nduck)，類似這樣的語音組合上的限制，沒有音節這個結構單位，是不容易說明的。

　　㈡很多音韻規律，是要以音節及其相關的位置為運用的條件或範圍，常見的例子如(1)上面 6-6 節中，音韻律⒁指出英語清塞音 (p, t, k) 在字首或重音音節首要送氣；(2)很多語言都有「字尾或音節尾濁塞音清化」的規律；(3)很多語言都有一些音韻規律（如音段刪略或增加規律），其動機似乎在於使音節變得更符合該語言偏好之音節形態，例如某語言若不允許三個子音的串連（即 *CCC），但假如在構詞的過程中產生這種子音串連時，該語言可能會利用音段刪略規律產生 CC，或利

---

❸　其實，這種情形在很多學科中都存在，句法學中的「句子」從來都沒有人提出過十全十美的定義；幾何學中的「點」，更是開宗明義就得接受的概念──雖然無法定義。

用音段增加規律加插一個 V 而產生 CCVC 或 CVCC 的組合。

㈢有些節律 (prosody) 現象如重音、鼻音化、母音協和 (vowel harmony) 等，也只能以音節為準方可詳盡描述。例如有些語言的單字，非常規律地將重音置於字首第一音節上，有些語言偏好將重音置於字尾音節，也有些語言則將重音置於字尾倒數第二音節等等。對於這些重音位置，如果沒有音節這種結構單位，實在難以描述。

6-10-3　音節結構

6-10-3-1　層次結構

音節由一至數個音段（segment，亦即子音、母音等）組成，因此，基本上每一音節均有排列先後的線性結構 (linear structure)。然而，在線性結構之外，音韻學家傳統上早已體會到音節也具有層次結構 (hierarchical structure)。就如同句子由單字組成，但單字除了線性結構（詞序）外，還有層次結構的情形一樣（參看第八章，8-2 節）。組成音節之音段之間，其結構關係並不一致，單音節的英文單字〔pɛn〕"筆"，與中文字 [fan] "翻"，分別由三個音段組成，都是 CVC 的形態，如果音節只有線性結構，這三個音段之間（即 CV 與 VC 之間）的關係應該是一樣的。但是直覺上我們總會覺得，在 "pen" 與 "翻" 兩字中，VC（亦即〔ɛn〕及〔an〕）是很自然的組合，但 CV（即〔pɛ〕與〔fa〕）則不然。如果以層次結構來表示這種關係，我們可以⑵表示。

⑵　　　〔pɛn〕"pen"　　　　〔fan〕"翻"

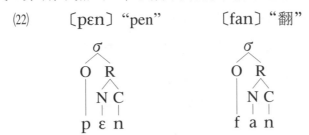

σ= 音節　　　O (onset)= 韻頭　　　R (rhyme)= 韻

N (nucleus)= 核心元音　　　C (coda)= 韻尾

從⑵的層次結構看來，我們所以有上述的直覺是因為〔ɛn〕及〔an〕是一個結構單位 R，而〔pɛ〕及〔pa〕則不具備此種關係。⑵的觀點並非創見，事實上是傳統音韻研究中早已有的概念，而這種概念在韻文（詩、詞）的寫作中，對這種層次結構早已提供了言語使用時行為上的證據。英文單字中，字首 C 相同稱為「押首韻」(alliterate，如 pen, pan, pet 等)，R 相同者為叶韻 (rhyme，如 pen, ten, ken 等)。我國文字中的「雙聲」（如芬芳、顛倒、彷彿等）正是字首 C 相同，而「疊韻」（如徘徊、逍遙等）也正是音節中 R 相同的例子。因此，我們直覺上把 CVC 形態之音節作「C‖VC」的二分法，是以⑵為基礎，而這種結構觀點，證之於韻文寫作之押韻的例子，也是有心理上的真實性的。

　　與音節結構相關的一種傳統概念是「開放音節」(open syllables) 與「封閉音節」(closed syllables) 之分別。所謂開放音節指以母音結束之音節（如 CV, CCV 等）而封閉音節指以子音結束之音節（如 VC, CVC, CVCC 等）。雖然音節的開放與封閉本質上只是音節中的母音及子音的排列問題，並無特別的意義。但是從廣泛的觀察及統計的趨勢看來，開放音節似乎是比較普遍的音節形態，而只含一個子音一個母音的開放音節 CV 更是人類語言中最自然最普遍的 (most unmarked) 音節形態。

　　此外，以樹狀圖方式表示音節內在層次結構的另一種意義在於可以處理長母音（〔V:〕）、長子音（〔C:〕）、以雙母音 (diphthong) 與子音串連 (consonant cluster) 的結構形式。〔C:〕及〔V:〕可視作 CC 及 VV，也就是說，在同一節點（N, O 或 C）之下之分枝成分，如：

⑵a.　　長母音　　　　　　　　b.　　長子音

c.　子音串連

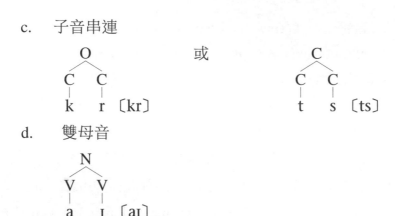

d.　雙母音

對於音節形態比較複雜的語言如英語而言，這種方式也能適當地表示其音節結構。例如，英語之 pet, pets, cry, above, depart 等字可以下列之結構圖表示其音節結構：

⑵₄a.

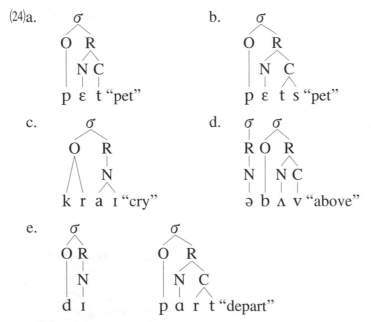

類似⑵₃、⑵₄之結構分析，對於一些以音節內部結構為條件的音韻規律如下面描述之重音規律⑵₅，可以提供一些形式上的論證。在舉例說明此點之前，我們先得引介另一種傳統有關音節的概念，就是音節

的「重量」(syllable weight)。一般來說，音節中的 R（韻）若不含分枝的節點者為「輕音節」(light syllable)，若 R 含有分枝節點者為「重音節」(heavy syllable)。❹ 因此，⑵中的 a, b, c，以及 d 與 e 的第二音節 (bʌv, part) 均為重音節，而 (24d) 及 (24e) 第一音節 (ə, dɪ) 為輕音節。❺

音節的輕重在英語的構詞過程中，常是影響重音 (stress) 變化的一種因素。例如英語的詞尾 -al 在構詞的過程中，常把原來字根的重音吸引到 -al 前面的音節，但條件是：該音節為「重音節」。

⑵ a. adjectíval　　　　(ádjective + al)

　　b. homicídal　　　　(hómicide + al)

　　c. arríval　　　　　(arríve + al)

　　d. experiméntal　　　(expériment + al)

　　e. accidental　　　　(áccident + al)

⑵ a～c 的重音音節 -ti- 中之 i 為分枝的 N （參看以下 6–10–3–2 中之 ⑶⑷）。

⑵ d, e 之重音音節 men 的 R 也是分枝節點（參看下面 6–10–3–2 中之 ⑶⑷）。

---

❹　為方便分辨起見，stressed syllable 在本書將稱為「重音音節」。

❺　(24d) 及 (24e) 之第一音節各節點 O, R, N 都沒有分枝結構。

因此這五個單字的「重音音節」(stressed syllable) 均為「重音節」(heavy syllable)。

但如 -al 詞尾前的音節是「輕音節」，重音則置於 -al 前面第二音節上。例如：

(26) a. mathemátical　　(mathemátics + al)

　　b. séasonal　　(séason + al)

(26a), (26b) 中，-al 前面〔tɪ〕及〔sə〕兩音節都並有分枝的節點。

從以上的討論得知，音節內部之層次結構在音韻系統中的確具有一定的作用及功能。

6-10-3-2　CV 音韻學

對上面一節所闡述的音節結構，在晚近的音韻學理論中，大多採取一種多層面方式來描述。因為音節重要結構的節點 Onset, Rhyme, Coda 之成分為子音 (C) 與母音 (V)，有些描述音節結構的理論按照「奧康姆原則」(Occam's Razor)，把音節結構簡化為子音 (C) 與母音 (V) 的組合，其中 Clements 與 Keyser (1983) 所提出之理論就稱為「CV 音韻學」。❻根據這理論，理想的音節理論應該具有以下三種功能：

---

❻　「奧康姆原則」源自 14 世紀英國一哲學家 William of Occam，其大意是：如非絕對必要，不要提出任何多餘的理論機制。在 CV 音韻學中，音節結構為

$$\sigma \overset{\displaystyle\bigwedge}{C\;V} \quad 或 \quad \sigma \overset{\displaystyle\bigwedge}{C\;V\;C}$$ 等比較「平坦」(flat) 的結構，亦即少了 N, R, O, V, C 等節點的結構。其中主要理由是這種結構是最簡單的層次結構，而在大多數的情形下也足以說明大多數的音韻現象，符合奧康姆原則。然而，正如 Spencer (1996) 指出，沒有 Ryhme (R，韻) 這節點，音節的「重量」並不易表達，除非另有其他的結構機制。文獻中的 mora 可以補足這方面的缺點，但這方面的討論超越本書之範圍。

⒄ a. 說明音節結構的普遍原則 (universal principles)。

　　b. 說明音節結構之分類學，亦即語言與語言之間在音節結構上可能有的差異範圍。

　　c. 說明個別語言之音節結構規律。

　　對於第一種功能，CV 音韻學提出音節結構含有三個層面 (tier)。即音節層面 (syllable tier)，CV 層面 (CV tier)，以及音段層面 (segmental tier)。單音節字如英語的 pet，具有以下的結構：

⒅

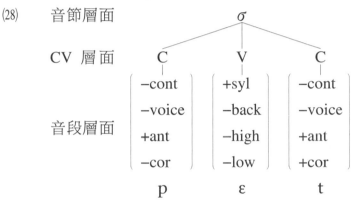

音節層面為音節節點 σ，CV 層面之 C 與 V 為音節的主要結構以及節奏／時間長短 (rhythmic/timing) 單位，音段層面為辨音成分的組合，是實際語音性質的描述，但通常為了書寫及印刷方便起見，辨音成分之組合常以音標來表示，如〔pɛt〕。

　　各層面之成分用「連線」(association line) 連起來。連線使用方法受普遍語法中的「妥善原則」(well-formedness condition) 所約束，例如連線不可相交（有關合語法原則之詳情，見以下 6–11 節）。在音節結構中，CV 層面的 C 與〔+cons〕音段相連，V 則與〔+syl−cons〕音段相連，例如：

(29)a.

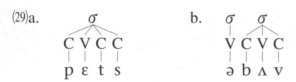

一般說來，V 是音節響亮度的高峰 (sonority peak)，也是音節的核心，因此 V 的數目大致上可以決定音節的數目。(29)所顯示的三層面及連線關係，是一般語言音節共有的普遍特性。

至於第二種功能，在普遍語法 (UG) 中，CV 形態的音節是所有語言所共有的。Clements 與 Keyser (1983, p. 29) 更進一步主張自然語言大致具有以下四種基本音節形態中的任一種：

(30)第一型：CV　　　　　　　如：ta

　　第二型：CV, V　　　　　　如：ta, a

　　第三型：CV, CVC　　　　　如：ta, tat

　　第四型：CV, V, CVC, VC　　如：ta, a, tat, at

為了達成第三種功能，音節理論應設法描述個別語言所特有的音節結構，例如英語除具有上面如(30)中之普遍音節形態外，還容許 CCCVCC 的結構（如 strand）。

上述 CV 音韻學理論在描述音韻現象時，具有下面的一些優點。第一，對「分音節」(syllabification) 的過程可以提供有系統及有原則的解說。這一點，對於容許「多音節單字」(multi-syllabic word) 的語言（如英語）來說相當重要，因為當一連串 CV 在一起時，如 VCCCVCC，如何把這些 C 及 V 分成音節呢？照上面(25)的分析，這些字最後的音節是 tal 及 val，為何字尾 -al 要把字根最後一個子音「拉」過來作為它的音節首音段（韻頭）呢？

按照 CV 音韻學理論，語音分音節的大原則是「韻頭優先原則」 (onset first principle)，略述如下：

(31) a. 在不違反該語言音節結構的前提下，盡量將子音劃歸韻頭。

　　b. 在運用原則 a 後，在不違反該語言音節結構的前提下，盡量
　　　將子音劃歸韻尾。(Clements & Keyser, 1983, p. 37)

以(31)為基礎 Clements 與 Keyser (1983, p. 38) 提出以下三個分音節
的步驟：

(32) a. CV 層面的每一個 V，在基底結構都與一個 σ 連線；此步驟
　　　反映出每一個音節必須含一個 V。

　　b. 在不違反個別語言規律的前提下，將每一個 C 與緊接其右邊
　　　的 V 連在一起；此步驟產生韻頭 (onset)。

　　c. 在不違反個別語言規律的前提下，將每一個 C 與緊接其左邊
　　　的 V 連在一起；此步驟產生韻尾 (coda)。

我們以英語 construct 一字來說明(32)運作之方式：

(33)a.

```
    σ           σ
    |           |
C V C C C C V C C
| | | | | | | | |
k ə n s t r ʌ k t
```

依 (32a)，V 在基底結構上與 σ 相連。

b.

按 (32b)，每一次把一個 C 與緊接其右的 V 相連，直到其結果違反英
語之語音組合規律為止。因此第二音節可以連到〔strʌ〕，但 n 不可再
向右連成〔*nstrʌ〕，因為 *nstr 不合英語音節子音串連不得有 CCCC
組合的規律。

c.

按照 (32c) 將 C 與緊接其左的 V 相連，形成韻尾。由此我們得知

construct 含有兩個音節，分別是 con 及 struct。同理，adjectival 的音節結構可分析如下：

(34)a.　　σ　　　σ　　　σ　　σ　　　(31a)
　　　　　 |　　 　|　　　 |　　 |
　　　　　V C C V C C V C V C
　　　　　| | | | | | | | | |
　　　　　a d j e c t i v a l

（注意：我們在這例子中用字母代替音標）

b.　　σ　　　σ　　　σ　　σ　　　(32b)
　　　　 |　　 　|　　　 |　　 |
　　　　V C C V C C V C V C
　　　　| | | | | | | | | |
　　　　a d j e c t i v a l

c.　　σ　　　σ　　　σ　　σ　　　(32c)
　　　　 |　　 　|　　　 |　　 |
　　　　V C C V C C V C V C
　　　　| | | | | | | | | |
　　　　a d j e c t i v a l

　　我們從(34)可看出，「韻頭優先原則」把 v 劃歸最後一音節，作其韻頭，因此其重音音節是 ti 而不是 *tiv。同理，在 experimental 一字中，重音音節是 men 而不是 *ment。

　　第二種優點是，CV 音韻學對比較複雜的音段如延長母音 (lengthened vowel)、全等並列子音 (geminate consonant)、塞擦音等，也可以透過 C 與 V 成分與音段單位的連線，表示出其內在關係。例如，延長母音（通常稱長母音）及全等並列子音（通常稱長子音）可視作含有兩個 V 或 C 的節奏單位 (rhymic unit) 的音段，因此音質為長，如：

(35)　　　V V＝〔a:〕　　C C＝〔t:〕
　　　　　　　\ /　　　　　　 \ /
　　　　　　　 a　　　　　　　 t

　　而塞擦音可視作同一節奏單位（C 或 V）含有兩個音段的辨音成分，例如：

(36)　　　　　C　　　　 如　　　C　　　　 C　　　 等
　　　　　　 / \　　　　　　　 / \　　　 / \
　　　 〔+cont〕〔−cont〕　　　 t ʃ　　　p f

⒃中並列之兩個辨音成分正好能表示出構成塞擦音的兩部分語音性質，前者為塞音（〔+cont〕），後者為擦音（〔−cont〕）。這種分析也具有心理上的真實性。在語誤 (speech errors) 的研究中，我們發現〔tʃ〕雖具有兩種音段的成分，但卻不是兩個分立的單位，在語音對調 (spoonerism) 的語誤中，〔tʃ〕與其他語音對調時，是整個〔tʃ〕的移動，其成分〔t〕及〔ʃ〕不會分開移動的。同理，雙母音〔eɪ〕〔aɪ〕等在我們的語感中，也只是一個單位，所以也可視為同一個節奏單位 V，如：

$$\underset{a\quad\textup{ɪ}}{\overset{V}{\wedge}} = \textup{〔aɪ〕}$$

　　CV 音韻學第三種優點是對有些語言的母音「補償性延長」(compensatory lengthening) 現象作出合理、直接而明確的描述。母音補償性延長指的是當兩個相連的母音中之一刪略時，剩下的另一母音常變為長母音，好像是補償刪略母音在節奏長度上的損失，例如 ae → e:。對於這種現象，CV 音韻學的分析如下：

(37)

$$\underset{a\quad e}{\overset{\sigma}{\underset{V\ V}{\wedge}}}\longrightarrow \underset{\textcircled{a}\quad e}{\overset{\sigma}{\underset{V\ V}{\wedge}}} = \textup{〔e:〕}$$

⒄箭號右邊結構變化之虛線為改變之連線，而 ǂ 則表示原來連線之取消 (delinking)，ⓐ表示〔a〕刪略。⒄表示〔ae〕原來具有兩個 V 的時長單位，經過〔a〕刪略後，〔e〕再經過連線之改變，獲得原來屬於〔a〕所有之時長單位 (V)，因此在語音性質上變為長母音〔e:〕。對於類似 ae → e: 或 ou → o: 等現象，⒄的描述看來相當合理而明確。

　　當代音韻學或多或少都接受上述的 CV 音韻學理論。雖然在這理論中，CV 層面為單層，似乎不能表達例如⑳㉕㉖等涉及以「韻」（R節點）　分枝與否來定義音節重量問題，但是音韻學家採用「投射」

(projection) 的概念（參看 Katamba, 1989, p. 179 ff），或 mora 概念（參看 Spencer, 1996, p. 100 ff）也可以處理這些現象。

6–11　多層次音韻學 (Multi-tier Phonology)

　　本章 6–1 至 6–9 所介紹的，稱為衍生音韻學 (generative phonology)。衍生音韻學主要在於描述人如何把語句中之詞項由記存在記憶中的基底音位形象衍生成表面語音形象（亦即實際發音）的語言系統的歷程，上面 6–7 節中我們也舉出例子說明我們所學會的詞項，其音韻形象與表面發音並不一定完全一致，而音韻規律的功能正是描述這歷程並說明表面與基底兩層次之語音現象的關係。因此，衍生音韻學所關注的問題是，詞項的基底形式如何訂定，其抽象程度如何（與表面形式的差異程度），音韻規律的描述的形式、數目、性質，音韻規律運用的次序 (rule-ordering)，以及基底形式、音位系統及音韻規律的自然度（naturalness，亦即這些項目是否合理及是否有足夠的發音生理或感知心理上的理由）等等。（作為導論，本章 6–1 至 6–9 節中，並沒有討論音韻規律運用的次序及自然度的問題，基底形式的抽象程度也僅在 6–9 節中略為觸及。）

　　衍生音韻學興起於 1960 年代初，至 1968 年 Chomsky 與 Halle 出版他們的經典著作 *The Sound Pattern of English* 一書（簡稱 SPE），為衍生音韻學訂下基本的原則，這些原則，基本上到現今亦大多有效，仍是音韻學所關注的問題。上面 6–1 至 6–9 節所描述的音韻學基本概念，便是以 SPE 的概念為基礎，SPE 的影響相當廣泛，其理論體系亦算得上完備，然而，就像所有理論一樣，衍生音韻學亦有其不足之處。基本上，衍生音韻學認為音韻結構只是音位的排列組合，各種音韻規律都是描述語音衍生過程中之線性結構的變化。因此，傳統的超音段

現象如重音、聲調 (tone) 等也視作音段 (segmental) 現象來處理，例如把重音及聲調當作是母音（〔+syl〕音段）中的辨音成分〔+stress〕及〔+tone〕，再以這些音段的語境來決定重音的位置及聲調的體現與變化。然而，到了 70 年代中期，這種方法證實有許多缺點，在聲調的處理上尤其如是。

　　自 1970 年代中期以後，音韻學家認為音韻的整體結構並非單向線性的現象，而是有好些層面組成的複合體。例如音節的結構有音段層面、音節層面、CV 層面、聲調層面等，通常以音段為「主軸」(skeleton)，將各層面連起來，形成一多層面（立體）的結構，而音韻學的目標是描述各層面之結構與其音韻歷程之變化，以及各層面之結構在音韻規律從基底形式衍生表面語音形象（發音）過程中之互動情形。這種音韻理論，文獻中稱為「自主音韻學」(autosegmental phonology)。

　　自主音韻學最初由 Goldsmith (1976) 所提出，其最直接的動機來自對聲調的處理。Goldsmith 發現以傳統 SPE 方式的衍生音韻學來處理聲調語言的聲調時，有其本質上不易克服的缺點。在討論這些缺點前，我們先談一談聲調語言。

　　聲調本身只是音高 (pitch) 的現象，任何語言使用時，音高都有高低的變化，但這些變化卻不一定有辨別語意或語法的功能。凡是利用聲調 (tone) 來辨別語意（包括單字的字義及／或文法功能）的語言稱為聲調語言 (tone language)。聲調語言分為兩種，其中一種稱為「水平調語言」(register tone language)，其聲調基本上以不同高低的平調（如高平、中平、低平調）所組成，個別聲調缺乏升或降的變化，大多數非洲的聲調語言屬於「水平調語言」。另一種為「高低調語言」(contour tone language)，其聲調除平調以外，還包括音高有變化之升調 (rising tone)、降調 (falling tone)、甚至升降調 (rising-falling tone) 或降升調 (falling-rising tone) 等，漢語及其方言屬於此類。

　　早期以衍生音韻學來處理聲調有兩大方向：

　　㈠ Wang (1967) 比照辨音成分，設計出一套「聲調成分」(tone features) 來描述聲調之音韻歷程。聲調成分視作音節核心音段（通常是V）　所含之辨音成分的一部分　，這種方向稱為「音節觀」(syllabic approach)。這種觀點的優點是考慮相當廣泛，能將聲調的辨義作用透過辨音成分的功能表示出來，也能將各種水平調及高低調的性質描述出來，也能表示出聲調通常在音節核心音段最為顯著的語音事實。然而，對於升調、降調以及比較複雜的升降調及降升調，Wang (1967) 均用單一的聲調成分（分別為　〔+rising〕、〔+falling〕、〔+convex〕、〔−convex〕）來表示，這種作法忽略了降升調及升降調本身包含了升與降兩種變化以及其先後順序，與單純的升調或降調不同，而〔convex〕只是一種成分，無法表示這種差異。此外，對於在音節中，聲調成分是獨立於音段以外，或是有某些音段可以作為聲調成分的「承載單位」(tone bearing unit) 而聲調成分依附其上的問題，Wang 並沒有清楚交代。如為前者，則已有自主音韻學的概念；如為後者，Wang 則沒有說明是何種音段。

　　㈡ Woo (1969) 認為聲調成分只有兩種：〔+high〕(H) 與〔+low〕(L)；聲調成分存在於「聲調承載音段」(tone bearing segment) 中，這些音段通常是母音 (V)。水平調本身為 H 或 L，高低調則由 H 與 L 組合成，例如升調為 LH，降調為 HL，升降調為 LHL，降升調為 HLH。高低調是由並列的 V 所組成的。因此，Woo 的觀點又稱為「音段觀」(segmental approach)。音段觀的優點在於能明確的表示出高低調的成分及其方向變化的先後，同時對於某些聲調的變化，也可提供明確及合理的解釋，例如在低調之前的高平調會變成高降調，就可以從高降調本身為 HL 得到解釋（鄰近 L 的 H，也獲得 L，成為 HL，這是〔+low〕的聲調同化現象），然而，Woo 的理論最大缺點在於當語詞只含單母音

時（即只有一個 V 音段時），如何方能表示升調 (LH)、降調 (HL) 或是
更複雜的降升調（HLH，如國語的上聲）？例如，國語的 "梯"、"提"、
"體"、"替" 四個字的聲調成分應為⑶：

⑶ a.　ti "梯"　　　b.　ti "提"

　　　〔H〕　　　　　　　〔LH〕

　　c.　ti "體"　　　d.　ti "替"

　　　〔HLH〕　　　　　〔HL〕

但⑶在衍生音韻學中的理論是行不通的，因為同一音段〔i〕裡面，不
可能有價值相反的成分，如⑶：

⑶　　　　　　　*i

$$
\begin{bmatrix}
+\text{syl} \\
\vdots \\
+\text{High} \\
+\text{Low}
\end{bmatrix}
$$

尤有進者，⑶無法表示是升調 (LH) 或是降調 (HL)。若以其上下或先後
順序決定之，都是不合理或是辨音成分理論所不容許。因此，⑷ a, b,
c, d 都不成立。

⑷ a.　　　　　*i　　　　　　　b.　　　　　*i

$$
\begin{bmatrix}
+\text{syl} \\
\vdots \\
[+\text{High}] \\
[+\text{Low}]
\end{bmatrix} = \text{降調}
\qquad
\begin{bmatrix}
+\text{syl} \\
\vdots \\
[+\text{Low}] \\
[+\text{High}]
\end{bmatrix} = \text{升調}
$$

c.　　　*i　　　　　　d.　　　*i

$$\begin{bmatrix} +syl \\ \vdots \\ +tone \\ [+High]\,[+Low] \end{bmatrix} = 降調 \qquad \begin{bmatrix} +syl \\ \vdots \\ +tone \\ [+Low]\,[+High] \end{bmatrix} = 升調$$

⑷之 a, b, c, d 之不能成立可分兩方面看。首先，若 High 與 Low 是與 syl, son, tense 等成分性質相同的獨立成分，則 (40a) 與 (40b) 顯然不合邏輯，因為沒有一個母音可以同時是高調及低調的，如 High 與 Low 合起來方可解釋成降或升調時，則顯然與其他成分不一樣，同一音段中，含有性質如此不同的成分，亦不合理。同理，(40c) 與 (40d) 中 High 與 Low 也要合起來再加上線性順序方可解釋成降調及升調也違反常理。如果⑷不成立，在 Woo 的理論中恐怕只能設定"梯"、"提"、"體"、"替"四字的音韻形象為：

⑷ a.　　　t　i　　　"梯"　　b.　t　i　i　"提"
　　　　　　〔H〕　　　　　　　　　〔L〕〔H〕

c.　t　i　i　i　"體"　　d.　t　i　i　"替"
　　　〔H〕〔L〕〔H〕　　　　　　〔H〕〔L〕

但⑷是違反大多數人對國語所有的語感的。

因此，Goldsmith 倡導另一種看法，認為詞素的音韻結構是同時具有好些層面，各層面之間以一些普遍原則（見下文）聯繫，但各層面則是獨立自主，各有其線性結構。詞素的音段與聲調分屬不同層面，一為音段層面 (segmental tier)，另一為聲調層面 (tonal tier)，兩者以母音（近年來也有人主張以 mora (μ) 或以整個音節 (σ)）為承載單位而聯繫起來。例如，"提"這個詞的基底詞音結構如下：

⑷　　音段：t　　i
　　　聲調：　　L H

這種結構不只能夠避免 Woo (1969) 理論中把聲調成分看成與音段成分一樣而同時存在於音段的成分方陣中所引起的困擾（見上文），同時也可以解決一些聲調變化的現象。有關這些現象，文獻中例子很多，以下我們只提出「浮動聲調」(floating tones) 以及「聲調的穩定性」(the stability of tones) 兩種。但在討論這兩種現象之前，我們先簡述聯繫音韻各層面的一些普遍原則。

Goldsmith (1976) 提出如下的一些「妥善原則」(well-formedness condition, WFC)：

(43) a. 每個母音至少要與一個聲調聯繫。

b. 每個聲調至少要與一個母音聯繫。

c. 連線不可相交。

這些原則是「普遍語法」的一部分，也是所有語言音韻系統所共有。此外，以下為一些文獻中描述聲調規律及變化常用的符號及形式：

(44) a.　T　　（T 代表 tone，V 代表 vowel）

　　　|　　母音與聲調聯繫

　　　V

b.　T

　　⋮　　建立聲調與母音之間的聯繫

　　V

c.　T

　　+　　刪除聲調與母音之間的聯繫

　　V

d.　Ⓣ　未與母音相連的聲調（浮動聲調）

e.　Ⓥ　未與聲調相連的母音

「浮動聲調」指的是一些存在基底結構中，但沒有音段來承載的聲調。含有浮動聲調的詞素也可稱為「無音段詞素」(segmentless morpheme)。例如 Estako 語（奈及利亞境內語言之一）中「水」及「父親」的詞音結構分別為：

```
L  L  及  L  L
|  |      |  |
a  m  ε '水'  e  θ  a '父親'
```

表示「所有」的詞素則為一個浮動的高調Ⓗ。因此，表示「父親的水」之語意時，amε 之 ε 要刪除，但 eθa 之 e 卻並不唸低調 (L)，而在 WFC ⑷3之要求下將Ⓗ與 e 連起來，唸成降調 HL。其衍生過程如下：

⑷5基底形象：
```
L  L  Ⓗ  L  L
|  |      |  |
   a  m  ε   e  θ  a
```

表面形象：
```
L  L  Ⓗ  L  L
|  |+      |  |
   a  m  ε   e  θ  a
```

亦即唸成〔àmêθa〕'父親的水'

　　另外，在粵語中，表示形體「小」的或「熟稱／暱稱」時，除了高平調 (55) 及高降調 (53) 的字以外，其他聲調的字都會唸成陽上調 (35)，其情形如下：

⑷6　本調：　鳳（陽去）文（陽平）敏（陽上）張❼（陰平）蔣（陰上）相（陰去）

　　　　　　fuŋ (22)　mɐn (11)　mɐn (13)　tsœŋ (55)　tsœn (35)　sœŋ (33)

　變調：　　↓　　　↓　　　↓　　　↓　　　↓　　　↓

「小」，或
「暱稱／熟稱」　(35)　　(35)　　(35)　　(55)　　(35)　　(35)

如我們設粵語表示「小」及「熟稱／暱稱」之詞素為一個調值為

---

❼　粵語之陰平調有兩個調值，分別是 55˥及 53˩。對此點，文獻中有不同的意見，Tsung (1964) 認為陰平調已分化成兩個對立的調（55 與 53），但根據 Tse (1973) 研究結果，55 與 53 應該還是陰平調的自由變體 (free variants)，即便偶有對立，最多也只是 Goldsmith (1995, p. 11) 所提出的五階對立層級中的第四等「幾乎沒有對立」(just barely contrastive) 的情況。我們在此採用 Tse (1973) 的立場，視陰平調值為 55。

5 的浮動高調Ⓗ，⑷的情形可表示如下：

⑷　鳳　　　文　　　敏　　　蔣　　　張　　　相

　fuŋ　　　mɐn　　　mɐn　　　tsœŋ　　　tsœŋ　　　sœŋ

　2 2⑤　　1 1⑤　　1 3⑤　　3 5⑤　　5 5⑤　　3 3⑤

在⑷中，浮動聲調⑤依 WFC 原則與母音連線後，除"張"一詞外，都變成終點為 5 的高升調。而從語音學的觀點看，上升調主要語音特色在其終點之音高，起點並不重要，只要終點為 5，在聽覺上均為高升調，亦即聽起來均可視為陽上調 (35)。同時，在⑷中我們可以察覺到兩點：⑴這些高升調變調的調值都與陽上 (35) 的調值略有不同，其起點常比較低（"蔣"，"相"除外）；⑵變調的時程比較長。關於這兩點，文獻上雖然一般會把變調的調值描述成陽上調 (35)，但亦有學者如趙元任 (Chao, 1947) 觀察到並提出說⑷中的變調之起點音調較低而且時程較長。因此，如果趙元任的觀察正確，則⑷的描述更能充分表達這音韻歷程的語音事實了。況且，提出⑷之浮動聲調⑤，可以對五個不同的基底調（鳳、文、敏、蔣、相）都變成一個高升調提出自然且有系統的單一解釋。若非如此，則只好寫五條不相干的變調規律了（如 21 → 35, 11 → 35, 13 → 35 等等），而這些規律並無任何自然的語音條件作其變調之基礎或理由。

至於「聲調的穩定性」則是指有時候與聲調相連的音段省略之後，聲調本身依然具有音韻功能，甚至在實際發音中顯示出來。例如粵語中，片語 "一條一條"、"一個一個" 分別可縮減成 "一條條"、"一個個"，但其聲調則有所改變，其情形如下：

⑷ a.　　　jɛt˥ 5　　　tʰiu 11　　　jɛt˥ 5　　　tʰiu 21

　　　　　一　　　　條　　　　　一　　　　條

　→　　　jɛt˥ 5　　　tʰiu 35　　　tʰiu 21

　　　　　一　　　　條　　　　條，

b.　　　jeʔ˥ 5　　　kɔ 33　　　jeʔ˥ 5　　　kɔ 33
　　　　　一　　　　個　　　　一　　　　　個

→　　　jeʔ˥ 5　　　kɔ 35　　　kɔ 33
　　　　　一　　　　個　　　　個

⑷之情形如果採自主音韻學理論，可以說音段及聲調是分屬不同層面，⑷的刪略只刪去第二個 "一" 字的音段，其聲調沒有刪，然後按 WFC 原則將 "一" 字原來之聲調與其左方音節之母音相連，成為高升調 (115，或 335)。

⑷ a.

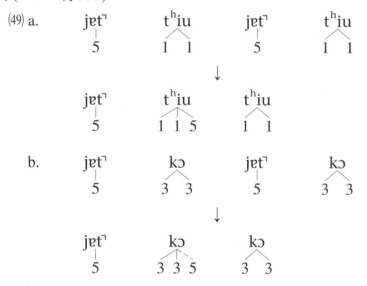

類似上述兩種現象，還有如國語的輕聲，以及一些超越音段範圍的一些語音現象如「母音協和」(vowel harmony)、「鼻化」(nasalization)、重音分布等，透過自主音韻學理論，分別設定自主的 「鼻音層面」(nasality tier)、母音協和時所涉及之辨音成分的層面（如「圓唇層面」rounding tier，或「緊音層面」+ ATR tier 等）、以及「節律層面」(metrical tier) 等 ， 均可得到比傳統單層次的線性理論更優越的描述 （參看 Katamba (1989), Goldsmith (1976, 1990), Durand (1990), Yip (1980)）。

在自主音韻學理論中，完整的語詞音韻結構是多層面的，以國語的單字"板"〔panˇ〕為例（ˇ之調值為 214），其基底音韻結構如下：

(50)

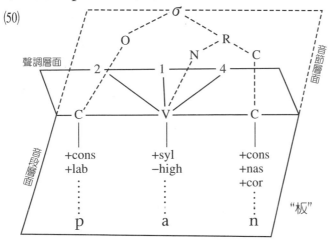

"板"

英語中雙音節詞 sender〔ˋsɛndɚ〕之音段、音節、重音層面結構如下：

(51)

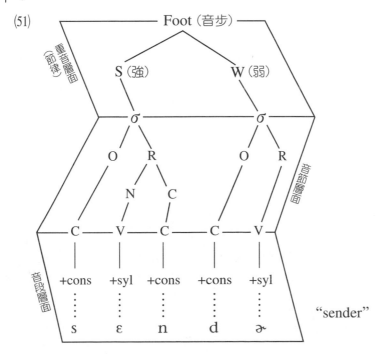

"sender"

⑸顯示"板"字由 p, a, n 三音段組成一個音節,而聲調則由 2、1、4 三個高低水平的音高組成。⑸顯示"sender"一字由 s、ɛ、n、d、ɚ 五個音段組成,這五個音段則組成兩個音節 sɛn、dɚ,這兩個音節再組成一個「強一弱」(s-w)「音步」(foot),s 就是重音之所在。

⑸及⑸中之 C 與 V 形成一「主軸」(skeleton),其他結構層面(如音節、聲調、音段、重音等)均以此為軸心相聯繫,每一層面各有其獨立自主的線性及層次關係。這種既相連又自主的結構觀念,可以將很多以往在傳統衍生音韻學(見 6-1〜6-9 節)理論所不易處理的「超音段」音韻現象及規律,以更明確而且合理的方式處理(見上文有關高低調的形式以及粵語變調的問題)。事實上,從⑸的分析中,我們也可以說,國語的上聲字唸前半上 (21) 與後半上 (14) 時,只牽涉聲調層面部分連線的刪除 (delinked),如⑸,其他方面如音段及音節之結構並無改變。

⑸前半上(在陽平、陰平、去聲、輕聲之前)

   a.　　ma　"馬"

      2 1 4

   b. 後半上"馬"(在另一上聲之前,如"馬臉")

     ma
     2 1 4

這種看法甚至可以對上聲字後面的輕聲調值較高,去聲字後面的輕聲調值較低的現象,提出很好的描述。例如,"馬的"及"罵的"兩詞組中,前者之"的"字聽起來聲調要比後者之"的"字要高一些。假如我們假設「輕聲」本身是只有音段而沒有聲調的「附著語素」(clitic),其實際發音時聲調之高低取決於前面所接的詞。在"馬的"詞組中,"的"從"馬"字中獲得之調值為 4,而在"罵的"詞組中,"的"從"罵"字中獲得之調值為 1,其情形如下:

(53)a.　　馬　的

ma　de　$\xrightarrow{\text{WFC}}$　ma　de　$\xrightarrow{\text{前半上}}$　ma　de

2　1　4　　　　　2　1　4　　規律 (52a)　2　1　4

b.　　罵　的

ma　de　$\xrightarrow{\text{WFC}}$　ma　de

5　1　　　　　　5　1

因此 (53a) 之 "的" 調值聽起來比較 (53b) 之 "的" 來得高（至於陰平及陽平後面輕聲之調值，因為加上陰陽兩個聲調 「調域」 (tone register) 的關係，比較複雜，有興趣者可參看 Yip, 1980，第 1 章的討論）。

以上所述為 1976 年以來 Goldsmith 所倡導的自主音韻學理論的一些基本觀念。二十多年來，這種多層面音韻結構觀，使音韻學研究的視野更為擴展。 以此種觀念為基礎所發展出來的理論不少， 上面 6–10 節所介紹之 CV 音韻學重點放在音節層面的結構是其中之一種，重點放在重音 / 節律層面的研究稱為「節律音韻學」(metrical phonology)。至於音段的結構，晚近的研究也是採取自主音韻學的觀點，將音段的變化與規律置於多層面的主體結構中來描述，並藉著音段層面與其他層面的互動作音韻歷程的分析，限於本書的性質及篇幅，對於節律音韻學，我們不另作介紹，對此感興趣的讀者可參看 Katamba (1989), Durand (1990), Goldsmith (1990), Hogg 與 McCully (1987) 等。有關以多層面音韻學觀念分析漢語的研究，近年來亦相當蓬勃，可參看 Yip (1980), Wang (1995), Hsiao (1991), Chung (1996) 以及這些研究中所列之相關書目。

6–12　詞彙音韻學

　　近年來音韻學家非常關注構詞過程及音韻規律間的關係，因而發展出詞彙音韻學 (Lexical phonology)。因為此種理論與構詞有關，因此我們將其介紹與討論置於第七章構詞學 7–7 節。

──────── 複 習 問 題 ────────

1. 略述「語音學」與「音韻學」之別。

2. 何謂「音位」？試說明之。

3. 什麼是「最小差異對偶詞」？

4. 什麼是「互補分布」？

5. 什麼是「同位音」？

6. 什麼是「辨音成分」？作為語音描述的基本單位，辨音成分有什麼優越之處？

7. 什麼是「語音組合法」？如何證明語音組合法是母語使用者內在語言知識的一部分？

8. 音韻規律具備什麼樣的功能？音韻規律有哪幾種？

9. 音韻規律是不是我們內在語言知識的一部分？如是，怎樣方可證明之？

10. 音韻規律在語法系統中之功能如何？

11. 音韻規律為什麼要形式化？

12. 詞項的基底形式與表面語音形式之關係如何？為什麼我們把基底形式看成抽象的形式？

13. 音節的結構形式如何？為什麼音節會有層次的結構？

14. 為什麼「音節」不容易下定義？

15. 音節具有什麼重要性？

16. 什麼是「開放音節」及「封閉音節」？什麼是音節的「重量」(weight)？

17. 音節的「重量」(weight) 與「重音」(stress) 之間有何關係？

18. 理想的音節理論應具備哪些功能？

19. 什麼是「韻頭優先原則」？

20. 把聲調看作音段內的成分的「音段觀」有些什麼優點及缺點？

21. 自主音韻學理論中，國語詞項的基底形式應如何？

22. 以自主音韻學多層面結構的方式描述聲調語言的聲調規律有什麼優點？

23. 什麼是音韻部門的「妥善原則」(well-formedness condition)？

第七章　構詞學

7-1　詞與單字

　　在一般人的心目中，「字」與「詞」幾乎同義。因此在日常的用語中，這兩個用語也是經常不分。然而，在語言學裡，我們覺得「字」這個語詞不夠精確，我們需要更精確的術語，來界定語言系統中具有語意的最基本單位。在下面幾節裡，我們會進一步的討論這些術語。也許，很多人會問，我們中文裡不是每一個單字都具有語意嗎？而且不是每一個中文字，都具有獨立的字形嗎？對於這兩個問題，我們可以說，是的，大體上說來的確如此。最少，我們中文的方塊字每一個確實有其獨立的字形，但是每一個單字卻不一定都具有意義的。比方說，大家都認為「葡萄」、「蜻蜓」、「蝌蚪」、「蚯蚓」等詞語每個都是由兩個單字組成，但是在這些詞語中，任何獨立的一個單字都不具有語意的。如果我們要問「葡」、「蜻」、「蚪」或「蚯」等單字是何意思，誰也不可能回答出來。

　　這種單字與語意之間的差距，在中文裡的情況還不至於太大。因為無論在口語或書寫文字兩方面看來，中文相當大部分的「字」都是單音節的「字」（聲音形態上獨立），每個單音節一定有一個書寫符號（視覺符號形態上獨立）；而每一個這種「字」大體上也會具有語意的（上述的例子如「蜻蜓」等字在國語中並不算多數）。因此在國語中，單字與語意的關係通常相當直接；最小及最基本的語意單位往往（雖然並非必然）是單字。這情形，與國語大體而言是以單音節為詞的基本形式這一事實有關。

　　然而，在構詞方式與中文不同的語言裡（如英語），一般人心目中的「字」，可能含有不只代表一種語意的語音及拼寫形態的。比方說，一般英語的母語使用者都會認為 boys 或 ripens 等是個別的「單字」，沒有人會認為 boys 是兩個單字的。但是，每人都知道，boys 這個「字」有兩部分，而每一部分分別都具有意思，boy 是「男孩子」之意，-s 是「多於一個」之意。ripens 這個字的情形也略同，我們知道這個字有三部分，ripe 的語意是「成熟的」，是形容詞；-en 是詞尾的一種，可將 ripe 變成動詞，具有「使變成……」的語意；至於 -s，則表示這個動詞的主事者是第三人稱、單數，而且動詞所表示的動作既非發生於過去，也非發生於未來。因此，ripens 也是一個單字，但卻具有三個含有語意的更小的單位組成。由此觀之，傳統的「字」這個用語似乎不能表示語言系統中最小的具有語意的單位。因此，語言學把具有語意或語法功能的最小語言單位稱為詞位（morpheme，又稱詞素）。詞位可以是單字，如 boy，也可以是由兩個或好幾個詞位而組成的「字」，如 ripens、書本、桌子等等。

　　此外，構詞學裡頭所指的詞位是聲音與語意的組合體，而不是指書寫文字的字形與語意的關係。在拼音文字如英語中，字形與聲音的關係比較密切而直接，因此與語意之間的關係也比較明顯。但是在表意文字如中文裡，字形的構築法與語詞的結構並非同一回事，因此我們談構詞學時，不要與文字學裡的「六書」並論。

7-2　詞類與詞群

　　在語言裡眾多的詞項，常常因為語法功能相同而分為好些詞類。在詞類中，名詞、動詞、形容詞，及副詞這四大類往往佔了詞彙中的大部分。而且這四大類的詞類是屬於「開放性的詞類」，因為語言裡平

常所增加的新字，絕大多數都屬於這四類中之一類。與這情形相反的是類似介詞、連詞、人稱代名詞、冠詞等詞類，我們把這些詞類稱為「封閉性的詞類」，因為我們很難想到會有新添的介詞，或連詞，新添的冠詞更是難以想像。我們在現代中文裡造了「它」、「牠」、「祂」、「她」等第三人稱單數代名詞，但是這只是書寫符號，聲音根本沒有新的形式，還是唸〔tʰaˉ〕。近年來女權高張，女權運動者對於在英文裡泛稱第三人稱單數時都用「男性形式」（如 Everyone should love *his* country.）覺得不滿，因而提倡用 "e"（唸作〔i〕）來代表（he 或 she），有些人則主張用 s/he 的方式，有些人則主張乾脆用中性的 they 來代替泛稱的 he；因此 Anyone can pass this exam if he works hard enough. 這句話可以寫成 Anyone can pass this exam if e（或 s/he，或 they）works（或 work）hard enough.。但是，這些畢竟都是相當不自然而人為的做法，不是語言本身自然的演變而產生的新詞。更重要的是，經常而規律地使用這些「新」代名詞的人不多。因此，人稱代名詞本質上還是「封閉性的詞類」。

　　以上我們把詞類作「開放性」與「封閉性」的分類方法，並非武斷的。除了在上面我們所舉出在創造新字時這兩類詞的區別以外，在實際使用時也有區別。對於句子的語意而言，開放性的詞類所具的語意分量比較重；而封閉性的語詞通常側重於語法功能的表達。這種區分是具有心理上的真實性的。Broca 氏失語症病人經常對封閉性詞類的理解及閱讀有困難，但是對於開放性的詞類的理解，通常問題不大。有時候有些說英語的患者會無法分別 inn 與 in 或是把 which 誤解作 witch (Fromkin and Rodman (1978))。陳 (1984) 在她碩士論文的研究中指出，Broca 氏失語症患者（很多是中風病人的後遺症）對於中文的「了」、「著」、「的」、「過」這四個「虛詞」（又稱語法功能詞 function word）的理解有困難，對於完整句子的構句也有困難，而且構句方面

的困難主要在於對這些「虛詞」的意識不強，因此這些人造出來的句子常在語法上有毛病（陳 (1984) 調查了四十八個病例，這是中文失語症方面少數的有系統的研究）。

　　語言中的詞項，除了具有詞類的特性以外，另外還有一種有趣的現象，那就是說，某些詞常常在相互之間存有某種關係。這樣的一群詞項我們可稱之為「詞群」，這些詞群中的分子可不必屬於同一詞類。事實上，我們往往也是以觀察及比較這些詞群中的詞項來發現構詞時的種種規律，以及詞位本身的內在結構。我們可以用構詞方式多而頗複雜的英語來作例子。Fromkin 與 Rodman (1978) 以 phone 這一詞項作基本，列出下列詞群：

phone	phonic
phonetic	phonetician
phoneme	phonetics
phonemic	phonology
allophone	phonologist
telephone	telephonic
phonological	euphonious

　　在這詞群中，我們不難發現，最小與最基本的形式是 phone 字（即聲音之意），其他所有的字都是與聲音有關。phone 這個字不能再細分下去，因為再分下去就不再具語意了，ph〔f〕是沒有意義的。以 phone 為基礎，我們可以發現有 -ic, -ics, -ist, allo-, tele- 等等的部分可以與 phone 一字連在一起，而這些小部分，也各具語意或語法功能，如 -ic 可將 phone 變成形容詞，-ist 表示「從事某種研究的人」等等。

　　另外，我們如比較形容詞如 happy, likely, desirable 等，以及加上 un- 字首以後的 unhappy, unlikely, undesirable 等，亦不難發現 unhappy 等字是由最少兩部分構成。因此，觀察這些相關的詞群，有助於我們

發現詞項的內在結構。

7-3　構詞學與詞位的種類

　　從上面 7-1 及 7-2 的討論中，我們知道「詞」與「字」的分別，以及詞類與詞群的一些特性。而從相關的詞群的比較中，我們可以觀察到，詞除了不加任何「詞綴（affix，又稱「附加成分」）」的「詞根」(stem) 以外，都有一定的內在結構。如上一節以 phone 為字根所列舉之詞群以及把 un- 這個「前綴」（prefix，又稱「詞頭」）加在 happy 等形容詞前頭的詞群所顯示，這些詞綴的加入，並非任意的。比方說 unhappy 是英語的詞，但是 *unbook 以及 *unphone 就不是英語的詞彙，因為 un- 這個前綴通常加在形容詞前面，有時候也可加在動詞前面（如 unlock, undo, untie 等），但是卻鮮有加在名詞前面的。中文裡「們」（唸輕聲，表示複數）這個詞位雖然有獨立的字形與字義，但是並不能獨立的使用。然而「們」也不是可以與任何名詞連用以表示複數的，原來的用法是與代名詞連用，近年來一些表示「人」的名詞後面也可以用（如老師們、同學們等），但是「*書們」、「*書包們」等卻還是不可以說的。由此看來，詞的本身是有其內在的結構，而構詞也有一定的法則。

　　因此，簡單的說，構詞學 (morphology) 是研究語詞的內在結構、功能，以及其規律的學科。構詞學中的基本單位是詞位 (morpheme)，詞位是語言系統中最小的具有語意或語法功能的單位。這個定義中關鍵的字眼是「最小的」，詞位可以是一個單獨的字，如英語的 boy 一詞，也可以是附加的成分（如英語中表示「不」的 un-），但是 boy 與 un- 的共同特點是「最小的」單位，如果把 boy 再細分成為〔b〕+〔ɪ〕或 un- 分成〔ʌ〕+〔n〕，這些更小的單位 b, ɪ, ʌ, n 都不具語意的了。中

文的「我」是詞位，因此，也不能再細分下去，因為〔w〕與〔ɔ〕及第三聲調〔ㄚ〕本身都沒有語意，合起來〔wɔㄚ〕才是「我」的意思。

　　有些詞位可以獨立而自由使用，如英語的 boy, book, ripe 等等，以及中文的「我」、「你」、「人」等等，這些我們稱為「自由詞位」(free morpheme)，有些詞位則永遠不可以單獨使用，如英語的 in-, un-, dis-, pro- 等等，我們稱為「附著詞位」(bound morpheme)。不加任何附著詞位的自由詞位稱為「詞根」(root)（中文的「們」一詞，也可以看作是附著詞位的一種）。附著詞位也稱詞綴 (affix)，附在詞根前面的叫「詞頭」（或前綴 prefix）；附在詞根後面的叫「詞尾」（或後綴 suffix）；加插在詞根中間的叫做「詞嵌」（或中綴 infix）。

　　有些詞位可以改變詞類，或是表示特定詞類，或是改變語意，因而產生另一新的詞項，這種詞位稱為「衍生詞位」(derivational morpheme)，衍生詞位常常是詞綴的形式，因此也叫「衍生詞綴」(derivational affix)。例如 ripe 是形容詞，ripen 是動詞（-en 改變 ripe 的詞類），「工業」是名詞（或形容詞），「工業化」是動詞（「化」這個詞綴改變了「工業」的詞類），又如 happy 加上 un- 變成 unhappy 之後，語意也改變了，又如英語的 -ation, -able，中文的「－子、－兒、－頭」等都是特定詞類的詞尾，-ation 是名詞詞尾（尾綴），-able 是形容詞詞尾，「－子」、「－兒」、「－頭」是名詞的詞尾。以上這些都是「衍生詞位」。

　　另外有些詞位只能附著在特定詞類上，形成同一詞項的另一形式，表示語法的功能，但是詞類維持不變，這種詞位稱為「構形詞位」(inflectional morpheme，又稱「屈折詞位」)，這種詞位通常也是以詞綴的方式存在，因此也稱為「構形詞綴」(inflectional affix) 或稱屈折詞綴。例如中文的「－了」、「－著」、「－過」等是加在動詞後面的詞尾，分別表示動詞動作的完成、進行、經驗等「情態」(aspect)，因此，「看」

是動詞，「看了」還是動詞，「看著」、「看過」也是動詞，只是表示不同的「情態」（一種語法功能）而已。上面我們提過的「一們」也是構形詞綴。英語的詞形變化比較複雜。在英語裡，構形詞綴都是「構形詞尾」(inflectional suffix)，這種詞尾總共有八個：例如，表示第三人稱單數現在式的 -s，表示過去時式的 -ed，表示進行式的 -ing，表示過去分詞形式的 -en，表示複數（名詞）的 -s，表示所有格的 -'s，表示比較級的 -er，以及表示最高級的 -est。在 *Language File* 一書中，這八個構形詞尾的例子，很清楚的表列如下（參看 Ohio State University, 1982, *Language File*, 50–1）：

英語的構形詞尾

基本形式 （詞根）	詞尾 （後綴）	功能	例子
wait	-s	第三人稱單數 現在式	She wait*s* there at noon.
wait	-ed	過去式	She wait*ed* there yesterday.
wait	-ing	進行式	She is wait*ing* there right now.
eat	-en	過去分詞	Jack has eat*en* all the Oreos.
chair	-s	複數標記	The chair*s* are set around the table.
chair	-'s	所有格	The chair*'s* leg is broken.
fast	-er	形容詞或副詞 的比較級	Billy Jean runs fast*er* than Bobby.
fast	-est	形容詞或副詞 的最高級	Valerie is the fast*est* runner of all.

綜合以上的描述，我們可以把「衍生詞位」與「構形詞位」兩者之間的主要區別列舉如下：

A. 衍生詞位：

⑴改變詞類或語意，例如英語的 -ment 是構成名詞的詞尾，government 從 govern（動詞）衍生而來。國語的「—化」，是構成動詞的詞尾，如「工業化」、「自動化」是從名詞「工業」及形容詞「自動」加上「化」這一詞尾而構成的。

⑵主要表示詞項內部各部分的語意關係，如英語 wonderful 一詞中，詞尾 -ful 除與詞根 wonder 有關係以外，與句子中其他詞位牽不上任何關係。

⑶通常只適用於同一類詞的部分。例如英語中抽象名詞詞尾 -ship 可用於 friendship, fellowship, scholarship 等詞中，但不能說 *brothership, *manship 等。

⑷在位置方面通常出現在「構形詞位」之前，例如，英語單字 nationalized，衍生詞尾 -ize 出現在「構形詞尾」-ed 的前面。「作家們」一詞裡，構形詞尾「們」出現在衍生詞尾「家」的後面。

B. 構形詞位：

⑴通常不全部改變語意，也根本不改變詞類。例如 small 加上構形詞尾 -er 變成 smaller，基本語意還是「小」，small 與 smaller 都是形容詞；「學生」與「學生們」都是名詞。

⑵通常表示句子裡詞與詞之間的語法或語意關係。例如英語中表示現在式的 -s 詞尾，就顯示出動詞與主詞之間的語法關係，兩者都是第三人稱單數。這種句子裡詞與詞之間語法形式上的一致（agreement，或稱呼應）在英語中比較顯著。但是國語的「構形詞位」也通常能表示出句子中詞與詞之間的關係。例如，表示「過去」的詞尾「—了」，與表示「過去」的副詞能在句中連用，如「他昨天來了」是合語法的句子，但是「*他明天來了」就不行了，因為「明天」與「—了」並不相容。同理「*他下星期三來過」也是不通的。

⑶對於主要詞類而言,「構形詞綴」通常適用於該詞類的大部分。例如,英語表示複數的 -s,適用於大多數的英語名詞;國語中表示「過去」、「經驗」或「進行式」的詞綴「-了」、「-過」,或「-著」也適用於大多數的動詞。

⑷在位置方面常出現在「衍生詞綴」之後,這點可以說是與上面 A⑷互為表裡,例子亦可參考上面 A⑷中的例子。

以上我們分別從幾種角度來描述詞位的分類,從能否獨立使用來看,詞位可分為「自由詞位」(free morpheme) 與「附著詞位」(bound morpheme),從語法與語意功能及關係來看,詞位可分為「衍生詞位」(derivational morpheme) 與「構形詞位」(inflectional morpheme)。一般說來,「衍生詞位」與「構形詞位」多數是「附著詞位」。「附著詞位」又稱為「詞綴」(affix,又稱為「附加成分」)。「自由詞位」常可以作構詞的最基本單位,因此,最小的「自由詞位」(亦即不加任何詞綴的自由詞位)亦稱「詞根」(root)、或「詞幹」(stem)。依照與「詞根」結合時的位置,「詞綴」又可分為出現在詞根前面的「詞頭」(prefix,又稱「前綴」),出現在詞根後面的「詞尾」(suffix,又稱「後綴」),以及出現在詞根中間的「詞嵌」(infix,又稱「中綴」)。至於「衍生詞位」與「構形詞位」之間的區別,我們也詳細的列舉在上面的 A⑴～A⑷及 B⑴～B⑷,可供學生參考對照。

關於詞位的種類,我們除上述的種種以外,還有什麼應該知道,並且加以注意的呢?大致說來,我們還要知道以下四點:

㈠詞位依照其語意分量的輕重而分,可以有 「語意內容詞位」(content morpheme) 以及「語法功能詞位」(function morpheme) 兩種。這種區分大體上與我們上面所談的開放性語詞及封閉性語詞吻合。但是,我們明白了比較精確的單位「詞位」以後,我們可以說,所有的詞根及衍生詞綴都是「語意內容詞位」,構形詞綴以及一些表示語法功

能的詞項，如代名詞、冠詞、介詞、連詞等屬於「語法功能詞位」（這種情形，尤其適合於英語詞彙的描述）。

　　㈡很多人常把「詞位」與「音節」(syllable) 相混。在大體而言屬於單音節語言的國語裡，除了少數例外情形以外，大多數的音節也就是詞位。但是在多音節語言中，情形就不一樣了。例如，英語中 boy 是一個音節，也是一個詞位，但是 remember 含有三個音節，它也只是一個詞位。因此 remembering 是一個單字，由兩個詞位組成（詞根 remember + 構形詞尾 -ing），含有四個音節。

　　㈢詞位既是語音與語意的組合體，最理想的情況當然是每個不同的詞位的語音形態都不相同。但是自然語言中，情況並非如此，有時候我們會有不同的詞位均由相同的聲音形態來代表的現象，這時候就產生所謂同音詞 (homophone)，例如，英語中的 bear「熊」與 bare「赤裸的」以及 bear「忍受」都唸作〔bɛr〕。在國語裡，同音異義的詞位更多。

　　㈣有些時候，同一個詞位在不同的語音環境裡，會有不同的語音形態。例如，英語中表示「複數」的詞尾 -s 是一個構形詞位，但是它卻有三種不同的唸法（語音形態），可以唸〔s〕（如 cats），可以唸〔z〕（如 dogs），也可以唸〔əz〕（如 watches）。這三個不同的語音形態我們稱為同一個詞位（表示「複數」）的「同位詞」(allomorph)。國語的「馬」字也有兩個同位詞，一個唸〔ㄇㄚˇ〕（如 "白馬"），一個唸〔maˊ〕（如 "馬臉"）。

7-4　詞的結構

　　除了詞根以外，經過各種詞綴組合而成的詞都自然有結構。而且詞綴的加入有兩種特性。首先，可以與同一詞綴組合的詞通常屬同一

詞類，其次，加上同一詞綴以後的詞項通常也屬同一詞類。因此「一化」是動詞詞綴，組合之後的詞也大多數是動詞（如「工業化」、「自動化」等）。英語的詞尾 -able 與動詞組合的結果，大部分都是形容詞，如 usable, washable, breakable, adjustable 等等。

　　分析這些詞項的結果，我們不難發現它們都有結構。至少在水平方面，我們可以看出有先後順序的「線性結構」或稱「水平結構」(linear structure 或 horizontal structure)。其實包含詞綴比較多的單字，更容易看出詞的組成也有「層次結構」(hierarchical structure)，Ohio State University (1982), *Language File*, 50–3 中有相當好的例子──有關英語 reusable 一字的分析：

　　我們知道英語的動詞可加 -able 變成形容詞，如：

動詞	+	able	=	形容詞
use				usable
break				breakable
wash				washable
adjust				adjustable
lock				lockable

同時，詞頭 re- 可以與動詞組合而成為另一動詞：

re	+	動詞	=	動詞
		adjust		readjust
		appear		reappear
		consider		reconsider
		enter		reenter
		use		reuse

　　因此當我們考慮 reusable 這個字時，我們認為其構詞的過程應分為兩步驟：(1)是 re- 與 use 組合成為 reuse，然後(2) reuse 再與 -able 組

合成為 reusable，其先後順序及層次的關係可以用以下樹狀圖表示：

圖 7–1

　　以上這樹狀圖顯示 reusable 這詞是形容詞，由 reuse 加上 -able 而成。然而，我們卻不可以說 reusable 是由 re- 加上 usable 而成，因為 re- 只能與動詞組合。

　　國語「專業化」與「作家們」兩詞項也是有層次的結構的：

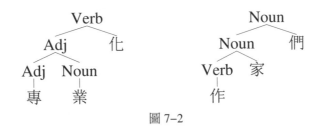

圖 7–2

　　這兩個詞是以詞尾「－化」及「－們」加在「專業」及「作家」之後而成。我們也不可以說，這兩個詞是以「專」加在「業化」之前或「作」加在「家們」之前而組成的。在詞形變化比較多的語言如英語中，有時候同樣一個詞項，因其內在的層次結構不同，會產生不同的語意，而成為「多義」(ambiguous) 的現象。*Language File* (1982, 50–4) 中有以下的例子：

　　英語中 unlockable 一詞有兩種意義，分別具有以下兩種內在結構。

Adjective
un-
Adjective
Verb
-able
lock

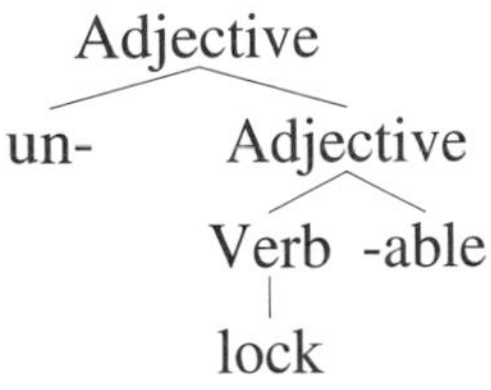

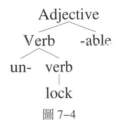

圖 7–3

圖 7–3 的語意是「不可鎖上的」，其中 lock 與 -able 先組合，成為「可以鎖上的」，然後 un- 再把它否定。

Adjective
Verb
-able
un-
verb
lock

圖 7–4

圖 7–4 的語意是「可以開啟的」，其中 lock 先與詞頭 un- 結合，變成 unlock「開啟、打開、開鎖」之意，然後 -able 與其組合，變成形容詞「可以打開的」。

詞的結構常與句法 (syntax) 有關係。根據湯 (1982a) 的研究，國語詞彙結構有：偏正結構（如大便、小便、微笑），並列結構（如幫助、動搖），動賓結構（如生氣、關心、幫忙），主謂結構（如面熟、膽小），動補結構（如搖動）。湯 (1982a) 並提出詞彙結構不同，在「句法表現」上也有差異。例如「幫忙」與「幫助」是語意幾乎完全相同的詞位，但是因為其內部結構不同，因此在造句時就有不同的表現，「幫忙」因為是動賓結構，所以在動詞「幫」的後面可以加上「情態標記」(aspect marker)，如「—了」、「—過」等；而且賓語「忙」之前也可以加修飾語。我們可以說「幫了忙，幫了你的忙，幫了很大的忙，幫過幾次忙」

等等，但是屬於並列結構的「幫助」，卻不可以這樣用，因此「*幫了助，*幫了你的助，*幫了很大的助，*幫過幾次助」等等都是不對的說法。有關這方面的研究，文獻中所載並不多，比較有系統及深入的研究是湯（1982a 及 1983）。對這方面感興趣的讀者可以從湯氏這兩篇研究以及其中的參考書目中找到更詳盡的資料。

總之，構詞不但有一定的法則，除單詞以外的複詞其本身也有一定的結構，而詞的結構與造句法時常有相當密切的關係。

7–5　構詞的方式

一般而言，構詞的方式 (word formation process) 常指詞根與詞綴的組合過程。通常最常見的方式是「衍生」(derivation) 及「複合」(compounding)。但是構詞方式比較複雜的語言，則可有種類繁多的構詞過程。以下我們主要以英語為例，列舉十種方式。當然，其中也包括「衍生」與「複合」。但單詞（亦即詞根）我們不討論。

㈠衍生 (Derivation)：

這是以衍生詞綴與詞根組合而成衍生詞位的過程。英語的衍生詞綴的形式是詞頭及詞尾，常用的詞頭有 re-, in-, dis-, anti-, pre-, post-, ante-, sub- 等；常用的衍生詞尾有 -able, -ly, -ness, -ity, -al, -er, -ation 等。因此，reuse, displace, prepose, usable, quickly, kindness, responsibility, approval, worker, dictation 等都是衍生詞。同理，國語的「綠化」、「工業化」、「溫度」、「濕度」、「理髮師」、「醫師」、「科學家」等詞也是衍生詞。

㈡複合 (Compounding)：

這是將兩個詞併在一起來構成另一詞的過程。英語的複合詞可以用很多種不同的詞類構成。Fromkin 與 Rodman 列出以下的例子（參看

Fromkin & Rodman, 1978, p. 121）。

	–形容詞	–名　詞	–動　詞
形容詞–	bittersweet	poorhouse	highborn
名　詞–	headstrong	rainbow	spoonfeed
動　詞–	carryall	pickpocket	sleepwalk

　　以上這些都是英語的複合詞 (compounds)，上例也顯示出英語中的名詞、動詞、形容詞均可互相配合並列而成為複合詞。國語中具有並列結構的語詞，也大多是複合詞，如「動搖」、「幫助」、「矛盾」等。複合詞與衍生詞不同之處是前者是詞根的並列，而後者則是詞根與詞綴的組合。另外，英語的複合詞在語音形態上也有其特點，通常複合詞的重音唸在第一個詞上面。

　　㈢首字音（母）略語 (Acronym)：

　　英語中經常會把片語中各字的首字音或首字母抽出來，組合成另一個可以發音的單字。耳熟能詳的例子如 NATO〔`neto〕是從 *N*orth *A*tlantic *T*reaty *O*rganization（北大西洋公約組織）而來的，laser〔`lesɚ〕（雷射）則從 *l*ight *a*mplification through the *s*timulated *e*mission of *r*adiation 而來的，radar〔`redar〕（雷達）則從 *r*adio *d*etection *a*nd *r*anging 而來的。國語因為不使用拼音文字，所以沒有 acronym。但是略語詞也不少，如「公車」表示「公共汽車」，「僑委會」表示「僑務委員會」，「國科會」代表「國家科學委員會」等等。

　　㈣融合 (Blending)：

　　這是將兩個字中一個字取一部分而組合成另一新字。例如 smog 由 smoke 與 fog 合成；brunch 由 breakfast 與 lunch 合成；motel 由 motor 與 hotel 合成；urinalysis（尿液分析）是由 urine 與 analysis 合成；chortle（咯咯而笑）是由 chuckle 與 snort 合成。這種情形國語不常用，性質相近的例子如「別」等於「不要」，「甭」等於「不用」等。

㈤反向構詞法 (Back-formation)：

以現有的詞「減去」其中詞綴也可以形成新詞。這種方式往往是以類推 (analogy) 的方式而進行。但是方向是與平常相反，一般是以詞根加上詞綴，而反向構詞時是以現有的詞（有或沒有詞綴）「減去」其中的詞綴（真的或假想的）而成。例如 television 是先有的字，動詞 televise 是假設 television 的 -ion 是詞尾，就像 revision 的 -ion 一樣，於是比照 revision 與 revise 之間的關係，創出 televise 一詞來。同樣地，donate, edit, create, peddle 等詞也是從 donation, editor, creation, peddler 等詞經過反向構詞法，減去「詞尾」而來的。

㈥借字 (Borrowing)：

向外來語言借字是每一種語言都有的現象。也是形成新語詞的方式之一。語言與語言之間有接觸就一定會產生借字的現象，英語中有很多字來自法文，如 mill, bureau 等。在美式英語中更有很多字來自美洲印第安語言。國語也有一些借來的字（參看國語日報編的外來語詞典）。

㈦簡縮（Abbreviation，或稱 Clipping）：

長的字有時候會有簡縮的形式，而這些簡縮形式也經常被視作完整的字。例如 examination 簡縮為 exam；dormitory 簡縮成 dorm；gymnasium 簡縮成 gym；advertisement 簡縮成 ad 等等。

㈧創新字 (Coinage)：

最常見的是以專有名詞轉用，例如 sandwich 一字，本來是人名 Earl of Sandwich（Sandwich 伯爵）而來，因為他好賭，因此把肉夾在兩片麵包之間，如此一來他可以邊吃邊賭。晚近一點的例子如 Xerox 一詞。Xerox 本是一種影印機的名稱，但現在 Xerox 已經成為一個常用詞了，可以當作動詞使用，如 to xerox the paper, have this paper xeroxed 等。在國語中，有一段時間裡「非肥皂」（一種洗衣粉的牌子）幾乎變

成了「洗衣粉」的代用詞。Sony 電子公司出品的「隨身聽」型的袖珍收音錄音機，品牌叫 Walkman，隨著這型商品的普及，Walkman 一詞也似乎有擴大而表示同型商品的趨勢，逐漸也能如 Xerox, Kodak 等變得完全「成詞化」(lexicalized) 而成為一完整的新詞了。

(九)功能的轉換 (Functional Shift)：

英語有時候可以利用改變原詞的詞類而形成新的詞。例如：position, process, contrast 等字原先是名詞，但是現在也可以用作動詞。湯 (1982a) 也舉過性質類似的例子：「大」與「小」本來是形容詞，但現在在特別的語境中，也可作動詞用，如「大了便」，「小便小好了沒有？」等。

(十)錯誤的構詞分析 (Morphological Misanalysis)：

有時候，有些人會把某些字作錯誤的分析。引起這種錯誤分析有時候是因為聽見某個語詞裡有些常用或是熟識的詞位，因而誤認這個詞位是組成這個語詞的一部分，有時候這種錯誤的分析會產生出新詞來。比方說 sirloin 一詞（牛腰上部之肉）本來是 surloin，但由於 sur 與 sir 同音，而 sir 是比較熟識的字，因此取代了 sur- 這詞頭而成為 sirloin，這是錯誤分析的結果，sur- 本來就有「在上，上面」之意，因此 "surloin" 是合理的拼法，而 sirloin 反而不合理了。另外，如 hamburger 一詞被誤認為是 ham 加上 -burger 而成，因而產生了 cheeseburger, steakburger，甚至 pizzaburger 等字（參看 *Language File*, 55–2）。

7-6　詞彙結構方式與語言分類

語言分類的方法很多，但是詞彙結構是相當常用的分類標準。所謂詞彙結構，在此最主要的是指將詞位組合成單字的方式。一般而言，

語言依照其構詞的方式可分為兩種基本的種類：⑴「分析性語言」（又稱「孤立語」analytic language 或 isolating language）；以及⑵「綜合性語言」(synthetic language)。

　　孤立語的特徵是語句由一連串自由詞位而組成。每一個單字只包含一個詞位，純粹的孤立語不利用詞綴來構詞。在別的語言裡用詞頭或詞尾所表示的概念，在孤立語中通常以個別的單字來表示。國語是相當典型的孤立語，具有高度的分析性結構。雖然國語裡也有一些平常並不單獨使用的詞，如表示複數的「們」，表示動詞「情態」的「過」、「了」、「著」等，但是這些詞位為數並不多，而且也有人並不認為它們是詞綴。因此，國語可以算是孤立語的例子。

　　在綜合性語言裡，構詞常利用詞綴與其他詞位組合的方式進行，因此，一個單字可以由好幾個具有語意的部分組合而成。綜合性語言只是一個總稱，這類語言可以細分為以下幾類。

　　㈠黏著語 (Agglutinating language)

　　黏著語的詞位通常是比較「鬆散」的連在一起，也就是說，詞位之間的分界很容易辨認。東非 Swahili 語是黏著語的好例子。例如，Swahili 語中名詞複數與單數是以不同的詞頭來表示，其中有一類名詞的單複數表示如下：

單數詞頭	詞根		複數詞頭	詞根	
m-	toto	"小孩"	wa-	toto	"小孩們"
m-	tu	"人"	wa-	tu	"人們"
m-	piši	"廚子"	wa-	piši	"廚子們"
m-	geni	"陌生人"	wa-	geni	"陌生人們"
m-	swahili	"Swahili 人"	wa-	swahili	"Swahili 人們"

黏著語另一特點是每個附著詞位通常只表示一種語意。例如 Swahili 語中：

ni-na-soma　　　　　"我正在讀書"

我一現在一讀書

ni-li-soma　　　　　"我（過去）正在讀書"

我一過去一讀書

ni-ta-soma　　　　　"我將會讀書"

我一將來一讀書

其他黏著語有土耳其語、日語、蘇丹語等。

㈡溶合語 (Fusional language)：

　　溶合語的特徵是：雖然和黏著語相同，構詞是以附著詞位加於詞根而成，但是不同之處是在溶合語中，詞綴與詞根不易分開。一般而言很難決定詞根與詞綴的分界，這兩者就像「溶合」在一起的樣子，因此稱為溶合語。

　　拉丁語、古希臘語、梵文、俄語、西班牙語等都是溶合語。關於溶合語，Ohio State University, *Language File* (1982, 56–3) 列出西班牙語語料舉例如下：

　　西班牙語動詞詞根與表示人稱及主詞數目的詞綴溶合在一起，但是通常要決定詞根與詞綴的分界並非易事，如：

⑴ hablo　　　　"我在說話"　　　〔-o〕　　第一人稱單數現在式
　〔`ablo〕

⑵ habla　　　　"他（她）在說話"　〔-a〕　　第三人稱單數現在式
　〔`abla〕

⑶ hable´　　　　"我說了話"　　　〔-e〕　　第一人稱單數過去式
　〔ab´le〕

⑷ hablamos　　　"我們在說話"　　〔-mos〕　第一人稱複數現在式
　〔ab`lamos〕

⑸ hablan　　　　"他們在說話"　　〔-n〕　　第三人稱複數現在式
　〔´aban〕

　　在審視上面五詞項以後，我們實在很難判斷詞根「說話」究竟應該是〔ˋabl-〕或是〔ˋabla-〕，前面三項似乎支持第一種分析法，但是〔ˋabl-〕卻從來不單獨出現，第四、五兩項似乎支持第二種分析法，但是如果字根是〔ˋabla〕，那麼，前面三詞項卻顯示出這詞根與詞尾〔-o〕,〔-a〕，及〔-e〕已經溶合在一起了。

　　同時，溶合語另一特點是：一個詞綴可以表示不只一種語意。如上面的例子中，〔-a〕就表示三種「意思」：第三人稱、單數、現在式。

　　拉丁語的「複數」及「受格」標記是由一個詞尾表示 (-o:s)，如〔libro:s〕「書」（複數、受格），其中〔-o:s〕詞尾表示「複數」與「受格」兩種語意。古希臘語的〔andreios〕"勇敢"一詞中，字尾〔-os〕表示三種語意功能：陽性、主格、單數。

　　㈢多元綜合語 (Polysynthetic language)

　　多元綜合語的特徵是語詞的結構非常複雜，經常是把好些詞根及詞綴組合在一起而成。愛斯基摩語，印度某些方言，以及有些美洲印第安語言都可算是多元綜合語的例子。例如 Sora 語（印度方言之一，參看 Ohio State University, *Language File*, 1982, 56–3）可以將主詞、受詞、工具詞等溶合在動詞裡：

　　⑴〔anin ɲam jɔten〕

　　　　anin　　-ɲam　　-jɔ　　-te　　-n
　　　　他　　　捉　　　魚　　非過去　做

　　　"他正在捕魚"

　　⑵〔ɲam kɪd tenai〕

　　　　ɲam　　-kɪd　　-te　　-n　　-ai
　　　　捉　　　老虎　非過去　做　第一人稱主事者

　　　"我將會捕捉老虎"

有時候更可以把好幾個名詞與詞綴溶合在一起，如：

⑶〔pɔpouŋkuntam〕

pɔ	-pouŋ	-koun	-t	-am
刺穿	肚子	刀子	非過去	第二人稱受格

"（有人）用刀子刺穿你的肚子"

　　以上這種分類方式起源於十八世紀後期語言學與人種誌學家 Von Humboldt。基本上，這是語言分類法的一種，是以構詞方式為基準。對於這種分類法，有兩點值得我們注意。第一，有些語言學家認為多元綜合語只是黏著語與溶合語的極端複雜例子，因此並不特別另樹立一種分類。第二，這種分類法大抵而言是一種程度上有所不同的「相對」分類法而已。絕對的孤立語，或絕對的溶合語等等事實上並不存在。雖然我們說，國語是典型的孤立語，但是少數通常不單獨使用的「詞綴」（如唸輕聲的「們」、「過」、「了」、「得」等詞位）的確也具備了「綜合性語言」的特徵。在這方面說來，英語實在是最好的例子。有很多語意在其他語言裡是以詞綴方式表達，但是在英語中是以沒有詞形變化的介詞、連詞，及某些副詞來表示（例如 by, with, since, when, seldom, now, of 等），而這些詞項本身的語法功能與詞類歸屬，完全是以它們與句子中其他語詞的語法關係來決定，而不能由它們外在的形態（如有沒有相同的詞尾等）來決定。例如 seldom 與 now 並沒有副詞詞尾 -ly，我們之所以知道它們是副詞，完全是依據它們與句子中其他詞位的關係而定。在這方面來看，英語的確具有孤立語的特性。另一方面，英語也有不少語詞是由好些詞綴黏著於詞根而構成的，而這些詞綴通常是一個詞綴只含一種語意，而且詞綴與詞根的分界相當容易辨認，例如 readjustable (re-adjust-able), unavoidable (un-avoid-able) 等，從這方面來看，英語也具有黏著語的特性。然而，英語還有些語詞，其中某些語法範疇並沒有可辨認的詞位（如詞綴）來表示，例如 men, women, geese, mice 等的「複數」是溶合於整個詞裡面，與 boys, dogs 等詞的「複數」以詞尾 -s 黏著在詞根後面不一樣；went, sang 等動詞的「過去」情態 (aspect) 也是溶合於整個詞裡，與 kicked, wished 等詞中的「過去」情態以詞尾 -ed 黏著在詞根後面的方式表示也不一樣。因此，從這方面來看，英語也具有溶合語的特性。最後，當我們考慮少數像 baby-sit 等語詞時（將受詞溶合於動詞中，而且本身又可與其他詞綴再組合，如 baby-sitter, baby-sitting），英語似乎也略具多元綜合語的特性。

由此看來，以構詞方式來對語言分類只是一種相對性質的參考而已，其作用是在於使我們對於世界上自然語言的詞彙結構有所認識，而不是要把語言硬性的歸到某些類別去。事實上，經過上面的說明，我們也知道並不可能做到絕對不含糊的分類。每一種語言通常是比較偏重某種方式，對於其他的方式，多少也會使用的。

7–7　詞庫與音韻：詞彙音韻學

在整個語法系統中，各結構部門都存在有互動關係。音韻部門主要功能之一是描述語言如何利用語音對比來辨別語詞的意思。而在構詞的過程中，語音也常會產生一些變化。詞與音的關係音韻學家一直都感興趣；因此，詞庫 (lexicon) 與音韻的關係一直也是音韻理論中重要的課題。長久以來，詞庫（一般用語也稱「詞彙」）好像只是所有單詞的集合，其中包含個別詞項的發音、語意、詞類以及句法等訊息。在句子衍生過程中，規則的句法過程都由句法規律來處理，不規則的個別（及例外）現象都歸屬在詞庫中，當作是個別詞項的特徵，不再加以分析或研究。近年來，由於不少音韻學家對構詞過程中的語音變化深入研究的結果，提出以處理音韻與構詞互動為主體的詞彙音韻學

理論來 (Kiparsky (1982a, 1982b, 1985); Halle & Mohanan (1985); Mohanan (1986))。對於構詞部門比較複雜的語言（如英語），詞彙音韻學對於很多詞與音的互動現象，提供了相當自然合理的解釋。因此，下文所敘述及舉例，以英語的例子為主。

詞彙音韻學認為詞庫是語法中重要的部門，其中不但包括個別詞項的各種資料，也包含所有規則的構詞及音韻規律。在詞庫中，構詞與音韻歷程分為配對的幾個層次，而每一層次的構詞規律運作之結果，都經過該層次的音韻規律來處理，以決定其音韻形象。如此，由於構詞過程而產生的語音變化可以有系統地描述。這種音韻理論系統可用下面示意圖（圖 7–5）來表示：

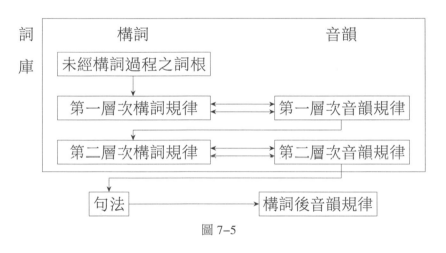

圖 7–5

圖 7–5 中之構詞規律與音韻規律都是循環運用。也就是說，這些規律先應用於詞根，再應用到與詞根最接近之詞綴，然後再依次往外擴展到最外層的詞綴上。這種看法可比喻成一顆洋蔥，以詞根為核心，第一層次之構詞及音韻規律為內層，第二層次構詞及音韻規律為外層，而在詞項經句法安排成詞組或句子後再運作之「構詞後音韻規律」(post-lexical rule) 則為表層。

在語句的衍生過程中，每一層次相連的構詞及音韻規律不斷地循環應用，例如英語動詞過去式的構詞要求「詞根＋過去式詞尾」，而這條構詞規律應用後的結果則送到同一層次的音韻規律中，將其音韻形象衍生出來。其情形如下：

(1)　　　　　構詞部分　　　　　　　音韻部分

　　　　　過去式形成規律

　　　　　動詞＋過去式詞尾───▶應用相關音韻規律

　　　例如 "go + past"　　　　/go + past/ → 〔wɛnt〕

　　　　　　　　　　　　　　　　　　　動詞

詞彙音韻學中，層次多寡常有爭議，比較簡單的主張是兩個構詞層次及一個構詞後層次（如上述）。

詞項的核心是未加任何構詞單位的詞位，常指詞根（如 boy, girl, book, walk, go, soon, lady 等），而第一、二層次中則包含「附著詞位」（例如，第一層次的 con-, dis-, -ic, -al, -ant, -ate, -ity，不規則複數，不規則過去式等；第二層次的 -s「規則複數」，-ed「規則過去式」，-er「比較級」，-ful, -some, non-, -er「主事者」等）。一般說來，第一層次與第二層次中的詞位有以下五點不同：①第一層次中的詞位要比第二層次中的詞位與詞根的關係更為密切，在位置上第二層次之詞綴置於第一層次詞綴之外側。例如：

　　　〔nation〕　〔al〕　〔ism〕
　　　　詞根　第一層　第二層
　　　　　　　詞尾　　　詞尾

　　但 *〔nation–ism–al〕

②第一層次的規律常會構成詞根比較大的改變。例如，sing + past → sang（〔i〕→〔æ〕）。③第一層次之詞綴常會改變詞根之重音（如 órgan, orgánic）或把詞根原重音之母音從緊音變為弛音（即所謂「三音節弛

音化」trisyllabic laxing，如 ins〔éɪ〕ne → ins〔ǽ〕nity)，但第二層次之詞綴不會如此，如 wónder → wónderful, leáder → leáderless。④第一層次之詞位比較不普遍，同樣是名詞詞尾，-ity（第一層次）在新詞構詞的過程中，就比 -ness（第二層次）少用（例如，可以說 politeness, bountifulness，但卻沒人說 *polity 或 *bountifullity)。⑤第一層次詞位的語意比較不清楚，如 receive, remit 兩字中之 re-（第一層次詞頭)，其語意就不好定；但 re-do, re-open, re-evaluate 中之 re-（第二層次詞頭)，其語意卻非常清楚，只作「再做一次」的解釋。

　　因為構詞與音韻之間有上述的互動關係，音韻學家主張將構詞與音韻兩種歷程連在一起，並依順序分成不同的層次來處理。同時，每一層次規律除運用「循環律」(cyclic rule) 的原則外，更規定不同層次的規律只能用於該層次的「嚴格循環原則」(strict cyclicity)，亦即是說，第一層次的規律只能用於第一層次，例如第一層次的構詞規律，不能以第二層次之音韻規律來發音。如此可以避免 /go（不規則）+ past/（第一層次構詞）唸成 *〔god〕（第二層次音韻規律）的不合語法的結果。從另一方面看，因為第一層次的規律先於第二層次規律，因此，不規則動詞既然在第一層次已經過「過去式的構詞規律」，到第二層次時也不能再運用過去式構詞規律了，因為第二層次的過去式構詞規律只處理規則動詞的變化，所以不會出現 *wented 的形式。同理 *childs 或 *childrens 都因為「嚴格循環原則」的限制而避免。至於規則動詞〔walk + past〕因為不屬於第一層次，只適用於第二層次，構詞、音韻兩種規律運用的結果，產生〔wɔk + t〕→〔wɔkt〕的表面形式。

　　詞彙音韻律所規定的層次順序與自然語言系統的一種普遍原則吻合。這原則可用非正式的方式略述如下：

　　⑵「完全包含原則」(Proper inclusion principle)：如兩條規律應用之領域相同，而其中一條比較廣泛 (general)，另一條比較特殊

(specific)，則比較特殊的規律先運用，且其結果不能再用於比較廣泛的規律中。

　　在構詞的過程中，規則變化屬於廣泛的規律，不規則變化屬於特殊規律，因此前者屬於第二層次，後者屬於第一層次。上述之例證正好符合此原則。此外，有些時候名詞可以不加任何詞綴而變成動詞，反之亦然。此種情形稱為「轉換」(conversion)，有時也稱為「零詞尾變化」(zero suffixation)。例如：

⑶ a. 名詞　　　　→　　動詞
　　 chair　　　　　　　(to) chair
　　 man　　　　　　　 (to) man
　　 bálance　　　　　　(to) bálance
　 b. 動詞　　　　→　　名詞
　　 (to) recórd　　　　 récord
　　 (to) permít　　　　 pérmit

　　在英語中，名詞→動詞的轉換比較普遍，而動詞→名詞的轉換比較特殊，因此名詞→動詞是第二層次的構詞，而動詞→名詞則是在第一層次進行。所以 (3b) 的轉換雖然沒有加詞尾，但卻影響重音，而 (3a) 的轉換則不影響重音。

　　另外，我們依⑵之原則可以預測名詞→動詞轉換而來的動詞，其詞尾變化為規則變化，因為這種轉換是第二層次的構詞過程。例如，動詞 ring「環繞」由名詞 ring「環」轉換而來，因此其過去式為 ringed 而不是 *rang（試比較動詞 ring「鈴響、敲鐘」的時式變化：ring～rang～rung）。例如：The bell rang a few minutes ago.「幾分鐘前鈴響了」，但 The village is ringed by mountains.「村子為群山所環繞」。由這兩例句可知，作為「鈴響、敲鐘」解釋之 ring 為第一層次的不規則動詞，是特殊的構詞律，與屬第二層次的 ring「環繞」不同。

　　詞彙音韻學就是以上述分層次方式處理構詞過程中，詞與音之互動，其描述的範圍為單字，而單字內部結構的詞位或音節分界也常作音韻規律的條件。至於「構詞後音韻規律」則用來處理句法部門將詞項造句之後所形成之連續語句 (connected speech) 的語音變化。這些語音變化包括大多數的同位音變化以及所有應用於大於單字範圍的音韻規律。例如，英語連續語句中，相連的兩個字之間如前者以母音〔ə〕結束，而後者以母音開始時，常會加插一個子音〔r〕（如 idea〔r〕of it; India〔r〕and Pakistan 等）。此外，在日常非正式言談中，說話速度較快時常常出現的跨越單詞的同化現象（如 bad boy →〔bæb bɔɪ〕），或子音省略現象（如 best man →〔bɛs mæn〕），或母音省略（如 potato →〔ptèɪto〕）等，都是構詞後的語音變化，也均由構詞後音韻規律來處理。

　　除了上述的「詞彙音韻規律」(lexical rule，用於構詞的各層次) 以及「構詞後音韻規律」(post-lexical rule，用於構詞及造句後之連續語句中)，還有一些音韻規律是同時具有這兩種性質的。例如英語中的 /t/ 與 /d/，在 V́—V 的語音環境中常唸成「拍音」(flap)〔ɾ〕，這種變化（常以 flapping 規律〔t, d〕→〔ɾ〕/V́—V 來表示），無論在單字中如此（如 city〔ˋsɪɾɪ〕, better〔ˋbɛɾɚ〕），在語句中，跨越單字分界也如此（如 get it〔ˋgɛɾɪt〕, sit in the park〔ˋsɪɾɪn ðə ˋpɑrk〕）。

　　詞彙音韻律與構詞後音韻律除運用有先後不同之外，前者運用範圍為單字，規律常需參照單字的內部結構成分，如詞根、詞頭、詞尾等，而後者運作範圍為連續語句，規律中不可再提到構詞的單位，因為在句法運作之後，單字本身的音韻形態已定，其內部結構分界已經消除。此外，詞彙音韻規律運用的結果不能破壞語言的「基本詞位結構」(canonical morpheme structure)，例如國語詞位結構基本上也等於音節結構，因此，國語的詞彙音韻規律不可以產生 CVCC 的單詞音韻

組合來。然而，構詞後音韻規律則無此種限制，例如英語的音節不容許詞首子音串＃ pt 的組合，但在構詞後的音韻變化中，potato 卻可以唸成〔p`teɪto〕。最後，詞彙音韻規律常有例外，但構詞後音韻規律則無例外，只要符合其結構記述 (structural description)，一定會應用。

　　透過圖 7–5 的模式，詞彙音韻學對語法中的音韻部門提供一種「模組觀」(modular approach)。在這種觀念下，音韻部門是由一些既分立又相連的「模組」(module) 所組成（如第一、二層次的構詞律、音韻律等），其情形如句法學中的 「管轄－約束」 (government and binding) 理論相似（見第八章句法學 8–8–3 節）。這些模組互動的結果，對於自然語言中構詞時的音韻形態的決定以及造句後在連續語句中的發音現象，均可提供不少自然而合理的描述與解釋。

複 習 問 題

1. 詞位與單字有什麼不同？

2. 什麼是詞類？什麼是詞群？

3. 什麼是詞綴？詞綴有幾種？

4. 試述自由詞位與附著詞位之差異。

5. 什麼是「構形詞位」及「衍生詞位」？兩者之間有哪些主要的區別？

6. 舉例說明詞的線性結構及層次結構。並簡述詞的結構與語意及句法之間的關係。

7. 以詞的結構為基準，語言可分為哪幾類？每類的特點為何？

8. 在詞彙音韻學中，第一層次及第二層次規律最主要的特點為何？

9. 什麼是「完全包含原則」？

10. 詞彙音韻規律與構詞後音韻規律各有什麼特性？

11. 有不少人觀察到，在國語中，「吃飯」有兩種唸法：

 (a) 〔〔吃〕$_V$〔飯〕$_N$〕$_V$ 「『用餐』的通稱，或『討生活』之意」

 (b) 〔〔吃〕$_V$〔飯〕$_N$〕$_{VP}$ 「動賓組合的原意，相對於『吃麵』、『吃水果』等詞組」

 雖然同為動賓結構，(a)為複合動詞，(b)為動詞組。在發音方面 "飯" 字在(a)常會輕讀，但在(b)則不會輕讀。

 試以詞彙音韻學方式描述這種語音變化。

第八章　句法學

8-1　句法的問題

句法學 (Syntax) 研究的是句子的結構。這個定義的基本含義是：句子是有結構的，並不是隨意放在一起的字串。結構是一個很重要的概念，我們在下面一節會詳細的討論句子的結構。但是在我們深入了解句子結構之前，讓我們先看看在語言的研究裡，哪些問題是屬於句法學的問題。

我們知道，要認識某種語言所有的語音及其發音方法是屬於語音學的問題，這些語音如何組合是音韻學的問題，詞的內在結構分析是構詞學的研究。如果我們假設構句的基本單位是詞（或詞位），以下例句中所顯示的問題是屬於句法學的問題。

⑴ a. 這是一本書。

　　b. *這一是書本。

　　c. *一這書是本。❶

⑵ a. John went swimming yesterday and Richard went swimming yesterday.

　　b. John and Richard went swimming yesterday.

例句 (1a) 是合語法的中文句子，但是 (1b) 及 (1c) 卻不是。同時，(2a) 與 (2b) 是同義的句子，我們可以判斷 (2b) 的 John 後面省略了整個述

---

❶　在語言學文獻以及研究討論中，在前面打星號〔*〕的項目是指不合語法或是不大為人所接受的說法。前面兩章中打星號的項目也是如此。

語 went to swim yesterday。這些判斷的能力是懂中文及英語的人語言能力的一部分（有關語法能力中，句法能力的部分在下文裡會更詳細討論）。然而，這些判斷，與語音無關，與構詞方式無關，甚至與句子中語詞的意思也無關。(1b) 及 (1c) 之不合語法不是其中的單字不能發音，或是這些單字沒有意義，這兩句中每一個字都是中文字，分開來看每一個都能發音，每一個都有語意，但是合起來如 (1b) 及 (1c) 就毫無意義。這種情形與例 (3a) 及 (3b) 之不合語法的情形不一樣。

　　⑶ a. *這是一個龘。

　　　　b. *This is a wug.

句 (3a) 及 (3b) 之所以不合語法主要是因為中文及英文裡根本沒有「龘」及 "wug" 這兩個字。這兩句之所以無意義是因為「龘」及 "wug" 兩個「字」無義，如果把這兩字換上其他字，這兩句都是合語法的句子。另外，下面句 (4a) 及 (4b) 的同義情形，與 (2a) 及 (2b) 的同義情形也不一樣。

　　⑷ a. 這是貨幣。

　　　　b. 這是錢。

(4a) 及 (4b) 兩句同義主要由於「貨幣」與「錢」兩個詞本身語意相同，而 (2a) 及 (2b) 的同義是因為我們「知道」(2b) 中 John 後面省略了 went swimming yesterday，我們只要把省略的部分「還原」，就知道 (2a) 及 (2b) 是一樣的句子了。

　　　綜合而言，例句 (3a)、(3b)、(4a)、(4b) 所顯示的關係是語詞的語意問題。而例句 (1b)、(1c)、(2a) 及 (2b) 所顯示的關係是語詞排列組合的問題，兩者的性質並不盡相同，前者是語意的問題，後者則是句法的問題。（然而，我們要注意，語意與句法的關係相當密切，有不少問題我們還不能很確切的截然劃分成純語意問題及純句法問題的。）類似⑴及⑵所顯示的問題（其他還有如同一句子因結構分析不同而產生

的「多義」情形，語詞之間的「共存限制」情形，代詞的「指稱」等
等）是句法學研究的問題。

對於造句法問題，Elgin (1979) 以英語動詞 go 的一種特殊用法為
例子，以按部就班的方式，提出相當清楚的例子。Elgin 指出英語的動
詞 go 後面在某些情形下可以緊接另一個動詞，但是並非毫無限制的。
例句 (5a)～(5h) 初步顯示出，似乎如果句子主詞是第三人稱單數時 go
後面不可以接另一動詞（5b、5e、5f、5j、5k 都不合英語語法）（參看
Elgin, 1979，第 3 章）。

⑸ a. Every afternoon I go study at the library.

　　b. *Every afternoon he goes study at the library.

　　c. Every afternoon you go study at the library.

　　d. Every afternoon we go study at the library.

　　e. *Every afternoon she goes study at the library.

　　f. *Every afternoon John goes study at the library.

　　g. Every afternoon they go study at the library.

　　h. Every afternoon John and Bill go study at the library.

　　i. Every afternoon the polar bears go swim in the icy pool.

　　j. *Every afternoon the polar bear goes swim in the icy pool.

　　k. *Every afternoon it goes swim in the icy pool.

⑸之中，合語法的句子則顯示 go 後面並不一定限定接 study，也
可接其他的動詞（如 swim），而主詞亦不一定非具有「屬人」的特性
不可，因為 (5i) 的主詞是 the polar bears（那些北極熊），而 (5i) 也是合
語法的。然而，進一步的觀察則發現，go 的這種用法主詞是否第三人
稱單數，並非主要原因。試看以下例句。

⑹ a. Do I go study at the library every afternoon?

　　b. Does he go study at the library every afternoon?

c. Do you go study at the library every afternoon?

d. Do we go study at the library every afternoon?

e. Does she go study at the library every afternoon?

f. Does John go study at the library every afternoon?

g. Do they go study at the library every afternoon?

h. Do John and Bill go study at the library every afternoon?

i. Do the polar bears go swim in the icy pool every afternoon?

j. Does the polar bear go swim in the icy pool every afternoon?

k. Does it go swim in the icy pool every afternoon?

(6b)、(6e)、(6f)、(6j) 以及 (6k) 是合語法的句子,顯示出主詞是否第三人稱單數並非關鍵。如果我們排除了主詞的因素,再比較(6)與(5)的各個例句之後,就不難發現,問題癥結在動詞 go 本身。因為所有打 * 號的句子都是 goes,而所有合語法的句子都只是 go,沒有加上 -es。也許,我們可以假設 go 字後面接動詞時,本身不可加 -es。這個假設原則上可以得到實際語料的支持,因為以下例句中 go 都沒有 -es,也都合語法。

(7) a. Go study at the library every afternoon.

b. Go swim in the icy water.

c. Go clean your room.

然而,我們再進一步的觀察,會發現 go 的這種用法,其限制比「不能帶 -es」更為廣泛,其實只要 go 後面加上任何詞尾 (-ing, -es 等),其結果都是不合語法的句子。

(8) a. *I am going study at the library every afternoon.

b. *He's going study at the library every afternoon.

c. *You are going study at the library every afternoon.

d. *He went study at the library.

例句 (8d) 中的 went 是 go 加上過去詞尾 -ed 的結果。從(5)至(8)的眾多例句中，我們可以得出一個結論，或是說，歸納出一條規則來。就是，「英語動詞 go 後面如果要接另一動詞（原形）時，go 本身不能附加任何詞尾」。(5)至(8)所顯示的問題，不是語音的問題，不是構詞的問題，也不是語意的問題，因為(5)至(8)中，每一句打＊號的句子中，語音與構詞都沒有違反英語的語法，其句意也相當清楚。因此，(5)至(8)所顯示的正如(1)與(2)一樣是構句時語詞的組合問題，是句法上的問題。

8-2　句子的結構

從上面 8-1 的討論中，即使我們不知道何謂句子結構，我們也不難發現，自然語言中的句子（如國語、英語等等），絕對不是一組單字任意湊在一起的結果。事實上，對於「結構」的概念，我們的確可以從這一個最基本的假設開始探討，亦即是說，我們可以假設「句子根本沒有什麼結構，只是單字的隨意組合。」如果這個假設是能成立的話，那麼我們要表達「老張吃狗肉」這個「意思」時，只需把這「意思」裡三個語詞（表示「主事者」的老張，表示動作的「吃」以及表示受動作所影響的「客體」的「狗肉」）隨意排列就可以了。但是，我們知道，事實上，以下例句中只有 (9a) 才能表示出上述的「意思」，其他的「句子」都不行。

(9) a. 老張吃狗肉。　　　　　　d. ＊吃狗肉老張。

　　 b. ＊老張狗肉吃。　　　　　e. ＊狗肉吃老張。

　　 c. ＊吃老張狗肉。　　　　　f. ＊狗肉老張吃。

同時，8-1 一節的例子 (1a)～(1c) 也顯示出類似的問題。這種情形，並非僅中文如此，其他語言亦然。例如我們如要用英語表示「John 吃肉」這個「意思」時，也不能只是把這三個語詞隨意排列的。例(10)

當中，也是只有 (10a) 方能表示「John 吃肉」這「意思」，其他的都不
合英語的語法。

⑽ a. John eats meat.　　　　　d. *Meat John eats.

　　b. *John meat eats.　　　　e. *Eats John meat.

　　c. *Meat eats John.　　　　f. *Eats meat John.

因此，從例⑴，⑼及⑽看來，至少我們也能觀察到，人類語言的句子
裡，語詞是有一定的順序的，這種順序稱為「詞序」(word order)。雖
然在人類語言中，有些語言的詞序比較嚴謹（如英語、國語等），有些
語言的詞序比較自由（如拉丁文、俄語，以及一些澳洲土著的語言等），
但是沒有任何自然語言，其語詞是可以毫無限制地任意組合的。因此，
「詞序」是句子結構的一種。

　　由於我們說話時發音的方式使我們只能一次說出一個語詞，因此
「詞序」在本質上是一種「線性」(linear) 的排列次序，亦即是語詞一
個接另一個的先後次序。習慣上，我們也可以把「詞序」看成句子的
「線性結構」(linear structure)。

　　然而，句子除了平面的線性結構以外，也具有「層次結構」
(hierarchical structure)。試看下面例句⑾。

　　⑾我的弟弟買了那本書。

這句子的詞序在我們把它說出來時就已經決定了，但是會說國語的人，
除了體會到語詞的先後順序之外，還「知道」在這句子中九個單字之
間的關係並不完全相同，「那本書」、「我的弟弟」、「買了」這三組字當
中，字與字之間的關係很密切。但是，「弟買了」、「弟買了那」、「了那
本書」等字組中，字與字之間的關係就不能與上面那三組比了。為什
麼會有這種分別呢?這種情形，可以經由一種簡單的分析方法來說明。
假如有人要求我們按照我們的直覺，以最自然的方式把⑾一分為二，
我們所做出來的分法很可能是：

　　(12)（我的弟弟）　　（買了那本書）

而不大可能把它分成

　　(13)（我的）　　（弟弟買了那本書）

或　(14)（我的弟弟買了）　　（那本書）

我們說不大可能分成(13)與(14)並不是意味著(13)與(14)的分法完全沒有意義，而是要指出(12)的分法是大多數人最可能做出的分法。(15)的分法我們敢說一定沒有人做：

　　(15)（我的弟弟買了那）　　（本書）

我們暫且先將(12)至(15)的各種分法的好與不好，可能與不可能的問題先擱下。讓我們假設(12)是最好的分法。假如我們按照這種方式，把(12)的兩部分繼續的細分下去，我們可以下面的圖來表示：

(16)　　　　　　　我的弟弟買了那本書
　　　　　　我的弟弟　　買了那本書
　　　　　我的　弟弟　買了　　那本書
　　　　　　　　　　　那本　書

如果我們暫時不把動詞「買了」再細分下去（動詞＋完成助詞「了」），並且把「我的」與「那本」看作「定詞」(determiner)，(16)可以說是最可能的分法。(16)這種圖，也稱為「結構樹狀圖」(structure tree)。這種圖的起點是未分開的句子，每次分支都代表從分支點的「詞組」(constituent) 再細分為更小的詞組。因此，從(16)我們可知，「我的弟弟」、「買了那本書」、「我的」、「買了」、「那本書」等等是詞組，而「*弟弟買了」，「*買了那本」等則不是詞組。(16)除了顯示出(11)的詞序以外，還以層次的方式，把語詞之間的關係顯示出來。從樹狀圖我們可以看出來，句子中的單詞是以詞組為單位組合起來的，因此同一詞組裡的單詞關係密切，屬於不同詞組的單詞之間的關係則不然。上面(12)的分法最可能，因為其中兩部分都是完整的詞組。(13)與(14)分法不好，因為兩

者當中都有一部分不是完整的詞組（「*弟弟買了那本書」及「*我的弟弟買了」；參看(16)）。(15)的分法最不可能，因為其中兩部分都不是詞組。

　　詞組的特性是，同類的詞組可以互相替代，而不致影響句子合語法性質。因此，(16)中「我的弟弟」如果以「老張的妹妹」代替，可以得到(17)的結構樹狀圖，而且我們的語法能力也告訴我們(17)是合國語句法的句子。

(17)　　　　　　老張的妹妹買了那本書
　　　　　　老張的妹妹　買了那本書
　　　　　老張的　妹妹　買了　那本書
　　　　　　　　　　　　　　那本　書

同樣地，詞組「那本書」也可以用「這枝筆」來代替，使句子變成「老張的妹妹買了這枝筆」。這些可以互相代替而不影響句子語法結構的詞組（包括單詞，如「買」可用「賣」來代替，「書」可以用「簿子」來代替等等）稱為「句法範疇」或「語法範疇」（syntactic category 或 grammatical category）。當然，句子本身（sentence，在語言學的文獻中常以大寫 S 來表示）也是語法範疇之一，而語詞的語法範疇是該語詞本身的詞類。其他常見的語法範疇有：

　　　　名詞組（Noun Phrases，略寫為 NP），如「老張的妹妹」。
　　　　動詞組 (Verb Phrases, VP)，如「買了那本書」。
　　　　動詞 (Verb, V)，如「買」、「看見」、「吃」等。
　　　　名詞 (Noun, N)，如「小張」、「書」、「筆」等。
　　　　助詞 (Particle, Part)，如「了」、「著」、「的」等。
　　　　定詞 (Determiner, Det)，如「這」、「那」、「我的」。
　　　　數詞 (number)，如「一」、「二」等。
　　　　量詞 (measure)，如「本」、「枝」、「張」、「個」等。

如果我們把這些句法範疇明白的標示在類似(16)及(17)的結構樹狀圖

中，我們可得出如下的結構圖。

(18)

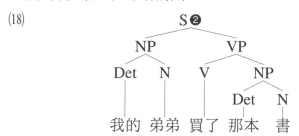

在(18)這一個樹狀圖當中，我們不但可以知道這句子的「詞序」(圖中最下面一行清楚的顯示出來)；也可以知道句中語詞的句法範疇(亦即語詞本身的詞類)，例如，「弟弟」是「名詞」，「我的」是「定詞」，「買(了)」是動詞，「那本」是「定詞」，「書」是「名詞」；同時我們也可以知道，這些語詞之間在組合上的層次關係，例如「我的」與「弟弟」組合成「名詞組」(NP)，「那本書」也是 "NP"，「買了那本書」則是「動詞組」(VP)。在(18)所顯示的正是(11)的結構，我們又稱為「詞組結構」(constituent structure，上文稱為 hierarchical structure「層次結構」)。詞組結構在(18)同時提供了相關句(11)的三種資料：1.詞序；2.語詞本身的詞類；3.語詞組合後的詞組劃分情形。這三種資料就是句子結構的最基本要素，因此，(18)也稱為句子(11)的「結構記述」(structural description)，在句法學裡比較專門一點的術語是「詞組標記」(phrase marker)。同理，樹狀圖(17)所代表的句子的結構記述可分析如下：

---

❷　在本章以及本書中其他章節的討論裡，我們盡量使用語言學文獻中最常用的符號及標示法。主要的理由是，本書除了介紹語言學基礎概念以外，還希望讓學生對於這些符號及標示法有所認識，俾能有助於日後文獻的考察及閱讀。

(19)

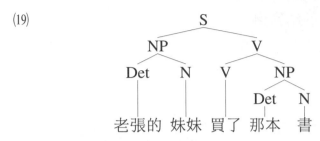

老張的　妹妹　買了　那本　書

對於類似(18)、(19)的句子結構分析，更明確地說，對於(18)與(19)所顯示的句子結構的要素，我們會問，「這是不是句法學家設計出來的東西而已？」我們相信「句子結構」是具有真實性的。首先「詞序」是最真而最具體的，我們可以聽見語詞的先後順序，其真實性不容置疑。其次，語詞的「詞類」亦可從同類的項目可以互相替代的特性中，確知語詞的確可劃分成類。至於「詞組」，除了我們也可以用同類替代的方式來顯示其為完整的單元以外，文獻上也有不少心理語言學的實驗，支持「詞組」為一完整的結構單元的真實性。關於這方面，最常提到的是一系列被稱為「滴答聲測驗」(click experiment) 的研究。心理語言學家如 Fodor, Bever, Garrett 等人試圖測試人在理解句子時，詞組與詞組的分界的影響力如何。他們請受詞者聆聽句子，而句子中加插了一個「滴答」(click) 的聲音，聽完以後要把句子以及所聽到的「滴答」聲的位置記錄下來。實驗的結果顯示，出現在兩個最大的詞組分界處（即最高層次的 NP 與 VP，亦即「主語」與「述語」之間）的 click 的記錄最準確。而出現在其他地方的 click，其記錄均發生錯誤，其錯誤均朝「主語」與「述語」分界之處集中（詳見第十三章「心理語言學」）。這些結果似乎證實句子的理解是以詞組為單元。因此，句子的詞組結構似乎也是具有心理上的真實性。當然，這些實驗還有不少爭議，但是，有關詞組結構方面的實驗不少，多少亦支持類似的假設：亦即，詞組是一個結構上完整的單元（詳細的文獻考察請參見 Slobin (1979), Clark and Clark (1977)）。

8-3　句法的能力與句子結構

　　在第一章裡我們討論過「語言能力」與「說話行為」的分別。在討論語言能力的時候，我們也簡略地討論了在句法方面的能力。如果我們會說某種語言（特別是對自己的母語而言），我們會具備判斷句子是否合語法、句子是否多義、兩個句子是否同義、代詞（如他、他們等等）的指稱的決定、句子中省略部分語意的決定等等的能力。這些能力，雖然都是「無形的」內在能力，但確是非常真實的東西。事實上，句法的能力，幫助我們了解句子的結構。比方說，因為我們的句法能力判斷 8-1 節中 (1b) 及 (1c) 以及第一章中例句(1)至(3)不合語法，我們可以肯定國語的句子中，語詞是有一定的「詞序」的。對於語詞能否在句子中相互替代的知識，肯定了「詞類」的真實性。對於「詞組」能否在句子中相互替代以及同一句子可作兩或多種解釋的「結構上多義」現象 (structural ambiguity)，更是可以證實「詞組結構」的真實性。在句法學研究的文獻裡，結構上的多義現象經常用來作詞組結構存在的例證。試看句(20)（取自湯，1977, p. 17，例 1. 94，略經修改）。

　　(20)這個人任何人都不相信。

(20)有以下 (21a) 及 (21b) 兩種結構分析（亦即是有兩種詞組結構；注意：這只是省略很多細節的分析）。

　　(21) a.

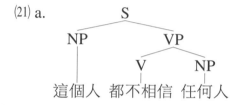

b.
```
                    S
          ┌─────────┴─────────┐
          NP                  VP
          │            ┌──────┴──────┐
          │            V             NP
       任何人        都不相信       這個人
```

因此根據 (21a) 及 (21b) 的結構分析，⑳這一句裡，「任何人」可以作「主語」(subject)，也可以作「賓語」。作「賓語」時，其結構分析是 (21a)，意思是「這個人不相信任何人」；作「主語」時，其結構分析是 (21b)，意思是「任何人都不相信這個人」。

　　Fromkin 與 Rodman（1978，第 7 章，p. 205）也舉出下列的例子。

⑵ synthetic buffalo hides

他們指出⑵可以有兩種詞組結構：

⑶ a.
```
          synthetic buffalo hides
         ┌──────┴──────┐
     synthetic    buffalo hides
                 ┌─────┴─────┐
              buffalo      hides
```

b.
```
          synthetic buffalo hides
         ┌──────────┴────────┐
   synthetic buffalo       hides
  ┌──────┴──────┐
synthetic    buffalo
```

(23a) 及 (23b) 的性質與 (21a) 及 (21b) 是一樣的，雖然⑵兩圖中未標出詞組的名稱，但是我們都知道整個結構是 NP，兩種解釋的主要區別在「修飾語」synthetic 所修飾的範圍不同。因此 (23a) 的意思是「人造的水牛皮」，而 (23b) 的意思是「人造水牛的皮」。

　　就是這些類似⑳及⑵的多義句子，使我們確定詞組結構的真實性。

8-4　句法規律

　　當我們說句子是有結構，並不是語詞的隨意組合時，其含意是構

句是依照一定的規律而行的。比方說，我們知道國語與英語的句子都有一定的詞序（句子的水平結構），例如：

　　⑵⑷「動作的主事者必須置於表示該動作的動詞之前」

根據⑵⑷這「規律」我們可以知道⑵⑸及⑵⑹分別是國語與英語中合語法的句子。

　　⑵⑸張三在跳舞。

　　⑵⑹ John was dancing.

而⑵⑺及⑵⑻卻不合語法。

　　⑵⑺ *在跳舞張三。

　　⑵⑻ *was dancing John.

如果判斷句子合語法與否的能力是我們所具有的「語言能力」的一部分，那麼⑵⑷可以說是這種能力的一種「描述」。當然，⑵⑷僅是很多種句法「規律」中的一種。我們要注意，當代語法學家所談的「規律」（包括音韻、構詞、句法等方面的規律）都是指無形的、內在的規律，是我們內在的語言能力。我們研究句法學，主要的目的是想了解這種內在的句法能力（知識）。這些能力，可以透過句法規律來描述。大體而言，句法規律（根據變形語法，見 8-5）主要有詞組律與變形律兩種。

8-5　變形語法

　　變形語法 (transformational grammar) 是變形—衍生語法 (transformational-generative grammar) 的簡稱。這是當代語言學理論的主流，雖然自從 Chomsky 在 1957 年出版他的 *Syntactic Structure* 一書以來，變形語法產生了相當多的修訂、改變，以及分化，但是，自 1957 年以還，語言學家對語法作研究時，莫不以描述代表內在的語言能力的語法規律為主。研究語法的最終目的是希望了解內在的語言能力以

及人的心智。這一點，一直都沒有改變。(關於變形語法理論的發展與
分化，詳見湯，1977，第 2 章，這是在語言學文獻中，對於這個問題，
以中文寫成的最詳盡的描述，關於 1977 年以後的發展，可參看湯
(1984), Radford (1981) 以及上述論文中載於其參考書目裡 Chomsky 近
年來的著作及論文。)

8-5-1　詞組律

　　根據變形語法，句子的「詞序」以及「詞組結構」是以「詞組律」
(phrase structure rule) 來說明的。下面我們根據湯 (1977) 以及 Elgin
(1979)，分別簡略的討論國語及英語的「詞組律」❸。

　　根據湯 (1977)，國語的詞組律可列舉如下（大量簡化的形式）：

(29) a. $S \rightarrow NP\ VP$

b. $NP \rightarrow \begin{Bmatrix} (\text{Number Measure})\ N \\ S \\ NP\ S \end{Bmatrix}$

c. $VP \rightarrow V\ (NP) \begin{pmatrix} \begin{Bmatrix} NP \\ S \end{Bmatrix} \end{pmatrix}$

---

❸　本書是概論的性質，因此我們有兩個主要的目的。一方面我們想介紹語言學的
　　基本概念，從而引起學生對現代語言學的興趣，使其進一步去作研究，特別是
　　對我們自己的國語作研究，所以我們盡可能多舉國語的例子。然而，另一方面，
　　無可否認地，近年來語言學的文獻以英語寫作並以英語作分析對象的佔相當
　　大的比例。因此，假如學生一旦對語言學感興趣，要作超越「概論」以外的探
　　討時，勢必接觸到英語的文獻，所以我們第二個目標是希望在本書中，也盡量
　　讓學生認識有關英語的描述及例證，以期對學生將來閱讀進一步的語言學文
　　獻時有所助益。在這兩個前提下，我們並不把自己固限於國語的例證，只要是
　　對問題的解說有幫助，英語或其他語言的例子我們也援舉。

根據 Elgin (1979)，經過大量簡化的英語詞組律可列舉如下：

(30) a. S → NP VP

　b. NP → (Det) N

　c. VP → V (NP)

　d. V → V (Part)

有關(29)及(30)中所使用的符號❹：

S　　　　　Sentence（句子）

NP　　　　Noun Phrase（名詞組）

VP　　　　Verb Phrase（動詞組）

N　　　　　Noun（名詞）

V　　　　　Verb（動詞）

Number　　（數詞，如「一」、「二」、「三」等）

Measure　　（量詞，如「本」、「張」、「條」、「個」等）

Det　　　　Determiner（定詞，如 a, the, this, that, my 等）

Part　　　　Particle（助詞，如 in, on, up, down 等）

→　　　　　「改寫成」之意

(　)　　　　括號中的項目可有可無

{　}　　　　花括號中的項目必須（但只能）選其一

　　用(29)的詞組律，我們可以解釋以下(31)中所有的國語句子，以及所有類似(31)的句子的語法結構與其合語法的事實。

　　(31) a. 老李給她一朵花。

　　　　b. 小王吃了一個蘋果。

---

❹　這些詞組律中，句法範疇設定為 S, NP, VP, N, V, Det, Part 等。近年來語法理論引進 X 標槓理論 (X-bar theory) 以後，句法範疇的分法更為精細，以標槓數目分層次，使傳統的詞與詞組之間（亦即如 N 與 NP 之間，V 與 VP 之間等等）還可以存在具有語法功能及意義的語詞組合。參看 Radford (1981)。

根據⒆詞組律應用的結果，(31a) 及 (31b) 的結構記述如下：

(32) a.

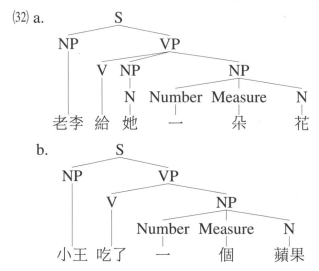

同時，根據⒆的描述，我們可以解釋 (33a) (33b) 的不合語法的理由。

(33) a. *她花朵一老李給。

　　b. *蘋果個一吃了小王。

因為 (33a), (33b) 的結構記述 (34a), (33b) 違反國語的詞組律⒆，所以我們斷定 (33a) 及 (33b) 是不合語法的句子。

(34) a.

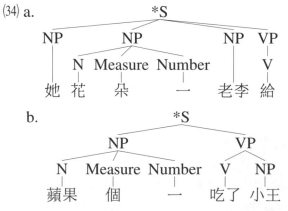

同樣地，用⒇的詞組律，我們也可以解釋為什麼⒂的英語句子合語法，但是⒃的句子則否。

⑶ a. The man saw a bus.

　　b. The girl ate a fish.

　　c. The student gave up the project.

⑶ a. *Man the bus a saw.

　　b. *Ate the girl a fish.

　　c. *Gave up student the project the.

　　如果我們應用⑶的詞組律，我們不難發現，就像上面我們討論⑶～
⑶的情形一樣，⑶的句子都符合英語詞組律，但⑶的句子則否。因此，
⑵與⑶代表會說國語或英語的人的語言能力的一部分。

8-5-2　變形律

　　從 8-5-1 我們可以知道⑵與⑶分別能正確的說明很多的國語及
英語句子的結構。然而，我們會問，光是詞組律，是否足以說明所有
句子的結構呢？人的語言能力既然能使人說出並了解所有合語法的句
子，並判斷出所有不合語法的句子，描述這種能力的語法規律亦應能
說明所有的合語法句子的結構才是。

　　根據變形語法的假設，語言的句法部門除了詞組律以外，還有另
外一種規律，稱為變形律 (transformational rule)。這種假設，最基本的
理由當然是認為詞組律不足以說明（或衍生）所有的合語法句子。對
於這種假設，我們自然會問：㈠詞組律與變形律有什麼區別？㈡我們
真的需要這兩種句法規律嗎？

　　首先，詞組律是改寫律，每次只改寫一個符號，亦即箭號 (→) 左
邊每次只能有一個「句法範疇的符號」（雖然箭號右邊可以出現多個符
號）。其次，詞組律不能刪略符號，也不能將符號順序對調（亦即是說
$A \rightarrow \phi$（ϕ 是語言學文獻中常用來代表「零」的符號）；$A+B \rightarrow C$；$A+B$
$\rightarrow B$, $A+B \rightarrow B+A$ 等都不是詞組律）。詞組律有這些限制的理由主要

是，如果不加這些限制，詞組之間上下層次的支配關係會弄得夾纏不清的，句子也無法獲得清楚的結構記述。

　　基於這些特性，對於語詞項目一致，詞序不同，但語意相同的同義句子，詞組律就不易說明其結構與其他有關的特性。試看 (37a) 及 (37b)：

　　(37) a. The student gave up the project.

　　　　b. The student gave the project up.

(37a) 及 (37b) 是很普通的英語句子，而一般會說英語的人也能體會到兩句是同義，而且也會覺得 (37a) 比較基本，而 (37b) 是「從 (37a) 改變」而來的。如果我們分析 (37a) 及 (37b) 的詞組結構，可以得出以下的記述：

　　(38) a.

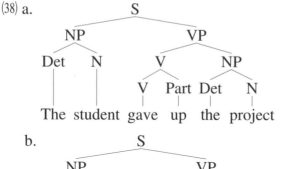

　　　　b.

但是，如果我們仔細分析 (38a) 及 (38b) 時，我們會發現 (38b) 並不符合英語的詞組律（見(30)），而 (38a) 則是(30)的詞組律推演的結果，我們的假設是 (38b) 是從 (38a) 經過把 Particle (up) 移位至句末而衍變來的。這種變化就是句子的變形。

　　當然，我們會問，如果我們把(30)有關 VP 的詞組律改寫成(39)的樣

子，不也就可以解決(37)這對句子的問題了嗎？

$$(39)\ VP \rightarrow \begin{Bmatrix} V\ (Part)\ (NP) \\ V\ (NP)\quad (Part) \end{Bmatrix}$$

(39)的意思是 VP 既可以改寫為 V Part NP 也可以改寫為 V NP Part。按照(39)我們可以把 (37a) 及 (37b) 分析成以下的結構：

(40) a.

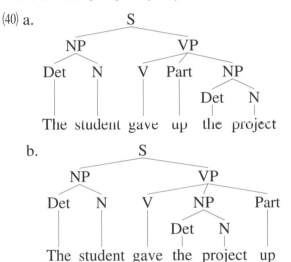

b.

表面上看來加上(39)這條規律後，不需要(30)的 c 與 d 也可以給 (37a) 及 (37b) 作出結構分析來。這兩句都合語法，因為其結構記述 (40a) 及 (40b) 都沒有違反詞組律(39)。但事實上，(39)會遭遇到一些難題的。例如，我們試看以下一對句子。

(41) a. *The student gave up it.

　　b. The student gave it up.

這對句子顯示雖然 (37a) 及 (37b) 是自由的變化，但是如果句子的「賓語」是「代名詞」時（代名詞的句法功能與名詞組 NP 相若，亦可作賓語用，因此在這兩對句子中 it 與 project 的功用相等），Part 與 V 是必須分開的。但是詞組律(39)卻無法幫助我們判斷 (41a) 為不合語法，因為 (41a) 並沒有違反(39)。因此(39)並不是妥善的規律。

　　詞組律⑶⑼與原來的詞組律 (30c) (30d) 主要的不同之點，在於後者很明確的表示出英語的「雙字動詞」(two-word verb) 是以「動詞＋助詞」(V + Part) 所構成的。如⑷⑵：

⑷⑵

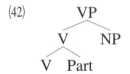

但從⑶⑼卻無法把 gave 與 up 之間的這種共同組成一個動詞的關係表達出來。從 (40a) 與 (40b) 來看，助詞 up 只不過是動詞組 (VP) 中的一部分，其與動詞的關係，並不見得比 NP (the project) 來得密切。但是 (38a) 卻明確的標示出 gave up 是一個動詞。這一點，與懂英語的人的語感 (intuition) 相符合。英語的「雙字動詞」的確給人的感覺是與一個單字動詞一樣，是一個完整的結構及語意單元。例如：

⑷⑶ a. You'd better *keep down* your expenses.

　　 b. You'd better *control* your expenses.

　　 c. He *backed up* Mr. Smith in this argument.

　　 d. He *supported* Mr. Smith in this argument.

⑷⑶中 a 與 b 是同義句，而 c 與 d 亦是同義句，這足以顯示 keep down（雙字動詞）與單字動詞 control（無論在語意或句法結構上均屬相同，因此 keep down（同理，backed up, gave up 等））理應為一個詞組。

　　如果我們的理論假設 (37a) 是句子的基本詞序，然後再以「變形律」來將助詞 (Part) 移到句末，並加上條件，說明如果動詞賓語是代名詞時，則必須應用這條移動助詞的變形律，以上這些問題都可以解決。

　　變形律的形式通常分成兩部分，第一部分是要應用變形律的句子的結構記述（structural description，略寫為 SD），第二部分表示應用變形律之後的句子結構，亦即結構改變的結果（structural change，略寫

為 SC)。例如，上面例句所涉及的英語的「助詞移位變形」(Particle Movement Transformation) 的形式如下：

(44) SD: NP V Part NP

　　SC: 1 2 3 4 ⇒ 1, 2, ϕ, 4, 3

　　Condition（條件）：如 4 是代名詞，本規律必用

(44)中的「零」符號 (ϕ) 代表某詞或詞組移出之後的位置，雙箭號表示「變成」的意思。(38a) 的結構經過(44)的應用以後，變成 (38b) 的結構。變形語法理論一般稱 (38a) 為「基底結構」(underlying structure)，(38b) 為「表面結構」(surface structure)❺。從「基底結構」到「表面結構」中間所經過的過程稱為「推演過程」(derivation)。詞組律(30)與變形律(44)一起，說明了英語「雙字動詞」的句型以及其句型的變化，同時對於我們覺得 (37a) 是比較基本 (37b) 則是衍生變化而來的語感，也有明確的交代，因為根據變形語法詞組律(30)只有 (37a) 才是基本的結構，而 (37b) 是經過變形律(44)的應用後而得來的表面結構。

　　國語裡也有些類似的情形，不能單用詞組律而必須加上變形律方能說明的。例如：

(45) a. 我已經吃過晚飯了。

　　b. 我晚飯已經吃過了。

(46) a. 我送一本書給他。

　　b. 我送給他一本書。

(45)與(46)中兩對句子基本上是同義的，其中的關係可以設 a 的句子為基底結構，分別經過「賓語提前」(object preposing) 或「間接賓語提前」（indirect object preposing，亦稱受事格移位 dative movement）兩種變

---

❺　「基底結構」與「表面結構」在最近的變形語法中（Chomsky 一派的理論）再細分為 D-structure （深層結構）、S-structure （表層結構），以及 Surface structure（表面結構），詳參湯 (1984); Radford (1981)。

形，而推演出表面結構。其他還有不少句法現象，特別是涉及語詞的移位，都是需要以變形律來處理的（關於國語的移位變形，以及以變形語法來處理國語的句法部門，請參閱湯 (1977)）。

　　我們可以用國語的「祈使句刪略變形」(imperative deletion) 為例，說明為什麼雖然下面 (47a) 當中沒有「你」這語詞，但是我們都知道「過來」的主語是「你」（如 47b）。

　　⑷ a. 過來！

　　　 b. 你過來！

變形語法假設 (47b) 是基底結構，其結構分析是：

　　⑷

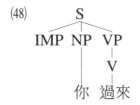

「祈使句刪略變形」可寫成：

　　⑷ SD: IMP 你 X

　　　 SC: 1 2 3 ⟹ 1, ϕ, 3

(47b) ⑷經過⑷應用之後，變成表面結構 (47a)，因為其基底結構的主語是「你」，所以我們對 (47a) 的理解也有「你」這語意。⑷（以及⑷）中的 IMP 是「祈使句標記」，表示這一句是祈使句，其語意大致相當於「我，說話者，現在以這句話命令你，聽話者，去做……」。同時⑷的變形也是由於 IMP 而觸發的。如果⑷沒有 IMP 這一項，那麼所有「你」作主語的句子，我們都可把「你」刪略，而產生像⑸的情形（50b是不合語法的句子）。

　　⑸ a. 你昨天才買了一本書。

　　　 b. *昨天才買了一本書。

至於⑷中的符號 X，是一個變項，代表任何出現在「你」後面的詞組。

變形律以及基底結構與表面結構的概念也可以解釋像以下例句的區別（見湯，1977, p. 21，例 1. 103a, b）。

⑸ a. 我吩咐他洗碗。

　　b. 我答應他洗碗。

(51a) 中，洗碗的人是「他」，而 (51b) 中，洗碗的人是「我」。這種區別我們可以假設這兩句的基底結構分別為：

⑸ a.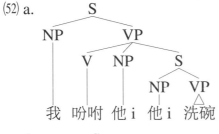

　　b.

(52) 中的三角形是表示 VP 這詞組我們不進一步標示其內在的結構。(52a) 是 (51a) 的基底結構，我們因此「知道」洗碗的人是「他」（兩個「他」下面附加的辨別標號一致是 "i"，表示這兩個代名詞「他」所指為同一人）。(51b) 的基底結構是 (52b)，因此我們知道洗碗的人是我。(52a) 及 (52b) 經過「指稱相同名詞組刪略變形」(Equi-NP deletion)，把第二次出現的「我」與「他」刪略，就變成表面結構 (51a) 及 (51b)。這種情形，也不容易單以詞組律說明的。

8-5-3　句法成分、語意成分與共存限制

㊁與㉚雖然能說明很多句子的結構，但是卻無法說明為什麼以下

的句子不合語法。

⒀ *警察逮捕了。

⒁ *John hit.

⒀與⒁不合語法是因為動詞「逮捕」及 "hit" 是「及物動詞」，其後必須有一 NP 做賓語才算合語法。然而，如果我們假設動詞 (V) 是以句子的詞組結構來分類，每種動詞都具有若干「句法成分」(syntactic feature)，說明這個動詞所能出現的結構，則⒀及⒁的不合語法性質可以解釋。比方說，動詞「逮捕」及 "hit" 含有以下的語法成分：

⒂　　逮捕　　　　　　　hit

$$\begin{pmatrix} + V \\ + \underline{\quad} NP \end{pmatrix} \quad \begin{pmatrix} + V \\ + \underline{\quad} NP \end{pmatrix}$$

⒂中句法成分〔+ V〕表示「逮捕」與 "hit" 的語法範疇是動詞，〔+ ___ NP〕表示這兩個動詞後面必須有一個名詞組（亦即是說這兩個動詞都是及物動詞）。這一來，⒀與⒁的不合語法就很明顯的顯示出來了。

但是即使加入了如⒂的句法成分，也不容易說明以下句子的不妥當。

⒃ a. *石頭正在跳舞。

b. *The rock ate the bread.

如果我們假設名詞 (N) 石頭 (rock) 具有如下的「語意成分」(semantic feature；其原則與第六章我們把音段分析成為「語音成分」的原則相同)：

⒄ a.　石頭　　　　　b.　rock

$$\begin{pmatrix} +N \\ -animate \\ -human \\ \vdots \end{pmatrix} \quad \begin{pmatrix} +N \\ -animate \\ -human \\ \vdots \end{pmatrix}$$

（〔+N〕表示這語詞是名詞，〔–animate〕表示「無生命」的事物，
〔–human〕表示這名詞不是「屬人」的名詞。）

而動詞的分類也考慮名詞的語意成分，例如：

(58)　跳舞　　　　　　　　　　eat

$$\begin{bmatrix} +V \\ + \text{〔+animate〕} \underline{\qquad} \end{bmatrix} \qquad \begin{bmatrix} +V \\ + \text{〔+animate〕} \underline{\qquad} \end{bmatrix}$$

那麼，(56a) (56b) 的不合語法就變得很清楚了。因為「跳舞」與 "ate"
都需要一個「有生命」(+animate) 的名詞組在前面，但是 (56a) 的主語
「石頭」及 (56b) 的主語 "rock" 都是「無生命」(–animate) 的名詞。

　　以上討論的問題是詞組之間的「共存限制」(co-occurrence
restriction)，「共存限制」可以用語法成分及語意成分來說明（關於語
法成分、語意成分、共存限制的詳細情形，參看 Chomsky (1965)，湯
(1977)）。

8–6　變形的種類

　　大體而言，變形律有刪略 (deletion)、加插 (insertion)、代換
(substitution) 及移位 (movement) 四種。❻以下我們分別加以討論。

8–6–1　刪略

　　在上面一節 (8–5) 討論中，我們舉過一則刪略變形的例子（「祈使
句刪略變形」），在討論中，雖然沒有明確的說出來，但是從變形律(49)
的寫法，我們不難體會，刪略後的句子雖然語詞少了，但句意並無改

---

❻　晚近理論也有認為變形只有移位變形一種，而刪略律則不屬於變形部門的規
　　律。參看湯 (1984) 及 Radford (1981)。

變。事實上，本章所提的例子中，沒有一種變形是改變句意的。早期
的變形語法（如 Chomsky (1957)）裡，變形是可以改變語意的。但是
在後來的研究中（如 Chomsky (1965)），變形律被限制為不能改變語意，
而句子的語意大都決定於變形律使用前的基底結構，變形律可以改變
句子的形態，形成表面結構，但是其基本的語意不變。因此，變形律
可以用來說明很多句子同義與異義的現象。事實上，變形律能否改變
語意，是變形語法發展與分化的一個重點，也是有所爭議之點。這方
面詳細的討論是超越本書的範圍，感興趣的讀者可參閱 Chomsky
(1965)，湯 (1977) 以及其中所列有關的文獻。

　　在變形不改變語意（最少不改變除主題、訊息焦點等以外的基底
結構的語意）的原則下，刪略變形所刪去的詞組必須能「還原」
(recoverable)，因為如果刪略的東西不能還原，以下⑸⑼及⑹⑽中 a 的句子
就不可能有 b 的解釋了。

　　⑸⑼ a. 小明和小華都要吃魚。

　　　　b. 小明（要吃魚），小華要吃魚。

　　⑹⑽ a. I say I will come tomorrow and I certainly will.

　　　　b. I say I will come tomorrow and I certainly will (come
　　　　　tomorrow).

　　因此，變形不改變語意的原則，給刪略律加上很大的限制。這也
是我們從來不會遇到有隨意刪略句子詞項的情形的主要原因。在這原
則下，刪略變形可分為兩種，第一種是「固定刪略」(constant deletion)，
第二種是「指稱相同刪略」(identity deletion)。「祈使句刪略變形」是「固
定刪略」變形，因為刪略的詞組永遠固定是主語「你」。另外，以下的
英語句子也是固定刪略的例子。

　　⑹⑴ a. I know that he is angry.

　　　　b. I know he is angry.

c. She said that she would be late.

d. She said she would be late.

(61b) 及 (61d) 顯示刪略的都是「補語標記」"that"。

　　上面⑸與⑹是「指稱相同刪略」的例子，這種刪略，在表面結構上都留下一個完全相同的對應項目，使我們知道省略了什麼。

8-6-2　加插變形

　　加插變形 (insertion) 是指原先不出現在基底結構中的詞項，經過變形而加插進表面結構。在變形不改變語意的原則下，加插的詞項也必須是無語意的，否則就會破壞這種原則了。這種變形常見的例了是英語中的虛詞 it 與 there 的加插。Elgin (1979) 舉出以下的例子：

　　在以下英語句子中

⑹ It is raining.

it 這個語詞並無特別語意，它與一般的代名詞 it 不一樣。如在 I bought a new pen and I liked it 一句中，it 明顯的指 pen，是有語意的詞項。但是⑹的 it 卻不然。事實上，國語語法中，同樣的句子，就不需要「主語」（「下雨了」）。⑹的基底結構可以分析成：

⑹

⑹經過「加插—it」變形 (It-insertion)，變成⑹這個表面結構。類似的例子有：

⑹ a. It is hot today.

　　b. It has rained all night.

　　另一種加插變形是「加插—there」變形，用來說明⑹中 there 的來源。

⒂ There is a book on the table.

⒂的 there 與表示處所的副詞 there（如 She is standing there）不一樣，因為⒂的 there 沒有語意。我們假設⒂的基底結構 "A book is on the table"，經過「加插—there」變形與移位變形後變成表面結構⒂。

8-6-3　代換變形

以一詞組代替另一個指稱相同的詞組的規律是代換變形律(substitution rules)。代換變形常見的例子是「反身代名詞變形律」(reflexive rule)。例如⒃這句子的基底結構可以分析成⒄。

⒃他恨（他）自己。

⒄

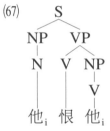

⒃中「自己」只能指他，因為在⒄的基底結構裡主語「他」與「賓語」他是指同一個人（以同一個下加符號 ᵢ 表示），同時這兩個「他」都具有以下的語法／語意成分：〔+human, +male, +singular, +third person〕。因為⒄中兩個「他」的指稱相同，可以應用反身代名詞變形律，把第二次出現的「他」以「（他）自己」來取代。雖然國語與英語不同，反身代名詞可以只用「自己」而不必一定加上表示人稱、數目、性別的標記如「（他）自己」、「（你）自己」、「（她）自己」、「（他）們自己」等。但是，上面對於⒄中「他」的語意／語法成分的分析仍是必要的，而且前後兩個「他」都必須具有相同的成分（見上文），否則我們無法說明⒃的「自己」只能指「他自己」，不能指任何其他人。而且，⒅的句子都不合語法。

(68) a. *他恨你自己。

　　b. *他恨我自己。

　　c. *他恨我們自己。

　　d. *他恨她自己。

　　e. *他恨他們自己。

　　f. *他恨你們自己。

　英語的反身代名詞變形的情形與國語的情形很相似，我們不另外加以說明。

8-6-4　移位變形

　移位變形 (movement transformation) 是最常用的變形。事實上，新的句法理論有的也認為變形規律只有移位變形一種　（參看湯 (1984), Radford (1981)）。然而，無論如何，移位變形的性質就是將詞組從原來的位置移往另一位置。在上面 8-5-2 的討論中，我們以英語的 Particle Movement Transformation 舉過例子。有關國語的移位變形，湯 (1977) 有涵蓋廣泛並且精確深入的討論，對國語句法學感興趣的讀者可以自行參閱。

　在結束有關變形律的討論以前，我們還要討論一下變形律之間在運用時次序上的關係。常見的例子是「反身代名詞變形」與「祈使句刪略變形」的運用上，要有一定的先後順序。試看下列英語句子。

(69) a. You take care of yourself.

　　b. Take care of yourself.

　　c. *Take care of you.

如果 (69a) 的基底結構是(70)：

(70) You$_i$ take care of you$_i$.

(70a)～(70c) 的推演過程分別是(71)～(73)：

(71)基底結構：You$_i$ take care of you$_i$.

"Reflexive": You take care of yourself. (69a)

(72)基底結構：You$_i$ take care of you$_i$.

"Reflexive": You take care of yourself.

"Imperative deletion": ϕ Take care of yourself. (69b)

(73)基底結構：You$_i$ take care of you$_i$.

"Imperative deletion": ϕ Take care of you$_i$. (69c)

如果我們先應用反身代名詞變形 (Reflexive)，我們得到的都是合語法的句子，但是如果先用祈使句刪略變形 (Imperative deletion)，我們在刪略主語 You$_i$ 以後，反身代名詞因失去先行詞而無法應用。因此，Reflexive 要在 Imperative deletion 之前應用方可。同樣的情形也可見於國語句子（參看湯，1977, p. 53 起）。

(74) a. 你好好照顧（你）自己。

　　b. 好好照顧（你）自己。

　　c. *好好照顧你。

　　語法規律的次序 (ordering) 問題，文獻上的討論很多（包括音韻律的次序問題），也是有所爭議的問題，在這導論性質的書裡，我們只是指出這種問題的存在，深入的探討，有待感興趣的讀者自行閱讀有關的文獻。

8-7　變形句法學理論的分化

　　以上我們所介紹的，大體上是以 Chomsky 為首所倡導的所謂「標準理論」(Standard Theory)。近年來由於對「語意」在語言結構中所佔的地位，語意與句法之間的關係、語意是否可以直接從詞組標記 (Phrase marker) 產生、變形律可否改變語意，以及句法部門的深層結構

(deep structure) 是否存在等等問題的不同看法，導致理論上有分化的現象。我們在下面只是非常簡略的提到兩種與「標準理論」差異比較大的理論：「衍生語意學」(Generative Semantics) 與「格變語法」(Case Grammar)。「標準理論」從 1965 年以來也經過多次的修訂，有「擴充的標準理論」(Extended Standard Theory)，以及隨後的「修訂的擴充標準理論」(Revised Extended Standard Theory)（關於變形語法的發展與分化的詳情，參看 Newmeyer (1980)；關於這方面比較精簡，但是相當清晰並且是以中文撰寫的討論法，參看湯，1977, §2-9, p. 55 起，以及下面 8-8 節）。

　　大體而言，「標準理論」主張變形不改變語意，而句了語意決定於基底的詞組標記，而以「語意投射律」(semantic projection rule) 按一定的程序而求得。「擴充的標準理論」則放寬了變形不改變語意的限制，主張仍然由深層結構決定基本的語意，但是句子訊息的「主題」、「焦點」等的解釋常受移位變形的影響，應該在表面結構時才決定。「修訂的擴充標準理論」在大方向與前者的差異不大，但是在句法部門增加了很多精細的「限制」(constraint) 與結構上的「濾除」(filter)，並引進 X 標槓理論 (X-bar theory)，使理論的解釋及描述的功能都大為增加。

　　「衍生語意學」認為語意是句法的中心，語意的解釋並不取決於由詞組律衍生的句法上的深層結構。句子的詞組標記可以表示句法結構，也可以表示語意結構，深層語意經過變形就是表面結構，因此語意可以在詞組標記以及變形的過程中得到解釋，其結果是語法與語意的分界就不必存在。而深層結構則變得很抽象，句法範圍減少，與邏輯形式更為相似（如 Sentence 與 Proposition「命題」，NP 與 Argument「論元」，VP 與 Predicate「謂語」）。因此語言的最深層結構就是與邏輯形式相似的語意代表，這種表示更能超越個別語言獨特的語法而對語意結構的共通性 (universal) 作更有利的描述。

例如例句⑺的深層（語意）結構可分析為⑺（參看 McCanley (1968), Newmeyer (1980), Pearson (1977)，湯 (1977)）。

⑺ John killed Alice.

⑺

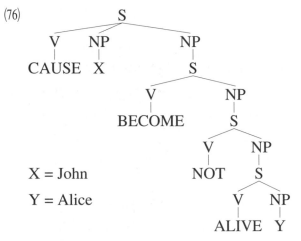

X = John
Y = Alice

⑺這語意結構中 CAUSE 等用大寫字母表示的是「語意謂語」(semantic predicate)。⑺經過一連串的「謂語提升」變形以及「主語變形」(subjectivization)，可得出下列的推演過程：

⑺

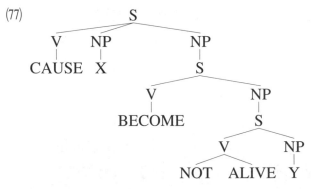

（謂語 ALIVE 提升）

(78)

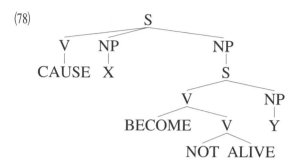

（謂語 NOT ALIVE 提升）

(79)

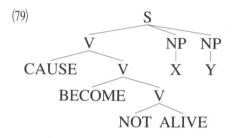

（謂語 BECOME NOT ALIVE 提升）

(80)

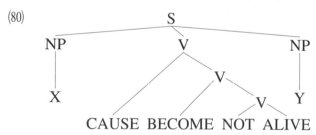

（主語變形）

X = John

Y = Alice

在(80)的詞組記述中，詞組結構

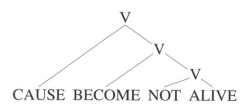

代表了詞項 kill 的語意結構，因此語意也可以從詞組標記中「衍生」。

　　衍生語意學對於語意提供比較深入的研究，使我們加深對語意與語法之間關係的了解，並且對人類語言的共通性提供了更進一步的見解的可能性。關於這一派理論的缺點，詳見 Newmeyer (1980)。

　　「格變語法」(Case Grammar) 主要也是由於對語法與語意之間關係與「標準理論」不同而來。提出「格變語法」的是語言學家 Charles Fillmore，他在 1968 年首先在一篇名為 "The Case for Case" 的論文中，提出這種看法。「格變語法」對於「句法功能」如主語 (subject)、賓語 (object) 不足以解釋類似以下例句的語意現象。亦即主語與賓語與實際語意沒有多大的關係（參看 Pearson (1974), Fillmore (1968)，湯 (1977)）。

(81) a. *The door* opened.

　　 b. *John* opened the door.

　　 c. *The key* opened the door.

　　 d. *The door* was opened by John.

　　 e. *The door* was opened with the key.

　　 f. *John* opened the door with the key.

　　 g. *The door* was opened with the key by John.

　　 h. *The door* was opened by John with the key.

在 (81a)～(81h) 中，斜體的 NP 都是句子的「主語」。而且八句所談論的大體而言是同一事件，在這事件之中，牽涉三個 NP (John, the key, the door)，每個 NP 與動詞 open 都具有其固定的語意關係，如 John 是 "Agent"（主事者），the key 是 "Instrument"（工具），the door 是 "Object"（客體）。這種關係，無論句法上界定的主語是什麼，都不會改變。因此，無論在「標準理論」中所界定的主語（由 S 所支配的 NP）或賓語（由 VP 所支配的 NP），在格變語法看來，都是表面結構的觀念，語言深層（基底）結構中，主要的是上述的名詞與動詞之間的語意關係。

Fillmore 把這些關係稱為 case（格）。而語言的句子，可以視作是含有好些與動詞存有一定的語意上的「格位」關係的名詞組的組合。因此，格變語法的基底律比起「標準理論」的詞組律更為抽象。

(82) a. S → modality + Proposition

b. Proposition → V + $\left\{\begin{array}{l} \text{Agent} \\ \text{Dative} \\ \text{Object} \\ \text{Instrument} \\ \text{Locative} \\ \vdots \end{array}\right\}$

c. $\left\{\begin{array}{l} \text{Agent} \\ \vdots \end{array}\right\}$ → Preposition + NP

Modality 指有關全個句子的因素，如時態、肯定、否定，以及修飾全句的副詞等等。Proposition（命題），是主要的句子內容。Agent（主事者），Dative（受事者），Object（客體），Instrument（工具）等是「格」(case)。「格」都由介詞 + 名詞組所構成。根據(82)，(81)所有句子都是由(83)這個深層結構而來的。

(83)

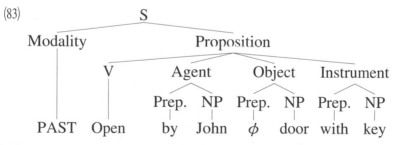

從(83)到 (81a)～(81h) 的過程也是應用不同的變形的過程。但是「標準理論」無法說明（或是說不能很妥善說明）的 (81a)～(81h) 中各 NP 的語意關係，在(83)中可得到明確的說明。「格變語法」因為重點在深層的語意研究，因此也相當有利於研究語言的共通性 (universal)；湯(1972) 利用「格變語法」描述國語的句法，對國語的語法也獲得很深

入與透徹的見解。

　　以上對於句法理論的分化情形，我們只是非常粗略的提出來，Newmeyer (1980) 對這方面有非常詳盡的記述及討論。欲對此問題深入研究，請參閱該書。

8-8　變形語法學的發展

　　在上面一節 (8-7) 中我們討論過變形語法的分化。事實上，從「標準理論」分化出來的，不只「衍生語意學」及「格變語法」兩種，而且這兩種也不是現今主流的看法，我們提到這兩種主要是基於這兩種理論在現代句法學發展上的重要性。有關這兩種理論的研究，給後來的學者不少啟示，例如「格變語法」對動詞與名詞之間的深層語意關係，動詞的次分類法 (subcategorization) 提供相當多的省思。而「衍生語意學」對深層結構概念、語用與語法之模糊關係、符號邏輯與句子結構的關係、「指稱標示」(indexing)、「語跡」(trace)、「濾除」(filter)、以及「全應規律」(global rule) 等方面的探討，也提供當今句法學家很多啟發。而諸如指稱標示與語跡，已經成為近年來主要句法理論「管轄─約束理論」（Government and Binding Theory，又簡稱為「管約論」）中的基本概念了。

　　另一方面，「標準理論」在 Chomsky 本人與其同僚及學生等的不斷研究下，從 70 年代開始，二十多年來，也逐漸從以語法規律系統 (system of rules) 為重心的研究轉移到以高度普遍性的語法原則系統 (system of principles) 為重點的研究，而早期強調的「衍生─變形語法」中的「變形」部分，已經幾乎不提了。❼

---

❼　事實上，現今說 Generative grammar（「衍生語法」，或「生成語法」）要比說

事實上，變形語法自從 *Syntactic Structure* (1957) 一書出版以後，一直不斷地修訂及改進。60 年代 Chomsky 採納「Katz 與 Postal 假設」(Katz & Postal (1964))，認為「變形」(transformation) 不改變語意，提出深層與表面結構之區別，句子之語意決定於基底結構，以此概念為基礎提出 1965 年的「標準理論」（其模式參看下文及第九章，圖 9-3）。本章 8-1 到 8-6 節大致上是以標準理論為基準的句法理論介紹。因為從標準理論興起至今三十多年間，變形語法有相當多的變化及發展，在這一節有限的篇幅裡，我們只對助長這些變化與發展之主要因素加以簡述。

8-8-1　語法理論充分性的三個層次

大約在 Katz 與 Postal 假設提出的同時，Chomsky (1964) 討論語法理論的目標。他分三個層次來說明他的看法。這三個層次分別是「觀察充分性」(observational adequacy)、「描述充分性」(descriptive adequacy)、以及「解釋充分性」(explanatory adequacy)。簡略而言，能正確地觀察及反映語言事實及現象的語法就是達到觀察充分性的語法；能以明確的方式正確地描述及反映母語使用者 (native speaker) 的語感的語法就是達到描述充分性的語法；能充分解釋人類語言及心智的共通性，並能對不同的語法提出一套評量方法的語法就是達到解釋充分性的語法。

關於語法理論目標的這三個層次，我們可以用一些音韻學方面的例子來說明。

---

transformational grammar「變形語法」更為恰當。然而，在發展史上，的確是以「變形」為其主要特徵，而本章前面各節的討論也反映出此事實；因此，我們在下文仍然沿用「變形語法」這一詞來泛稱從「標準理論」以還，一脈相承發展至「管約論」的語法理論。

　　對英語的語法而言，下列音位排列組合中，只有一個是英語的單字：

(84) a. /bɪg/

　　b. */blɪk/

　　c. */bnɪk/

　　達到觀察充分性的英語語法只需要正確的觀察到並記述出 (84a) 是英語的詞，而 (84b) 及 (84c) 都不是英語的詞。

　　然而，如果我們進一步的看 */blɪk/ 與 */bnɪk/，雖然二者都不是英語的詞，但兩者之間還是有差異。會說英語的人總覺得 */blɪk/ 聽起來比較像英語的詞而 */bnɪk/ 則不只不像，且根本不可能。要達到描述充分性的英語語法必須把這種語感上的差異也反映出來；這種語法必須指出 /blɪk/ 是符合英語語音組合法 (phonotactics) 的序列，英語的詞庫中沒有這個單詞只是「偶然的空缺」(accidental gap)，但是 /bnɪk/ 是英語語音組合法所不容許的序列，因為英語沒有 *bn- 的字首子音串連，這是一個「系統空缺」(systematic gap)。英語不只沒有 *bnɪk，也沒有 *bnæk、*bniŋk、*bneɪd。事實上，如果有某種商品要用一個全新創造的字來命名，在 blɪk 與 bnɪk 二者之間，會選上 blɪk 而不會選 bnɪk。這種語感上的差異，透過音位組合規律的描述，得以適當及明確的顯示出來。另外，我們在第六章中，提到當我們聽到〔maˈ lienˇ〕時，會覺得困擾，不知說話者指的是 "馬臉" 還是 "麻臉"；這種語感，透過設定 /maˈ lienˇ/（麻臉）與 /maˇ lienˇ/（馬臉）兩個音韻基底形式，可以得到明確反映，而表面聽到的單一語音形態〔maˈ lienˇ〕是其中之一（馬臉）經過上聲字變調規律而來。正因為在我們心中的詞庫裡，同一表面語音形態可以有兩個基底的來源，我們才會有「覺得困擾」的語感。在句法方面，像 John is easy to please. 與 John is eager to please. 兩句的表面結構一致，但是我們知道其主語 John 在前一句為

to please 的受事者而在後一句卻是 to please 的主事者，這種語感在以描述充分性為目標的語法中，透過不同的基底結構及變形規律，明確的表示出來。

　　人類語言儘管表面有相當多的差異，但在內容（如詞類）及形式（如詞組律、變形律等）兩方面卻也有很多的普遍性（universals，亦稱共通性）。至於語言學家面對語料所提出的語法，也有不同的「衍生能力」(generative capacity)，最有效的 (optimal) 語法就是能衍生（並且只能衍生）該語言所有合語法的句子的語法；因此，語法最高的目標是除了觀察到語言事實及反映出語感外，更能解釋人類語言之間的「共通性」，並能對不同的語法加以評量。兒童習得語言的過程中，面對語料所發展出來的語法一定是最有效的語法，而且，不同語言背景的兒童，其習得母語的過程在內容與形式以及所經歷之階段上都有相當多的共同性。所以，達到「解釋充分性」的語法本質上應是最有效的語法；最有效的語法也應能反映並解釋語言習得的機制，對 Chomsky 而言，這應該就是語法理論的最高目標，近年來所提出的「普遍語法」就是以解釋充分性為目標的語法理論。

8-8-2　主導變形語法發展的一些因素

㈠深層結構與語意的關係

　　上面我們提到「Katz 與 Postal 假設」主張變形不改變語意；因此，接受這說法的標準理論就以深層結構為語意的基礎。但是，在後來的研究中，發現有些不在深層結構的因素會影響語意，例如「量詞的轄域」(scope of quantifier)、句子訊息的「主題」(theme)、「焦點」(focus)、「前設」(presupposition) 等。量詞在表面結構的轄域不同，可以改變語意（參看第九章，例句⒀及⒁）；句子之焦點與前設也會影響語意，而這二者是透過重音（表面結構現象）來表示的。因此，標準理論對

深層結構的立場受到這些語言現象的影響。

（二）變形論與詞彙論的爭議

　　60 年代以標準理論為主的變形語法大都以變形部門的變形規律為研究的重點。不只深層結構與表面結構以變形規律來聯繫；表面結構不同但句意相同的同義句也設法用變形律來解釋。然而，隨著研究的廣度及深度的增加，語法學家發現變形律在解釋句子結構的關聯上，並非無往而不利的。Chomsky (1970) 指出很多英語的動詞都有與其對應的「動作名詞」及「動名詞」，然而這兩種詞並不見得一定都是由動詞經過「名詞化」(nominalization) 的變形而衍生出來的。試看以下例句：

(85) a. John refused the offer.

　　 b. John's refusal of the offer.

　　 c. John's refusing of the offer.

　　在(85)的三項目中，持「變形論」的人認為 (85b) 及 (85c) 都是 (85a) 經由「名詞化」變形而來。但是 Chomsky 指出 (85b) 與 (85c) 之間有相當多的差異，認為只有 (85c)（動名詞，gerund）才是經由變形衍生而來，而 (85b)（衍生名詞，derived nominal）則是從詞庫中直接以詞彙規律而構成的。

　　首先，類似 (85a) 的句子變形為動名詞詞組沒有什麼特殊的限制，但有些動詞則無法變成如 (85b) 之形態的衍生名詞組。例如：

(86) a. John amused the students with his story.

　　 b. John's amusing the students with his story.

　　 c. *John's amusement of the students with his story.

(86a) 可變形為動名詞詞組 (86b)，但不可能變成衍生名詞組 (86c)。

　　其次，衍生名詞組比較更具名詞特性，可帶冠詞，甚至有複數形

式及與數詞連用，但動名詞詞組卻沒有這些特性。例如，以下 (87b), (87d), (87e) 均不合語法。

(87) a. the proof of the theorem.

　　b. *the proving of the theorem.

　　c. John's three proofs of the theorem.

　　d. *John's three provings of the theorem.

　　e. *John's proving of the theorem for three times.

事實上，動名詞詞組比較保有更多的動詞特性，例如除簡單式外 John's proving the theorem，還可以有完成式 John's having proved the theorem。

　　此外，好些衍生名詞與其對應動詞之間的語意並不一樣。固然，refuse 與 refusal 的語意一致，但 revolve「旋轉」與 revolution「革命」之間語意就不那麼一致了；revolution 包含「旋轉」之意，但 revolve 卻沒有「革命」的意思。

　　總合以上三點，持詞彙論的人認為衍生名詞如 refusal, revolution 等是由詞庫直接構成的。詞彙論對變形語法的直接影響是將部分由變形律所做的事改由詞彙部門分擔，間接削弱了變形部門的衍生能力。

　　㈢代詞與先行詞之間的照應關係

　　代詞與先行詞之間指稱相同，這種關係稱為「照應關係」(anaphora)。變形語法早先處理照應關係的方式是認為照應詞在深層結構中以 NP 形式出現，經過「代名詞變形」或「反身代名詞變形」而來。例如 (88a)、(88b) 為深層結構，經變形後分別衍生成 (89a)、(89b)：

(88) a. The student has promised that the student will be on time.

　　b. The student killed the student.

(89) a. The student has promised that he will be on time.

　　b. The student killed himself.

然而，這種做法並不理想，因為如先行詞帶有量詞時，「代名詞變

形」會改變句意。例如：

(90) a. Every student hopes that every student will work hard.

　　　「每個學生都希望每個學生用功唸書。」

　　b. Every student hopes that he will work hard.

　　　「每個學生都希望他用功唸書。」

(90b) 的 "he" 可以指「每個學生」也可以指特別的某一個學生或人，但 (90a) 卻不含此意。事實上 (89a) 的 "he" 固然可指先行詞 student，也可指另外一人。

　　基於上述的考慮，變形語法放棄了代名詞變形而採取「加標示」(indexing) 的方式來處理照應關係。因此，像 (89a) 的兩種解釋便可以用以下方式表示：

(91) a. The student$_i$ has promised that he$_i$ will be on time.

　　b. The student$_i$ has promised that he$_j$ will be on time.

(91a) 的 student 與 he 指同一人（標示相同），而 (91b) 的 student 與 he 則不指同一人；前者叫「同標」(co-indexed)，後者叫「異標」(counter-indexed)。

　　加標示方式不僅能處理代詞的照應，也可以處理「空語位」(empty category) 的現象。所謂空語位是指在句子結構上存在但在語音形態上卻不體現的單位。例如：

(92) John wants to come.

(92) to come 的主語是 John，透過對空語位（用 e 表示）加標示的方式，這種語意表達得更清楚。

(93) John$_i$ wants e$_i$ to come.

(93)的 e 是空語位，與 John 同標，在句法位置上是 to come 的主語。

　　㈣語跡論

　　上面所提到的量詞轄域、焦點、前設、主題等與表面結構的關係，

加上代詞的照應以及名詞化變形所引起的爭議，導致變形語法本身的
第一次修訂，允許表面結構解釋上述量詞、照應關係、焦點等現象。
至此，句子的語意內容並不全然由深層結構決定，這修訂的模式稱為
「擴充的標準理論」（理論立場比較不同的則「分化」成為「衍生語意
學」及「格變語法」，參看上面 8–7 節）。

然而，容許語意在兩個層次來解釋終究不是最理想的做法。標準
理論讓語意決定於深層結構是比較簡單的方式。不過，以上的討論的
確也指出有許多方面的語意要在表面結構（即在變形規律之後）才決
定。既然容許兩個層次來決定語意並不理想，而深層結構又無法解釋
語意的全部，另一個自然方法是讓所有的語意訊息都在表面結構決定，
「語跡」(trace) 就是在這種思維下提出的。

常見的移位變形會改變詞序及使許多句語法關係在表面結構中看
不出來。「語跡」是假設一個語詞從 A 位置移到 B 位置之後，在原先
A 位置上會留下一個痕跡，叫語跡，文獻中用字母 t 來代表。

英語的疑問句、被動句、以及主題提前的句子中，若被移位的語
詞是動詞的賓語時，在表面結構是看不出來的。例如：

(94) a. Who did you see?　　　　　　（疑問）

　　 b. John was kissed by Mary.　　（被動）

　　 c. This knife, I have just bought.　（主題提前）

(94)三例句中，不易從表面結構看出 who, John，及 knife 都是賓語，因
為英語的賓語都在動詞後面。但如加上語跡 t，這種語意關係就明確地
表現出來了。

(95) a. Who did you see t?

　　 b. John was kissed t by Mary.

　　 c. This knife, I have just bought t.

有了語跡，表面結構也可以包含深層結構的語意訊息，語意便可以由

表面結構決定。如此，語法的模式變得較簡單而明確。這種加入「語跡」而讓表面結構決定語意的修訂又稱為「修訂的擴充標準理論」。

㈤限制

變形語法有兩個目標：一是能衍生所有合語法的句子，二是（不多也不少地）只衍生合語法的句子。對語法的衍生能力而言，這兩目標的要求剛好相反。第一目標要求衍生能力愈大愈好，而第二目標則要求愈小愈好。正如 Xu (1988) 指出，要滿足這兩目標，「生成能力❽就該恰到好處，不太大也不太小。」(p. 203)。變形語法早期雖已察覺到其衍生能力有點過大，常常衍生一些不合語法的句子，但大約等到 60 年代後期及 70 年代初才開始想辦法加以限制。這些限制非常廣泛，分別涉及詞組律、變形、表面結構、乃至於語意解釋。在這小節裡，我們只能略舉一些例子，加以概述，感興趣者可參看 Xu（1988，第 5 章）。

詞組律除上文 8–5–2 節所提的一些對改寫律的限制以外，並沒有其他限制可以防止類似 P → NP, NP → P, VP → N 等明顯違反語言事實及語感的改寫律。針對這方面以及其他詞組結構的問題，變形語法提出「X̄ 理論」（X-bar theory，又稱 X 標槓理論）來對句子的詞組結構加以限制（詳見以下 8–8–3 ㈢）。

對於變形方面的限制 (constraint)，文獻中的研究相當豐富，時間上亦跨越了 60 及 70 年代，而以 Ross (1967) 為最具代表性的經典作品。基本上，限制變形的概念相當明顯：有些變形律如毫無限制地運用，會產生不合語法的句子，移位變形是最顯著的例子。我們以 Ross 所提出的「複合名詞組限制」(complex NP constraint) 為例，說明移位變形多種限制中之一。簡單地說，以下結構稱為複合名詞組，其中 S 是核心 NP 的修飾語：

---

❽　Xu 用「生成能力」來表示「衍生能力」(generative capacity)。

(96)

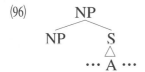

在(96)結構中，S 裡面的成分 A，不可以移出 S 以外。這種限制說明了 (97b) 的不合語法。

(97) a. I told him $_{NP}$ 〔the news $_S$ 〔that Henry would attend the meeting.〕$_S$ 〕$_{NP}$

　　b. *The meeting which I told him the news that Henry would attended was postponed.

(97b) 不合語法是因為「關係子句變形」將 the meeting 移出了 S 的範圍，違反了複合名詞組限制。這種限制，具有相當的普遍性，中文亦然，例如：

(98) a. 我喜歡$_{NP}$〔$_S$〔那個拿著洋傘的〕$_S$ 女孩子。〕$_{NP}$

　　b. *那把我喜歡那個拿著的女孩子的洋傘是紅色的。

(98a) 的「洋傘」是在關係子句 S 中的 NP，把它移出 S 再造另一關係子句成為 (98b) 時，結果與 (97b) 相同，也是不合語法。

　　類似的限制還有「併列結構限制」(coordinate structure constraint)、「從屬句主語限制」(sentential subject constraint)、「疑問詞禁區限制」(wh-island constraint) 等。到了 70 年代，Chomsky 把 Ross 所提的好幾種「禁區」(island) 限制綜合成「領屬條件」(subjacency condition)，其要義為：

(99) 在…X…〔$_\alpha$…〔$_\beta$…Y…〕…〕 中，當 α 及 β =NP 或 S 時，Y 不能移至 X 的位置。

(99)是指如果 NP 或 S 中某一結構單位如被包接在另一 NP 或 S 中，則不可跨越外層的 NP 或 S 而移出，上述複合詞限制正好也是領屬條件之一，…X…〔$_{NP}$…〔$_S$…Y…〕…〕。除了領屬條件以外，Chomsky 還提

出諸如「時態句條件」(tensed S condition)、「明確主語條件」(specified subject condition) 等，對變形規律的運作，加以適當的限制，希望只能衍生合語法的句子。

此外，因為句子衍生的過程中，常涉及不只一條規律的運用，因此也產生了使用順序的問題。70 年代經常討論的問題之一便是語法規律使用順序及其限制。但到了 80 年代，因為研究重點從語法規律轉移到普遍語法原則系統上，句法規律的類別及數目大幅減少，使用順序問題就引不起大家注意了。

在變形語法早期發展中，「刪略」(deletion) 是變形律之一，因此也提出過「還原條件」(recoverability condition) 的限制，規定被刪略的詞項必須能還原。但還原條件也不能完全解決問題。到了 80 年代，刪略更是從句法部門中分了出來，以往的刪略中，有些視作「空語位」的現象（如(92)、(93)），其他則是刪略原本就沒有語意的詞項（如在 He said that he would... 中標句詞 that 的刪略，詳參 Xu, 1988, 5.3）。

對表面結構的限制是利用「鑑別式」或「濾除」(filter)❾來過濾句法所產生的輸出形式是否合語法。例如「多重充填標句詞濾除」(multiply filled COMP filter) 規定「標句詞」(COMP) 只能由一個語詞充填，(100)有兩個標句詞，無法通過這濾除，所以不合語法：

(100) *the book 〔which that〕$_{COMP}$　I bought

其他濾除還有如「空主語濾除」(empty subject filter)、「For-to 濾除」(For-to filter) 等等。

至於對語意解釋的限制，從 70 年代開始，透過「統制」(c-command) 的概念，對照應詞 (anaphor) 的解釋加以限制。關於「統制」（又稱「統領」）的概念，大致上可以說，在樹狀圖中每一節點 (node) 統制其平級

---

❾　Xu (1988) 稱 filter 為「鑑別式」。

的節點和平級以下的節點。以下圖中顯示各節點之關係。

(101)　　　　　　　　　　　V 統制 Y

　　　　　　　　　　　　　Y 統制 V

　　　　　　　　　　　　　W 統制 X

　　　　　　　　　　　　　X 統制 W, V, Y

　　　　　　　　　　　但 V, Y 不能統制 X

　　　　　　　　　　　X, W, V, Y 不能統制 Z

從(101)看來，如 Z=S，X=主語 NP，W=VP，V=V，Y=賓語 NP，則主語 NP 統制 S 節點下所有節點。因此，

(102) a. Tom seems 〔t to like Jane〕$_S$

　　　 b. *Tom seems 〔Jane to like t〕$_S$

(102b) 之所以不合語法是因為從屬句中 Jane 為主語並統制 t，受到約束使 t 不能指 Jane 所在的 S 範圍以外的 Tom，而 (102a) 之 t 則不受此種約束。統制及照應語的關係，是「管轄—約束」模式 (government-binding) 的基礎之一。

　　以上所簡述的五種因素，導致變形語法逐漸把重點從語法規律轉移到更普遍的語法原則上。Chomsky 的核心思想並沒有變，語法還是內在語言能力的形式描述，但近年來變形語法所致力者，是人類所有語言所共有的普遍語法原則系統，這系統稱為「普遍語法」(Universal Grammar，簡寫為 UG，又稱 「通用語法」)。UG 包含許多子系統 (subsystem)，「管轄」(government) 與 「約束」(binding) 為其中之兩種。因為 Chomsky (1981) 出版了 *Lectures on Government and Binding* 一書，所以變形語法演變到以 UG 為目標的理論也稱為「管轄—約束理論」(theory of government and binding，簡稱「管約論」或 GB 理論)。

8-8-3　GB 理論

GB 理論的論述在過去十多年來非常豐富，導論性質的書也不少，因此，在這裡我們不作細節描述，只作一些觀念上的介紹。

GB 理論的要義是，在語法的規律系統以外，還有一個原則系統。語句經由規律系統衍生（即獲得正確的結構規格記述）以外，還須得到 UG 的「允准」(licensing)，亦即不違反 UG 的原則。與早期變形語法重點放在規律系統不同，GB 理論重點放在原則系統上。

㈠變形語法的規律系統

首先，我們以簡化的流程圖來表示並回顧從 1957 年以來變形語法理論的規律系統模式：

⒀ 1957 Syntactic Structure 模式

> 詞組律 (PS-rules)
> 變形律 (T-rules)
> 構詞律 (Morphological rules)

⒁ 1965 標準理論模式

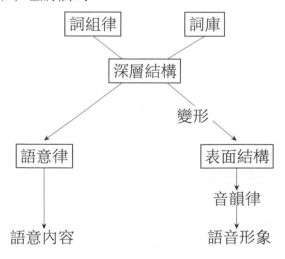

⒄ 1970～1973 擴充的標準理論模式

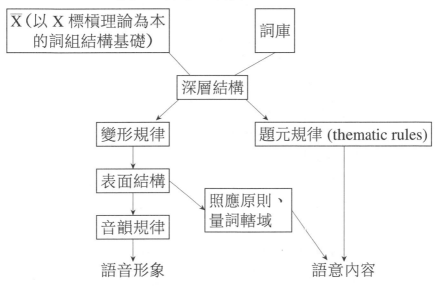

⒇ 1975 修訂的擴充標準理論模式（採用「語跡理論」之後）

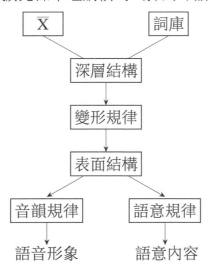

⑽ 1980 以來 GB 模式

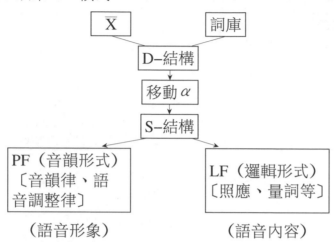

（語音形象）　　　　　　（語音內容）

　　從上面⑽⑶至⑽我們可以看出來，1957 年的模式是以詞組、變形及構詞三部分組成，其時只有「核心句」(kernel sentence) 的概念，但仍未有深層與表面結構之分。 到了 1965 年的標準理論， 接受了「Katz-Postal 假設」，界定了深層結構與表面結構，深層結構決定語意，變形規律只改變結構形式，但不影響語意。待「衍生語意學派」興起（見 8–7 節），指出很多問題後，變形語法再修訂成「擴充的標準理論」，允許照應詞、代詞、量詞、主題、焦點等在表面結構決定，同時詞組律所界定的詞組結構基礎也由 X̄ 結構代替。然而，如⑽⑻這種由兩個層次分別決定句意的模式過於複雜，於是經過「語跡理論」及其他相關研究後，在「修訂的擴充標準理論」中，所有語意都在表面結構中獲得。

　　至於 GB 模式，其規律系統大致上保留了「修訂的擴充標準理論」的架構，不同的是「深層結構」改稱為「D–結構」(D-structure)，經過變形（主要是移位，move-α）後之結構稱為「S–結構」。因為 S–結構畢竟不是我們所聽到的「表面」形式，只是句法部門的最表層形式而已（還會有語跡、空語位等決定語意之單位），所以比較允當的說法是，

經過語音形式部門 (PF, phonological form) 後的輸出形式，才是真正的「表面結構」。因此，自 GB 理論之後，我們都以 D-結構及 S-結構為主要之表達形式。其次，GB 模式中之變形部門大量簡化，只剩下「移動 α」（move-α ）一條規律。而「語音形式部門」(PF) 與「邏輯形式部門」(LF, logical form) 則分別賦予 S-結構語音形象及語意內容。

　　(107)模式並沒有把語法全部的運作過程表達出來，句子經由規律系統(107)衍生的過程中，還得接受「原則系統」的檢驗，只有不違反原則系統的結構，才算合語法的句子。這就是所謂「允准原則」(principle of licensing)，其具體的要求是：「結構中的每一個成分都必需獲得允准」。以下我們簡略描述 GB 模式中的原則系統。

　　㈡變形語法的原則系統（GB 理論模式）

　　在 GB 模式中，有七個原則系統，其名稱與作用分別列舉如下：

　　(108)語法原則系統

子系統	作用
1. $\overline{\text{X}}$ 理論 (X-Bar Theory)	規定詞組結構及其限制。
2. 題元理論 (θ-Theory)	處理題元分配及題元作用 (thematic role) 的問題，亦即處理詞語之語意及句法位置之間的複雜關係。
3. 格理論 (Case Theory)	處理名詞組「格」的標示，鑑別各種有格標與無格標的名詞組是否合語法的問題。(一般說來，名詞組必須有格標，NP 沒格標則不成立，而「空語位」不受此限。)
4. 管轄理論 (Government Theory)	以「統制」c-command 為基礎，規定詞組結構之中心語與受管轄成分之間的關係。管轄關係是 NP 的格標是必要的條件，與題元作用也有關係，也是照應詞、空語位、代名詞指稱語的解釋是否

合語法的結構基礎。

5.約束理論 (Binding Theory)　　處理照應、代名詞、指稱語與其先行詞的照應關係。

6.控制理論 (Control Theory)　　確定空語位（NP 語跡、wh 語跡、pro 等）的指稱。

7.界限理論 (Bounding Theory)　規定移位規律使用範圍及限制。

㈢ GB 之子系統中之 $\overline{X}$ 理論

在上述七個子系統中，$\overline{X}$ 理論在觀念上可算是基礎的系統，因為它決定詞組結構。其他的子系統運作，均以詞組結構為依據，因此，在有限的篇幅裡，我們只對 $\overline{X}$ 理論作一些簡述。

首先，我們會問，早期的詞組律 (PS-rules) 也是標示詞組結構，為什麼要改為 $\overline{X}$ 規律呢？事實上，PS-rules 有兩種缺失，其中之一是，詞組律只分詞（N, V, A, P 等）與詞組（NP, VP, AP, PP 等）兩個層次，缺少中間層次，而在句法結構中，在詞與詞組之間，常存有重要的中間結構；其次，詞組律對箭號兩端的符號沒有限制，一方面不能阻止 P → NP, NP → V + VP, VP → N 等不可能的詞組律，另一方面也不能表達出存在人類語言中的一種普遍性，就是每一個詞組中都包含一個屬於此詞組的詞類為「中心語」(head)，例如 NP 中有 N，VP 中有 V 等：

(109) VP→⋯V⋯

NP→⋯N⋯

AP→⋯A⋯

PP→⋯P⋯

對於上述詞組律的缺點，我們首先來看一看中間層次的問題，例如 ₙₚ〔this very good teacher〕中，this 是定詞 (Det)，teacher 是名詞 (N)，整體是名詞組 (NP)，very good 是形容詞組 (AP)，但是 very good

teacher 是什麼呢？當然，這個問題的前提是 very good teacher (AP + N)
在英語中具有詞組的性質及功能。

(110)

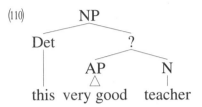

the confirm, (110)中的 very good teacher，像獨立詞組一樣，可以做 one 的
先行詞。例如：

(111) I like this very good teacher more than that one.

(111)中的 onc 代表 vcry good tcachcr。它也可以和另外　組 AP + N 作對
等連接，例如：

(112) Jack is a very good teacher and very good scholar.

或 Jane is a very good scholar but very bad teacher.

AP + N 雖然大於單獨一個 N，卻也不等於一個 NP，因為它與 NP
出現的位置不同。例如：

(113) a. 〔This very good teacher〕$_{NP}$ is my cousin.

*〔very good teacher〕$_{AP + N}$ is my cousin.

b. The students like 〔this very good teacher〕$_{NP}$.

*The students like 〔very good teacher〕$_{AP + N}$

其次，為了表達詞組類別與中心語類別一致的問題，變形語法使
用變數 X，(109)可改寫為：

(114) XP→···X···

(114)表示任何種類的詞組 XP 必須有一個 X 作中心語 （X 可以是 N, V,
A, P 等等）。

同時，為了解詞組與詞類之間存在的中間層次的問題（見上文），
變形語法在 X 上面加標槓 (bar) 來表示其層次，一般的作法是詞組加

兩個標槓 $\overline{\overline{X}}$，詞類不加 (X)，中間層次為一個標槓 $\overline{X}$。❿這一來，(114)可寫成：

(115)　$\overline{\overline{X}} \rightarrow \cdots \overline{X} \cdots$

　　　　$\overline{X} \rightarrow \cdots X \cdots$

而(115)可綜合成：

(116)　$X^{n} \rightarrow \cdots X^{n-1} \cdots$

(116)表示屬於 n 層次的 X 類詞組必須包含一個 n-1 層次的 X 作其中心語。根據此原則，「擴充的標準理論」之後的變形語法把詞組結構規律約化為：

(117) a. $\overline{\overline{X}} \rightarrow$ Spec $\overline{X}$

　　　b. $\overline{X} \rightarrow X$ Comp

　　　（Spec=specifier「標示語」，Comp=complement「補語」）

(117)可擴充為：

(118)

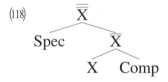

以(117)為準，(110)可改寫為：

(119)

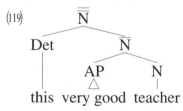

而 bought that book, nice to us 的 $\overline{X}$ 結構為：

---

❿　X-bar 的數目，亦即詞組結構的層次，文獻中並沒有絕對的固定數目。

(120) a.

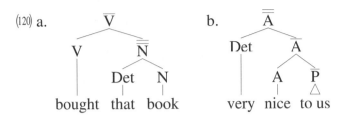

(120a) 及 (120b) 中的 V̄ 及 Ā 雖然是中間層次的結構，但卻也具有詞組的功能。試看以下例句：

(121) a. He bought that book and I did, too.

    b. She is not only nice to us but also kind to him.

(121a) 中的 did 的先行詞是 bought that book，而 (121b) 中的 nice to us 與另一個 Ā kind to him 組成一個對等連接的結構。

以上述 X 標槓理論方式，不只能解決詞組律太過具體而無法顧及詞組與詞類中間層次的結構問題，也對於詞組律在詞組與中心語類別的一致以及層次問題，提供普遍性的限制，在規律系統及原則系統上都相當有意義，比傳統的詞組律 (PS-rules) 要優越許多。

㈣ GB 理論系統

如果我們把「規律系統」及「原則系統」合起來，GB 理論可以綜合成下圖（參看 Cook, 1988, Fig. 2.6, p. 33）：❶

---

❶ ⑫以 Cook (1988) 之圖為本，略作增改。其中控制、管轄、及約束理論是否應置於詞庫與 LF 之間多少有可商榷之處。但這三子系統都與空語位、照應、代詞等有關，置於此位置上，比照題元理論，透過投射原則與語法的其他規律及原則相連，也不至於不合理。

(122)

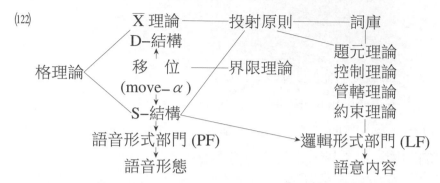

(122)與(107)的差別是(122)加上原則系統。每一個句子從詞組結構的形成至 S-結構的衍生均需受到上述原則系統的子系統控制；換言之，句子的衍生不但要符合句法規律，還得不違反普遍語法原則。(122)中的「投射原則」主要是要求每一層次之句法結構都必須符合每個詞項所具有的規格。例如動詞「打」要求有「一個有生名詞當『主事者』以及另一名詞當『受事者』」這種「規格」，在衍生句子的過程中，均不能違背這規格。GB 理論並不注重個別孤立的現象，而是對語法系統中各子系統（原則及規律）之間的整體互動感興趣。GB 學者相信，這些子系統互動的結果，會使語法系統成為一種最理想的語法——只能產生所有合語法的句子，不多也不少。

我們可以用(123)來大略說明(122)的運作。

(123) a. John$_i$ wanted 〔PRO$_i$ to watch himself$_i$ in the mirror〕.

b. John wanted to watch himself in the mirror.

(123b) 是我們聽到的語音形象，與書寫形式一致，(122a) 是 D-結構，因為沒有經過移位變形，同時也是 S-結構。X̄ 理論規範 (123a) 的詞組結構的合語法性；投射原則控制每個詞項的句法及語意規格；格理論賦與 NP 適當的格；題元理論給予 John「主事者」，himself「受事者」的語意作用；控制理論使我們知道空語位 PRO 為 watch 的「主事者」而其指稱為 John；管轄及約束理論讓我們理解 himself, PRO，及

John 的照應關係——三者同指一人；因為⑿沒有移位變形，所以界限理論沒有運作。

因為 (123a) 沒有違反英語及 UG 的規律與原則，所以為合語法的句子，經過音韻規律後，可得到表面語音形象 (123b)，而 (123b) 的語意，透過上述子系統的運作，就可得到 (123a) 之真正語意內容了。

在結束本章之前，我們要特別指出，這一章只是語法學中很小的一部分，當今的理論也絕不僅限於變形語法，而且變形語法也並非只停在 GB 理論上。就在我們寫這一節的同時，文獻中就增加了許多新觀點了。因此，這一章我們可把它看作是了解句法學的一塊小小的踏腳石。

複 習 問 題

1. 句法學是什麼？

2. 如何方能說明句子是有結構的？

3. 句子的結構有幾種？什麼是線性結構和層次結構？

4. 什麼是結構記述？

5. 什麼是結構上的多義現象？

6. 什麼是詞組律和變形律？為什麼需要變形律？

7. 變形律有哪幾種？

8. 什麼是「語跡」？

9. 什麼是「Katz-Postal 假設」？

10. 試說明語法理論三個層次的充分性。

11. 什麼是「照應關係」？

12. 為什麼要對語法的衍生力加以限制？試舉一、二例證說明限制的必要性。

13. 什麼是中心語？

14. 早期的詞組律 (PS-rules) 有哪些缺點？

15. X 標槓理論比 PS-rules 優越的地方是什麼？

16. 你認為語法中，究竟是規律系統比較重要，還是原則系統比較重要？

第九章　語意學

9-1　語意學是什麼？

　　從觀念上來說，語意學就是對於「意義」(meaning) 的研究。在語言學的範圍裡，語意學所研究的是語詞、句子等的意義。語意學研究的目的是母語使用者如何從語句獲得其正確的「語意」。

　　雖然人對其語言感興趣大體上是始於語意，但是時至今日，語意學理論在語言學的發展裡仍是相當「年輕」的一部分。明確廣泛而有系統的語意學理論可以說還未完全建立起來。這種情形，與句法學及音韻學比較起來，更是明顯。然而，大體而言，自從 Chomsky 在 50 年代掀起語言學研究的大改革以來，語意學也獲得相當大的發展，特別是 60 年代所引進的「成分分析」法（componential analysis，又稱為 decompositional analysis），更是語詞、句法及語意之間關係的研究的一種有力的方法（見下面一節 9-2）。我們在這一章裡，並不打算探討語意學的理論，這種探討不是概論性質的書可以處理的。這一章裡，我們主要討論「語意成分」以及一些無論是哪種語意理論都得處理的「普遍語意特性」(universal semantic property)。我們的目的是要了解語意學所探討的問題以及在語言系統中，語意部門所具有的任務。

　　在我們討論「語意成分」之前，不妨以下面的幾句例句來討論一下語意學所探討的問題（參看 Elgin, 1979，第 2 章）：

　　⑴連愛因斯坦都可能會解這個方程式。

⑴這句句子並沒有句法上的毛病，詞序及詞組結構都正確，但是我們都會覺得⑴這句話不妥當。為什麼會如此呢？因為我們覺得句⑴的語

意不對。像句(1)的這種句子主要的問題在於如果句(1)是真，那麼以下兩句亦應該是真。

(2)這方程式並不難。

(3)愛因斯坦不善於解方程式。

如果句(1)是真，句(2)及(3)也必須是真，但是事實上我們知道，愛因斯坦是數學天才，沒有什麼方程式是他所不能解的，況且這方程式並不難。因為「連（甚至）」這詞的使用而使句子得出句(2)的含意。試看下面一句：

(4)連小明也會解這個方程式。

句(4)是毫無問題的句子，因為「小明」的數學能力我們不清楚，所以即使句(4)含有句(5)及(6)的意思，也不會顯得不妥當：

(5)這個方程式不難。

(6)小明不善於解方程式。

(4)(5)(6)之間並沒有(1)(2)(3)之間的事實上的矛盾。因此我們可以接受(4)的說法而不能接受(1)的說法。

這些例句所顯示值得注意的問題除了(1)是不可接受而(4)是可以接受的句子以外，還有就是(2)(3)及(5)(6)這些句意，並不出現在(1)與(4)的字面上，而我們聽到或看到句(1)及(4)，又如何知道它們分別具有(2)(3)以及(5)(6)的含意呢？這些問題，不是語音的問題，不是句法的問題，而是語意學所要探討的問題。

9–2　語意成分

傳統的語意學通常把詞看作是語意的最小單位，但是當代的語意學的趨向是把詞看作是許多「語意成分」(semantic feature) 的組合。這種看法，就像當代音韻學把語音（音段 segment）看作是許多「語音成

分」(phonetic feature) 組成的看法一樣。以這種看法為出發點的分析稱為「成分分析」(componential analysis 或 decompositional analysis)。

　　為什麼我們需要把詞再細分為一些語意成分的組合呢？主要的原因是詞的意義很多時候都不是籠統而整體性的。一個詞的完整意義往往包含好些語意的要素。如果我們說「登錄」的語意是「登記」，這種解釋法對「登錄」的字義的說明沒有多大用處，因為如果我們原先不懂「登錄」的語意，也不見得會懂「登記」的語意。事實上，詞的語意是可分的，比方說，我們說「王老五」一詞時，我們知道這個詞的意義包括了「有生命的」、「人類」、「男性」、「未婚」等成分；「男孩」詞包括有「有生命的」、「人類」、「未成年」、「男性」等成分。如果我們把詞看作是這些語意成分的組合，詞意的說明就比較清楚。當然，我們會問，究竟需要多少語意成分才能把一個語詞的完整意義描述清楚呢？這個問題目前可以說是沒有答案。因為首先我們知道，詞的「完整的意義」只是一種理想，其次，語意成分的總數該有多少，也未能決定。然而，語意學家所需要知道的，並不見得是某一語詞的「完整意義」，更重要的是，如果有一組語詞彼此之間有好些語意成分相同時，我們還需要知道多少的語意成分方能把這些語詞分辨開來。比方說，同樣是「水的一種非液態形式」，我們如何分辨「雪」、「霜」、「雹」呢？這種語意的分辨主要在於語意成分的不同組合。而學習語詞詞意的過程，也是學會這些逐步細分的語意成分的過程。

　　我們試以「父親」、「母親」、「兄弟」、「姊妹」這幾個詞來舉例，以「人類」、「親屬」、「陽性」及「同一代」這四個語意成分來說明這些詞的語意。成分分析的形式與語音成分分析相似。我們以「語意成分的方陣」(semantic matrix) 的方式將語詞的主要能辨義的 (distinctive) 語意成分例舉出來。

	父親	母親	兄弟	姊妹
〔人　類〕	＋	＋	＋	＋
〔親　屬〕	＋	＋	＋	＋
〔陽　性〕	＋	－	＋	－
〔同一代〕	－	－	＋	＋

圖 9-1

　　圖 9-1 最主要的目的是將這四個親屬稱謂語詞的語義分辨開來。這四個語詞的共同點是〔人類〕及〔親屬〕這兩種語意成分，而不同之處則在於是否具有〔陽性〕或〔同一代〕這兩種語意成分。從圖中我們可以看出來，這兩個成分足以分別這四個語詞。但是我們也知道「父親」的意義絕不止於是「人類、不同一代、陽性、親屬」，一定還有別的語意成分，例如是否「直系」（己身所出者）等，方能說明這個語詞的完整意義。理論上，方陣的成分是可以把語詞的完整意義表示出來的，但是，語意成分更重要的功能是在辨別詞義。如果我們的親屬只有四種，圖 9-1 顯然已足夠辨別這四個詞了。但是，我們知道，事實卻非這麼簡單。我們若在圖 9-1 中加上叔父、伯父、舅舅等詞時，這個方陣所需要的語意成分就需要增加，方能把他們分辨開來。但是擴大之後的方陣所表示的訊息並沒有改變，從方陣中我們可知道這些語詞的共同點（都是「人類」的「親屬」稱謂），以及其不同點（是否〔陽性〕、〔同一代〕、〔直系〕等等）。

　　親屬稱謂是比較複雜的語詞群。如果我們參考 Leech (1974) 所舉的例子（亦請參看姚 (1983)），對於語詞的語意成分分析會比較明白。

	男人	女人	男孩	女孩
〔人　類〕	+	+	+	+
〔陽　性〕	+	−	+	−
〔成　年〕	+	+	−	−

圖 9–2

從圖 9–2 我們得知這四個詞項具有以下的語意特徵：

(7)　　男人　　　　女人　　　　男孩　　　　女孩

$$\begin{bmatrix} +人類 \\ +陽性 \\ +成年 \end{bmatrix} \quad \begin{bmatrix} +人類 \\ -陽性 \\ +成年 \end{bmatrix} \quad \begin{bmatrix} +人類 \\ +陽性 \\ -成年 \end{bmatrix} \quad \begin{bmatrix} +人類 \\ -陽性 \\ -成年 \end{bmatrix}$$

　　這種表示方式，對(7)這四個語詞來說，可以算是語詞的意義代表。同時這四種語意成分的組合，也足以分辨這幾個詞項的不同。

　　成分分析給語詞的詞義提供了一種更精細的描述的方式。詞與詞之間語意的異同也可以透過語意成分的分析而獲得更理想的比較。在語音的成分分析中，兩個語音共同的語音成分愈多，兩個語音的語音特性就愈接近。以成分分析來比較語詞時，我們大致上可以認為兩個語詞共有的語意成分愈多，詞意就愈相同。

　　以上所描述的成分分析方法的意義是什麼呢？這種分析法，正如上述，在語詞的意義分析上，提供更精確的描述。例如，利用成分分析來研究詞義，可以避免傳統的詞典，字書等對詞義易流於寬鬆的分析（例如《爾雅·釋詁》「初、哉、首、基、肇、祖、元、胎、俶、落、權輿，始也」，這些字在《爾雅》而言，都是同義詞；關於成分分析與同義詞詞義分析的關係，參看姚 (1983)）。然而，將語詞細分成為語意成分的組合更重要的意義是把「語意成分」看作語言系統的一部分。這種做法，可以幫助我們描述很多語言系統上的「共存限制」(selectional restriction)。

在 Chomsky (1965) 的變形語法理論（標準理論）中，句法 (syntax) 部門包括「詞組律」(PS rules)，「詞彙」(lexicon)，以及「變形律」(transformations)。詞組律給予每個句正確的結構記述（包括其詞序，以及詞組之間的層次組構），依照結構記述將詞項填入結構樹最下面一行句法範疇以後（稱為「填詞」），就得到句子的「基底結構」(underlying structure)。句子的基本語意決定於基底結構，這結構是「變形律」適用的對象，變形本身不會改變句意。至於「詞彙」，則是所有「詞項」的總和，而每一個詞項都包含這個詞本身的語意，句法及語音的成分。以這種方式，特別是將詞項作「成分分析」，可以描述不少語言的「共存限制」現象。這些現象有些包括在傳統語法所談的句法上的「一致」（agreement 或稱 concord，例如英語的主語與動詞必須在人稱、數目上一致，代詞與其先行詞或指稱所在的語詞也必須在人稱、數目等一致等等），以及語詞之間語意上的相容性（例如，表示「吃」、「喝」等有關動詞其賓語必須是「可食的」事物）。下面以湯 (1977, p. 45) 的例子來說明語意成分在句法（作為語言整體中的一部分）部門中，如何可以處理（或解釋）「共存限制」的問題。以下(9)是(8)的結構記述：

(8)小明送我一本書

(9)

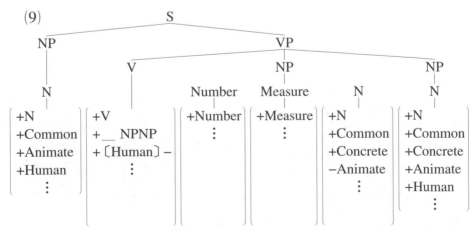

　　根據(9)我們可以知道主詞（S 直接支配的 NP）必須是普通 (+Common) 名詞 (+N)，同時也必須是屬人 (+Human) 及有生命的 (+Animate)；動詞則必須可以接兩個名詞組 (+＿＿ NPNP) 以及其主語必須是有生命的事物 (+Human)；直接賓語（VP 支配下的第一個 NP）必須是普通，非抽象 (+Concrete) 及無生命 (–Animate) 的名詞；而間接賓詞（VP 所支配下的第二個 NP）則是普通、非抽象、有生命、屬人的名詞。因此這個句子的詞項之間的「共存限制」非常清楚的表示出來。(8)因為沒有違反(9)的描述，因此是合句法的句子。同時，我們如果暫時不考慮(9)最後一行的「複合記號」（即語法、語意成分的組合記號）裡的「…」（這刪節號代表能把「小明」這詞項描述清楚的其他語意成分），(9)所表示的結構（包括詞項的語意成分），亦足以使我們作出以下的語法判斷。

　　(10) a. 老王送我兩枝筆。

　　　　 b. *桌子送他一本書。

　　　　 c. *我送石頭一點勇氣。

　　(10a) 合語法的理由和(8)一樣；(10b) 不合語法因為動詞「送」的主詞要〔+Animate〕而「桌子」是〔–Animate〕；(10c) 不合語法因「直接賓語」"勇氣" 及「間接賓語」"石頭" 都違反了(8)的詞組的「語意、語法」成分。因此，類似(9)的結構記述融合了語意與語法的關係，也能描述出母語使用者對於(10)等句子合法度的判斷。

　　當然，上面對「語意成分」及「成分分析」的討論只是介紹的性質，不是很深入的分析，但是對於句子語意、句法，及詞項的語意的關係亦能勾劃出一個初步的輪廓（雖然這也是相當局部的輪廓）。對於語意成分，我們還有幾個基本的問題，應該在此提出。

　　首先，我們會問，語意成分有多少種？這個問題可以從(9)的樹狀圖中複合記號裡的「…」說起。我們知道(9)的主語 NP 的複合記號如

果不考慮「⋯」的話，可以指千千萬萬的人名或屬人的普通名詞（如小華、老李、他哥哥等等），而要使這個 NP 專指「小明」這一個人，則必須在 +N, +Common, +Animate, +Human 以外，再加上屬於「小明」這個人的特性的語意成分。這一來，似乎有些語意成分涵蓋的範圍廣（如 ±Animate「有生、或無生」，±Human「屬人或非屬人」，±Concrete「抽象與非抽象」等），而有些語意成分涵蓋的範圍則比較窄（如上述專指「小明」這個人的語意成分）。其實，情形也確實如此。語意學家把涵蓋範圍廣泛，幾乎是所有詞項的語意成分分析中都具有的語意成分稱為「語意標記」(semantic marker)，而語意標記以外，能夠分辨某一詞項個別語意，特別是能分別詞的多義現象的語意成分稱為「語意要素」(distinguisher)。上面關於⑼的主語 NP 的例子中，+Animate, +Human 是語意標記，而「⋯」所表示的是語意要素。也許，詞的多義現象更能把這種區別說明得更清楚。例如，英語中 bachelor 一字可以有以下幾種語意成分分析，分別代表幾種詞意（參看 Pearson, 1977, p. 168）。

⑾ a.
$$\begin{bmatrix} +N \\ +Animate \\ +Human \\ 「完成大學\\四年學業所\\得的學位」 \end{bmatrix}$$
bachelor
（學士）

b.
$$\begin{bmatrix} +N \\ +Animate \\ +Human \\ +male \\ 「未婚」 \end{bmatrix}$$
bachelor
（單身漢）

c.
$$\begin{bmatrix} +N \\ +Animate \\ +Human \\ +male \\ 「侍候另一\\武士的年輕\\武士」 \end{bmatrix}$$
bachelor
（年輕的武士）

在⑾的成分分析中，語意要素用單引號括起來。另外，湯 (1977) 也有以下的例子。

⑿ a. $\begin{bmatrix} +\text{屬人} \\ -\text{雄性} \end{bmatrix}$　b. $\begin{bmatrix} +\text{屬人} \\ -\text{雄性} \\ \lceil\text{輩分小} \\ \text{的孩子}\rfloor \end{bmatrix}$　c. $\begin{bmatrix} +\text{屬人} \\ -\text{雄性} \\ \lceil\text{尚未出} \\ \text{嫁}\rfloor \end{bmatrix}$

　　　　　女　　　　　　　女　　　　　女

　　(12a)，(12b)，(12c)，三種情形是文言文「女」字的三種可能的語意，(12a) 是指一般的女人（與「男」相對），(12b) 指的是「女兒」（與「兒」相對），(12c) 指的是未出嫁的閨女（與「婦」相對）（參看湯，1977, p. 56）。這些微細的分別由單引號中的語意要素分辨，而這三種語意的共同屬性則由語意標記（〔+ 屬人〕及〔− 雄性〕）表示。

　　第二，我們也要問，究竟要有多少語意成分才足夠分析人類語言所能描述及表達的一切事象？語意成分本質上與語音成分相似，都是人類所共有的現象。同樣的語音成分可以描述所有語言的語音，理論上，語意成分也是如此。但是語音成分比較有限，因為發音的部位，方式以及聲學性質大體上是有限的。因此，十來個「辨音成分」就足以描述幾乎所有語言的語音了。然而，語意成分的情形就不一樣了，究竟多少語意成分才足以描述所有的語言的詞意？目前恐怕沒有一個語意學家能回答這個問題。

　　最後，我們會問，如果語法是我們內在的語言知識 (linguistic competence) 的話，作為語法整體中一部分的語意成分，是不是具有心理上的真實性呢？這一點，我們從兒童習得語言的過程來看，語意的習得的確也是從最廣的語意開始，然後逐步的把語意成分的對比 (contrast)，愈來愈精細的學會。比方說，小孩子很可能開始時對所有的動物都稱為「狗」，逐漸地按照動物的「大小」，分出「狗」與「牛」，大的都叫「牛」，小的就管牠叫「狗」，再進一步才會分辨出「狗」與「狼」或「狐狸」的區別。又如小孩子對別人的稱謂，最先學會的往

往是「爸爸」或「媽媽」，很多小孩子都會經過一段並不很長的時間會用「爸爸」或「媽媽」來作雙親的通稱，隨後按語意成分〔陽性〕，分出〔＋陽性〕的是「爸爸」，〔－陽性〕的是「媽媽」；然而，也有不少小孩子還會經過一段很短的時間會用「爸爸」來稱呼成年的男性。隨後，按照語意成分〔是否己身所出〕再分開自己的爸爸與其他的一切成年男性。接著，按年紀大小的顯見徵性，再將其他的一切成年男性分為「叔叔」與「公公」或「爺爺」，比較難以察覺的年齡徵性如「叔叔」與「伯伯」之區別通常是相當晚才習得的。由此看來，語意習得的過程似乎是語意成分所構成的對比的逐部習得的過程。目前我們對語意成分的研究還停留在起步的階段，自然是無法對語意的習得作全盤的討論，但是從上面的例子，並證之於其他我們日常所可以觀察得到的兒童習得語言的過程，語言能力的習得，的確有部分是「對比的習得」的過程，其中尤以語音的習得為然（參看 R. Jakobson (1968)）。例如，小孩子在牙牙學語時期往往先學會語音的兩大類（子音與母音）的分別，再學會子音與母音的細部分類（如前面部位子音對後面部位子音，唇音對齒音等等）。因此，從語言習得 (language acquisition) 的過程看來（包括語音，語法及語意的習得），語意的成分分析的確具有語言行為上的基礎，而語言理論中所提出的「語意成分」亦得到心理真實性的有力佐證。這裡要注意的一點是，語意成分的界定是獨立的，是為了分別個別語詞的語意而必須的，並不是觀察小孩習得語言過程之後才決定的。果若是，則兒童習得語言的過程就不能作語意成分心理真實性的佐證了。

9–3　語意的共同特性

　　第一章中我們說過語言有一些共同的特性 (universal properties)，

在語意方面，所有語言也都會有一些共同的特性，明瞭這些共同的特性對於語意學的研究是必須之事。因為無論語意學理論的發展如何，這些共同的特性都是每一種語意學理論所需要描述及處理的問題。在本章中，我們不作理論的介紹，我們只列舉並討論這些語意上共同的特性。

9-3-1　同義

語言的同義 (synonymy) 現象可以分詞項的同義以及詞組的同義。前者形成同義詞，兩個詞項同義，可以經過語意成分分析來界定（見上文）；然而，同義詞的問題也並不是只作簡單的語意成分分析就可說明的，關於同義詞的詳細討論，請參閱姚 (1983)。至於詞組的同義，更是不易界定，而一般人所說某兩詞組（或句子）意思相同時，意思往往是說這兩詞組（或句子）是互相釋義句而已，並不一定是同義。試看以下例子：

⒀ a. 張三是一位素食者。

　　b. 張三不吃肉。

(13a) 及 (13b) 是不是同義的句子呢？我們可以說這兩句是可以互相釋義，但是卻不是同義。因為這兩句是否同義要視很多因素而定，就字面而言，我們不敢肯定。「素食者」的含意是遵行的人把「不吃肉」這種行為看作是一種信念，甚至是宗教信仰，而且是自願的行為。但是 (13b) 這句語意上可能性就不同了。張三「不吃肉」可能是他不喜歡吃，也可能是太窮了吃不起，也可能是很想吃但是為了健康的理由遵守醫生的囑咐而不吃。這些原因都不足以表示他是一個「素食者」。當然，如果我們認識張三，知道他是因信仰的關係而不吃肉，在這種情形下，(13a) 與 (13b) 是同義。我們試看下面的句子（參看姚，1983, p. 43; Elgin , 1979, p. 15)：

⒁ a. 我打一個電話給老吳。

　　b. 我掛個電話給老吳。

⒂ a. I'll go to the shop and get some bread.

　　b. I'll go to the shop and buy some bread.

⒃ a. Marian set down the football.

　　b. Marian set the football down.

⒁～⒃這三對句子，可以說是同義句。這三句與 (13a)，(13b) 不同，(13a) 與 (13b) 有很多情形下是不同義，只有在很有限的一種情形下才是（見上文）。但是，我們說⒁⒂⒃這三對句子，每對的句義相同時，我們知道這三對句子中，a 與 b 無論在任何情形下都是同義的。也等於說，我們找不出任何情況是 a 可以使用而 b 不可使用，或是 b 可以使用而 a 不可使用。任何會說英語或國語的人都不會覺得這三對句子中 a 與 b 有任何細微的語義區別。所以 (14a)，(14b)，(15a)，(15b) 與 (16a)，(16b) 是最嚴格的同義詞組。但是，像⒁至⒃這樣的例子並不多。(13a) 及 (13b) 之所以難以決定是否同義主要的問題在於要先決定單字的語意，類似的例子如：

⒄ a. 王小姐是個老處女。

　　b. 王小姐還未結婚。

⒅ a. John is a bachelor.

　　b. John is not married.

　(17a) 暗示王小姐之還未結婚很可能並非自願如此，而「老處女」一詞也有貶抑的意思，暗示她脾氣怪異，不好相處等等，但是 (17b) 則沒有這些含義。(18a) 中 bachelor 一詞更是具有多種語意，因此更難以決定是否同義。

　　當然，從⒁至⒃這三對句子，我們也看得出來，同義的句子不見得是兩個句子的詞項要完全相同。不錯，(16a) 與 (16b) 兩句中的確含

有完全相同的詞項，詞序不同而已，但是 (14a) 與 (14b) 以及 (15a) 與 (15b) 所含的詞項就有所不同了。相反的，(19a) 與 (19b) 兩句所含的詞項完全相同，但卻不是同義。

⒆ a. 張三看見李四。

b. 李四看見張三。

除了上面，⒀，⒄，⒅以及⒆的問題以外，考慮句子或詞組同義的情況還包括以下的句組：

⒇ a. 張三吃了那個饅頭。

b. 那個饅頭給張三吃了。

c. 張三吃了的（東西）是那個饅頭。

d. 吃了那個饅頭的（人）是張三。

e. 被張三吃了的（東西）（就）是那個饅頭。

f. 那個饅頭就是張三所吃了的東西。

在被動語態使用較多的英語裡，像⒇的句組可以有更多的可能。

(21) a. Tom ate the apple.

b. The apple was eaten by Tom.

c. What Tom ate was the apple.

d. It was Tom who ate the apple.

e. It was the apple that Tom ate.

f. The apple was what Tom ate.

g. What Tom did was eat the apple.

h. It was the apple that was eaten by Tom.

i. What was eaten by Tom was the apple.

⒇與(21)兩句組中每一句所含的詞項大致相若，但是，這些句子是否同義？如果我們仔細考慮一下 (18a)，(18b)，(19a)，(19b) 以及 (20a)～(20f) 與 (21a)～(21i) 這三組句子，我們不難發現在⒃裡，(無論 a 或 b)

都是 Marian 是動作的「主事者」而足球是動作 (kick) 影響所及的東西（「客體」），(19a) 與 (19b) 雖然詞項完全相同，但是詞序改變以後在 (19a) 中「張三」是「看見」這動作的「主事者」，但是在 (19b) 中卻是動作影響所及的「受事者」。至於(20)及(21)兩組句子當中，雖然詞序不同，詞項也略有差異，但是句子中各詞項的語意功能卻並無改變。在(20)各句子中「張三」都是「吃」這動作的「主事者」，而「那個饅頭」則是動作的影響所及的「客體」。在(21)的各句子中，動作 “ate” 的「主事者」都是 Tom，而動作影響所及的「客體」都是 “apple”。在這方面來看(20)(21)及(16)與(19)非常不同。然而，(16)（(14)與(15)亦然）與(20)(21)之間，情形也不相同。會說國語及英語的人都會同意說(14)(15)及(16)每組中的 a, b 兩句語意完全相同，但是在(20)及(21)兩組中，每句的語意雖然很接近，但卻有一點細微的差異；這種差異主要是這兩組句子中有些句子的「語言訊息的焦點」(information focus) 是在「張三」或 “Tom”，有些卻在「饅頭」，但是在(14)～(16)的 a 與 b 之間卻沒有這種訊息焦點上的差異。

如果我們考慮一下(20)各句的使用情形（比方說，作為問句的答句）時，我們會發現這些句子的確有所不同的。如果我們問「張三做了什麼？」在(20)的六個句子中只有 a 是適合的答句。

試看(22)：

(22) a. 問：張三做了什麼？
答：張三吃了那個饅頭。
b. 問：張三做了什麼？
答：*張三吃了的是那個饅頭。

(22b) 的問答方式是不對的，說國語的人都不會接受 (22b) 的對話，因為問題的焦點在「做了什麼」而答句的「焦點」卻是「饅頭」。然而，如果有人問你「你剛才做了什麼？」，你回答說「我剛才打了一個電話給老吳」或是說「我剛才掛了個電話給老吳」都是適合的答句。

顯然的，在同義的詞組之間，存有程度上的差異。如果同義的情形只限於類似(14)(15)及(16)等情形，那麼語言的詞組同義現象一定很容易描述，因為這些「完美」的同義句對並不多。但是另一方面，我們也不能說「句子之間的句義如果只有一點點差異，就算同義句」，因為這種說法太不精確，有違科學研究的精神（多少才算是「一點點」呢？）

其實，我們可以說(20)（(21)亦然）是一組核心語意相同的句組，組中句子的差異只是在句子訊息的焦點（例如：(20b) 的焦點在「動作」（「吃了」不是「扔掉了」）；(20c) 在「客體」（饅頭）；(21d) 在動作的「主事者」（張三）等等）。而且事實上，這組句子都是以「張三」做「主事者」，「吃」是「動作」，「饅頭」做「客體」，如果其中任何一句不對（或與事實不符）則整組句子都不可能對。因此，我們可以主張說，兩個或多個句子只要核心語意相同，而其他語意上的差異只限於訊息焦點或語氣的強調等方面，這些句子可以算是同義的句子（或詞組）。這種看法可以讓我們把(14)，(15)，(16)，(20)，(21)等句組看作「同義」的詞組，但是卻可以把(19)，(13)，(17)及(18)排除在「同義」的範圍以外。

同義的現象是所有語言所共有的現象，「同義」現象的程度差異，也是語言的共同性之一，也是語意學理論所要處理的重要問題。

9-3-2 多義

當一個詞語或詞組含有一個以上的語意時，我們稱為語言的多義（ambiguity，或稱「歧義」）現象。例如：

(23)訪問美國的朋友。

(23)這個詞組（見湯，1977, p. 6，例句 1. 39）如果沒有上下文的話，我們實在難以決定它的語意，因為(23)可以有以下兩種可能的解釋。

(24) a.（某人要去）訪問（目前在）美國的朋友。

    b.（某人就是剛去／或要去）訪問美國的朋友。

類似的情形在自然語言中很多（參看湯，1977, p. 6 起），例如：

　　㉕ They are visiting firemen.

㉕這個英語的句子可以有兩種解釋。

　　㉖ a. 他們正在訪問消防員。

　　　b. 他們是來訪的消防員。

同樣的，沒有上下文的話，我們也無法知道說㉕的人真正的語意如何。當然在㉓及㉕這兩句真正使用時，並不見得一定是多義，因為使用這兩個句子時，一定有其語境 (context)，有了語境的限制，句子通常就不會有多義的現象。由此我們可知，在實際的生活裡，語言的多義現象並不多見，因為我們很少只說一個單字，一個詞組，或只說一個句子的。

　　㉓及㉕的多義一般說來是詞組結構分析的多義。也就是㉓及㉕可以有不止一種的結構。我們分別以樹狀圖表明如下。

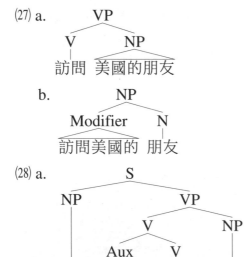

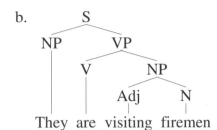

因此(23)及(25)的多義是結構上的不清楚引起，我們也可由此看到句法與語意之間的密切關係。

　　然而，語言多義的情況不止這一種，有時候句子中的詞項具有不止一種語意時也會引起整句的多義。例如：

　　(29)這是一個很值得研究的教案。

(29)這一句可有兩種解釋。

　　(30) a. 這個教學方案／計畫 (teaching plan) 很值得研究。

　　　　b. 這一個在歷史上基督徒跟我國民眾發生交涉（或衝突）的案件很值得研究。

當然，如果我們不嫌略為牽強，我們甚至還可以把「教案」解釋為「教室裡給教師用的桌子」，這一來(29)很可能還有三種語意。不過，這個第三種解釋，的確是牽強了些。因為首先一張桌子通常不會很值得研究，其次，如果(29)裡的「教案」，是指「桌子」時，量詞用「個」是不很自然的說法。又如以下(31)一句也是多義句：

　　(31)我要好好地教訓他。

(31)可以意味我要用語言來訓他，也可以意味我要「揍」他。同樣地，這些多義情形，在適當的語境裡也不會構成問題的。

　　有時候，某一語詞的多義並不一定產生多義的現象，但是當這多義的語詞與句中其他語詞連用時，有時候卻會產生多義的情形。例如英語的介詞 on 可以有「關於」或「在……之上」，「在……街上」等語義，因此以下(32)是多義的句子（參看 Fromkin 與 Rodman, 1978, p. 169，

例 1e)。

　　(32) The girl found a book on Main Street.

(32)可以有三種解釋：

　　　「那個女孩子走在 Main Street 街上的時候發現了一本書。」

　　　「那個女孩子發現一本掉在 Main Street 街上的書。」

　　　「那個女孩子發現一本主題有關 Main Street 的書。」

　　(32)之多義是 on 與名詞組 book 及 Main Street 連用時才引起的。因為(33)及(34)就不是多義句了（見 Fromkin 與 Rodman, 1978, p. 170，例 2b, 2c）。

　　(33) The girl found a glove on Main Street.

　　(34) The girl found a book on language.

　　多義現象雖然不會構成我們日常生活交談上的問題（同義的情形亦然），因為說話時的語境有助於我們決定語意。但是同義與多義的情形卻經常是翻譯時的大問題，因為翻譯的目的是要將原文的原意譯成另一種語言，如果原文是多義時，的確會構成翻譯時的困難。

9-3-3　前設

　　在本章開始的地方我們舉過一些例子，表示句子的語意有時候是超越實際出現在句子的詞項的字面語意。這種所有母語使用者都知道但卻不出現在字面的含意我們在此比較籠統的稱為「前設」(presupposition)。然而，我們應當記住，非字面意義的語意是語意學研究的重要課題，因為它與句子的真值 (truth value) 有密切的關係。在哲學，理則學，及語言學的文獻裡，這種語意的研究討論得很多，分類也相當精細，術語也很眾多而複雜，「前設」一詞的用法，在文獻中不同的作者有時候也略有差異，我們在這兒只是籠統的作以上的定義，因為這只是導論性質的介紹。對語意學感興趣的讀者應該參閱有關的

基本文獻　（如 Leech (1974), Hurford 與 Heasley (1983), Lyons (1977); Palmer (1976)，黃宣範 (1983)），以便對這種非字面的語意作更精確的了解。以下的討論我們是以上述比較不嚴謹的定義來討論「前設」的問題。

　　本章第一句例句(1)是「連愛因斯坦都可能會解這個方程式」。這句話具有以下幾種「前設」條件：

　　a. 有愛因斯坦這一個人。

　　b. 有一個本句所提及的方程式。

　　c. 這個方程式不很難。

　　d. 愛因斯坦不善於解方程式。

例句(1)的真值，決定於以上「前設」的真值，只有在以上所有四種前設都屬真，句(1)才是真句。事實上我們知道愛因斯坦是數學天才，再難的方程式也難不倒他，更何況不難的方程式呢！因此，以上的「前設」不真，所以例句(1)也不真。這也是為什麼我們覺得(1)是不妥當的句子的理由。

　　例句(1)所顯示的「非字面語意」主要是副詞「連」與否定語意的相互作用的結果。有時候，個別詞項也可以有「前設」的含意。例如所有語言裡都會有一些動詞稱為「事實動詞」（factive verb，例如「知道」，「發現」，「後悔」，「忘記」，「記得」等）以及一些「非事實動詞」（non-factive verb，例如，「相信」，「以為」，「希望」，「假設」，「主張」，「推測」等）。使用「事實動詞」時，必須以其補語子句所述的內容屬實為其前設條件，否則句子一定不妥，但是「非事實動詞」則無此「前設」。例如以下(35)(36)兩句是合語法的句子：

　　(35)他知道巴黎是法國的首都。

　　(36)他以為巴黎是法國的首都。

(35)是合語法句子因為「事實動詞」「知道」的補語子句「巴黎是法國的

首都」是事實，亦即是符合該動詞的「前設」。但是如果「前設」不屬實，這些句子就不合語法了。例如：

　　(37) *他知道馬賽是法國的首都。

然而，對於「非事實動詞」而言，並無這種「前設」上的限制。(38)是合語法的句子。

　　(38)他以為馬賽是法國的首都。

如果我們在(37)及(38)後面加上「但是他錯了，事實上巴黎才是法國的首都」，這兩句的合語法與不合語法的情形並不改變。

　　(39) *他知道馬賽是法國的首都，但是他錯了，事實上巴黎才是法國的首都。

　　(40)他以為馬賽是法國的首都，但是他錯了，事實上巴黎才是法國的首都。

事實上，即使我們把「事實動詞」予以否定，這種「前設」還是有效，因此(41)還是不合語法。

　　(41) *他不知道馬賽是法國的首都。

　　在語意學裡，也有人管這種將原句否定以後，其「前設」不變的情形叫「前設」；如將原句否定以後，其「非字面的意義」就不一定是真的情形叫「意含」(entailment)。這方面的討論，比較複雜，也超越本章預定的範圍，感興趣者可以參閱上述如 Leech (1974) 等書。

　　廣義的「非字面語意」除了「前設」（或／及「意含」）以外，也包括詞項本身可能有的「含意」(connotation)，例如前面我們所舉的例子 (17a, b) 中「老處女」一詞除了具有「女」，「未婚」，及「非年輕」等字面語意以外，還含有一些如「可能脾氣怪異」，「別人都為她惋惜」等貶抑的語意。另外，「非字面語意」也包括可以從字面推斷出來的「隱喻」(metaphor)。例如「光陰似箭」，「隔牆有耳」，「人比黃花瘦」等等。

　　綜合而言，「非字面語意」是人類語言中很重要的一部分，從某種

角度去看，也可以說是最具人性特點的部分，也是對從事機器翻譯研究的人的一種重大的挑戰。當然，這也是語意學中重要的課題。

9-3-4 意義與指涉

語意究竟是語詞（或詞組或句子）的意義 (sense) 或是其所指的事物「指涉」(reference) 呢？這是語意學的一個歷史悠久的問題，也是爭議頗多的問題。例如「國父」這個專指名稱，它的「指涉」是「國父」這個人，它的「意義」是「國父」所代表的概念（這是 Frege 的看法，參看黃宣範，1983, p. 30）。顯然，語詞所具有的語意除了「指涉」（亦即所指的具體事物）以外，還可有其他的意思，這其他的意思 Frege 稱為「意義」。當然，「指涉」與「意義」之間的關係相當複雜，比方說，我們如考慮：

(42) The present king of France is bald.

這個句子，「當今法國國王」顯然是無「指涉」，但這句子有沒有「意義」呢？「指涉」與「意義」當然也與語詞、語句的真值 (truth value) 有關。關於這些問題，黃宣範 (1983) 有相當深入的討論。我們在此只是把這問題提出而已。

語意學涉及的範圍相當廣，值得研究的也並不只上面所述 (9-3-1～9-3-4) 這四方面，但無疑的，這四方面是任何語意學理論中都要處理的問題。

9-3-5 變形語法中的語意部門

變形語法目的在描述語意與語音之間的關係。變形語法中的句法規律，語音及構詞規律都是用以表達從語意到語音的過程。因此，不管理論的立場如何，語法中一定有一個語意的部門，明確／衍生語法（變形語法屬之）是描述「過程」的語法。作為語法系統的運作的輸

入，語意的地位如何，一直是變形語法中有所爭議的部分。一般說來，以 Chomsky 為首的一派學說把「語意部門」看作語法系統中的「釋解部門」，在 1965 年的「標準理論」中，語法的系統如下（圖 9–3 所表示者基本上與第八章⑩之模式是一樣的，只是詞彙在本圖中置於語意部門，但也是構成基底結構的一部分）：

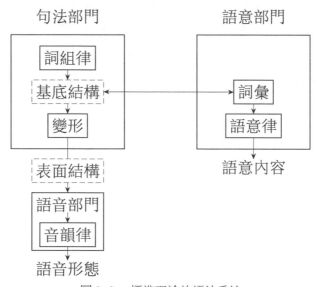

圖 9–3　標準理論的語法系統

　　圖 9–3 的語意及語音部門是「釋解部門」，是賦與由「詞組律」決定的「基底結構」其應有的語意內容及語音形態。在隨後的修訂中「擴充的標準理論」，Chomsky 一派有鑑於「量詞」(quantifier) 與代名詞經常使句意在變形後產生改變，例如：

⑷ a. Many people read few books.

　　b. Few books were read by many people.

⑷ a. John's mother gave him a book.

　　b. He was given a book by John's mother.

（(43)及(44) a, b 兩句的關係是：經過「被動變形」而表示。但是 (44a) 與 (44b) 的語意並不相同，而 (44a) 中 "him" 可以指 John，也可以指別人，但是 (44b) 中的 "he" 卻不能指 John，只能指別人（類似的例句如「很多人沒有採納這個意見」與「這個意見沒有為很多人所採納」之間的區別，參看湯，1977, p. 59 起））因此 Chomsky 放寬了基底結構決定一切語意的條件，使表面結構也可以決定諸如上述「量詞」的範圍，代名詞的指稱，以及訊息的焦點的意義。

　　在接著的修訂中，Chomsky 一派學說仍是把語意看作是賦與句子語意內容的釋解部門，語意則決定於表面結構。在這「修訂擴充的標準理論」裡，表面結構變得比以前「抽象」。關於這一模式的語法組織系統，參看 Newmeyer, 1980, p. 230；本書第八章，8–8 節。

　　另一派學者（衍生語意學）則將其基底結構變得更抽象，把上面所說的如焦點，指稱等資料包括進去。其結果是把基底結構弄得愈來愈抽象，而與 Chomsky 一派的解釋語意學的「語意內容」相當。這一派對語法的系統運作的看法似乎是先構築好語意，再賦與這語意句法上及語音上的形式。然而，語意現象錯綜複雜，即使把基底結構弄得再「抽象」也不見得能將多數的語意衍生出來，一個並不很複雜的動詞「殺」要由基底結構直接衍生也並不簡單（參看第 8 章第 7 節），比較複雜的詞或詞組就更難以想像了。

　　以上這兩種理論，可說是變形語法對語意的主要看法。兩者之間固然有相當多的差異，但基本上有一點是相同的。那就是，語意可以由某種語言形式表示出來，而語意學家的工作是描述及說明這種形式以及這種形式與句法之間的關係。9–2 所述的成分分析是語意學家及語言學家在這方面努力方向之一，衍生語意學以抽象的邏輯結構及運算來衍生語意，也是為達到同一目的的另一種努力。但這兩種方式都有很多難以解決的問題，語意的複雜不易以邏輯結構表示，而語意成

分亦有其內在的缺點（如不易處理語詞「外延」(extension) 的語意，參看 Atkinson 等，1982，第 7 章第 4 節）。事實上，近年來以語言系統中某種方式（如語意成分）來表示語意的研究對大多數語言學家而言，都已經不太具有吸引力了，而以句子的「真值」為重點，以及以句子的用法為重點的語意研究是比較受到重視的方向。然而，以「真值」及「語用」為取向的語意在變形語法系統中的地位及運作方式如何，我們依然是不清楚。語句及詞組的「真值」的討論是一大問題，也是無法在這介紹性質的一章中述說的問題。至於「語用」(pragmatics)，我們在下面一章作簡介。

複 習 問 題

1. 什麼是語意成分？什麼是成分分析？
2. 在標準理論中，語言成分如何與句法互動？
3. 什麼是同義現象？
4. 什麼是多義現象？
5. 什麼是前設？
6. 什麼是指涉？
7. 整體而言，語意與句法的互動關係如何？你認為語意部門在語法系統中應貝何種地位，扮演什麼角色？

第十章　語用學

10-1　語用學是什麼？

　　一般說來，我們說話時，包括了好幾種行為 (act)，最基本的行為是發出聲音／說出句子的行為 (utterance acts)。句子本身表達了語意，是一種基本的「表意行為」(locutionary acts)。然而，我們說話時總有說話的環境，我們稱為語境 (context)；而語境在我們使用語言時，常常會影響我們句子的語意，同時在我們說話時，除了表達出語意以外，我們還能利用語句來達成某些功能，例如，我們說「我命令你馬上離開」，這句話除了表達了句意以外，還做了「命令」的行為。也就是我們以說話而達成了「命令」的行為，這種情況我們稱為「語言行為」(speech acts)。「語用學」(pragmatics) 主要是研究語境（亦即在實際使用句子時）對於我們對語意解釋的影響，而「語言行為」是語用學研究的重要部分。

　　事實上，語用與語意的關係相當密切，語用經常影響語意。也有很多語意是可以由語用的觀點去界定。因此，語用也可以說是語意的一部分。如果語意是語法中的一部分，那麼語用也應該是語法的一部分。要了解我們內在的語言能力，語用是不應該忽略的一部分，因為任何一個母語使用者除了會用語詞造句以表意以外，也會在適當的場合裡利用語句來作其他的行為（如「答應」，「命令」等等）。沒有內在的知識（能力），我們很難想像為什麼我們能做得到許多「語言行為」。比方說，我們除了知道下面(1)各句子的字面意思，還知道括號中的語用資料：

⑴ a. 喂。（用來打招呼）

　　b. 再見。（用來道別）

　　c. 請把門打開。（用來請求別人做事）

　　d. 你叫什麼名字？（用來詢問別人的姓名）

　　e. 小明三歲了。（用來陳述一件事）

　　f. （你）出去！（用來命令別人做事）

　　g. 對不起，來晚了。（用來道歉）

　　h. 我答應你三天之內把這書還你。（用來作承諾）

如果沒有括號中所表示的語用知識，我們不可能很自如的運用國語來與別人溝通的。因此，近年來語言學的研究也十分注重語用學。雖然，比較起來，語用學算是很「新」的研究，但是與「語用」相關的觀念如人稱代詞的指稱的決定，使用語言時對世上常識及語用的前設(pragmatic presupposition) 等亦早已在語言學裡廣為討論的了。直到如今，還有不少語言學家把語用問題的討論歸入語意學的範圍中（參看 Fromkin 與 Rodman (1978), Elgin (1979), Atkinson 等 (1982)）。

10–2　語言行為

　　從上一節的敘述中，我們得知人不單只會說話，還會用說話作為工具去做各種不同的行為（如 (1a)～(1h)）。以說話為工具來做的行為稱為「語言行為」(speech acts)。

　　我們所說的「語言行為」著眼點是在人使用語言與別人溝通時的意向、目的、信念，以及希望等等，這與我們在思考時使用語言不同。思考本身不具溝通的性質。雖然我們思考時，特別是作抽象的思考時，也以語言為工具，但是我們並沒有溝通的意向，別人也不知道我們思考的內容。另一方面，如果我們以說話方式去「答應」別人一件事的

話，顯然我們就作了「承諾」的行為，我們的對話者（亦即聽者）也知道我們的意向（「承諾」）以及其內容。語用學既然是研究實際使用語言時的問題，而語言行為（如 (1a)～(1h)）又是我們生活中語言使用的重點，這些行為自然是語用學的中心課題。在這一章中，我們的簡介也以「語言行為」為中心。在以下兩節中，我們簡介「語言行為的種類」以及進行「語言行為」的方式。

10-3　語言行為的種類

以往語言學家很少研究語用的問題，語用經常是語言哲學的範圍，是哲學家比較感興趣的問題。近十幾年來語言學家紛紛對語用的問題進行探討，其興趣的引起應歸功於語言哲學家 Austin 與 Searle。根據他們 (Austin (1962), Searle (1969)) 所發展出來的理論，「語言行為」可以分為四種（參看 Akmajian 等，1979, p. 269）。「語言行為」種類的術語，對一般讀者而言是陌生的。事實上 Austin 與 Searle 在開始探討這些問題時，也是要創出一些新的術語方能對這些語用種類加以描述，因此這些術語大多數不是能直接「望詞生義」地知道其定義的。就連「語言行為」(speech acts) 這一詞也是一個經過特別界定的術語，「語言行為」並不專指「說話」，而是指包括「發聲說話」在內，一切我們可以透過語言而作的行為（見圖 10-1）的通稱。這些術語，在原來的英文用法中，已經是不能「望詞生義」的「新詞」，因此譯成中文時，也不易理解，必須詳細的以文字加以界定（圖 10-1 中關於 illocutionary acts 及 perlocutionary acts 的中譯原出於湯，1977, p. 129）。

Speech Acts（語言行為）

Utterance Acts（發聲／說出句子的行為）	Illocutionary Acts（非表意行為）	Perlocutionary Acts（遂行行為）	Propositional Acts（命題行為）
	如　承諾	如　恐嚇	如　指稱 (referring)
	報導	說服	敘述 (predicating)
	詢問	欺騙	
	命令	激怒	
	請求	啟發	
	等等	等等	

圖 10–1　語言行為的種類

　　Utterance Acts 是指發出聲音（說出句子）的行為，這可以說是「說話」的生理行為，本身並不具有溝通意思的性質。從「語言行為」的觀點來看並不是我們感興趣的行為。但是，透過「發聲／說話」行為，我們可以做到「非表意行為」(Illocutionary Acts) 以及「遂行行為」(Perlocutionary Acts)。對「語言行為」的理論而言，這兩種語言行為才是最值得研究的行為。

　　Illocutionary Acts 在湯 (1977) 裡譯為「非表意行為」，他舉出的例子是：

　　「例如，法官在法庭上對刑事被告說：『判有期徒刑五年』，就發生了宣判的效果，或牧師在教會裡對一對男女說完證婚詞以後，這一對男女就成為合法夫妻。這裡法官與牧師說話的目的都不在表達意思，而在藉此發生某種法律行為的效果。」（湯，1977, pp. 129–130）

　　Austin (1962) 認為 illocutionary acts 是 an act performed *in* saying something。就像上面湯 (1977) 所舉的例句一樣。句子本身說完了之後「宣判」的行為就達成。或是當我們說：

　　(2)我命令你馬上離開。

句(2)說完以後，「命令」的行為就做了。至於「宣判」或「命令」的內容如何（是判「十年」或「五年」；是「馬上」或「稍後」才離開），以及「宣判」或「命令」的結果或效力如何（如被告服不服從「宣判」；或聽者理不理會我的「命令」）都不影響這「宣判」或「命令」行為的達成。這種「語言行為」稱為「非表意行為」(illocutionary acts)。當然「非表意」這三個字實在有點令人困擾，因為這種行為還是得以表意的句子來作基礎的。只不過 illocutionary acts 著眼點是僅憑句子本身，而不必考慮其語意內容及效果，所能達成的行為。因為暫時也沒有比這個更好的中譯，我們在這裡就暫時採用這個名稱。

　　「非表意行為」有幾個重要的特性。第一，就如上面所述，我們可以僅說出「行事句子」(performative sentence) 就可以達成「非表意行為」，特別是在適當的場合下，以適當的意向，加上明確的「行事動詞」(performative verb，如「命令」，「宣判」，「答應」，「告訴」，「建議」等）。例如：

　　(3) a. 我（現在）命令你馬上出去。

　　　　 b. 我（現在）答應你明天付你兩千元。

　　　　 c. 我（現在）告訴你王小姐已經搬走了。

　　　　 d. 我（現在）委任你當總經理。

第二，「非表意行為」是我們使用語言溝通意思的中心。我們日常生活中交談的行為大部分都是使用這類「語言行為」，例如陳述、請求、建議、提議、招呼、命令、承諾等等。即使是我們要做「遂行行為」(perlocutionary acts，見下文) 時，我們也要透過如陳述等「非表意行為」來進行的。第三，「非表意行為」在溝通意思時，只要聽者認知說

話者的「非表意語言行為意向」，就可以達成。比方說，你對我說：「小明已經十歲了」，只要我認知你要「告訴」我一件事的意向，你「告訴」我一件事的行為就已經做到了。但是，如果小明長相不像十歲，而你要說服我相信他已經十歲了，這種「說服」的語言行為只是靠「告訴」我仍不夠，非得等我真的相信了你的話，你的「說服」行為方才完成。

　　像「說服」這一類語言行為通常是以說了話以後達成了某種行為的效果為條件。這種語言行為稱為「遂行行為」(Perlocutionary Acts)。Austin (1962) 對 perlocutionary acts 所下的定義是：acts performed *by* saying something。一般說來，「遂行行為」常以「非表意行為」為基本。比方說，假如老張一向相信老王，老王無論說什麼他都不懷疑；那麼老王可以僅憑說一句話「鄧麗君是有史以來最偉大的歌星」(亦即做「告訴」的語言行為)，就可說服老張相信鄧麗君真的是最偉大的歌星，也達成了「說服」的語言行為。當然，如果這句話是「告訴」你或我，那麼非等到你或我聽過鄧麗君的歌，作出與這句話相同的判斷之後，老王才能算是「說服」了你或我。「遂行行為」除了「說服」以外，典型的例子還有：恐嚇、使受窘、欺騙、激怒、啟發、使人感動等等。

　　「遂行行為」有兩種特點：第一，這種語言行為不能用明確的「行事句子」形式來達成的。例如，我們不會以說出(4)這個句子來「說服」某人相信鄧麗君是最偉大的歌星：

　　⑷我（現在／藉此）說服你相信鄧麗君是最偉大的歌星。

我們也不會以說出(5)這種句子來達成「欺騙」別人，或以(6)的句子來「恐嚇」別人：

　　⑸我（現在／藉此）欺騙你三千元。

　　⑹我（現在／藉此）恐嚇你不要逗留在這兒。

如果要達成上述三種行為，⑷⑸⑹都是很不可思議的句子。

　　第二，「遂行行為」重點在說話行為本身對聽者所產生的效果，因

此「遂行行為」可以視為說話者「非表意行為」加上其對聽者所產生的效果。如果說話者「告訴」聽者某事而聽者相信了，就等於說話者「說服」了聽者某事，如果說話者「警告」聽者，而聽者害怕了，就等於說話者做了「恐嚇」聽者的行為。這種情形我們可以⑺來表示（S 代表說話者 "Speaker"，H 代表聽者 "Hearer"）。

⑺　「非表意行為」　　　　　　　　　　「遂行行為」

　S　告訴　　　　H ……＋H 相信……＝S 說服　　H ……

　S　警告／告訴　H ……＋H 害怕……＝S 恐嚇　　H ……

　　至於「命題行為」是什麼？ 我們也許先要了解「命題內容」(propositional content) 是什麼？大體上說來，句子的主要語意內容是其命題內容，我們可以用相同的命題內容去做不同的語言行為。例如我們可以說：

⑻ a. 老張打了老王。（陳述）

　 b. 老張打了老王嗎？（詢問）

　 c. 老張，打老王呀！（命令或請求）

說 (8a) 至 (8c) 時，我們分別做了括號裡的語言行為，但是這三句句子都是有關「老張」、「老王」，以及「打」（亦即是「老張」是動作「打」的主事者，「老王」是受事者），因此這三句的「命題內容」是相同，只是「非表意行為」不同。當然，同一種「非表意行為」也可以有不同的「命題內容」。例如：

⑼a. 老張打老王 ｜
　 b. 老李騙老張 ｝ （陳述）

(9a) 與 (9b) 都是「陳述」行為，但其「命題內容」是不一樣的。「命題行為」(propositional acts) 是指以名稱來對人或事物加以指稱 (refer)，然後再對這人或事物加以敘述 (predicate) 的行為。這是表達「命題內

容」的最簡單的方式。例如，當我們說：「老張好可愛」時，我們確認老張是可愛的，同時，我們以「老張」這名稱來指 (refer to)「老張」這個人，再用「好可愛」這述語 (predicate) 來對他加以描述。這樣，我們所做的，就叫做「命題行為」。

大致上說來，「語言行為」可以分為以上四種，但是這些種類，並非不可以用更精細的方式再細分的。同時，我們知道，雖然在我們使用語言時，每種語言行為都可以用，不過，最常用的無疑地是「非表意行為」與「命題行為」。在語意／語用學的文獻裡，研究最多的是「非表意行為」(illocutionary acts)。

10-4　語言行為的方式

語言行為可以有好幾種方式進行，「非表意行為」尤其如是。在文獻裡，「非表意行為」的研究要比「遂行行為」多，因為後者必須牽涉聽者的反應（即句子所產生的效果）。而且在與語言的結構及語意的關係上，「非語意行為」要比「遂行行為」來得密切（參看 Morgan, 1975）。至於「命題行為」，因為「指稱」(referring) 與「敘述」(predicating) 大多數都是「直接」(direct) 的行為，因此研究的也不多（似乎是因為比較易了解而不必作很深入的研究）。有關「非表意行為」，研究就多很多了，特別是以間接 (indirect) 方式而進行的「非表意行為」，一直都是語言哲學及語言、語意學家相當感興趣的課題。Akmajian 等 (1979) 根據 Searle (1969, 1975) 及 Grice (1975) 以及其他的研究，對於進行「語言行為」的方式以兩種角度來加以區分。首先是以是否表示「字面語意」(literal)，其次是，是否以「直接」的方式進行。簡單的說，如果說話者所要表達的就是他說的句子的「字面語意」時，我們稱這種行為為表達「字面語意」的語言行為。反之，如果說話者要表達的語意

並非字面的語意時，稱為「非字面語意」(non-literal) 的語言行為（例如諷刺的話）。如果說話的人以做另一種語言行為來達成某一種語言行為時，稱為「間接」(indirect) 語言行為。反之則是「直接」(direct) 的語言行為，亦即是說話者所做的語言行為，就是他所達成的語言行為（例如，以「詢問」的方式來「詢問」是「直接」的語言行為；以「詢問」的方式來作「請求」或「建議」是「間接」的語言行為）。

按照這兩個準則，我們可看看一些「非表意行為」的達成方式（參看 Harnish 等 (1979), Searle (1975), Grice (1975)）。首先，「直接而表示字面語意」的語言行為，例如：

(10) a. 我現在很忙。（用來「告訴」聽者我現在的情況）

b. 請讓開！（用來「請求」聽者讓開）

c. 現在幾點了？（用來「詢問」聽者現在的時間）

這些語言行為是最簡單而且最容易明白的，因為聽者不必要作很多的推斷。在這裡，我們要注意一點，「非表意行為」有時候做了，但是卻不一定成功地溝通了說話者的意見（聽者可能沒聽清楚，或是分心了，或是句子中的字不認識等等），因此，「非表意行為」在溝通方面的成功，端賴聽者認知說話者的「非表意行為的意向」(illocutionary intent，如這句話是用來「詢問」、「請求」等等)。

「直接而非字面語意」的語言行為略為不同，聽者要知道說話者並不是指字面的語意，然後進而推論其真正的語意。例如：

(11) a. 他呀，就像豬一樣。（用來表示他胖）〔諷刺地〕

b. 這種東西，拿去餵豬，豬也不會吃。（用來表示食物之難以下咽）〔誇張地〕

又如下面的英語句子：

(12) You can say that again. （用來贊同別人所說的話）〔比喻方式〕

說話者說出 (11a) (11b) 及(12)時，其語言行為是「陳述」，但是「陳

述」的內容不是字面的意思，說 (11a) 的人並不是把「他」當作豬看待；說 (11b) 的人也不是要把東西拿去餵豬；說⑿的人更沒有意思請「你」再說一次。這三個句子仍是要做「陳述」的行為，只是「陳述」的不是字面之意，而是在括號裡面的意思。

　　至於「間接語言行為」(indirect speech acts)，通常比較複雜，因為牽涉的是最少兩個的語言行為，直接的與間接的，如果以兩個語言行為來看，再加上考慮「直接」對「間接」(指語言行為的種類)，以及「字面語意」對「非字面語意」(指句子的語意) 這兩種因素，應該有以下四種情形 (以第一行為作直接的行為而達成第二個行為作間接行為)。

⒀　　語言行為 1　→　語言行為 2

　　　　直接　字面　　　直接　字面

　　a.　＋　　＋　　　　－　　－

　　b.　＋　　＋　　　　－　　＋

　　c.　＋　　－　　　　－　　－

　　d.　＋　　－　　　　－　　＋

　　(13a) 的情形是「直接而字面語意」的行為達成「間接而非字面語意」的行為。例如，某人說「我的口好乾」首先用來「報導」他口乾的情況，其次用來「請求」別人給他水喝。如果這個人以第一個 (「報導」) 語言行為而達成他第二個 (「請求」) 語言行為 (亦即聽者明白他真正想要表達的是「請求」給他一杯水喝)，那麼他就達成了一個間接的語言行為。如果聽者進一步真的給那個人一杯水，那麼這個人更是以「間接的非表意行為」做成了一個「遂行行為」了。

　　(13b) 的情形是「直接而字面語意」的行為達成「間接而字面語意」的行為。例如，某人說「車子快撞過來了」，首先用來「報導」當時馬路上的情況，其次用來「警告」別人有被撞的危險。如果這人的聽者明白他的用意是「警告」，那這人就做了一個間接的語言行為，以「報

導」來做「警告」（而不必明顯而直接地用「行事句型」如「我警告你車子快撞過來了」來作「警告」的行為）。

(13c) 的情形是「直接而非字面語意」達成「間接而非字面語意」的行為。例如，在受基本軍訓時，教育班長對士兵說：「笑什麼？你牙齒白呀？」其直接的行為是「詢問」（非字面語意，因為班長並非真的是要士兵告訴他，牙齒是否白），其間接的行為是用這句話來「命令」士兵不許笑（間接，非字面語意）。

至於 (13d) 的情形很難找到例子，能否有如此的「間接語言行為」還有爭議（參看 Akmajian 等，1979，第 12 章）。

綜合而言，做「非表意行為」的方式有五種，根據 Akmajian 等，(1979, p. 274) 的分類大略如下。

	語言行為 1 直接	語言行為 2 間接
1. 我現在很忙。	字面語意 （報導／陳述）	
2. 這種東西，拿去餵豬，豬也不會吃。	非字面語意 （報導／陳述）	
3. 我的口好乾。	字面語意 （報導／陳述）	非字面語意 （請求）
4. 車子快撞過來了。	字面語意 （報導／陳述）	非字面語意 （警告）
5. 笑什麼？你牙齒白呀？	非字面語意 （詢問）	非字面語意 （命令／禁止）

圖 10–2　進行非表意行為的方式

圖 10–2 中，1 與 2 是直接的語言行為，並沒有意圖透過這行為而達成另一語言行為。3、4、5 三種情形是間接的語言行為，對說話者而言，第一個語言行為只是手段，其真正的目的是第二個語言行為；3 的

目的是「請求」，4 的目的是「警告」，5 的目的是「命令」或「禁止」。

　　至於其他語言行為（如「命題行為」的「指稱」及「敘述」，以及「遂行行為」）能否以「非字面語意」或是「間接」的方式表達？對於這個問題，文獻上研究得比較少。根據 Akmajian 等人 (1979) 的想法，這些行為當中，似乎有些也可以用非字面語意的方式或是間接的方式來表達（注意：「非字面／字面」是指句意，而「直接／間接」是指「語言行為」的類別）。比方說，張三有一位朋友姓顏，而這位朋友又以「顏子」自居，如果張三向別人提到他時也以「顏子」相稱，這情形是「非字面語意」的「指稱」行為。當我們說「苛政猛於虎」或者「李四真是一隻豬」時，我們並不是說苛政是一隻老虎，或者李四是一隻稱為豬的動物。我們只是把老虎的凶暴特質來加之於「苛政」，把豬的愚笨特質（照一般的看法）加之於「李四」而已。這種「敘述」的行為可以說是「非字面語意的敘述」行為。又例如張三說「外交部今天發佈消息說……」，當我們聽到這句話時，會想到有一個人代表外交部發言。張三可以說是以「非字面語意」（也許同時也是「間接」）的方式來「指稱」外交部的發言人（因為外交部是個抽象的東西，不會說話的）。至於「遂行行為」，可以以其「非表意行為」是否以「字面語意」的方式來作區別的標準。如果某甲（說話者）以（字面語意）陳述某事的方式來侮辱某乙（聽者），這種語言行為是「字面語意的遂行行為」(literal perlocutionary acts)。如果「遂行行為」的「非表意行為」是非字面語意來表達，就是「非字面語意的遂行行為」(non-literal perlocutionary acts)。最常見的例子是「侮辱」與「諂媚」的語言行為，例如張三對李四說「你這笨豬！」或是阿郎對阿美說「你真是仙女下凡」，都是非字面語意的遂行行為。（張三是以「陳述」的「非表意行為」來達成「侮辱」的「遂行行為」；阿郎是以「陳述」的「非表意行為」來達成「諂媚／討好」的「遂行行為」，但這兩句都不是要表示字面語意，因為李

四事實上是人而不是豬，而阿美也是人而非仙女。）

10-5　其他語用現象

除了上述的「語言行為」(speech acts) 以外，還有一些現象是語用學所關注的。其中有兩種現象是「語用的前設」(pragmatic presupposition) 以及「指示功能」(deixis)。這兩者所涉及的問題都是句子與其使用時語境之間關係。

「語用的前設」與上一章我們所討論過的語意上的「前設」是很相似的事情，只是後者重點在句義的真值以及合法度，而前者重點則在使用句子時說話者對語境的前設想法以及句子在語境中的恰當程度。例如：

⑭ a. 張三戒煙了。

　　b. 張三還沒有戒煙。

　　c. 張三抽煙。

說 (14a) 以及 (14b) 的人在說話之前一定有 (14c) 的前設，否則他不會說出 (14a) 或 (14b) 這樣的句子來。又如：

⑮ a. 張三因為李四寫信給王五而責怪他。

　　b. 張三並沒有因為李四寫信給王五而責怪他。

　　c. 寫信給王五是值得責備的事情。

說 (15a) 與 (15b) 這兩句子時，其使用上有 (15c) 的「前設」，如果「寫信給王五」並不是值得責備的事情的話，說出 (15a) 與 (15b) 就是在語用上不恰當（也就是說這兩句的「語言行為」在實際語用的語境中不恰當）。又如：

⑯ a. 張三忘了吃藥。

　　b. 張三沒有忘了吃藥。

　　　c. 張三應該要吃藥。

說 (16a) 及 (16b) 的人知道 (16c)，聽者也知道 (16c)，這也是語用前設的一種情況。

　　至於「指示功能」(deixis)，是說某些語詞的語意（即所指的人、地、時等等）完全要按照說話時的實際情況而定。這種現象可分三類。第一類是「人稱的指示」(person deixis)，「代名詞」是典型的例子，「我」、「你」、「他」、「他們」等詞實際所指的「人」，隨說話情景而不同。第二類是「時間的指示」，類似「現在」、「此刻」、「當時」、「上星期」、「明年」、「後天」等時間語詞所指的確切時間，也是只能按照實際語用情形而定，例如七月五日所說的「後天」是指「七月七日」，而七月十日所說的「後天」是指「七月十二日」了。第三類是「地方的指示」(place deixis)，類似「這裡」、「那裡」、「本鎮」、「此地」等表示場所的語詞所指的確切地點，也是依照實際語用情形而定的。

　　最後，還有一種相關的情形是語用學所關注的，那就是 Grice (1975) 所稱的「交談的含意」(conversational implicature)。Grice 認為如果交談時，聽、說雙方都是真心合作，那麼 (17c) 是 (17a) 及 (17b) 這一次對話的「含意」(implication)。

　⒄ a. 問：你的書在哪裡？

　　　b. 答：也許在書包裡，也許在房裡的桌子上。

　　　c. 含意：答話者不知道書在哪裡。

這是正常的交談情況下正常的含意（亦即雙方真心合作地在交談）。然而如果答話者明知書放在哪兒而還是說出 (17b)，他就是不誠心合作地在交談或是故意誤導問話者了。

10–6 語用的理論

　　語用的理論主要是對於以上種種語用現象的描述與解釋方法。但是，因為這方面的研究在語言學裡仍是在起步的階段，因此還沒有發展出很完善而周密的理論。在這裡，我們只是簡略的討論一下語用理論的目標以及語用理論對於「語言行為」（特別是「非表意行為」）的描述與解釋。當然，這兩點是很密切相關的事。

　　簡單的說，語用理論至少要：

a. 把「語言行為」分類。

b. 對每一類「語言行為」加以分析及界定。

c. 對詞語的「字面語意」用法與「非字面語意」用法加以說明。

d. 說明語言結構、溝通情況、交談的結構及原則、社會行為的結構及原則等與語用之間的關係。

顯然的，目前我們根本沒有一個語用的理論可以達到上面的四個要求。然而，在文獻中，至少對於各種「語言行為」的分類、界定及描述，以及聽者如何方能從說話者的語句中得知其語言行為的意向（特別是「非表意行為的意向」illocutionary intent）等方面的研究，近年來做的也不少（有關這方面的基本研究，參看 Cole 與 Morgan (1975) 的論文集，以及 Austin (1962); Searle (1969)）。

　　關於「語言行為」的分類與界定，我們在上面幾節已經簡略的討論過。至於說話者如何使聽者認知他的語用意向（亦即說話者如何成功而恰當的做到想做的「語言行為」），語用理論常以一些「適當條件」(felicity conditions) 與「交談合作原則」(cooperative principle)（以「交談準則」(conversational maxims) 的方式表示之）來解釋。

　　我們以「承諾」與「請求」為例，說明語言行為的「適當條件」。

根據 Searle (1975)，「承諾」(promise) 的「適當條件」是：

⒅（說話者對聽者「承諾」做 A 這件事）

　　a. 初步條件 (preparatory condition)：說話者具有做 A 的能力，而聽者希望說話者做 A。

　　b. 誠意條件 (sincerity condition)：說話者打算做 A。

　　c. 命題內容條件 (propositional content condition)：說話者「敘述」他將要做的事 (A)。

　　d. 必要條件 (essential condition)：說這句話算是說話者負起做 A 的義務／責任。

如果張三對李四說：

⒆我答應你給你兩千塊錢。

這句話如果要成功地達成「承諾」的行為，必須符合⒅的條件：①張三有能力給李四兩千塊，而李四也希望（至少張三認為李四希望）他給他兩千塊（初步條件）；②張三真心打算給李四兩千塊（誠意條件）；③張三把這個將來的行為說（「敘述」）出來（命題內容條件）；④張三負起做這個行為的責任（必要條件）。這些條件如果以形式化或非形式化的規律表示出來，就可以對「承諾」這種語言行為加以界定及解釋，其情形就像下象棋的「規律」對於如何才構成「將對方的軍」的情形加以界定及解說一樣。

我們再看有關「請求」(request) 的情形。根據 Searle (1975)，有關「請求」的「適當情形」如下：

⒇（說話者「請求」聽者做 A 這件事）

　　a. 初步條件：聽者有做 A 的能力。

　　b. 誠意條件：說話者希望聽者做 A。

　　c. 命題內容條件：說話者「敘述」聽者將要做的事 (A)。

　　d. 必要條件：說這句話算是說話者試圖使聽者做 A。

假如張三知道李四能「打開窗子」，也真的想要李四「打開窗子」，也說出李四要「打開窗子」這件事，也要以說這句話來使李四做「打開窗子」的動作，在這些條件底下，說出：

　　⑵請你把窗子打開。

那麼，張三是恰當地做出「請求」的語言行為來。⒇這些條件同時也可以解釋為什麼⒇在平常的交談中不能算是一項「請求」的行為：

　　⑵請你把天上那顆星摘下來。

因為在平常的生活裡，在現實的世界上，沒有人具有這種能力。也等於是違反了 (20a) 的條件。

　　上面所舉的例子都是直接的語言行為，其描述及解說比較簡單。現在讓我們看看間接的非表意行為，例如「間接的請求」(indirect request)。在適當的情況下⒇可以表示一種「請求」。

　　⑵你能不能安靜一點？

⒇可以用來「請求」聽者安靜一點，雖然⒇本身是問句，應該是「詢問」的行為，但是大多數情形下⒇並非用來「詢問」聽者有沒有「安靜」一點的能力的。這種間接的語言行為需要有另一種原則來描述及解說。

　　⑵間接語言行為原則：如果說話者以陳述句或問句來「陳述」或「詢問」一件事，但這種陳述或詢問在當時情況下是不適當的，而且又是說話者所做的唯一語言行為的話，聽者就應該推斷這「陳述」或「詢問」構成另外一些「非表意行為」。至於構成何種行為要看這些語句陳述或問及哪些行為的適當條件而定。

但是，如何才知道說話者的句子所表示的語言行為不是唯一的語言行為？這方面 Grice (1975) 提供了「交談合作原則」，簡言之：

　　⑵說話者盡力提供真實、足夠、與主題有關、清楚、以及有內容的資料給聽者；而聽者假設說話者遵守這些做法，以這些假設

為基礎去理解說話者的語句。

在「交談合作原則」下，說話者通常盡力遵守以下的「交談準則」(conversational maxims)：

⒇ a. 量的準則：提供足夠的資料，不必多於也不能少於當時交談情況的需要。

b. 質的準則：提供的資料要真實，亦即是不是要說出你自己認為是假的或不足信的事。

c. 關係的準則：提供的資料要與正在進行中的交談目的有關。

d. 方式的準則：說話時要清楚，避免模稜兩可的說法，避免不必要的冗語贅詞，要有條理。

以⒂，⒃及⒇的原理原則，我們試看⒀的聽者是如何從⒀這一問句推斷出其說話者是要「請求」他安靜一點的「間接非表意行為」。我們先把⒀重複寫在下面：

⒀你能不能安靜一點？

當聽者聽到⒀時，他要達到上述的結論（即說話者是在「請求」，而非「詢問」）所要經歷的步驟約略如下：

a. 說話者詢問我有沒有「安靜一點」的能力。

b. 我假設他是遵守「交談合作原則」，因此這句話是他的真意（質的準則）。

c. 在說話當時的情況下，我是否具備「安靜一點」的能力並不是最重要的事。

d. 而且他很可能知道答案是肯定的（我是具有「安靜」的能力）。

e. 同時這句話在當時是說話者唯一的一句話，因此，他很可能不只是想問一個問題，而是還有另外的語言行為意向（間接行為原則）。

f. 「請求」的初步條件是聽者具有做語句的命題內容條件之下「敍

述」的行動的能力（語用理論的一部分，見⑲）。

g. 因此，說話者問了我一個問題，其肯定的回答意味著「請求」我「安靜一點」的初步條件已經符合。

h. 目前的情況下，我是正在吵鬧，並不安靜（語用的語境），而他可能需要安靜的環境做事。

i. 在這情況下，他間接的表示了一件我做得到的事，因而滿足了「請求」我做一件事的初步條件。

j. 在沒有其他更可能的「非表意行為意向」的情形下，加上在當時的語用的語境裡要求我不吵鬧是適當的行為，因此我認為他很可能是「請求」我「安靜一點」。

這十個步驟是分析⑳作為「間接請求」的過程，同時也解釋聽者如何從「詢問」的語言行為而得到「請求」的結論。

語用理論的研究還是剛起步的階段，有關語言行為，學者們大多數是以「適當條件」、「交談準則」、「間接語言行為原則」，以及「交談合作原則」等作分析的基礎。至於如何以這些基礎來寫出一套足以描述我們內在語用知能的「語用規律」，暫時仍未有定論，也是超越本書範圍的課題，對語用問題感興趣的學生可以仔細閱讀 Austin (1962) 及 Searle (1969) 以及 Cole 及 Morgan (1975) 作為入門之準備。

10–7 非表意行為的種類

最後，我們把最常用的語言行為，亦即非表意行為細分類別，按照 Searle (1975) 列舉如下（根據 Akmajian 等 (1979) 的綜合分析，參看該書第 12 章，p. 295）：

非表意行為
(Illocutionary Acts)

表示行為	指示行為	承諾行為	表示情意行為	宣示行為
(Representatives)	(Directives)	(Commissives)	(Expressives)	(Declaratives)
如：陳述	如：命令	如：答應	如：道謝	如：宣戰
主張	要求	誓言	道賀	否決
解釋	請求	保證	道歉	宣告逐出教會
預測	指導	提出	慰問	委任
分類	懇求	打賭		

圖 10-3　非表意行為的類別

　　圖 10-3 所列的行為是我們日常使用語言時最常用的目標的大部分，也是研究「語言行為」(speech acts) 以及「語用學」注意及研究的重點。

複 習 問 題

1. 語用學主要研究的課題是什麼？

2. 什麼是「語言行為」(speech acts)？重要的語言行為有哪些？

3. 舉例說明「非表意行為」及「遂行行為」。

4. 什麼是間接的語言行為？

5. 什麼是「適當條件」？

6. 什麼是「交談合作原則」？

7. 什麼是「交談準則」？

第十一章　語言的變化

11-1　引言

　　我們在這一章中，要討論語言的變化。在這兒，語言的變化是指語言在時間的過程中，亦即在歷史的演進中，所產生的變化。對於一般人而言，他們是不會感覺到語言在變化的，因為語言雖然不斷地變，但是變化的過程是非常緩慢而不容易察覺的。「緩慢」在這兒的意思倒並不一定是說某種變化（例如語音的改變）從某個起始的階段到另一階段的過程中，一定要經過很多中間的變化，而主要的意思是指語言變化從開始只影響少數人及少數詞項以致到最後所有或大多數的人在說話時有關的詞項大多數都產生這種改變的過程是緩慢的。如果我們可以從「時光隧道」回到周德清寫《中原音韻》(1324) 時代的中國北方去，我們會發現當時的語音雖然與現在以北平音系為基準的國語有些差異，但是大多數的語音（例如子音）都與現代國音很接近，聲調的入聲已經消失了，平聲也分了陰陽。❶但是，如果我們再往回走，回到《廣韻》(1008) 的年代，或是陸法言的《切韻》(601) 的年代，甚至回到沈約（西元五、六世紀之間 441～513）的《四聲譜》的年代去，我們就好像到了一個「國外」的地方一樣，聽到的連語音都很可能是非常陌生的聲音了。從《中原音韻》到現在已經六百多年了，可見語言的變化相當「緩慢」，但是雖然是緩慢，卻也是千真萬確的。雖然千百年前我們沒有錄音機，但是從歷代的文獻中，我們的確可以擬測出

---

❶　參看《漢語史稿》，p. 9。

語言的變化。拼音文字的文獻是語音變化的記錄，在表意文字如漢語中，我們也保存有可信度很高的韻書，使我們至少從語音方面窺見漢語變化的端倪。

　　事實上，語言的變化相當廣，不但語音會變，構詞會變，連句法也會改變。經過長期的改變，同一語言會變成很多方言，時間更長的話，甚至分化成好些不同的語言，但是只要是起源的語言是相同，這些變化的結果多少還會保存一些共同的特性，我們還可以看出其中的「親屬」關係來。透過對語言變化的歷史比較研究，我們可以得知世界上語言之間的關係，今天我們把這些語言分成好些語系（如 Romance 語系，漢藏語系等），是歷史／比較語言學的成果之一。另外，語言變化的研究也可以幫助我們了解語言本身的結構原則。我們甚至可以從語言的歷史研究，來推斷史前的文化及其地理位置。因此，語言的歷史研究是語言學中重要的一部分。事實上，十九世紀西方的語言學研究大部分都是語言歷史的研究。在以下各節中，我們將分別討論語言變化的原因與種類，語言變化的描述，歷史比較語言學。

11-2　語言變化的原因

　　語言會變化雖然是確立的事實，但是語言學家對於為什麼語言在歷史的過程中會變化的原因，所知卻不多，對於語言改變以後如何擴展也許比較清楚。同時，有很多時候變化的原因與變化的結果也不容易分開來。然而，語言改變的原因不外乎與生理／發音方面，語言系統本身方面，以及心理／社會方面的因素有關。

11-2-1　系統方面

　　首先，語言是一個符號系統，其目的是為了要表示語意，對這樣

的一個系統而言，一種符號（形式）具有兩或多種相關的語意，或是兩種不相關的語意由同一符號（形式）來代表的現象理論上是應該愈少愈好。因此，為了要維持「一形一義」的最有效的系統，便成為語言變化的一種動力。上古漢語的語音系統比中古音及現代語音都複雜，語音簡化的結果同音詞就會增加，同音詞即一種（語音）形式多種語意的現象。同音詞的增加必然會影響語言的表意功能。但是語音的簡化卻使同音詞的增加不可避免，為減低這種影響，漢語語詞便從古代較多的單音詞發展到現代比較多複音詞。❷其實，從我們日常熟悉的用語中，我們也可以體會出這類變化，比方說在文言文中「老」與「幼」可作「動詞」、「形容詞」，及「名詞」使用，如「老吾老以及人之老，幼吾幼以及人之幼」，但在現代白話文中，這兩個字通常只作形容詞使用，當名詞或動詞使用時，都不可能用單音詞「老」或「幼」了。另外，英語中過去時式有明顯的詞尾曲折變化，但在千里達人說的英語中沒有時式的詞尾，不加任何變化的動詞形式是用來表示過去式（如 roll, give, tell），這一來就與現在式動詞成了同音 (homophony) 的現象，為了避免這種情形，千里達英語用助動詞 do 來表示現在式，因此，He does give 等於一般英語中的 He gives，而 He give 則等於一般英語中的 He gave。這種變化，原動力在於避免同音多義的現象。

此外，人類語言的語音系統常有一種趨於對稱的傾向。比方說，如果某種語言的語音系統裡，含有以下的子音，在這種系統中，塞音系列清塞音有 p, t, k，但濁塞音則只有 b 與 d。

---

❷　參看《漢語史稿》，第 14 節。

```
p   t   k
b   d
ɸ   s   x
m   n   ŋ
```

這種情形我們常稱之為「型式上的漏洞」(a hole in the pattern)。由於語音系統有趨向對稱型式的傾向，因此如以上這個語言產生語音變化時，很可能就會產生一個 /g/ 音，把這個「漏洞」補上。例如，古英語起先擦音並沒有清濁的對比，但是自從 1066 年被諾曼人征服後 (Norman Conquest)，與法語大量接觸而產生清濁擦音的對比，從清濁擦音對比的形成至當代英語擦音系統的變化過程中其中有一個時期英語的擦音系統如下：

```
f   θ   s   ʃ   tʃ
v   ð   z       dʒ
```

也就是說各部位的擦音（及塞擦音）都有清濁的對立，唯獨齦顎擦音只有清的 /ʃ/ 而沒有濁音 /ʒ/。但是隨著時間的發展，英語吸收了一些含有 /ʒ/ 音的字，特別是從法語引進的字，因此現代英語也有音位 /ʒ/，把擦音系統中清濁對比的「漏洞」補上了，而這擦音系統顯得更為對稱。在漢語的歷史變化中，我們也可以看到性質類似的例子，一直到《中原音韻》的年代，甚至是十五世紀時，北方漢語仍維持 /f/ 與 /v/ 兩個唇齒擦音，但是其他的擦音與塞擦音都是清音，到了今天的國語裡 /v/ 已經消失，使得國語的擦音系統（除了ㄖ以外）變成全部都是清音而顯得更為對稱。當然，我們要注意的是這只是語音變化的一種傾向而已，並非變化的定律，並非所有的型式上的漏洞都非補上不可的。

另外，從語言作為傳訊系統的觀點看來，適度的冗贅成分 (redundancy) 是必要的，因為在不很理想的情況之下說話，重要的訊息如果不只一次的表示出來，就比較容易傳達給對方。例如英語對於名

詞的數目除了本身的詞尾變化以外，還以與定詞的一致，與動詞的一致，甚至加上數詞的使用來表示，雖然是冗贅，但是這「複／單數」的觀念卻不容易誤傳，因此保持適度的冗贅成分也是語言變化的因素之一，在這種前提下，語言學家認為太短的語詞常會被較長的取代，其原因在此。

11-2-2　生理與發音方面

　　首先，在語音的感覺方面，兩個語音在發音的「空間」上距離愈遠，則愈容易分辨，愈近則愈易混淆。例如母音 /i/ 與 /ɪ/ 比較容易混淆而聽不清楚，但是母音 /i/ 與 /ɑ/ 則很容易分辨，同理 /ɸ/ 與 /f/ 容易混淆，但 /f/ 與 /x/ 卻容易分辨。因此，人類語言的語音系統中，其語音與語音之間的發音「距離」有儘量平均的傾向，以便聽覺的感受，這種情形稱為「最大辨音原則」(principle of maximal differentiation)。如果某種語言的母音系統只有三個母音，通常會是以下 (a) 的三個，而很不可能有 (b) 及 (c) 的情形。因為：

(a)　i　　　u

　　　　　a

(b)　i

　　　ɪ

　　　　ɛ

(c)　u

　　　o

　　　ɔ

(a) 最能保持比較平均的發音與聽覺感受上的「距離」，容易發音也容易分辨。這個原則常常也是歷史語音變化的因素之一。

　　第二，與以上「最大辨音原則」有密切關連的一點是「容易發音

原則」(principle of ease of articulation)。歷史的語音變化常呈現一種由繁至簡（亦即從比較難發音的聲音變為比較容易發音的聲音）的傾向。當然，「難」或「易」是相當難以下定義的概念。一般而言，我們是以一種統計上的傾向來作判斷。文獻上對於在人類語言中比較少用的語音，在兒童語音習得過程中比較晚才習得的語音，在失語症病人比較容易發生困難的語音，以及在歷史音變時常被改變的語音，稱為「特殊的」或「不自然的」(marked) 語音，而在相對的尺度上比較常用的語音稱為「一般的」或「自然的」(unmarked) 語音。從發音的觀點來看「特殊的」語音通常需要較多的發聲肌肉運作，是所謂比較「難」發的聲音，這些聲音在語音發生變化時，常會被比較「易」發的聲音取代。例如濁音通常比清音更為「特殊」(marked) 而且濁音需要聲帶的同時振動，比較清音「難」發，因此歷史上語音變化常常是從濁音變為清音，例如漢語在十二、三世紀時濁音清化（如從並母分化出來的 /v/ 清化為 /f/) 現象❸，就是這種傾向的表現。描述日耳曼語系 (Germanic languages) 早期語音變化的 Grimm 氏語音律 (Grimm's) 其中也包括濁音清化的變化。

　　在此，我們要注意兩點。第一點是「特殊」與「一般」的概念是一個相對性質的概念，而且是一個基於統計上的觀察而來的概念，因此語言學家並未能有一個一致的標準，同時語音的「特殊」程度並不一定與發音「難易」程度有一對一的相關。例如，在兒童語言習得的過程中，擦音要比塞音較晚才學會，理論上是比較「特殊」，但是在日耳曼語系的語音變化史上也有清塞音變成清擦音 p, t, k > f, θ, x 的例子（Grimm 氏語音律的一部分），對於這種情形，有些語言學家認為 f, θ, x 是比較容易發的聲音。第二點應該注意的是，上面的討論多少帶

---

❸　參看《漢語史稿》，p. 115。

點循環論證 (circularity) 的成分，我們說「歷史語音變化中被改變的語音通常是難發的語音，而難發的語音通常在歷史的過程中比較會變成易發的語音」。這種說法的確是有循環的性質。然而，重要的一點是，在語音變化的過程中，的確有些語音比較常改變；同時，我們檢討語音的「特殊」程度（多少與「難易」程度有關）時，除了歷史音變外，還以兒童語音習得，失語症病徵，以及世界上眾多語言的語音系統的統計數字為依據。使上述循環論的影響力減輕。

11-2-3　社會與心理方面

首先，在我們處理語言訊息的心理過程中，無論是說與聽，我們大多偏好「簡單」及「對稱」的符號系統，像上面 11-2-2 所述的發音與聽覺的原則，多少是和這種心理因素有關的。但是，我們要注意，語言的功能是傳訊，雖然我們心理上偏好「簡單」及「對稱」的系統，但是語言的變化卻不可能只朝「簡化」的路上走，因為如此一來，到最後語言便簡化成「零」或只是一團非常易發但卻含糊不清的聲音。因此歷史上的證據告訴我們，語言系統往往是在某一部分簡化以後，在另一部分會變得比較複雜，因為這系統還是得維持原來的表意功能的。例如某些語言很可能開始有很複雜的音節結構 (syllable structure)，但音節結構簡化後，很可能發展出聲調來。漢語的濁音清化（十二、三世紀）與聲調的分陰陽（平聲分陰平陽平在十四世紀以前完成）之間亦多少顯示出這種關係，濁音變清以後，原來清濁的對比就由比較以前複雜一點的聲調系統來承擔。❹

---

❹　參看《漢語史稿》，pp. 115, 194 起。至於聲調分陰陽與子音清化的關係，大致如下：在子音未清化以前，清子音與濁子音的聲調因受聲帶振動的影響，本身已有細微分別了，但是隨著濁音的漸次消失，聲調的分別就變得更顯著。到後來濁音完全消失後，聲調的分陰陽就確立。因此，這二者是互為表裡的，雖

另外某些詞語因為屬於「禁忌用語」(taboo)，因此說話者受社會因素影響，心理上會抗拒這些語詞，因而在實際使用時會避免這些詞語。時間久了以後部分此類用語會因少用或不用而消失。

當某種發音或語詞或使用體裁變成社會上某一類／群人的標誌，而這類／群人又是在社會／經濟上處於較高的地位，其言行為一般人模仿的對象時，語言會產生變化，大多數的人會朝這類／群人的語言方式而改變。這也是語言變化的社會因素之一。

最後，語言與語言之間的接觸，亦常會引起語言的變化，語言接觸的自然結果最常見的是借字 (borrowing) 的現象，接觸時間長久而且層面很廣時，除了詞彙的增加以外，還會影響到語音的結構，例如上述英語擦音系統的歷史變化就是與法語接觸所產生的影響的結果。

11-3　語言變化的種類

語言變化如以語言的部門來分，大致可分為語音的變化，詞彙的變化，以及語法（特別是句法及構詞法）的變化三大類。

11-3-1　語音的變化

語音在歷史上發生變化，是任何語言所共有的現象，因為語音本

然文獻上記載子音清化是十二、三世紀之事，聲調分陰陽，平聲的分化在十四世紀以前就完成，好像是清化在先，調分陰陽在後，其實兩者應該是互為表裡，同時而漸進的（其實「十二、三世紀」與「十四世紀以前」之間的年代也很接近），因為聲調陰陽之分起因於子音的清濁，清音之調值較高為陰，濁則反之為陽。如果等子音全清化以後聲調才分陰陽，則其陰陽與清濁之間就無法有古今漢語之間的規律對應了。總之，語音的變化並非一朝一夕之事，其過程也不見得非等某一變化完全完成之後，另一變化方能開始的。

身內在的「特殊」尺度 (markedness) 是所有語言都有的共同性質，因此語音變化也有很多共同的傾向，雖然絕不是每種語言都遵循一定的音變方向，但是的確有些語音變化發生的機會要比其他的大。例如濁子音清化通常要比清子音濁化在語言歷史變化中更經常發生。

語音的變化可以涉及語音總數的改變。上面我們提過《中原音韻》時期的北方話有 /v/，但今天國語（也是以北方音系為基礎）中 /v/ 已經不用，亦即失去了一個子音。英語早期有 /x/, night, drought，及 saw 一度的發音是〔nɪxt〕,〔druxt〕, 及〔saux〕 ❺，但是今天英語的子音系統中，/x/ 已經消失了。早期英語沒有 /ʒ/，現代英語則有。中古漢語平聲只有一種，近代漢語則有陰平與陽平兩個調。這些例子都是語音總數的增或減的變化。

語音的改變有時候涉及語音規律的改變，例如語音規律的增加 (rule addition) 可以使語音產生變化。現代漢語在發展的過程中大約在十四世紀時，在眾多語音規律中比中古漢語多加了一條 -p#, -t#, -k# → φ 的規律，因此入聲字便消失了。在十七世紀以前的英語中，母音後的 /r/ 是發音的，但在十七世紀初到十九世紀末之間，英國人及在美國波士頓一帶的人在他們的語音系統中加入了 $r \to \phi / \begin{Bmatrix} V- \\ -\# \end{Bmatrix}$ 這樣的一條語音規律，因此今天英國英語及波士頓口音的英語中 park, farm, father 等字發音是 /pak/, /fam/ 及 /ˈfaðə/，r 不發音。

語音規律的消失 (rule loss) 也可以形成語音系統的改變。古英語有一個時期有一條 $\begin{bmatrix} C \\ +fricative \end{bmatrix} \to$ 〔+voice〕/V—V（母音之間擦音濁化律）的規律，而 house（動詞）與 house（名詞）以及 bath（名詞）與 bathe

---

❺ 參看 Fromkin 與 Rodman, 1978, p. 283。

（動詞）之間的主要分別在於動詞以母音結尾（現今拼法還保存這個字母），但名詞則以 /s/ 及 /θ/ 結尾。因受上述母音之間擦音濁化律的影響，這些字的動詞的尾音發音有一度是 -zə 及 -ðə，但後來字尾的母音在歷史變化中消失了，隨後擦音濁化律也消失了，遂形成今天 /hɑus/（名詞）與 /hauz/（動詞）的對比。使原先沒有對立的〔s〕及〔z〕產生了對立。**❻**

語音規律的改變 (rule change) 也會引起語音的變化。上述英語的擦音濁化規律在古英語裡是以語音條件限制的規律，亦即出現在母音之間的擦音都會濁化，但是現代英語裡是消失了，然而這條規律的效果至今仍可以從少數名詞數目的變化看得出來，如 wife/waɪf/ → wives /waɪvz/，只是當初古英語裡的擦音濁化律是受語音條件限制，而現代有關 /waɪf/ → /waɪvz/ 的規律則是以構詞形態作條件，亦即只能運用到特定的名詞上，如 wife—wives; knife—knives; loaf—loaves; thief—thieves 等。其他名詞則不會有這種變化。中古英語時期才引進英語的名詞如 proof 其複數是 proofs 而非 *prooves。這些語音的變化使我們可以推斷像 wife 等名詞是古英語時期就有的字，而像 proof 等名詞則是在擦音濁化律產生變化（即從語音條件改變成構詞形態條件）之後才進入英語的。**❼**

語音改變往往也會引起語音結構的重組。例如，依照 Grimm 氏語音律的描述，早期的印歐語（亦即日耳曼語系，Romance 語系，希臘語，梵文的原始語）含有 bh, dh, gh; b, d, g；以及 p, t, k 三系列的塞音，到後來日耳曼語系時原始語的送氣濁塞音變成日耳曼語的不送氣，不送氣的濁塞音變成清塞音，清塞音變成清擦音，其情形略如圖 11–1。

---

❻　參看 Fromkin 與 Rodman, 1978, p. 284 起。

❼　參看 Akmajian 等，1979, p. 214。

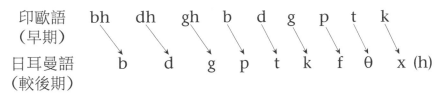

印歐語（早期）　bh　dh　gh　b　d　g　p　t　k

日耳曼語（較後期）　b　d　g　p　t　k　f　θ　x (h)

圖 11-1　　Grimm 氏語音律

早期九個塞音系列的所有對比，在日耳曼語系的語音系統中仍完全保留，只是早期的系統是塞音之間送氣與清濁兩個語音成分之間的對比，在後期的系統中變成塞音之清濁與擦音及塞音的對比而已。雖然語音的對比沒有減少，但是結構系統重組了。

11-3-2　詞彙的變化

　　詞彙的改變最顯著的是新詞項的增加，有很多事物是以前未有的，增加新詞來表示乃自然的發展，例如電視、雷射、太空梭等詞。借字或翻譯也是新詞項增加的一種方式，在今天國語裡很多新詞是由西洋語文借用或翻譯而來的。這方面，國語日報編的外來語詞典裡例子很多。從佛教傳入中國以後，漢語的詞彙更是增加了不少與佛教有關的詞，其中有些已成為大多數人詞彙中相當熟識甚至常用的字了，例如，佛、塔、僧、尼、地獄等詞，一般人已經不會知道原是外來語詞。

　　詞彙的改變另一種方式是語詞因為使用少而至消失（不用），這是在任何語言都會有的現象。例如「桃笙」一詞現代人的詞彙中是不用的（消失），其義往往要從字典中才求得。其實，不只今人發生困難，宋人蘇東坡讀唐人柳宗元詩句「盛時一失貴反賤，桃笙葵扇安可常」時，也是不知「桃笙」為何物，後來是讀了《方言》才知道古時把「簟」稱為「笙」，「桃笙」是以桃竹為簟的意思。❽類似的情形，每個語言

---

❽　參看黃錦鋐，1982，p. 1。

中都不少，在英語像是莎士比亞作品中，有很多詞項現今也已「消失」不用了，Fromkin 與 Rodman 從 Romeo and Juliet 一劇中舉出下列數例（參看 Fromkin 與 Rodman, 1978, p. 296）：

beseem	意謂	「適合」
mammet		「玩偶」
wot		「知道」
wherefore		「為什麼」
gyve		「腳鐐」
fain		「高興；頗為」

但這些語詞在現代英語中早已不用了。

有時候，有些詞項的語意也會改變，英語中的 dog 一詞原先指一種特別的狗，但現今卻成為一般的狗的通稱，這是詞意擴充 (broaden) 的現象，反之 hound 一詞原來是狗的通稱，現在卻指特別的一種狗（獵犬），這是詞義縮窄 (narrowing) 的現象。

11-3-3　語法的變化

廣義的語法變化包括構詞法的變化以及造句法的變化。我們知道語音的變化與詞彙（詞項的增減）的變化比較容易而顯著，但是語法一般說來比較保守，而且時間經歷久遠還是會產生變化的。

構詞法方面，我們前面簡略提起過漢語如何因為音節結構簡化而發展出更多的多音詞，在前面構詞學一章裡的一些國語的構詞法則，在早期漢語中並不這樣用的，例如把「化」當作形成動詞的詞尾而構成新詞，如「機械化」、「工業化」、「名詞化」、「動詞化」、「自動化」、「電腦化」等，或者是把「度」當作是名詞化的詞尾而構成新詞，如「溫度」、「濕度」、「難度」、「知名度」等等。

另外，從歷史的研究中，我們也可得知國語的「量詞」（如「張」、

「個」、「隻」等等）大致是從名詞演變而來的，而且其用法也因年代而變化，在先秦時代，如果表示天然單位（如個、隻、匹等）或度量衡單位（如尺、寸、斤等）的量詞與數詞（如一、二、三等）共用時，量詞常置於名詞後面，如「馬三匹」而不說「三匹馬」（當然也有例外的情形，如「一簞食，一瓢飲」）。漢代以後量詞與數詞都可放到名詞前面了（例如「一尺布，尚可縫；一斗粟，尚可舂」（《史記・淮南衡山列傳》））。到了中古時代，量詞置於名詞之前更是普遍，唐宋人的詩、文中例子很多（如杜甫詩「當時四十萬匹馬，張公歎其才盡下」；白居易詩「偶依一株樹，遂抽百尺條」）。❾事實上，量詞發展到後來還可以放在名詞後面作詞尾使用，例如「車輛」、「房間」、「馬匹」、「布疋」、「書本」等等。同時在歷史的過程中，有些量詞使用的範圍擴大了（例如個、張等），有些縮小了（例如「枚」字現代口語中很少用了），也有些在特定的地區用法上擴大了，例如在臺灣本省現在的口語中「粒」與「臺」使用範圍上擴大了不少。

在英語中，古英語時代沒有 -able 這個形容詞詞尾，1066 年隨著諾曼人入侵，法語大量傳入後，英國人把原是法語的詞尾加在英語的字後，形成很多新詞。這條構詞規律，今天仍是相當常用而廣泛的規律，類似 doable, washable 等字就是這條規律之下產生出來的字。

在句法方面，最容易使我們想到的例子就是「詞序」，我們都知道現代國語（口語與書面白話文）和文言文在詞序方面有所不同（文言文說「時不我予」，同樣的語意用現代口語說出來，動詞不會放在最後的。詞序方面變化的例子很多而且易見，我們不擬多舉了）。另外有些句法結構也是歷史變化的結果，例如「『把』字句式」（亦稱處置式）

---

❾　參看《漢語史稿》，pp. 241, 242。關於國語量詞的詳細演變情形，參看同書第33 節。

在七世紀以前還沒有的，在唐代以前只有「動詞＋受詞」的形式，例如「盡飲之＝把它喝完」；「敗之＝把它打敗」。處置式的產生大約在第七、八世紀之間，而且在較早時期「將」字用得比「把」字要多，中、晚唐以後「把」字使用就普遍起來了。❿

　　在十五、六世紀時，英語只需要把 not 加在肯定句子後面就可以構成否定句。Fromkin 與 Rodman (1978) 從 Malory 與莎士比亞作品中舉出下面的例句：

He saw you not.

I love thee not, therefore pursue me not.

在現代英語中 not 必須置於動詞前面，而且一般情形下還要以助動詞 do 來表示時式，因此以上兩句在現代英語中變成：

He did not see you.

I do not love you, therefore do not pursue me.

另外，同年代裡英語可以有「雙重比較式」（如 more gladder, more lower 等），但現代英語中卻沒有這種結構了。

11-4　語言變化的規律性及其描述方式

　　語言變化的一大特徵是其規律性，特別是語音方面。我們說從十七世紀初英國人把 /r/ 音省略，今天英式英語與波士頓口音英語中，凡是一般美式發音中帶 /r/ 的詞項，/r/ 一律都不發音，這種對應是相當規律的。今天在臺灣，大多數年輕人在日常非正式的口語中，沒有捲舌音，而以一種介於捲舌及舌尖音之間的語音代替。這種對應也是規則而全面的，所有捲舌音都如此（當然，在很正式的場合如演講時，或

---

❿　參看《漢語史稿》，pp. 410–413。

是說話者故意注意時，捲舌音還是有的）。前面我們提到印歐語早期的
bh, b, p 變成後來日耳曼語的 b, p, f。這種改變，本質上也是規律的。
而這種變化，我們到現代還可以從印歐語族的相關語系的語言中，找
到規則的對應，例如 Romance 語系語言中的 p，在日耳曼語系的語言
（如英語）中是 f：

英語	法語	西班牙語
father	père	padre
fish	poisson	pescado
foot	pied	pie

這種規律的對應不只在英語與法語及西班牙語中如此，在印歐語族中
是相當廣泛的情形：

英語	梵文	希臘語	拉丁語
father	pitár	patér	pater
foot	pad	póda	pedem

　　就是這些規律的變化，以及從現代語言中可以找到的規律對應，
引起十九世紀西方的語言學家的興趣，形成了一個多世紀的歷史比較
語言學的蓬勃發展，也從語言的歷史比較研究中，建立起語言之間的
親屬關係，例如印歐語族的確立就是歷史比較語言學最大的成果之一。
這些研究之所以可能，完全建立在語言變化的規律性上面。

　　因此，在現代語言學中，對於語言的變化，特別是語音的變化，
我們常以語法各部門中規律的變化來描述，例如「規律的增加」(rule
addition)，「規律的消失」(rule loss)，以及「規律的改變」(rule change)
（見上文）。

11-5　歷史比較語言學

　　語言的變化是不可避免的事，同一語言經過長時間的發展，會變成好幾種方言，如果再經過更長的時間，以至這些「方言」之間不能相互溝通時，這些同一語言變化而來的「方言」很可能被視為不同的語言了。Romance 語系（或拉丁語系）中的法語、西班牙語、義大利語、羅馬尼亞語、葡萄牙語一度只是羅馬帝國通行的拉丁語的方言而已。由於語言變化常具有規律性，在起源上相關的語言之間亦有規律性的區別（特別是語音方面）可循。因此如果我們在不同的語言裡，就（語意）相同的詞項（又稱同源詞 cognates，參看上面英語、法語、西班牙語、拉丁語等 foot, father 等字表）中發現廣泛而有系統的規律對應時，我們可以推斷這些語言是同源的語言，具有親屬關係，都是從同一個更早期的語言中變化而來的。

　　歷史比較語言學的研究主要是以比較同源詞以發現規律的對應變化的方式，來推斷語言之間在起源上的關係，也稱作親屬關係，並且進一步擬測 (reconstruct) 這些同源語言的原始語 (proto-language)。歷史比較語言學 (historical-comparative linguistics) 是十九世紀語言學研究的主流，這個時期中最大的成就是把很多語言的親屬關係建立起來，並且把其中很多重要的語音對應規律描述。著名的印歐語族 (Indo-European Language Family)，是研究得最廣泛精深的語族。在本世紀中，研究漢語的學者（如高本漢）也以歷史比較方法，從中國方言的比較以及對古籍的考據，去擬測早期漢語的語音，成就也很卓越。

　　從上面 father 與 foot 兩字在英語等四種印歐語言的比較中（為方便起見，我們把這些字重複如下）：

英語	梵文	希臘語	拉丁語
*f*ather	*p*itár	*p*atér	*p*ater
*f*oot	*p*ad	*p*óda	*p*edem

我們不難發現以下的規則對應：

英　梵　希　拉

f　p　p　p

θ　t　t　t　　　（英語 th 音值為 /θ/）

這種對應當然不止於這一兩個同源字 (cognate)，還有為數眾多的字都顯示出這種的對應。根據這種對應，語言學家推測這兩組語音分別由原始的印歐語 (Proto-Indo European) 中的 *p 及 *t 變化而來（在歷史語言學中，標 * 號的項目是擬測的項目）。其情形如下：

Proto-IE

事實上，這是一種更廣泛的歷史音變的現象，也是 Grimm 氏規律所描述的現象的依據。從上述幾種語言的比較研究中，語言學家擬測 Proto-IE 的塞音有 *p, *t, *k, *b, *d, *g, *bh, *dh, *gh，其歷史變化反映於印歐語族各語系中，略如下：

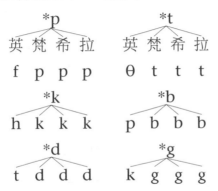

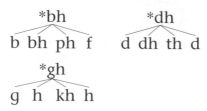

我們要注意以下幾點：(1)如沒有特殊的情形，在親屬語言中出現最多的形式通常會被擬測為原始的形式 (protoform)，如上面的 *p, *t, *k 等；(2)但有時候，語言學家考慮整個語言系統的形式時，也會以一個不在親屬語言中出現的形式作為擬測的原始形式（如上面的 *gh）；(3)比較語言學的方法原則雖如上述，但是絕不是像上面的片面討論那麼簡單，關於歷史比較語言學的方法比較詳細的介紹，可參看 Pearson, 1977，第 3 章。

歷史語言學除了做語言、文物、文獻的比較研究，原始語的擬測的歷史比較研究以外，廣義的看來，對於語言在歷史上變化的語料的記錄、整理、描述，及分析都是屬於歷史語言學的範圍。

11-6　主要的語言族系

根據歷史語言變化的證據及研究以及對於語言之間的共同點及相異點的觀察，語言學家將世界上的語言分成好些族系，就像我們有家譜的情形一樣，語言族系的分類顯示出語言與語言之間的親屬關係。我們也常用樹狀圖來表示這種關係，以下圖 11-2 是印歐語族中各主要語系及其語群中的各語言的族系樹狀圖（根據 Pearson, 1977, p. 44，圖 3-3）。

世界上印歐語族以外的語言，大致還可以分為以下的語系（根據 Ruthlin, 1976 的分類，參看 Fromkin 與 Rodman, 1978, pp. 312-314）。

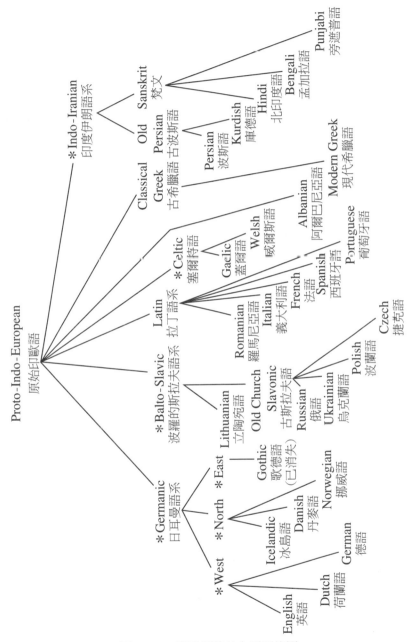

圖 11-2　印歐語族的主要語族圖

Afro-Asiatic 語系：包括 Amaharic, Arabic, Berber, Galla, Hausa, Hebrew, Somali。

Altaic 語系：包括日語，韓國語，蒙古語，Tartar，土耳其語，Uzbek。

Austro-Asiatic 語系：包括 Cambodian, Vietnamese。

Austronesian 語系：包括 Batak, Chamorro, Fijian, Hawaiian, Indonesian, Javanese, Lao, Malagasy, Malay, Maori, Samoan, Tagalog, Tahitian, Thai，和臺灣各種原住民語言。

Caucasian 語系：包括 Avar, Georgian。

Dravidian 語系：包括 Kannada, Malayalam, Tamil, Telugu。

Niger-Kordofanian 語系：包括 Efik, Ewe, Fulani, Igbo, Luganda, Nupe, Shona, Swahili, Twi, Yoruba, Zulu。

Sino-Tibetan（漢藏語系）：包括緬甸語、粵語、客家語、官話、閩語、吳語、藏語。

Uralic 語系：包括 Estonian, Finnish, Hungarian, Lapp。

美洲印第安語族：

Algonquian 語系：包括 Arapaho, Blackfoot, Cheyenne, Cree, Menomini, Ojibwa。

Athapaskan 語系：包括 Apache, Chipewyan, Navajo, Sarsi。

Iroquoian 語系：包括 Cherokee, Mohawk。

Mayan 語系：包括 Maya。

Quechumaran 語系：包括 Quechua。

Uto-Aztecan 語系：包括 Hopi, Nahuatl, Pima。

Yuman 語系：包括 Piegueño, Mahove。

關於上述各語言主要的地理區域分佈情形，參看 Fromkin 與 Rodman, 1978, pp. 311–314。

11-7　語言古生物學

　　歷史語言學除了能幫助我們了解語言改變的性質，語言結構的特性，語言之間的親屬關係以外，還可以利用擬測出來的語言資料來推測史前期（往往也是使用擬測出來的原始語的時期）的文化以及地理的位置，這種研究稱為「語言古生物學」(linguistic paleontology)。根據 Fromkin 與 Rodman (1978) 指出，這方面對印歐語族有相當廣泛的研究。根據語言學家擬測出來的詞彙，我們可以推測出不少與史前期印歐民族的文化及生活方式有關的資料。比方說，擬測的原始印歐語中沒有「女婿」一詞，只有「媳婦」一詞，我們可以推測當時男女婚後是住在男家而非女家，這樣看來古印歐民族是父系社會的可能性比母系社會的可能性就要高多了。另外，原始印歐語的詞彙中有「牛」、「綿羊」、「山羊」、「豬」、「狗」、「狼」、「鴨」、「蜜蜂」、「橡樹」、「山毛櫸」、「柳」等動植物名詞，但卻沒有蔬菜或穀物的名詞，我們可推測當時大概還是畜牧的社會，仍未發展出農業來。同時，利用類似的語詞如「橡樹」、「山毛櫸」、「狼」、「鮭魚」等動植物名詞，我們也可以推測出古印歐民族的原始居住地應該是在東歐與中歐一帶，因為一方面這些動植物是該地帶所產，而不是該地帶所產的動植物名稱如橄欖、棕櫚，以及一些亞洲出產的動植物名稱在原始印歐語中卻沒有。由此可以支持以上的推斷，即古印歐民族起源於東歐及中歐地帶。又從使用器物的名稱看來，印歐民族的時代應該是鐵器時代以前，亦即西元前 4000 年前左右。以上的推測，當然還需要人類學及考古學方面的研究來配合，方可更足採信，但是無可否認地，從歷史語言學所提供的資料，的確是對一些史前期的文化或是一些一直都沒有文字史料記載的民族的早期社會文化的研究非常有幫助。❶利用這種研究方法，

語言學家對於美洲印第安語族，非洲班圖 (Bantu) 語系的民族，以及亞洲及太平洋南島民族（包括臺灣高山族）也做過相當有成效的研究，幫助我們了解這些民族的發源地以及早期的文化與社會方式。根據李 (1983a) 指出，古南島民族的起源地一定是在靠海的地方，而且是一個航海的民族，因為在廣大的南島區域中對於一些海生動物所使用的名稱都相同（例如：「鯊魚」、「烏賊」或「章魚」、「龍蝦」或「蝦」、「鰭刺」或「鱝魚」、「海龜」、「鱷魚」等等）。同時古南島語中類似「船」、「帆」、「船槳」等詞彙可幫助我們推測他們是個航海的民族。再加上一些陸上動物的名稱以及許多熱帶植物的名稱，如果再考慮許多南島語的詞彙被借到沒有親屬關係的中南半島的語言（如高棉語、泰語、越南語）中這個現象（這種借詞現象並非現今留在亞洲大陸上的少數南島語言如馬來語可以解釋的），使李 (1983a) 作出「古南島民族大概居住在中國大陸與越南交界處、高棉以及沿海的鄰近地區」的結論（參看李 (1983a)）。

---

❶　以上有關原始印歐語文化的討論，參看 Fromkin 與 Rodman, 1978, pp. 309–311。

────────── 複 習 問 題 ──────────

1. 語言有哪些方面的變化？

2. 語言變化有哪些主要的原因？

3. 什麼是歷史比較語言學？

第十二章　社會語言學

12-1　引言

　　語言學家有很多時候會把語言看作一個純粹的符號系統來研究，好像這個系統就是產生獨立的句子的系統，而這些句子又完全不受實際使用時種種因素的影響。這裡所謂實際使用的因素包括了心理的以及社會的因素。誠然，對於語言的純理論上的探討，這種研究方式是合理的方式的一種。因為如果研究語言的最終目的是要探究人內在的語言能力 (competence) 的話，那麼研究這種能力時，的確不必一定考慮影響說話行為 (performance) 的種種因素，因為理論上語言能力是不受這些因素所影響的。然而，我們會問，我們在說話時，使我們順利表達自己的意思的內在能力除了語言結構上的能力以外，是否還有一些語用方面（特別是溝通方面）的能力？前者使我們能決定以什麼詞項及句式來表達我們的意思，後者能使我們在某一場合中，以適合於這種場合的體裁 (style) 來說話。我們也知道，語言實際使用時，常常不是每句都是合語法的，這些實際使用出來的語言，是否也能像研究語法理論一般地加以有系統的研究呢？答案是肯定的。這方面的研究稱為社會語言學 (Sociolinguistics)。

　　為什麼對於實際使用的語言有系統的研究稱為社會語言學呢？因為人是社會的動物，語言是在社會的場合中使用。社會語言學家 William Labov (1969) 說 "the social situation is the most powerful determinant of verbal behavior."（社會情況是說話行為最有力的決定因素）。❶

影響語言使用的社會因素很多,因此社會語言學的範圍也很廣,從個人的語言行為有關的因素如「在什麼時候,什麼場合中,對什麼人,以什麼方式,說什麼話?」的考慮,以至於語言在社會甚至國家中所具備的功能,如標準語言的訂定及推廣等,都是社會語言學所關注的範圍,前者我們有時候稱為「微觀社會語言學」(microsociolinguistics),後者稱為「宏觀社會語言學」(macrosociolinguistics)。當然,這種分法多少是一種相對的分類,是為了研究方便而設的,我們也許不難發現,有些社會語言的問題並不容易照這種方式來分類。但是,重要的是,我們要了解語言的社會因素範圍很廣。下面我們將分別討論語言在地理上的差異,語言與社會階層,語言與種族,語言的接觸,語言使用的場合,語言與國家等問題。

12-2 語言在地區上的差異:方言

語言因為本質上是一種動態的傳訊系統,永遠都在變化中,如果從時間的層面去看,我們自然看到語言歷史上的變化,如果從空間的層面去看,我們也可以看到同一種語言在不同地理環境上所呈現的差異,這就是方言的差異。這種說法,似乎把語言在時空上的差異截然分開,其實,我們應該明白,時間與空間之所以成為語言差異的因素,是互為表裡,非常密切的,空間的遷移,往往使原來說同一種語言的人分為兩群或多群,多年以後,住在不同地方的這幾群人如果交往不頻繁,就會產生一些語音、用詞上的差異,如果經過很長很長的時間後,甚至語法也會產生不同,這是方言的主要起因。因此,從「斷代」的眼光看來,雖然方言的差異似乎只是地區上的差異,但是我們應該

---

❶ 參看 Labov (1969)。

注意，在這些差異形成的過程中，時間是一個極重要的因素。當然，我們作當代社會語言學的研究時，也可以暫時不考慮時間，而只分析及描述地區上的差異。

　　方言既是由同一語言而來，照理說，兩種表意的說話系統何時應視為兩種不同語言，何時才能視作同一語言的兩種方言，似乎應該是很容易下判斷的事。很多情況下，的確如此，拿英語與國語來說，很清楚這是兩種語言，但是拿挪威語與丹麥語來說（從語音及語法結構看來），就不見得是像英語與國語那麼不一樣的語言了，把它們看成有密切親屬關係的兩種方言也無可不可。

　　方言與語言的判斷與語言之間的差異有關。事實上，在同一個語言社區 (speech community) 中，每個人說的話都不同，各有其特色，也就是說，每人都有其自己的「個人語」(idiolect)。如果我們把「個人語」以及理論上的「語言」（亦即理論上每人都使用，而沒有差異的系統）看作說話差異尺度上的兩個極端，那麼「方言」就隨其不同的差異程度，位於這兩種極端的中間。因此，語言之間的差異是一種連續的現象，我們很難定下兩種說話方式要有多大程度的差異才是兩種不同的語言，或是差異在哪種範圍之內就算是兩種方言。當然，最常用的判斷標準是「相互了解度」(mutual intelligibility)，根據這種標準，兩種不同的說話方式的使用者如果不能在口語上相互了解對方，這兩種方式就是不同的兩種語言，反之就是兩種方言。但是這種標準我們只需隨意的觀察，也可以知道是不理想的。因為在疆域廣大的國家（如我國）中，有很多方言是不能相互了解的，例如只會說閩南語的人在只講粵方言的地域是聽不懂粵語的，但是任何中國人都不會說粵語與閩南語是不同的語言，我們都認為粵語與閩南語都是漢語的方言，不是兩個不同的語言。相反地，上面所提的挪威與丹麥的語言，以及西班牙語與葡萄牙語之間的相互了解度相當的高，但是卻被視作不同的兩

種語言。由此可見「相互了解度」也不是一種很理想的標準。其實，語言與方言之訂定，除了語言本身的因素以外，常常也考慮社會、文化、及政治等因素的，僅憑「相互了解度」仍是不足以處理所有的情形。

　　方言的差異正如語言在時間上的差異一樣，可以呈現於語音、語詞及語法上。

　　如果以粵方言中的廣州話（可視作粵方言的「標準語」，亦即一般人所稱的「廣東話」）與國語相比時，我們發現在語音方面的差異是很顯著的。國語的擦音與塞擦音系列要比廣東話的複雜，前者有 /f/, /ɕ/, /ɸ/, /ʂ/, /ʒ/, /x/, /ts/, /tsʰ/, /tʂ/, /tʂʰ/, /tɕ/, /tɕʰ/，但後者只有 /f/, /s/, /h/, /ts/, /tsʰ/ 而已。因此國語中「私」，「西」，「詩」，「成」，「岑」在廣東話中其聲母（子音）都是 /s/（亦即中古音心母，少數邪母，審母，穿母，禪，床母平聲，以及部分禪，床母的字在現代廣州話中都變成 /s/）。同時，廣州話 /s/ 的音值是「舌葉與上齒齦塞音」，與國語的ㄒ，ㄕ及ㄙ的音值都有很顯著的差異，因此擦音與塞擦音是廣東人學國語時困難所在之一。在母音方面，國語前母音圓唇的只有ㄩ (/y/)，但廣東話除了 /y/ 以外，還有 /œ/。在聲調方面，國語只有陰平，陽平，上聲，去聲四個聲調，入聲全消失了，而廣州話除了平上去入都各分陰陽以外，陰入聲還一分而為二，共有九個聲調，其調值及例字略如下表。❷

　　像以下表 12–1 的聲調系統，與國語的聲調系統相比，的確有很大的差異。

　　在詞彙方面，廣東話與國語也有不少差異，比方說，國語許多雙（複）音節詞，在廣東話裡是單音節詞。例如：

---

　　❷　參看 Tse (1978c)；以及漢語方言概要。此外，本節所舉例子，大多以筆者的母語（廣州音系的廣州話）為依據。

表 12-1　廣東話的聲調

調　類		例　字　及　調		
平	陰　平	分 fən˥	詩 si˥	（55 或 53˩）
	陽　平	焚 fən˩	時 si˩	（11 或 21˩）
上	陰　上	粉 fən˧	史 si˥	（35）
	陽　上	奮 fən˧	市 si˨	（13）
去	陰　去	訓 fən˧	試 si˧	（33）
	陽　去	份 fən˨	是 si˨	（22）
入	上陰入	忽 fət˥	色 sik˥	（5）
	下陰入	法 fat˧	洩 sit˧	（3）
	陽　入	罰 fət˨	食 sɪk˨	（2）

(1)國語　　　廣東話

　　眉毛　　　　眉

　　味道　　　　味

　　顏色　　　　色

　　尾巴　　　　尾

　　椅子　　　　椅

　　鼻子　　　　鼻

有些廣東話的雙（複）音詞在結合上與國語對應的語詞的詞序相反。例如：

(2)國語　　　廣東話

　　喜歡　　　　歡喜

　　要緊　　　　緊要

　　整齊　　　　齊整

　　客人　　　　人客

有些詞是與國語所用的語詞很不一樣的，例如國語說「荸薺」廣東人說「馬蹄」，「手套」在廣東話中稱為「手襪」。

　　另外，像閩方言一樣，廣東話也保存很多古詞，是今天國語不用，但在粵語中卻是常用詞。例如：

(3)廣東話　　　國語
　　行　　　　　走
　　頸　　　　　脖子
　　將　　　　　把
　　飲　　　　　喝
　　食　　　　　吃
　　著　　　　　穿
　　企　　　　　站
　　斟　　　　　敘談，商議
　　卒之　　　　終於
　　舊時　　　　從前

　　廣東話中外來語比國語多很多，有些是直接音譯過來的如「波」(ball，球)，「仙」(cent，分)，「咭」(card，卡片)，「嘜」(mark，牌子，商標) 等。有些是音譯再加上「說明」，例如「恤衫」(shirt，襯衣)，「梳化椅」(sofa，「沙發」)，「泡打粉」(powder，「發酵粉」)。有些是簡化外來語而成的，例如「咪」(microphone，「麥克風」，「擴音器」)，「燕梳」(insurance，「保險」) 等。

　　最後，廣東話有許多獨特的語詞，不但國語裡沒有，連書寫的形式也是創造出來的，例如：

(4)廣東話　　　　　　國語
　　乜〔mət˥〕　　　什麼
　　嘢〔jɛ˨〕　　　　東西
　　搵〔wən˧〕　　　找
　　嘥〔sai˥〕　　　浪費

嬲〔neu˥〕　　　生氣

劏〔tʰɔŋ˥〕　　宰，殺

冚〔kʰam˥〕　　蓋（動詞）

瞓〔fən˧〕　　　睡覺

靚〔lɛŋ˧〕　　　漂亮

叻〔lɛk˥〕　　　能幹

孖〔ma˥〕　　　一雙，一對

　　至於語法方面，廣東話與國語也有一些分別，在這裡我們只舉一些詞序方面的例子。比方說，國語的副詞都置於被修飾的動詞或形容詞前面，但是廣東話有少數副詞卻置於被修飾的動詞或形容詞的後面，例如：

(5) a. 我行先一步。（我先走一步。）

b. 你食先，唔使等我。（你先吃，不用等我。）

c. 等我休息一陣先。（先讓我休息一下。）

d. 食的添，唔使客氣。（再吃一點，不用客氣。）

e. 唔使急，坐多一陣先走啦。（不用急，多坐一會兒才走吧。）

　　另外，廣東話裡直接受詞與間接受詞的位置與國語也不一樣。國語的指人受詞（間接）在前，指物的直接受詞在後，但廣東話則相反。例如：

(6) a. 佢俾兩枝筆我。（他給我兩枝筆。）

b. 我俾咗三蚊佢。（我給了他三塊錢。）

　　綜合而言，雖然方言之間常有不少差異，但是其親屬關係還是很顯著的。方言的差異屬於語言在地區上的差異，地區因素是社會因素之一，因此方言的種種也是社會語言學所關注的課題之一。

12-3　語言與社會階層

　　任何人只要他對語言在實際社會情況中的使用感興趣，一定會知道社會的因素對實際的言語有相當的影響。這些社會語言因素包括上一節所述的地理上的差異，以及說話者的社會階層，年齡，性別，說話場合正式的程度，以及在一多文化多種族的社會中（如美國，新加坡等）說話者的種族等因素都是社會語言學要研究的。當然，有一點我們要注意的是，當我們說某一社會因素是會「影響」說話者的語言時，我們所主要指出的是這種因素與某種語言形式（發音或句法等）的相關程度 (correlation)，並不是表示因果的關係。我們感興趣的往往是同一語言形式與不同的社會因素的層次相關 (social stratification)（比方說，國語的捲舌音 /ㄖ/ (/ʐ/) 實際發音形式的差異與性別及年齡的相關）。在本節裡我們先看看社會階層與語言的關係。

　　不同的社會階層往往有不同的說話方式，其起因有部分與方言的起音相同，方言是因為空間的距離所引起，不同的社會階層所使用的不同說話方式是因為「社會的距離」所引起的。比方說，受過高等教育的知識分子所用的新語詞不見得會被收入勞工階層所採用。某種說話特徵的傳播常被社會階層、性別、年齡等因素所阻礙，以致並非整個社會所使用的語言都一致。

　　一般說來，社會階層 (social class) 的定義在社會學中並非一成不變，事實上，社會學家在這方面的意見並不一致。但是，大體上，社會階層大多以社會／經濟情況來區分（當然，社會階層這種分法決不是每個社會都如此，像印度的世襲階級制度 caste system 就不見得如此）。在一系列對於語音與社會階層的相關研究之中，社會語言學家 William Labov 對紐約市的社會各階層的發音作過很詳細的調查。

Labov (1972) 特別把其中一個很具特色的語音（出現在母音後面的 /r/）的社會階層分佈情形報導出來。在第二次世界大戰以前，紐約市大致上說來是屬於 /r/ 不發音（特別是沒有捲舌 /r/ 的發音，如 farm 發成〔fam〕) 的地區，而像新英格蘭地區一樣，/r/ 不發音是被認為是社會地位比較高的口音。但是大戰期間的軍事行動使社會及人口情況改變，同時語音也比較傾向一般美國的捲舌 /r/ 的發音，而且漸漸在紐約市捲舌的 /r/ 反而被認為是社會地位更好的發音，這種情形到 60 年代 Labov 開始他的研究時更為明顯（參看 Atkinson 等，1982，第 12 章）。從 Labov (1972) 的調查中，發現紐約市「中上階層」(upper middle class) 的人大約有 70% 的時候會不發 /r/，「中下階層」(lower middlc class) 的人大約有 80% 的時候會不發 /r/，而「勞工階層」(working class) 的人大約有 85% 至 90% 的時候不發 /r/，而「下階層」(lower class) 的人（特別是黑人）則 95% 以上的時候不發 /r/（參看 Wolfram 與 Johnson, 1982, p. 148 起；Labov, 1972, Fig. 2–2, Table 2–3)。我們知道沒有 /r/ 的口音是一條「r 省略規律」加進英語的結果（參看第十一章 11–4 節），從語音規律本身來看，這是很規律的現象，只要某人具有這條規律，應用起來所有 /r/ 都會省略。Labov 的發現不只告訴我們，語言規律在使用時並非所有時間都用的，同時他還發現用與不用與社會場合有關（Labov 曾以不同階層的百貨公司做調查的場合，而這些場合則與被調查者的社會／經濟地位有關，詳見 Labov (1972)）。這些發現使我們了解到，語言規律並非簡單的「用或不用」的事情，而是因使用場合不同而有系統地會改變的，而引出「可變規律」(variable rule) 的概念。像在紐約市中，「r 省略規律」就是一條可變的語音規律，其使用的變化情形與使用場合以及使用者的社會階層都有相關。

　　詹（1984）在她的研究中也發現臺北地區的人在說國語時 /ㄖ/ 這個語音分別有〔ʐ〕(標準音值)，〔z〕, 〔l〕，及〔n〕四種形態（其情形

比紐約市 /r/ 音只要發或不發兩種情形要更複雜些）❸，而在自然交談的情況下，「白領階級」，「藍領階級」，「學生」，「家庭主婦」四個階層發 /ㄖ/ 音各個形態的分佈情形如下：

表 12–2　自然交談時 /ㄖ/ 的發音以職業為準的分佈情形
（參看詹，1984, p. 64）

	%〔ẓ〕捲舌標準音	%〔z〕	%〔l〕	%〔n〕
A. 白領階級	31	41	21	6
B. 藍領階級	5	22	71	3
C. 學生	42	31	21	6
D. 家庭主婦	26	33	38	4

從表 12–2 看來，學生發標準的捲舌〔ẓ〕的比例最高，白領階級次之，家庭主婦再次之，而藍領階級則有 95% 的時間不發〔ẓ〕。詹 (1984) 是近年來對於國語發音的社會語言學研究中做得相當好而有系統的研究，其發現當然也不只以上這少許，她對國語的子音 /ㄖ/ 在職業，教育程度，性別，年齡，及使用場合與體裁等社會層面的發音形式的分佈，作了相當詳盡的調查。以上社會階級的因素與 /ㄖ/ 發音的相關還在使用的體裁 (style) 上有更複雜的相關情形。這是我們馬上要談到的一點，亦即語言與使用場合。

12–4　語言與使用場合：不同的體裁

不同的說話場合往往會促使我們使用不同的說話的體裁 (style)，在社會語言學文獻中也常稱為 (register)。最顯著的情形是說話場合的正式與非正式的程度，會使我們選用很正式或非正式的語體。正式的

---

❸　亦即例如「人」這個字在詹 (1984) 調查的資料中發現有：〔ẓənˊ〕（標準捲舌音），〔zənˊ〕,〔lənˊ〕，以及〔nənˊ〕四種不同的發音。

語體（如書寫時則稱文體）無論在發音，選詞，及句法方面都顯得小心謹慎而且接近標準的用法。反之，非正式的語體，特別是很熟的朋友之間閒聊時，我們所使用的語體在發音、選詞及句法方面就隨便多了。說話的體裁以不同的語言形式呈現出來，而體裁的選擇與使用的場合 (context) 有關。以下的對話，我們很難以想像會在一個博士論文口試（很正式的場合）中出現的：

(7) a. 教授：你能不能以語言規劃的觀點解說一下加拿大的雙語
　　　　教育規劃的情況？

　　b. 博士候選人：哇噻，你老兄這個問題問得真棒！真有一套！
　　　　以語言規劃的觀點來看，加拿大……

(7)之所以不可能，是因為上述博士候選人所用的說話體裁完全不能符合口試的正式場合以及其說話的對象。如果同一個人在與朋友聊天的場合中說出 (7b) 的前半段話時，就不會顯得不妥當了。

　　(7)所顯示的主要是選詞方面的問題，不同的體裁也可以在語音上呈現出來。詹 (1984) 把語言的體裁分成「自然交談」，「整篇朗誦」，「多字字表的朗誦」，「單字字表的朗誦」以及「對比字表的朗誦」五種情形來調查。她的假設是，在正式的程度上，「自然交談」是最不正式的場合，因而說話者最不注意自己的發音（她注意的是子音 /ʐ/（[ʐ]）），按順序上去說話者愈來愈會注意發音，至唸「對比字表」時則最注意自己的發音。因此「自然交談」體裁的發音會與「字表朗誦」的發音有所不同。其調查結果如下（參看詹，1984, p. 38, Table 8）：❹

---

❹　「整篇朗誦」是用一篇好幾百字的文章，從頭到尾讓受調查的對象朗誦。這時
　　候因為朗誦的題材為一完整的文章，有上下文的關係，朗誦者比較注意「語意」，
　　較少注意「發音」（形式）。「多字字表朗誦」是用 46 項含有 /ʐ/ 聲母的多語詞
　　（例如「白日夢」、「柔和」等）字表讓受調查者唸。「單字字表朗誦」是以含
　　有 /ʐ/ 聲母的單字（例如「忍」、「日」等）加上一些含 /l/ 及 /n/ 以及其他聲母

表 12-3　國語子音 /ㄖ/ 在不同體裁／場合的分佈情形
SS=「自然交談」，PR=「整篇朗誦」，MCL=「多字字表朗誦」，
SCL=「單字字表朗誦」，CCL=「對比字表朗誦」

	SS	PR	MCL	SCL	CCL
% 〔ʐ〕（標準音）	22	44	46	44	47
% 〔z〕	32	14	9	11	11
% 〔l〕	42	37	39	42	39
% 〔n〕	4	6	6	4	4

從表 12-3 我們可以看出 MCL, SCL, CCL 三項的差異不大，因此可以合起來看（作為「字表朗誦」體裁）。如此，我們可以發現有「自然交談」，「整篇朗誦」以及「字表朗誦」三種體裁。如果以圖表把這些資料表示出來，可以得出以下的情形（參看詹，1984, p. 39, Figure 1）。

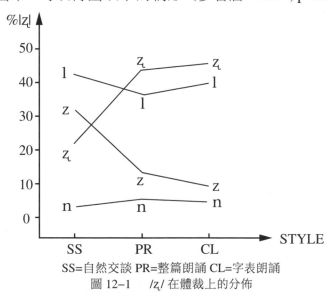

SS=自然交談 PR=整篇朗誦 CL=字表朗誦
圖 12-1　/ʐ/ 在體裁上的分佈

的字表（以分散朗誦者對 /ㄖ/ 的注意力）讓受調查者唸。至於「對比字表」則指包括「榮：隆」、「漏：肉」、「樓：柔」等對比字對的字表。其基本假設是，從「整篇朗誦」逐步唸到「對比字表」時，受調查的人是逐步的愈來愈注意其發音。

從上圖看來，隨著場合的正式程度增加，受調查者的注意力更集中在形式，就會使用更精確小心的體裁，標準捲舌音〔z〕的比率就增加，而比較不標準的發音（如〔l〕及〔z〕）減少，〔n〕則幾乎沒有增或減，但是因為其比率甚低，因此大致上是不被重視的發音。特別值得注意的是從「自然交談」至「整篇朗誦」兩種體裁（非正式對正式），標準音〔z〕大量增加以及〔z〕及〔l〕的減少現象，足以顯示捲舌音 /z/ 還是被認為是比較好的發音，因此在比較正式的體裁（如朗誦）中，比較為多數人採用。

當然，體裁的範圍還包括俚語，行話，甚至是各種學術及技術方面的專門術語，禁忌用語，委婉用語，不同團體中的暗語等等，都是語言在不同社會場合中使用的不同形式（體裁）。

12–5　語言與性別

語言使用的差異常與性別有關，這可以從兩方面來看。一方面是男人與女人說話的方式不同，另一方面是談及或描述事物時對男性與女性的描述有別，或是語詞本身與性別有關時往往其語意也會有別，特別是語詞上的「重男輕女」的情形，亦即好的語詞多與男性有關，不好的語詞大多與女性有關。我們分別在下面加以討論。

中研院李王癸先生在調查臺灣原住民的語言過程中，發現汶水方言（苗栗縣泰安鄉錦水村汶水）具有男女語言形式不同的語言，據李 (1983b) 的報告，在這方言中：

女性的語言形式保存較古的形式 ，也是基本的西部南島語 CVCVC 形式，而男性的語言形式是後起的，也是衍生的形式，在原有的語位加上某種詞尾或插詞，取代最後音節或某一輔音，把字中的輔音（g, r，或 ḥ）去掉，甚至整個字形都變了，例如：

語義	女語形	男語形	古南島語
火	hapuy	hapu-niq	*hapuy
挖掘	k-um-aiʔ	k-um-ai-huw	*kali
生的	mataq	mat-il-uq	*ma(n)taq
醉	ma-busuk	bus-in-uk	*ma-busuk
針	ragum	raum	*dʼaɤum
新	giqas	ʔiqas	
地	ʔutiq	rauq	*daɤəqˌ

　　當然，大多數語詞並無男女使用形式上的分別，但是在李所收集的汶水方言的字根中，大約有十分之一有男女語形的分別。這些詞彙包括「動物、植物、自然界景物、身體各部分名稱、日常生活的用具、食物、形容詞、動詞等各種實字，但是沒有虛字，語法詞，數字等」（李 (1983b)）。

　　其他語言顯示男女語言形式有系統差異的語言據李 (1983d) 的報告有「美國東北部美洲印第安 Gro Ventre 語言，男人語的顎化舌尖塞音跟女人語的顎化舌根塞音相對應，如『麵包』一詞男人說 djatsa，而女人說 kjatsa。又如，亞洲東北部 Yukahir 語，男人語的顎化舌尖塞音 ti 與 di 是跟女人語的舌尖塞音 ts 與 dz 相對應。小孩都用女人語，男孩長大後改用男人語。但是成人又可用另一套對音 cj 與 jj。這樣一來，男人一生要使用三種不同的語言形式。這種改變，顯然是有意的，不是不自覺的。」

　　一般說來，有男女語言形式差異的語言通常都顯示在實詞，很少在語法詞及語法變化的使用也分男女形式的（日語則例外）。在我國古代語言中，男女的自稱也有別，男人使用「不才」、「奴才」、「僕」等，女人則自稱「奴」、「婢」、「奴家」等，即使到今天，女人自稱用「人家」，而男人卻很少這樣自稱的（參看李 (1983d)）。

　　至於語詞本身語意反映出男女社會價值之別（特別是重男輕女現象）的例子，更是不勝枚舉。我們國語的詞彙中這類語詞相當多，為孩子命名時，女孩取的都是一些比較柔的字（湯 (1982b) 所稱「三從四德」，「風花雪月」的字）如「淑」、「貞」、「順」、「惠」、「英」、「月」等等，而男孩命名且多取「昌、榮、輝、雄、傑、祖」等光宗耀祖並期求國／家運興隆的字眼。在詛咒用語，輕蔑或貶抑詞中，大多與女性有關，如「奸」、「奴」、「妓」、「妖」、「姘」、「姦」、「婊子」、「三八」、「他媽的」等等，特別是罵人的話中都是提到「媽，娘」等等，絕少會提到「爸，爺」等等。

　　這方面在英語裡也是一樣，比方說 callboy 只是一種身分或工作的名稱（「侍僕」或「喚演員按時上臺的人」），本身並無貶抑之意，但 callgirl 則是「應召女郎」是娼妓的一種形式。Sir 是男性的尊稱，madam 雖然也可以用來尊稱女性，但是同時也可指「老鴇」，不過 sir 卻沒有絲毫貶抑的語意。命名方面，英語中女孩的名字常為被動及柔性的字眼如 Ivy, Rose, Ruby, Jewel, Pearl, Joy, Flora 等，男孩的名字多有主動積極的語義，如 Martin（尚武的），Leo（獅子），William（保護者），Ernest（勇敢的戰士）。

　　在國語發音方面，根據詹 (1984) 的調查，女性在自然交談時 /ㄖ/ 發標準音 〔ʐ〕的比例要比男性的比例略高，男性有 20% 的時候會使用 〔ʐ〕，而女性卻有 24% 的時候使用 〔ʐ〕。其餘三個 /ㄖ/ 的不標準發音（〔n〕,〔z〕, 及 〔l〕）在男女性之間的差異不大，但是如果把「性別」與「體裁」兩種因素一起考慮時，國語子音 /ㄖ/ 的發音情形中，男女的差異就比較顯著了。

　　從圖 12–2 看來，大致上男女使用標準音〔ʐ〕，及次標準音〔z〕的情況相當一致，亦即「體裁」愈正式，〔ʐ〕則愈增加，而〔z〕則減少。但是，女性在這方面的增與減都比男性顯著，表示女性對語言的

形式要比男性更為敏感。

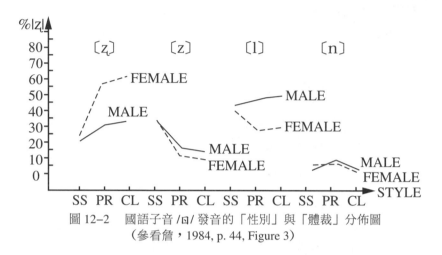

圖 12–2　國語子音 /ㄖ/ 發音的「性別」與「體裁」分佈圖
（參看詹，1984, p. 44, Figure 3）

　　其實類似「性別」這種與個人有關的社會因素中還有「年齡」、「教育程度」、「種族背景」等因素，大體而言這些因素也常與不同的語言使用形式含有有系統的相關　（參看 Wolfram 與 Johnson, 1982, p. 152起；李 (1983c)；詹 (1984) 及 Trudgill, 1974，第 3 章），我們在此不另外詳述了。

12–6　語言的接觸

　　在人與人接觸時，如果雙方使用不同的語言，那麼，免不了也會發生語言的接觸。這種情形在商業上的交往時會發生。在一個多語言多文化的社會裡日常生活中也會發生。語言與語言發生接觸時，兩種語言都會受對方的影響。最顯著的莫過於互相借字的現象，接觸層面廣泛，時間長久時，有時候雙方的語音構詞及句法都會受到影響。同時，在多語言的社會裡，人說話的行為也會和單語言社會的人不一樣。前者的行為比較複雜些，而後者則比較單純。下面我們撇開「借字」

(borrowing) 的現象不談，而簡單的討論一下幾個與語言接觸有關的問題。

　　首先，在兩種以上不能互相了解的語言接觸時，當地的人一定得面對溝通上的問題。因為生活上需要接觸，因此，溝通上的問題非解決不可，經常會發生的情形是在該地區通行的語言中，選擇其中之一作為「通用語」(lingua franca)。選擇並沒有固定的標準，但大致上說來，會是比較多人會說的一種。有時候，也可能使用一種根本不是該地區中原來的語言。在中古時代歐洲地中海一帶的海港通行一種商業交易時的專用語言，它是義大利語與法語，西班牙語，希臘語，以及阿拉伯語的混合語，名叫 Lingua Franca（意即 Frankish language「西歐人的語言」），也是日後 lingua franca「通用語」這一名詞的來源。今天的英語在世上很多地區都通行，遇到要溝通的雙方不懂對方的語言時，往往會使用英語，因此，英語常被視作一種世界性的「通用語」。當然，在商業的世界裡，在科技的領域中，英語的地位更是如此。法語也曾經一度成為外交界的「通用語」，拉丁文在西方一度是基督教的「通用語」，在猶太人中，Yiddish 是他們的 「通用語」（參看 Fromkin 與 Rodman, 1974，第 8 章）。

　　以馬來語為基礎的一種商業通用語曾經長時間流行於馬來半島與印尼各大島嶼之間，使用得相當普遍。因此，當印尼獨立以後，要選擇自己的「國語」時，所選上的就是以這種通用語為基礎的語言，而沒有選上母語人口最多的爪哇語 (Javanese) 作為他們的「國語」，當然，這種語言他們給它另取名字，叫做 "Bahasa Indonesian"（即「印尼語」之意）。這種通用語被選上的理由有很多，其中之一就是因為它是這廣大地區的通用語已經有一千年以上，能使用它的人口非常多（參看 Alisjahbana (1971)）。

　　在非洲，語言的情況也很複雜，語言數目及地區性方言極多，但

是在廣大的東非地區，大多數的人除了母語以外至少都會說一點
Swahili 語，在西非地區大多數人除了母語以外，至少都學會一點
Hausa 語。因此 Swahili 可說是東非的通用語，而 Hausa 則是西非的通
用語。在語言環境複雜的國家如印度與巴基斯坦，也有他們的通用語，
Hindi 在印度是人民的通用語，而 Urdu 在巴基斯坦也是通用語。

　　我國境內語言及方言也很龐雜，因此政府歷年來所推行的以北平
音系（北方官話）為基礎的國語不僅成為代表國家的象徵，也成為全
國人民之間團結情感，溝通意見的通用語，每個人除了母語以外，都
會說國語。

　　其實，在語言或方言數目多的地區，通用語的發生是很自然的現
象。有時候即使方言區也有其「通用語」。例如粵方言分別有粵海系（包
括珠江三角洲大部分地區及西江一帶），欽廉系（包括欽州，廉州等地），
高雷系（包括高州，雷州一帶），四邑系（包括臺山、新會、開平、恩
平四邑），以及桂南系（包括廣西南部梧州、容縣、鬱林、博白等地）
五個支系。但是一般而言，以廣州話（又稱「廣府話」，或「白話」）
為通用語。

　　第二，語言與語言發生接觸，如果層面並不廣時，就不一定會產
生通用語的現象。通用語往往有不少母語人口，而使用通用語的其他
語言與通用語常有語言的親屬關係，例如廣州話與四邑話都是漢方言；
國語是漢方言的最大一系（官話系統）；Bahasa Indonesia 與印尼其他
的原住民語言大多屬於南島語系的語言。但是，如果接觸面較小，而
雙方的語言並無任何親屬關係，而溝通的需要相當緊迫但溝通的範圍
（話題）相當特殊而有限時（例如我國與外國通商之初，在商埠與外
國人做生意的中國人與外國人所面臨的情況），雙方很可能就以自己的
母語為基礎，加上一些粗略的對方語言的詞彙或語法規律，發展出一
種洋涇濱式的「混雜語」(pidgin) 以為應急之用。所謂「洋涇濱英語」

(Pidgin English)，就是一種「混雜語」。「混雜語」最大的特徵是簡化的語法系統以及有限的詞彙。例如在 Tok Pisin 語（一種以英語為基礎的混雜語，也叫做 Melanesian Pidgin English 通行於巴布亞新幾內亞）中，只有大約 1500 個單字，其中百分之八十左右是英語的詞彙（參看 Fromkin 與 Rodman (1978)）。其他的特色還有例如缺少連繫動詞 be，大量減少構詞的形式（如時態，數目等詞形變化）等。

　　雖然「混雜語」往往是簡化形式的語言，但也是自有其規律的系統。Fromkin 與 Rodman (1978, p. 262) 舉出以下 Tok Pisin 的例子：

(8) Midriman long kilim wanpela snek.

　　I dreamed that I killed a snake.

　　Bandarap em i kukim.

　　Bandarap cooked (it).

Tok Pisin 的語法中有一規律，就是含有直接受詞的及物動詞必須加上詞尾 -m，即使把受詞省略時亦如是（如 kukim）。

　　在詞彙方面，因為「混雜語」的詞項不多，因此很多詞項都要表達很多的語意；要表達比較精細的語意時，往往要用迂迴的說法或比喻的說法。這方面 Fromkin 與 Rodman (1978)，舉出一些很有趣的例子。在澳洲原住民的混雜語中「朋友」是 him brother belong me，「警察」是 gubmint catchum-fella，「太陽」是 lamp belong Jesus，「臉頰上的鬍鬚」叫 grass belong face，「口渴」是 him belly allatime burn 等。

　　以往很多人對「混雜語」的評價不好，認為是粗鄙的語言，但是近來的研究發現，「混雜語」也是自有其語法規律的系統，也具有語言的「創造性」（creativity，參看第一章）的特徵。其中一些像 Tok Pisin 還有文字，並且有以這種文字表達的文學，報紙，及電臺。因此近年來對「混雜語」的了解比較增加，也有助於對其偏見的減少。

　　「混雜語」通常是因應特殊的溝通情況而產生的現象，所以當這

種情況有所改變時，常常也會消失不用。在中國與外國通商初期的洋涇浜英語因為教育的發達，會使用標準英語的人增加而消失。同時，「混雜語」的特點是沒有人把它當母語來學習。但是，如果某種「混雜語」使用很廣而為時日久，而使這地區的第二代以這種「混雜語」當作母語來學習時，這種語言就稱為「克里奧語」(creole) 了，而「混雜語」變成「克里奧語」的過程稱為「克里奧語化」(creolization)。「混雜語」變成「克里奧語」後，明顯的變化是詞彙會大量增加，構詞及句法也會增加，就如兒童語言習得過程中從簡單的階段發展到更完備的階段一樣。

目前世界上「克里奧語」有許多種，人口約有六百萬，大都集中在加勒比海地區，在西非與東南亞的一些地區也有 (參看 Atkinson 等，1982，第 12 章)，例如海地克里奧語 (Haitian Creole，以法語為基礎)，牙買加的「英語」(Jamican English)，Krio 語 (獅子山的克里奧語，部分以英語為基礎)， 以及美國境內的 Louisiana Creole 及 Gullah (Georgia 州及 South Carolina 沿岸海島的克里奧語) 等 (參看 Fromkin 與 Rodman (1978))。

第三，一個社會中如果有兩種或兩種以上的語言或方言同時使用時，就會產生「雙語使用」(Bilingualism) 或「多語使用」(multilingualism) 的情況。在這種社會或國家中，很多人 (特別是年輕人) 都會成為「雙語或多語使用者」(bilinguals 或 multilinguals)。對整個社會而言，雙語的使用會因每種語言所具有的功能而把使用的場合也劃分清楚，例如阿拉伯語的標準體 (地位較「高」的體裁) 用於正式文書及官方的場合，而一般民眾日常所用的是一種日常的口語體 (地位比較「低」的體裁)，其分別有點類似我們的「文言」與「白話」的分別。阿拉伯語這兩種體裁使用的功能及場合是清楚的分開的，這種社會語言情況稱為「雙語分用」(Diglossia，參看 Ferguson (1959))。就說話的個人而言，

雙語的使用往往也是要視社會場合而定 (bilingualism by social domain)。例如今天在臺灣三十歲以下的人大都會說國語和閩南語，但這兩種話的使用往往也是和社會場合有關的，大抵而言，在正式的場合（如學校、開會、法庭、軍隊等）使用國語，而在比較不正式而輕鬆的場合（如家中、菜市場等）會比較喜歡使用「閩南語」（參看 Tse (1983a)）。大致說來，我們今天的社會語言情況是大多數國民既能使用雙語，又能分用雙語 (diglossia with bilingualism)。

　　雙（多）語使用者有時候在同一段說話時間以內，因說話的場合，對象，話題以及說話者當時的心理狀況，常會有時候用一種語言，一會兒又用另一種語言，這種情形稱為「語言變換使用」(code-switching) 現象。「語言變換使用」現象是相當有趣的，深入的研究會幫助我們了解很多社會語言及心理語言的問題。這種研究也是近年來社會語言學所關注的課題之一（有關國語與閩南語變換使用現象的研究，參看 Cheng (1989)）。

12-7　語言與國家

　　國家與社會一樣，也是人類群居的一種形態。語言與現代國家的關係往往在於語言在這個國家中所具有的功能，語言在國家政治，社會，經濟等發展中所扮演的角色，以及語言在國家／社會層面所引起的問題。因此在很多現代國家中，往往利用政府的管道，從事語言規劃活動，使語言能成為國家教育及其他建設方面的助力。語言規劃 (language planning) 是近年來社會語言學新興的一種研究。我們在下面第十四章中會詳細討論。

12-8　社會語言學調查的方法

在我們結束本章的討論前，我們略為討論一下社會語言學的調查（或研究）的方式。我們知道社會語言學要研究的是語言在社會場合中實際使用的情形，因此要從事這方面的研究時，往往要面對一個方法上的難題。那就是，我們蒐集資料的方式會干擾蒐集回來的資料的性質。通常要蒐集語言使用的資料時，往往使用面談錄音的方式，但是「面談」本身就是一種相當正式的社會場合，被調查的對象在這種場合中所使用的語言，並不見得是他日常所使用的體裁，因為很少人每天都要參與「面談」的活動。在這種情形下，如果我們要調查的是「正式語體」，那倒也無所謂，但是如果我們要調查的是日常非正式的自然使用語言的情形，那麼從「面談」的方式蒐集來的資料，就多少受到影響的了。當然，為了蒐集自然的語用資料，我們可以觀察記錄研究對象日常說話的情形，但這種方式相當費時及費勁，同時，完全不讓研究對象知道我們在研究什麼也不易做到。另一種方式是盡量設法使蒐集到的資料自然。特別是避免面對面的會談的方式。

Labov 在做他著名的紐約市 /r/ 音的社會分佈研究時，其研究方法就相當有趣而有效。他主要的目標是要看看不同的社會／經濟背景的人在 /r/ 音上的差異，因此，他在紐約市內選定了三家百貨公司：高價位的 Saks，中等價位的 Macy's，以及低價位的 S. Klein's，他的假設是光顧 Saks 的大多是高收入的中上階層人士，Macy's 的顧客則是中等收入的人，S. Klein's 的多是低收入階層，因此他預期會在 S. Klein 蒐集到更多不發 /r/ 音的資料。

但是如何蒐集呢？如果是隨機抽樣詢問一些顧客說「f-o-r 這個字你怎樣發音？」或是「你平常說話時母音後面的 r 發不發捲舌音？」

或是其他類似的問題時，情況馬上就變成一種「面談」，被詢問者會非常注意而不自然了。Labov 的方法是，蒐集資料的人選好一種在「四樓」（英語的 Fourth Floor）出售的商品，然後隨機趨前問一個雇員說 "Excuse me, where are the women's shoes?" 因為女用鞋是在四樓出售，因此所得的答案通常是 "Fourth floor."。隨後，蒐集的人裝作沒聽清楚，靠前一點再問一次 "Excuse me?"，通常被問的人會以更小心的方式加重語氣再說一次 "Fourth floor."。然後，蒐集者馬上走開，到一個剛被問的人所看不見的地方，把資料記錄下來（包括大約年齡、性別、有沒有母音後的捲舌 /r/ 等等）。以這種方式，每問一人就蒐集到母音後的捲舌 /r/ 四次的使用（每說一次 Fourth floor，/r/ 出現兩次），兩次自然而隨意的使用，兩次強調的使用。而且被詢問的對象也不知道問的人正在注意他的發音。這是相當高明而有效的方法。

　　詹 (1984) 的蒐集資料方式對於語言使用時不同的體裁在正式程度上的差異也盡量做到控制，她以「自然交談」方式來沖淡「面談」的影響，使她想蒐集有關「隨意而非正式的體裁」盡量接近自然。然後她以「整篇朗誦」，「多字字表朗誦」，「單字字表朗誦」，以及「對比字表朗誦」四種方式來引出漸次「小心而正式的體裁」來（參看本章❹）。

　　綜合而論，社會語言學調查研究的過程中，因為蒐集資料的方式本身也是一種社會因素，因此我們往往要特別注意，務使資料不受蒐集的方法影響，以上所舉只不過是這方面眾多的例子中的一二而已。

──────── 複 習 問 題 ────────

1. 如果你只能用一句話來形容社會語言學的研究，你會怎麼說呢？

2. 以「相互了解度」來劃分語言與方言之別有些什麼優點與缺點？

3. 社會階層與語言有什麼關係？

4. 語言與使用語言之場合有什麼關係？

5. 語言與性別有什麼關係？

6. 當兩種語言發生接觸時，會產生什麼社會語言情況？

第十三章　心理語言學

13-1　引言

　　語言學除了對語言的結構系統研究以外，還包括了對實際使用語言的研究。語言使用有兩個重要的因素得考慮，其一是社會（參看第十二章），其二是心理。語言無可否認地具有其心理的層面。事實上，對語言學家 N. Chomsky 而言，語言學是認知心理學 (cognitive psychology) 的一部分，語言學的目的不僅要能尋求一種足以衍生無限多的合語法的句子而不會產生不合法的句子的理論，更要尋求一種足以解釋每個人內在的語言能力的理論來。因此，語言學與心理學的關係是相當密切的。❶

　　語言是我們智能重要的一環；語言結構包括語音、語意、以及聯繫兩者之句法系統。語言學研究這些抽象的語言結構。但是，專門探討我們如何習得 (acquire) 這些語言結構，以及在說話，理解，及記憶這些心理過程中，語言結構的功能如何這兩大問題的學科，卻是「心理語言學」(psycholinguistics)。以下我們分別討論心理語言學通常包括的五方面的研究：㈠語言的心理基礎及歷程；㈡兒童語言習得 (child language acquisition)；㈢第二語言習得 (second language acquisition)；㈣人類大腦與語言；㈤語言與認知。

　　而以研究的性質與方法而論，心理語言學可以分為「實驗心理語

---

❶　本章是以拙作〈心理語言學〉一文為基礎，經過修訂、改寫，並增加最新資料而成。承蒙康橋同意我在此引用該文資料，特此申謝。

言學」(experimental psycholinguistics) 及「發展心理語言學」
(developmental psycholinguistics) 兩種，前者包括一切以心理學實驗方
式從事對語言心理歷程的研究，後者則指語言習得的研究（包括母語
與第二語言在內）。

13-2　語言的心理基礎及歷程

心理語言學家對人類的內在語言智能 (underlying linguistic
competence) 感興趣。因為語言一如其他各種心理現象，只可透過外在
行為的研究，方可推究其端詳；語言能力本身是無法直接觀察的。因
此，心理語言學家所研究的材料經常是說話與理解的外在行為。說話
的過程是從思想到語詞，聽（理解）的過程則是由語詞到思想。句子
的語意並非一連串單字意思的總和。語言是說話者意欲表達的思想。
這種思想不但決定句子的用字，更決定這些單字的結構組合與排列順
序。單字的排列順序並不一定直接表達語意。使我們從表面詞組及單
字排列而獲得語意的是我們內在的語法知識。這種知識賦予語言文字
一種相對的語意，亦即語文對說話者與聽者都具有意義。語言學家曾
經提出很多語言結構，例如：「音位」(phoneme)，「音節」(syllable)，
「詞位」(morpheme)，「詞組」(constituent)，「句子」(sentence) 等等，
以及很多解釋語法現象的理論。因此，心理語言學家有兩種研究目標：
⑴從實際語言行為中找尋證據，以證明或支持語言學理論中所提出的
各種語言結構以及描述語言能力的理論的真實性；⑵研究使用語言的
心理歷程。

1960 年代心理語言學研究開始興盛。當時，語言學以及對語言與
心理學有興趣的學者大多數受 Chomsky 所提出的變形衍生語法理論
（generative-transformational grammar，見第八章）的影響，研究的方

向大都集中於證明語言結構以及語言理論所提出的分析是否具有心理
真實性 (psychological reality)。事實上，這種方向一直也是心理語言學
研究重要方向之一，雖然在近年來的研究裡，發現並非所有語言學所
提出的概念都可以找到其心理的基礎的　（參看 Atkinson 等，1982,
Chapter 9；以及黃宣範 (1982)）。在這一節裡，我們討論一下一些語言
學所提出的概念與結構的心理研究，以及有關語訊的記憶，理解及產
生等心理歷程。

13-2-1　辨音成分的心理真實性

在第五章中，我們介紹音韻學時，提出語音最基本的單位是辨音
成分 (distinctive feature)。每一個發出來的聲音，都是由一組人類共有
的發音成分所組成，不同的成分組合成不同的聲音。如果這個假設成
立，那麼我們聽到一個語音時，應該是同時感受到這些「辨音成分」
的。

Wickelson (1966) 以英語的子音的記憶來做實驗。在實驗中，受試
者要記憶一組依一定順序呈現給他們聽的音節（稱為「連串記憶任務」
serial memory task）。這些音節都是「CV」的形式（亦即「子音 + 母音」
而母音是固定不變的）。　因此受試者所聽到的一組刺激很可能是 ba,
pa, ra, ma, ta, ka, sa。受試者聽了以後，隔一短時間，再要求他從記
憶中按順序說出來。這個實驗的重點在受試者所犯的錯誤。如果我們
假設受試者在「短期記憶」中所記下來的是整個語音（如 ba, sa 等），
在受試者犯錯時，他不可能只是記不住語音的部分，一定是整個語音
都記不住。在這種情況下，例如 /ba/ 沒說對時，把它說成 /ta/, /ka/, /sa/,
/ma/ 等的機會應該是相等的。但是如果我們假設受試者在記憶中儲存
的是每個語音的辨音成分的話，很可能記不住的只是一個或兩三個辨
音成分。這一來，我們可以預測某種或某幾種錯誤會比較容易發生。

如果以音節 /ba/ 為例子，關鍵的語音是 /b/，因為其他測驗項目的母音都是 /a/，不同的只是在於子音。按照 Chomsky 與 Halle 所提出的辨音成分說明，/b/ 的成分組合應該是：

(1)　　/b/

$$
\begin{bmatrix}
+\text{cons} \\
-\text{voc} \\
+\text{ant} \\
-\text{cor} \\
+\text{voice} \\
-\text{cont} \\
\vdots
\end{bmatrix}
$$

如果受試者記不住一個辨音成分時，/ba/ 說錯的可能錯誤是 pa（與 ba 只在〔voice〕上有差異）或 ga（與 ba 只有〔anterior〕的差異），或 da（與 ba 只有〔coronal〕的差異）。這類錯誤（即將 /ba/ 記成 pa 或 ga，或 da）應該比將 /ba/ 記憶成 sa 或 ka 為多，因為 ba 與 sa 及 ka 有多於一個的辨音成分的差異（ba 與 sa 有〔coronal〕及〔voice〕之差異，ba 與 ka 有〔anterior〕及〔voice〕之差異）。實驗的結果正是如此，因此對於「辨音成分」的心理基礎，在行為上找到支持的證據。

另外 Coltheart 與 Geffen (1970) 也是以記憶任務為實驗方式，並以記憶任務表現的「持續壓抑」(proactive inhibition 亦即對同一類型的刺激在相同的試驗情形下，表現會愈來愈差) 作一衡量尺度，也發現支持辨音成分的心理真實性的證據（參看 Coltheart 與 Geffen (1970)）。Miller 與 Nicely (1955) 也從一種語音感知 (perception) 的測試中，發現受試者錯誤類型大多數與以辨音成分為基準分成的「自然音群」(natural sound class) 的概念吻合（參看第六章），也支持辨音成分的心理基礎。同時，語誤發生時，也有支持辨音成分心理真實性的證據；

例如，當 a clear blue sky 錯唸成 *a glear plue sky 時，只是 c 與 b 兩音段中的〔+voiced〕與〔−voiced〕兩個成分的對調而已，不是整個音段的對調。

13-2-2　詞組結構的心理真實性

語言學家假設句子並非僅是單字的隨意並列，句子的單字是有組織的，而這種組織是由不同層次的語法單位所組成。Foder 與 Bever 二人 (1965) 首先在美國麻省理工學院實驗句子詞組結構（constituent structure，如動詞組，名詞組，子句等等）的心理真實性。他們的實驗是以整體 (Gcstalt) 假設為基本，認為感覺單位通常會有保持其本身完整性的傾向，因而會對任何干擾現象產生排拒。假如詞組結構具有心理上的真實性，它們亦能排拒實驗中的人為干擾。他們請受試者聆聽句子，而句子中加插了一個「滴答」(click) 的聲音。聽完之後，受試者馬上要將所聽到的句子以及滴答聲所出現的位置記錄下來。

在實際的許多句子中，有一句是：That he was happy was evident from the way he smiled. 這句子主要的詞組分界在 happy 與 was 之間；而實驗時滴答聲出現的情形如下（* 代表滴答聲）：

(2) That he was happy was evident from the way he smiled. 每一位受試者只聽到一種滴答聲出現的位置。

Foder 與 Bever 發現受試者記錄出現在兩大詞組分界處（即在 happy 與 was 之間，亦即在主詞與述語之間）的滴答聲最為準確。對於出現在此聲之前的其他滴答聲，其記錄的錯誤則向右偏差；反之，對於出現在此聲之後的其他滴答聲，其記錄的錯誤向左偏差。因此，他們相信他們的實驗似乎證實了「語言的理解是以詞組為單元」的假設。在他們的研究中，有關的詞組是「子句」，亦即是與深層命題內容 (underlying proposition) 相當的詞組結構。

　　或許我們會對這些問題產生疑問，是否可能在詞組分界之外還有其他聲音或語音方面的提示（比如語氣的停頓等等）可以使受試者產生上述的實驗結果？因此，Garrett, Bever 與 Foder 三人在 1966 年再做進一步類似的實驗，以確定在實驗中的句子在詞組與詞組間沒有任何聲音或語音方面的提示。在他們的實驗中，最令人注目的發現是以下兩句的比較：

(3) As a result of their invention's *influence the company was* given
an award.

(4) The chairman whose methods still *influence the company was*
given an award.

以上兩句斜體部分是完全相等的。實驗分兩階段進行。第一階段受試者聆聽這兩句之後要說出他們所聽到的最長的語氣停頓 (pause) 之處。結果是一如實驗者所料，受試者指出句(3)中最長的語氣停頓是在 influence 與 the 兩字之間（亦即在句首副詞片語與主詞之間），而句(4)中最長的語氣停頓在 company 及 was 兩字之間（亦即在主詞及述語之間）。換言之，受試者所「聽到」的停頓與主要詞組間之分界吻合，而兩句事實上是用沒有明顯的語氣停頓而唸出來的。

　　這實驗的第二階段更是有趣。實驗者把句(3)及句(4)錄好音，然後將兩句斜體之完全相等的部分各自剪下來，再將句(3)剪下的部分與句(4)前半部相接，而將句(4)剪下來的部分與句(3)前半部相接。受試者再度聆聽經過接駁後的句(3)及句(4)之後，所「聽到」兩句中最長的語氣停頓的位置一如第一階段所指，沒有改變。而事實上，句(3)與句(4)已各易其半了，有關部分則正好在互易部分上了！另外對於這兩句出現的「滴答聲」（click，以星號標示之）的位置辨認，受試者聽覺的誤差方向亦有所不同。句(3)「滴答聲」受試者「聽到」出現在 influence 及 the 之間的居多；而句(4)「滴答聲」則「聽到」出現在 company 與 was

之間的居多。由此觀之，可推斷在聆聽句子時，聽者是根據他本人對句子的詞組結構的分析為基準，而不是（至少不一定是）依靠外在的其他聲音提示（如停頓等）的。

這種「滴答聲實驗」技巧應用頗廣，爭議亦多（參看 Carroll 與 Bever (1976); Olson 與 Clark (1976)）。大致上，這類實驗的結果均顯示我們在聆聽的過程中，對於句子的結構是有所預覺的，因此也支持詞組結構的心理真實性。

13-2-3　深層（基底）結構的心理真實性

語法中深層（基底）結構與表面結構的概念是變形語法理論中重要的一環（參看第八章）。因此心理語言學家對於深層結構的心理基礎也很感興趣。Blumenthal (1967) 在實驗中以類似下面的句子作為測試受試者記憶的句子：

⑸ Gloves were made by tailors.

⑹ Gloves were made by hand.

這些句子的表面結構完全一樣，尤其是關鍵的兩個 NP，tailor 以及 hand 的表面句法功能是一樣的，兩者都是做介詞 by 的受詞。但是，按照變形語法理論，這兩句的深層結構並不相同。與⑸相對應的主動句⑺是以 tailors 作動作的「主事者」(agent)，而與⑹對應的主動句⑻「主事者」是一個不定的 NP (someone)，hand 不可能是主動句的主事者。

⑺ Tailors made gloves.

⑻ Someone made gloves by hand.

⑺與⑻是⑸與⑹的深層結構的基礎，其中的區別是⑺經過「被動變形」而得⑸，⑻除經過被動變形以外，還再經過省略 someone 的變形。因此⑸與⑹在深層結構上是不同的，⑸是「標準被動句」，⑹是「省略主事者被動句」。而重要的是 tailors 與 hand 兩個 NP 在深層結構的功能

完全不同，前者是動作的主事者，後者仍舊是介詞的受詞。

　　Blumenthal 讓受試者聆聽十句句子，並要求他們記憶這些句子。每人聽的十句的種類相同，亦即十句全是「標準被動句」，或者十句都是「省略主事者被動句」。在他們要記憶重述時，受試者會聽到句中用過的字作為提示。結果顯示介詞受詞（如 tailors）作為「提示字」對受試者的幫助以「標準被動句」為大，平均十句經過「提示字」的幫助，會說對七句。但是同樣以介詞受詞（如 hand）做「提示字」，受試者對於「省略主事者被動句」的記憶，成功率比較低，平均十句中記對的少於四句。其結果之不同原因是因為在這兩種句子的表面結構中語法範疇相同的介詞受詞其實在深層結構裡有不同的語法功能。但是以表面結構主詞 Gloves 作為「提示字」時，受試者表現的結果並無差異，因為 Gloves 在兩種句型的深層結構中都是作動詞的受詞。這證明了句子在深層結構上的差異會形之於語言行為上，亦即是為深層結構找到心理上的基礎。

　　在稍後的另一個實驗中，Blumenthal 與 Boakes (1967) 以類似(9)與(10)的句子作為實驗記憶任務的句子。

　　⑼ John is easy to please.

　　⑽ John is eager to please.

在這兩句中 John 雖然都是主詞，但是在深層結構裡，(9)的 John 是動詞 please 的受詞，而句(10)的 John 則是動詞 please 的主詞。同樣用 John 來做「提示字」，在深層結構做動詞 please 主詞的 John 是比較有幫助的「提示字」（參看 Slobin (1971)）。

　　Bever, Lackner 與 Kirk (1969) 以「滴答聲實驗」方式，也發現只有深層結構的詞組分界的位置才能吸引受試者對於「滴答聲」的感受（參看 Atkinson 等 (1982)）。

13-2-4　變形律的心理真實性

在變形語法理論中，連繫句子的深層與表面結構的語法過程裡，變形律 (transformational rule) 是其重要的一環。心理語言學家也曾經以變形律為基準，來測試句子的複雜性，大致上，部分實驗也支持變形律有其心理的基礎。這類句子複雜性 (sentence complexity) 的實驗的基本假設是，句子的複雜性，除了命題（語意）內容外，可依其牽涉變形律之多少而定，而結構複雜的句子需要較長的時間方能理解，同時在記憶的過程中也常被簡化。因此在以下的幾句中以⑴為最複雜，⑾最為簡單，⑿及⒀也比⑾複雜，因為⑿，⒀及⑴都是在⑾之外再經過被動或否定變形（passivization 或 negation）之後而形成。

⑾主動：The dog chased the cat.

⑿被動：The cat was chased by the dog.

⒀否定：The dog did not chase the cat.

⑴被動否定：The cat was not chased by the dog.

因此，無論在記憶時間及反應速度的實驗中，⑾都比其他的句子顯得比較簡單而易處理。Savin 與 Perchonock (1965) 曾做過如下的實驗，受試者聆聽語法結構不同的句子。每聽完一句以後，相隔五秒，再聽到一連串八個不同的單字。受試者在聽完句子與單字之後，要將句子一字不變的重述，並且要盡可能將跟在該句子後出現的單字重述。句子以正常的語調說出，而句後的單字則以每隔 3/4 秒一字的速度唸出。所有實驗材料皆以錄音方式進行。受試者聽完句子及單字後，至開始重述之間沒有時間限制，亦即受試者要想用多長時間來記憶都可以。在這實驗中「依變項」(dependent variable) 是在每個語法結構不同的句子之後所能重述的單字數目，「自變項」(independent variable) 是各種語法結構不同的句子。這實驗的基本假設是：如受試者在句子之後所

能重述的單字數目愈少，則表示前面句子的逐字重述所需的即時記憶比較多，而實驗句子之不同主要在語法結構，因此句子後之單字數目重述的多寡，就成為不同語法結構在即時記憶方面難易程度的指標。以下是他們實驗結果的摘要（參看 Slobin, 1971, p. 29）。

表 13–1　不同句型後單字重述之平均字數

句型	例句	平均重述字數
主動陳述句	The boy has hit the ball.	5.27
wh- 問句	What has the boy hit?	4.78
問句	Has the boy hit the ball?	4.67
被動句	The ball has been hit by the boy.	4.55
否定句	The boy has not hit the ball.	4.44
否定問句	Has the boy not hit the ball?	4.39
強調句	The boy *hás* hit the ball.	4.30
否定被動句	The ball has not been hit by the boy.	3.48
被動問句	Has the ball been hit by the boy?	4.02
否定被動問句	Has the ball not been hit by the boy?	3.85
被動強調句	The ball *hás* been hit by the boy.	3.74

（注意：自變項句子的基本命題內容所包括的詞項是相同的，每種句型都談及 the boy 與 the ball 以及二者間的語意關係 hit）。

　　以上表 13–1 所顯示的結果頗為明顯，句子結構愈複雜，句後單字所重述的數目亦愈少。而且句子的命題內容，詞項，以及字數均相去不遠，因此影響單字重述數目多少之主因，可以推斷為數目不同的變形律應用而形成不同的語法結構的緣故。例如，主動陳述句 (The boy has hit the ball.) 有六個字，而 wh- 問句 (What has the boy hit?) 則只有五個字，但是後者要比前者複雜，因為必須經過問句變形（包括以疑問詞 what 代表 the ball，疑問詞移至句首，以及主詞與助動詞易位等三

重步驟）而成。從表 13–1 看來，雖然主動陳述句比 wh- 問句長，但句後單字重述的平均數要比 wh- 問句後所能重述的要多。主要原因是 wh- 問句因為要多用問句變形，比較複雜，受試者需較多的時間去記憶，因而影響了句後單字的記憶能力。如果我們比較一下主動陳述句及強調句，更可發現二者字數相等，但後者因為需多經過強調詞重讀（將 has 唸重音）一項變形而影響隨後單字重述的數目。類似以上的句子複雜性的實驗，為變形律的心理真實性找到行為上的支持證據。

　　然而，我們應該注意的一點是，上面我們說「部分」的實驗結果發現有支持變形律心理上的真實性的證據，並非所有的實驗結果都如此。事實上，上述一類實驗如果其中有些受試者聽到的單字在前，句子在後，而且他們在聆聽這些刺激項目之時，不知道要記憶的東西究竟是單字先行或是句子先行的話，上述的變形律所形成的句子複雜性所引起的結果就沒有了，在需要先記述單字時尤其如此。

　　另外，在一些對主動及被動句的記憶的實驗中，如果「提示」是以圖畫方式繪出的話，當「提示」的圖畫是受動詞所影響的人或物（亦即深層結構的直接受詞時），被動句的記憶更為精確，這種發現顯然與句子複雜性完全由變形律的多寡決定有所不相容之處。很可能主動句與被動句在我們頭腦中儲存的方式是一樣的，而由記憶所引出的句型，是由受試者當時注意力所受的影響而定。如果「提示」是有關「主事者」或句子所描述的整件事，主動句的記憶比較好，反之如「提示」是有關動詞的「受事者」時，被動句的記憶比較好。

　　最後，在連續文字記憶的實驗中，受試者對於兩段文字記憶的正確性如果以變形律來作自變項時，其實驗結果也不支持上述的句子複雜性以變形律多寡為依據的假設。簡單地說，牽涉變形律比較多的句型所寫的段落記憶的正確性反而比較高（有關以上這些實驗的細節，參看 Atkinson 等，1982, Chapter 9, §9–6）。此外，黃宣範 (1983) 也提

出國語的「動詞重複句型」(Verb copying construction) 似乎跟語言心理並不相干，因而主張部分的語言概念或許有心理上的基礎，但並不是所有的語言概念都可能找到心理上的基礎的。

因此，綜合上面幾節的討論，我們應當理解，語言理論與語言心理歷程雖然關係非常密切，但是語言理論本身是對語言能力的一種描述，並不一定代表實際說話行為時所要經歷的精神／心理歷程。雖然很多心理語言學的研究要以語言學理論為依據，但這並不意味著語言理論所提出來的概念都非有心理基礎不可。然而，如果語言理論的概念有心理真實性是最好不過的事，因為畢竟很多語法理論的建立過程中所描述的句子是否合語法是以說話者的「語感」(intuition) 為判斷的，而「語感」本身是心理的現象。

以上數節都是討論心理語言學家為語言學理論所提出的結構及概念找尋心理基礎的努力，而心理語言學另一方面的重點，是說話時的心理歷程，這正是下面幾節中我們要討論的方向。

13-2-5　語音的感知

我們可以從單字的層次開始看。Pollack 與 Pickett 曾作如下的實驗。他們把一段話的錄音帶剪成一個個的單字，然後把這些單字個別的播放給受試者聽，要求他們辨認這些單字，但只有一半的受試者能夠正確的辨認這些字。然而，如果讓受試者聽未經剪裁的錄音帶，每人都能正確地辨認這些單字。顯然地，在聽的過程中，我們不僅處理聲音訊號，我們一邊聽，一邊試圖理解這些聲音代表的意義，而這種努力往往會影響我們對語音的感知 (perception)。

Warren 與 Warren (1970) 還發現，如果語境 (speech context) 許可，聽者甚至「想」出他們實際上沒有聽到的語音來。他們二人請受試者聽若干句子。句子中某些單字的某個語音以咳嗽聲音代替（以下例句

中星號＊代表咳嗽聲）。

⒂ It was found that the *eel was on the axle.

受試者把 *eel 聽成 wheel。但是，如果把句末一字改為 orange 而非 axle，如下面⒃：

⒃ It was found that the *eel was on the orange.

受試者則把句⒃的 *eel 聽成 peel。這證明語音的感知並非一連串不相干的感知的總和，而是一個融合整體（包括語音，語法及語意）訊號的過程。

當然，前面我們也提到過，語音感知的基本單位是「辨音成分」(distinctive feature)，而這些成分本身也有其心理基礎，但是從上述的實驗我們可以得知，感知是一個整體的過程，因此語音的感知也受句子上下文（語境）的影響的。

13-2-6　語言的理解

很多實驗證據顯示，聽者 (Listener) 在聆聽語言時，對聽到的話先以子句為單位，逐句分析，一旦明瞭意思之後，句子實際用字隨即淡忘。保留在聽者記憶中的資訊是一組深層命題內容 (deep propositional content) 和說話者想傳達這些命題內容的用意（例如詢問，驚嘆，請求，責難，命令，諷刺，恐嚇等「語言行為」，參看第十章）。在聆聽的過程中，聽者逐步重組所聽到的語言訊號的結構，從語音層次以至語意層次，因而理解說話者的意思。

我們聽自己的母語時，很清楚的感覺到，不同的語音組成單字，不同的單字組成詞組及句子，但是若聽到我們不懂的語言時，我們往往只感覺聽到了一連串劃分不清的語音而已。因此語音與語意中間的關係是複雜而間接的；「說」與「聽」皆需要內在的智能為先決條件。

上面我們所提過的「滴答聲實驗」應用很廣泛，做過的次數也很

多，大致說來，結果都顯示我們在「聽」（亦即 comprehension「理解」）
的過程中，對於句子的結構心中的確有預覺的。其他種類的實驗亦顯
示語言的理解常與句子詞組分析有關。Foss (1969) 所使用的「音位監
聽」(phoneme-monitoring) 試驗顯示在理解語言的過程中，我們同時進
行音韻，詞項，與句法的處理與分析。Foss 要求受試者在下列兩句中
對音位 /b/ 作出反應：

⑴⑺ The traveling *b*assoon player found himself without funds in a
strange town.

⑴⑻ The itinerant *b*assoon player found himself without funds in a
strange town.

受試者的反應時間以句⑴⑺的 /b/ 比較快，因為 traveling 是比較常用的
字，而 itinerant 則比較冷僻，後者的處理比較費時，因此聽到句⑴⑻的
/b/ 音位而作出反應的時間比較慢。

　　大體而言，「滴答聲實驗」與「音位監聽實驗」顯示出聆聽與理解
語言時，聽者是一邊聽一邊分析並決定句子的詞組結構。此外，心理
語言學家關心的另一個問題是：輸入（聽到）的句子結構決定之後，
聽者如何處理這些詞組？心理語言學的研究顯示，句子語意「解碼」
(decoded) 以後，句子的實際用字則逐漸淡忘。Caplan (1972) 曾測驗受
試者能否辨認句子實際用字的能力。在下面⑴⑼、⑵⑴兩句中，其後半部
用字相同。這兩句子是以錄音帶接合法把相同的後半部（即斜體部分）
接合於不同的前半部而成的：

⑴⑼ When the sun warms the earth after the *rain clouds soon
disappear*.

⑵⑴ When a high pressure front approaches, *rain clouds soon
disappear*.

在⑴⑼中，*rain* 字屬於前面的子句，而⑵⑴的剪接部分則剛好在兩個子句

中間。受試者聽完⑲或⑳後，馬上聽到 *rain* 這個字，在聽到這個字以後，要盡快按鈕表示此字曾出現於句子之中。實驗的結果顯示對⑲的反應時間比較慢。這種記憶能力的差異顯示聽者理解句意以後，就沒有必要再記憶其實際使用過的字，而當刺激句子剪接的部分剛好與詞組分界不配合時（如⑲），實際用字的記憶就更不容易了。

同時，還有更多的實驗顯示聽者在理解句意以後，甚至進一步精簡所聽到的「逐字內容」(verbatim content) 的記憶。Jarvella (1971) 發現句子聽到的時間愈久，逐字的記憶則愈模糊。Caplan 與 Jarvella 兩人的研究顯示：⑴詞組與句子是具有心理真實性的語言單位；⑵這些語言單位在聽與說的過程中非常重要。

我們在聆聽語句時，是如何處理這些語言訊號，方可理解語意？關於這方面的問題，比較早期的心理語言學研究比較偏重語意與語句形態間的關係，實驗中受試者對句子的意思作反應。上文提及句子複雜性的問題。早期研究語言理解的實驗亦多是想以句子複雜性為準，以界定不同句型在理解時的難易程度，以期訂出一套以語法為本的衡量理解的標準。但是心理語言學家很快就發現，這種研究並不十分成功，因為語意往往隨語句使用的場合而有所不同。同時，同一種語法結構亦會隨使用之場合、情景、談話對象、交談內容及目的等等不同而有所變化的複雜性。例如，雖然主動句比被動句在語法上較簡單，但卻不表示被動句一定比主動句難懂。很多心理語言學家做過關於英語被動句理解的實驗，發現有些句子的主詞與受詞互易位置其語意雖有變化，但仍合邏輯。例如：The dog chased the cat.（狗追貓）如改成 The cat chased the dog.（貓追狗），雖然語意改變了，但是這兩句所描述的情形都是可能而合邏輯的，這種句子叫做「可逆向句子」(reversible sentence)。但是另外有一類句子，在邏輯上主詞與受詞不可互易，例如 The boy is raking the leaves.（這男孩在用耙子掃樹葉），這一句與前

面一句不同，主詞與受詞無法互易，否則會產生 *The leaves are raking the boy. (*樹葉在用耙子掃這小孩) 這樣不合邏輯的句子來。事實上這也是不可能的事，「小孩掃樹葉」是可能的，「樹葉掃小孩」在正常情況下是不可能的事。這種句子叫「單向句子」(non-reversible sentence)。從眾多實驗中，心理語言學家發現，可逆向句子的主動式確是比被動式易理解，或許因為這種句子的被動式有兩種合邏輯的可能性，其依使用場合判斷而要在二者之間作出選擇比較費時；但是在單向句子的處理時，被動句式並不比主動句式難理解，亦即 The leaves are being raked by the boy. 並不比 The boy is raking the leaves. 難理解，因為這種句子的被動式跟主動式一樣，只有一種合理的可能性，*The boy is being raked by the leaves. 是不可思議的。其次，在說話者欲強調動詞的受事者 (recipient) 時，或是受事者是談話重點時，或是詞句的主事者（actor 或 agent）不明時，被動句式均比主動句式更為常用。

Turner 與 Rommetveit (1968) 曾經實驗說話時注意力焦點與主動句式及被動句式之間的關係。他們先讓受試者看圖並同時聆聽描述圖片的句子。稍後，他們再用另外的圖片作提示，讓受試者將剛才聽到的句子重述。提示圖片分三種，一種是僅畫出句子動詞的主事者，第二種是僅畫出句子動詞的受事者，第三種則畫出句子所描述之全部情況。實驗結果顯示，使用第一種及第三種提示圖片時，受試者重述句子時使用主動句式比較多，而使用第二種提示圖片時，受試者重述句子時使用被動句式比較多，原來受試者所聽到的句子本身是主動或被動並不相干，其重述的結果均如上述。

關於其他語法結構（例如否定句等等）的研究，可參看 Slobin, 1971，第 2 章。

我們聆聽語句時，如何方能在內心中重組詞組的結構？如何才能決定這些詞組的意思？句子具有深層與表面兩個層次的結構已經是不

爭的事實了，但是語法理論所提出有關連繫這兩個層次的變形律在心理基礎方面又有問題，並非每種變形律都具有心理上的真實性（見上文及 Atkinson 等，1982, Chapter 9），那麼心理語言學家是如何描述說話時聯繫深層與表面結構的心理歷程呢？在比較晚近的研究中（如 Clark 與 Clark (1977)），基本的假設是：聽者本身有一組「運作原則」(Operating principles)，利用這些原則，可以推測句子是如何構成，並決定哪些話題是最常談及的話題。根據這些原則（又稱「策略」，見下文策略 1～14），聽者可以逐步重組他聽到的語言訊號的結構，並且按照說話當時的情景和聽者及說話者雙方所共有的社會語言通則（如對長輩用敬語，在正式場合中使用正式而小心的體裁等等，參看第十二章），決定這些語訊的意思。關於這些處理語言訊號的心理策略，文獻中並沒有清楚明確的形式，事實上，這方面的探究還是很初步，未定及有所爭議之處仍多，但是重點是這些策略本身不是變形律，而其中很多只是代表以語言經驗為基礎的「推論」，而這些「推論」也不是全部都正確的。

　　上面我們談過詞組結構的真實性以及詞組的分界對我們在理解語言訊號並重組其結構過程中的重要性。然而，我們如何決定詞組的分界？如何預測其出現？Clark 與 Clark (1977) 列舉下列十四種「策略」，試圖解釋我們分析輸入（聽到）的語訊時的心理歷程。

　　策略 1：每次聽到一個表示文法意義之字或虛詞（function word，如介詞、連接詞、定詞等），可以預期一個比單字更大的詞組。

　　策略 2：決定詞組開始之字以後，可以找尋適合此種詞組的實詞（content words，如名詞、動詞等）。

　　策略 3：利用字的附加成分（affix，又稱詞綴）以決定實詞的詞類（如名詞、動詞、形容詞或副詞等）。

　　策略 4：聽到動詞時，即找尋可與該動詞共存的「論元」(argument，

又稱「參項」）的數目與種類。論元通常以名詞組 (NP) 的方式出現。例如，「睡覺」最少與一個 NP（主詞）共存；「打」最少與兩個 NP（主詞與受詞）共存；「放置」則最少與三個 NP（主詞、受詞，及表示處所的 NP）共存。

策略 5：聽到新的字時，先與緊接該字前面的詞組一起解釋。

策略 6：以詞組的第一個字來辨別該詞組在句子中的功能。

策略 7：除非有明顯的證據顯示不同的情形，否則假設聽到的第一個子句為主要子句。

策略 8：運用實詞重組句子的命題內容，並按其詞組結構分析句子。

策略 9：每個動詞、形容詞、副詞、介詞、名詞的命題內容均有一定的語意條件。找尋適合這些條件的詞組。

策略 10：找尋指稱為熟識事物的名詞組 (NP)。

策略 11：聽到有特別指稱的名詞時，從記憶中找尋其所指的事物，並以此事物作為該名詞的解釋。

策略 12：除非有相反的證據，否則將第一組「名詞 + 動詞 + 名詞」的字群看作「主事者 + 動作 + 客體」的字群。

策略 13：除非有相反的證據，否則假設兩個子句中，第一個子句描述第一件事，第二個描述第二件事。

策略 14：除非有相反的證據，否則假設舊訊息出現在新訊息之前。
（以上策略的證據及討論內容，請參看 Clark 與 Clark, 1977, pp. 58–79。）

在處理我們聽到的句子的過程中，我們不僅對句子作表面結構的分析，同時也將這表面的分析與語意結構相連。所以在這過程中，聽者本身對語意結構的知識，亦能左右他對說話者原意的理解。因此以上的策略是以我們對語言表面結構及其深層語意結構的關係的認識為

基礎的。

13-2-7　語言訊息的記憶

對於語言訊號的記憶，我們首先想知道的問題是哪些因素最能影響我們的記憶。對於即時的短期記憶 (short-term memory) 而言，句子的長度自然是有關的因素。但是我們亦有實驗證據顯示，句子語法結構的複雜性對於語言訊號的記憶，影響亦相當大。在句子長度相等的情形下，語訊記憶的多寡往往視語法結構而定。Miller 和 Isard 二氏 (1964) 曾作如下的實驗。他們請受試者背誦句子。這些句子每句字數相等，唯一不同的是每句的語法結構複雜程度不一樣。以下是一組例句，每句都有 22 個字，這些句子主要的命題內容是大致相若的，但是句子中關係子句「自我包接」(self-embedding) 的程度則不一，第一句 (21a) 沒有 self-embedding，(21a) 以後 self-embedding 依次增加：

⑵1 a. She liked the man that visited the jeweler that made the ring that won the prize that was given at the fair.

　　b. The man that she liked visited the jeweler that made the ring that won the prize that was given at the fair.

　　c. The jeweler that the man that she liked visited made the ring that won the prize that was given at the fair.

　　d. The ring that the jeweler that the man that she liked visited made won the prize that was given at the fair.

　　e. The prize that the ring that the jeweler that the man that she liked visited made won was given at the fair.

我們很容易看得出來，最後兩句簡直是要看懂都不容易，更別說要背誦了，但是這五句都是合英文語法的句子 (關於 self-embedding 句子結構的合文法性質，請參見 Chomsky, 1965)。Miller 和 Isard 發現，

受試者輕而易舉的背誦出兩、三個沒有「自我包接」的關係子句，如句 (21a)，但是具有三、四個「自我包接」關係子句的句子，如句 (21e)，則所有受試者都遭遇很大的困難。主要的困難在於名詞與其修飾子句中的動詞相隔太遠，超出受試者短期記憶的能力範圍。

其次，心理語言學家對於我們理解句子意思之後，如何處理聽到（輸入）的語訊的心理過程，亦感興趣。通常聽者了解句子意思後，表面的形式（即實際用字）便從記憶中淡忘。從日常生活中，我們亦可發現，對所聽到的句子的意思，我們能輕而易舉的重述，但是句子的實際用字，卻無法輕易地一字不差的重述。我們甚至對於剛聽到不久的句子的用字，也無法正確辨認。Sachs (1967) 曾作如下的實驗：受試者聆聽以下四句

原句：He sent a letter about it to Galileo, the great Italian scientist.

語意改變：Galileo, the Great Italian scientist, sent him a letter about it.

主動改被動：A letter about it was sent to Galileo, the great Italian scientist.

句法形式改變：He sent Galileo, the great Italian scientist, a letter about it.

如受試者聽完原句馬上再聽其他句子，則能辨認語意及語法的改變；若是隔 27 秒（80 個音節）之後再聽其他句子，句法改變的辨認已是毫無把握了，但是語意的改變則在相隔 46 秒（160 個音節）之後仍能很有把握的辨認出來。所以 Sachs 推論說：「如果句子中用字的改變涉及語意的改變，則此種改變無論多輕微，亦能大大影響實驗結果……。句子的意思是以所使用的單字為基礎……。而且原句理解後，實際用字瞬即淡忘，留在記憶中的僅是原句所要傳達的訊息」(1967, p. 422)。

近期的心理語言學研究更顯示出，聽者所記憶的不僅是句子的深

層語意。在理解的過程中，說話時的情景，對說話者的認識，甚至一般常識都必須考慮。理解以後，留在記憶中的是一種句子的簡化形態，很多細節刪除，但亦加入了一些有助於理解的其他資訊（如說話時的情景與對說話者的認識等）。

Bransford 與 Franks (1972, p. 241) 曾作多次實驗，證明「對於語意相關的句子，我們並非分別記憶，而是將這些句子的語意綜合成一整體性的語意結構。這結構所包含的資訊要比原句子所表達的為多」。

13-2-8　句子的產生

上文曾經提及聆聽及理解的過程是由語詞到思想，而說話的過程則是由思想到語詞。然而，聽與理解並非僅是說話的相反過程。在語音層次上，說與聽不同，前者產生語音，後者感知語音。在語意層次上，說話者以某種意念開始（如命令或詢問聽者等），然後將這意念變成一種語言設計（如何用字及語法結構等）。聽者則從這種設計，利用共同的語法規律及知識去推想而獲得說話者的意向。

從一個意念開始至產生一句句子，說話者要經過多次的決策過程。心理語言學家不僅對說話內容感興趣，對說話的方法與設計語詞及句子的過程亦然。關於說話內容的決定因素我們所知甚少。至於說話，我們認為這是一個將非語言意念傳譯成有組織結構的語言訊碼 (linguistic code) 的過程。在這過程中，說話者必須決定句子的內容、句法結構，以及所使用的詞項。這過程的終端輸出（實際說出來的句子），我們可以記錄並觀察。但是這過程的輸入（意念）與中間的程序卻因為無法直接觀察而比較難以了解。關於句子的產生，有以下幾個初步的理論（解釋）模式，每個模式均非完善，但都值得我們注意。

㈠「從左至右」模式：這模式假設說話的基本單位是字，而單字亦是產生句子的過程中的設計單位。每一單字決定其後面另一單字的

選擇。例如 How do you一? 一句中 you 後面的字是 do。但是，單字的選擇絕非如此簡單。很多時候句子語境根本無法決定單字的選擇。例如在 "The result shows that the一" 這一句中 the 之後的字就有很多可能的單字出現了。所以這模式認為句子的產生是一個單字決定其下面一個單字的過程，對句子結構並不重視。

　　這種 「從左至右」 的或然率模式 Chomsky 早在 1957 年所寫的 *Syntactic Structures* 一書中指出其缺點。首先，句子的合語法與否不全看兩個單字間的轉接或然率 (transitional probability)，亦即是說，縱使句子每個單字與緊接其後的一個單字都是可能的字序，亦不能保證整句一定合語法。例如在 "Goes down here is not large feet are the happy days." 一句中，每個單字之後所接著的單字都是很可能在英文出現的，如 goes down, down here, here is, is not, not large 等等，亦即是說 goes 之後可以跟著出現 down，如此類推。但是這些字加在一起的「句子」都不合英文語法。相反地，有時候句子中很可能每個單字與其後單字一起出現的或然率等於零 ， 但句子仍可以是合語法 。 對於這點 ， Chomsky 曾經舉出過現在已經是耳熟能詳的有名例句 ： "Colorless green ideas sleep furiously." 在這句中 Colorless 與 green, green 與 ideas, ideas 與 sleep, sleep 與 furiously 一起出現的或然率是零 ， 但是無可否認，這句的語法結構是合英語語法的（參看 Slobin (1979)）。其次，「從左至右」模式亦無法推演或產生「包接子句」。例如在 "The man who said that Chomsky has very weak arguments is arriving today." 一句中 "is" 是受 "man" 所控制；如果句子的產生真是一個單字決定緊接其後一單字的過程的話，我們就無法解釋為何 arguments 之後跟的是 is，以及為何 is 會跟相隔相當遠的 man 有關的事實了。最後，「從左至右」模式，亦無法解釋句子的多義現象 (ambiguity)。例如「這個人誰都不相信」可有兩解，一是「這個人不相信任何人」，另一則是「任何人都

不相信這個人」（參看湯廷池，1977, p. 6）"They are visiting firemen."
亦有「他們是來訪的消防隊員」及「他們正在訪問消防隊員」兩解。
這種句子，只有一種表面字序，按照「從左至右」模式，應只有一種
解釋才對，但事實則不然。因此語言學家及心理語言學家都對這模式
不滿意。

　　㈡「從上而下」模式：為了解釋上述一句多義的現象，語言學家
提出「詞組結構語法」(phrase structure grammar)，主張句子的產生並
非從左至右一字決定另一字的過程，句子中單字是有各種不同層次的
結構的。這些結構可以由一組按順序的改寫律 (rewrite rules) 來描述，
例如：

⑵ a. Sentence → Noun Phrase+Verb Phrase

　　b. Noun Phrase → (Article) (Adjective)+Noun

　　c. Verb Phrase → Verb+Noun Phrase

　　d. Verb → visit, hit 等

　　e. Noun → firemen 等
　　　⋮

因此，"They are visiting firemen." 一句中因為可有如下兩種不同的結
構分析而產生兩種語意（參看第八章）。

A.
（他們是來訪的消防隊員）

B.

（他們正在訪問消防隊員）

這種模式不但能解釋多義現象，亦能在改寫律中加入循環裝置 (recursive device)，亦即讓 Sentence 可以出現在「→」的右方。如此，亦可處理包接句子的現象（詳參 Chomsky (1957, 1965)，湯廷池 (1977)）。

　　因此，這模式假設句子表面樹狀結構圖中，其高層次的單位比低層的取決在先。所以我們在決定用字之前，早已知道句子會有何種詞組（主詞、受詞等）出現。事實上，句子的結構記述 (structural description) 確實反映句子產生的部分過程，而且這模式亦考慮句子的表面結構。不過這模式無法解釋表面結構的選擇方式，例如，同樣一個意念我們如何選擇主動或被動句式來表達？還有一些句子，如 "They are eager to please." 及 "They are easy to please."，他們的表面詞組結構是相等的，但是前者中 they 是 to please 的「主事者」，而後者的 they 卻是 to please 的「受事者」。對於這種現象及其他很多僅表面詞組結構分析不足以解釋的現象，這模式亦不能處理。所以，這模式亦不能解釋句子產生的全部現象。

　　㈢「直接結合」模式：針對「詞組結構語法」 (phrase structure grammar) 所無法解釋的現象，Chomsky 首倡變形語法（generative-transformational grammar；關於變形語法的理論及發展過程，請參看 Chomsky (1957,1965)，湯廷池 (1977)，以及眾多的語言學文獻）。「直接結合模式」以變形語法為本，假設我們把意念傳譯為語言訊碼的系統與變形語法的句法部門 (syntactic component) 相似。換言之，意念一

如句子的深層結構，而其編碼 (encoding) 的過程則如同詞組律及變形規律的依次運用。因此，句子產生過程與語法結合。從文獻考察中，有些研究結果支持這模式，有些則否。

13-2-9　語誤與句子的產生

語誤（speech errors，尤其是指俗稱「說溜了嘴」的現象）一向是研究句子產生的一種重要資料。語誤的研究證明了很多語言結構單位（如辨音成分、音素、音節、詞素、詞組等）確實是具有心理真實性的結構單位。（例如，當我們把：

a reading list	說成	a leading list
our dear old queen	說成	our queer old dean
Herbert Hoover	說成	Hoobert Herver
Stop beating your head against a brick wall.	說成	Stop beating your brick against a head wall.
a clear blue sky	說成	a glear plue sky

的時候，這些語誤亦間接證實了辨音成分、音位、音節及詞位的心理真實性。）Foss 與 Hakes (1978) 以語誤資料為推論之本，規劃出八種步驟，用以解釋句子產生的過程。

㈠訊息的形成或設計：意欲傳達的訊息以非語言代碼形成，同時句子的基本結構亦在此際選定。在這階段產生語誤時，其形式往往是詞組的易位，如直接受詞與間接受詞的易位。

㈡訊息的繼續形成：訊息細節部分的選定，例如句子的主題、焦點等。

㈢句法結構：句子句法結構的選定，語法項目如時態、疑問標記的加入等。這階段的語誤往往見諸語法標記加入的位置有誤，例如，

將 "I said he couldn't go." 說成 "I didn't say he could go." 等。

㈣重音的選定：重音的選定可以標出句子的重心詞項，並規範句子的語法結構。

㈤詞項選擇：詞項 (lexical item) 在這階段選出，填充在適當的結構位置上。這階段的語誤種類很多，例如語意成分的錯誤（將 hate 說成 love）；同義詞的融合（將 bother 與 trouble 合成為 brothel）；近似字誤用（將 magician 說成 musician）等。

㈥儲存：詞項以音節方式儲存於記憶之中，以便作進一步的細節調整，語音互換的語誤常在這一階段發生。

㈦詞位的調整：詞位以先後順序暫存記憶中，所以，這階段中詞音律可以運用（例如英語不定冠詞 a 與 an 的選擇）。

㈧運動控制中心：上述的資訊送到大腦運動控制中心，發出指令，使發音器官發音，形成實際說出的句子。

雖然以上的八步驟是暫定的模式，隨時應有修改，然而，從語誤的研究我們亦可多少推測句子產生的過程。

13-3　兒童語言習得

從古到今，兒童習得 (acquire) 語言的過程一直是成人非常感興趣卻一直迷惑不解的一件事。人類知識的源由也一直是哲學的重點問題。兒童心智能力在很多方面非常有限，然而，在短短的三到四年間，他們就能把母語整個複雜的結構系統習得，且能純熟而適當地運用。尤有進者，通常每個兒童接觸到的語言資料不同，亦無需父母刻意教導，但在這三到四年間他們所習得的語法系統和使用語言的法則，卻是一致的。我們對於這些現象至今仍未全然了解。由於語言與認知有密切關係，因此研究兒童如何習得語言有助於我們了解人類的智能。

　　首先，我們先探討兒童習得母語過程中所需學習的事物，然後再觀察這過程中的行為。試考慮以下一段說英語的母親與其三歲孩子的交談：

　　母親：Where did you go with Grandpa?

　　孩子：We goed to a park.

母親的問題涉及四種語意因素：「行動」、「行動目的地」、「聽者與另一參與行動者」、「過去」。從孩子的答話我們可知他全部明瞭這四種因素，孩子的英語能力要到何種程度，方可有此成就呢？首先，要明瞭母親所說是問句，他必須認識疑問詞 where。這個詞加上 go 表示母親問的是「行動」而且重點在「行動的方向」。代名詞 you 和介詞 with 表示此行動涉及孩子及另一人（祖父）。助動詞 did 表示行動是「過去」的。孩子如非具有這些知識，則無法恰當的回答母親的問題。

　　上述孩子的回答，表示他不僅具有理解句子的能力，亦具有運用語法規律的能力。代名詞 We 的使用是對問句中 you...with Grandpa 的回應。goed 是 did...go 的回應等。而且，孩子的「錯誤」亦表示他習得語言的創新力。雖然他未曾聽過成人說 "goed" 一字，但是他卻能運用他所學會的英語規則動詞變化規律，來回應問句中「過去」的因素。這種「錯誤」表示他對英語動詞系統的分析仍未完善，並非是毫無規則可循的真正錯誤。

　　因此語言習得 (language acquisition) 包括習得運用語言結構的能力。以下是從兒童實際語言行為所觀察到的現象。

13-3-1　語言先於語法

　　嬰兒最早期以聲音表意的企圖與語言略有不同，因為通常這些聲音只表達嬰兒本身的需要。嬰兒接近一歲時，「早期語詞」方始出現。這些語詞往往具有整個句子的語意分量，故又稱「單字句」(one word sentences；或 single-word utterances)。通常，在此時期仍無法談兒童的語法，因為他仍未能將單字組合。即使如此，兒童在這時期的語言能力（尤其是理解力）卻遠超過其認識及說得出的單字的總和。他們能理解成人的話，對成人的命令能有恰當的反應。換言之，在兒童能說出兩或多字句之前，他們早已具有理解這些句子的能力。

13-3-2　單字句的語意

單字句具有溝通的意向 (communicative intent)；而說話即時情景是明瞭單字句的關鍵，因為單字句是大量簡化的語言訊號。這些非語言的即時情景因素包括手勢、目光注視方向、語調、表情等等。所以兒童單字句的研究包括語言訊號本身及這些非語言因素，而重點在溝通的功能。Greenfield 與 Smith (1976) 曾廣泛而深入地研究過兒童的單字句。他們發現：⑴兒童在語言習得後期所表達的很多「關係概念」（relational concept，如主事者與動作的關係，動作與受事者的關係等）早在單字句時期已經具有；⑵這些概念在兒童語言行為出現的先後亦反映出其本身認知成熟的過程。這兩點顯示語言與認知有密切的關係。第一點表示兒童開始有語法能力時，這種能力只是表達其單字句時期早已習得的概念。第二點表示兒童語言所能表達的概念反映出他們對四周事物的認識。

13-3-3　語言與認知發展

Piaget 研究嬰兒以及兒童對世界認識的發展過程。他認為對世界的認識是語言與思想的基礎。根據他的研究，具有目的的表意行為起源於「感覺運動」發展 (sensory-motor development) 的後期。在此之前的一年當中，嬰兒透過其感覺與運動的能力，主動地探索四周事物，進而知道在他自身以外，還有其他的人與事物存在，更知道他自己和

其他的人均可對他四周的事物有所影響。

在認知過程中,「工具運用」(tool use) 與「符號表象」(symbolic representation) 兩種能力可算是語言的前驅。在兒童能運用語言之前其記憶力及心智已經能將事物以某種方式代表而呈現在其思想中。而且他亦了解他可以通過意見溝通的行為,「運用」別人達到他的目的。這兩種能力通常在兩歲開始時出現。Bates (1977) 亦主張記憶力與注意力的成熟是這兩種能力的先決條件,因此語言與認知是不可分的。

13-3-4 語音的發展

語言最小的單位是語音,因此兒童語言習得的過程自然從語音的習得開始。我們知道,人類能發出很多種聲音,但是在眾多的聲音中,每個語言只選擇有限的母音 (vowel) 和子音 (consonant) ,以及聲調 (tone)、重音 (stress)、或語調 (intonation) 等作為表情達意的語音 (speech sound)。那麼,兒童是如何分辨出一般聲音與語音之不同?在語音中,兒童先習得哪些音?其過程如何?嬰兒的牙牙學語 (babbling) 所發的聲音究竟與其日後正確語音的習得有何關係?為何兒童初期的發音與成人的不同?這些和其他類似的問題,都是心理語言學家感興趣的問題。我們現在分別從語音的感知 (perception) 及發音 (production) 兩方面去看兒童的語音發展過程。

首先,在感知方面,我們發現嬰兒生下幾天就會朝聲音來源的方向轉頭,約兩週後就可分辨出人類聲音及其他聲音的分別(參看 Wolff (1966))。到了兩個月左右就能對不同情緒聲調的人聲,作出不同的反應 ,例如憤怒的聲音會引致哭泣 ,柔和友善的聲調會引起咕咕聲 (cooing) 或微笑(參看 Clark & Clark, 1977, p. 376 起);四個月大左右,似乎就能分辨男女聲音不同,到六個月左右,開始注意語調的高低及語音的節奏,同時嬰兒亦開始咿咿呀呀的發出自己的語音來 (babble)。

要研究嬰兒辨別語音的能力不容易。學者們曾設計一種叫「非哺乳吸吮測量法」(non-nutritive sucking measure) 來研究嬰兒這方面的能力。實驗者給嬰兒吸吮一個內藏記錄儀器的奶嘴，儀器能記錄下嬰兒吸吮的速率。然後一再播放出同一種聲音給受試的嬰兒聽，至其吸吮速率穩定下來之後，再換播另一種聲音，如果嬰兒注意到聲音的改變，則吸吮的速率馬上由穩定而急速增加，然後逐漸再穩定下來。這種研究方法曾經廣泛使用，例如 Eimas 和同仁 (1971) 曾以這種方式測得一個月大之嬰兒具有分別子音是否屬於「濁聲」的能力，亦即是能分別出〔ba〕與〔pa〕之分別。他們推斷嬰兒在早期的生活中，先學會察覺「辨音成分」(distinctive feature) 的有無，例如聲音是否具有「濁聲」(voiced) 的成分。隨著嬰兒能力及年齡的增長，比較長的語音組合亦逐漸能分辨。晚近學者很多都認為兒童習得辨別語音的過程，主要是學會分別各種不同「辨音成分」的對立過程。例如，如何分別「濁聲」(voiced) 及清聲 (voiceless)，如何分別「唇音」(labials，如 b, p) 及「非唇音」(non-labials，如 t, d)，如何分別「前母音」(front vowel) 及「後母音」(back vowel) 等等。

至於語音的發音方面，兒童出生之後就能發出各種聲音，但通常早期的聲音與平常語音不同（如哭聲）。到了五、六個月大的時候，一般的父母都會察覺到嬰兒開始發出一些很明顯與哭聲有別，而聽起來像語音的聲音來。這時候可以說是牙牙學語期 (babble) 的開始了。這時期的「呀呀聲」(babbling) 通常不一定是有意思的聲音。但是嬰兒這種牙牙學語的過程，對日後發音期有沒有關係呢？對於這點，文獻中有兩種看法，其中一種認為 babbling 是真正語音的直接前驅，語音是由 babbling 直接發展而成的。另一種看法認為 babbling 與真正語音沒有直接的關係。這兩種看法都只能解釋部分現象（關於此二種看法的優劣，請參看 Clark & Clark, 1977, pp. 389–391；以及 Cheng, 1985）。

　　至於真正習得語音的發音過程，依照 Jakobson 的理論可認為是學習發出各種語音對比 (contrast) 的過程，而 Jakobson 所提倡的「語音包含共通性」(implicational universal) 亦頗能描述及解釋兒童學習語音時，各種語音習得順序的共同性（例如塞爆音〔b〕〔d〕等要比擦音〔f〕〔s〕等先學會，〔b〕〔d〕要比〔g〕先學會，「清聲」要比「濁聲」先學會等）。但是 Jakobson 的對比理論亦無法處理及解釋好幾種現象，如：除了學會語音對比之外，兒童究竟如何學會發出這些語音？為何有些兒童會故意的規避一些比較難發的語音？為何兒童初期的發音與成人不同，而不同主要是將成人的語音簡化（例如將 squirrel 唸成〔gæ〕或〔gow〕）？為何兒童喜歡重疊的聲音（如 dada, pepe, mama，尿尿等）？兒童平常自己「自言自語」的「聲音遊戲」(sound play) 對於他們自己發音的習得有沒有幫助？這些問題，都有待心理語言學家進一步的研究，方可獲致更深入的了解。

13-3-5　語法的發展

　　在單字句時期的後期，兒童已經學會相當數量的單字，加上語調的配合，他們可以自如的表達諸如詢問、請求、陳述、抱怨等等的溝通意向 (communicative intent)。很多心理語言學家亦發現，在長於單字句的語言出現之前，會有一段很短的時期，兒童能以好幾個意思相關但語調各自獨立的單字在同一情景下談同一件事情。Lois Bloom (1973) 在她的書中 (*One Word at a Time*) 很詳細的討論過這種多字期前驅的連續單字句。Greenfield 與 Smith (1976) 認為因為限於能力，單字句後期的兒童往往只選擇最能表達其意向的單字說出來。例如，他們的研究對象 Mathew 在 18 個月大時，指著他的玩具車子說 "Car"，然後他推開車子說 "bye bye"。他注意力焦點最先是「車子」本身，其後則是「車子」的動態。如果在兩字句時期，他定能說出 "Car bye bye"

的句子來。

　　兩字句時期的來臨並不表示兒童認識事物的增長，而只表示兒童將其意向以語詞表達出來的能力的增長。兒童年歲愈長，接觸事物愈多，所想談及的事物亦愈多，語法結構的習得亦愈需增多方可配合其認知發展的增長。這種說話內容及語法結構的增長是語法發展的主要過程。

13-3-5-1　命題內容複雜性的增長

　　我們可以假設兒童是依照衍生語意學的模式（參看第八章）將他們意欲表達的命題內容編成語言訊碼。換言之，存在於兒童腦子裡的是一種語意結構。這種結構有一個述語（通常以動詞形式表示）和一個或多個論元（通常以名詞組表示）。假設某個說英語的兒童欲將某物件給予別人，則其句子的語意結構包括述語 "give" 和與 "give" 共存的三個名詞組：「主事者」、「客體」、「受事者」。Claudia Antinucci，與 Parisi (1974) 研究一個一歲半女童的語言，發現她可以表達以下各種語意結構：

　　　　受事者 + 客體：To me candies（要求給她糖果）
　　　　動作 + 客體：Give ball（要求將球給她）
　　　　動作 + 主事者：Give Mommy（要求母親給她東西）
　　　　受事者 + 動作：Mommy give（她將東西給母親）

Antinucci 他們認為以上例句皆可代表兒童將其深層語意結構「傳譯」為表面語言訊碼的能力。我們可以將兒童語言發展看作是這種傳譯能力的增長過程。

　　到了兒童能說出包含兩個述語的句子時，其語意的複雜程度亦大為增長。在這時期的兒童語言有兩種特點：⑴副詞的出現（如 wait here, come tomorrow 等）；⑵開始使用各種方式來修飾名詞或代名詞（如

Broken Tata's Car 等）。句子複雜性進一步的發展則是包接句式的出現，例如，I'm making it spin; Do you know we're going skiing? 等。至此，兒童已能表達基本的深層語意結構。

13-3-5-2　語法的聯繫功能

假設某一兒童意欲敘述「父親給我一個球」一事。他知道他要談及「主事者」（父親），「受事者」（自己），「客體」（球），以及一個與這三者相關的動作「給」。如果他說英語，他的句子是 "Daddy gave me the ball."。每一重要語意因素用一名詞組代表，另外加上有定冠詞 the；而且兒童要用英語表達這意思時似乎先學會「主事者＋動作＋受事者＋客體」這種字序，同時亦需表示「客體」是「有定」或「無定」以及「動作」發生的時間。但如果兒童使用的是其他語言，情形就不一樣了；例如，中文動詞本身沒有屈折變化以表時態，日文的字序則是「主事者＋受事者＋客體＋動作」。所以，語法的功用是將我們意欲表達的語意因素，以某種語言所允許的方式，傳譯成該語言區內為大眾所接受（約定俗成）的表面語言訊碼。這種功用我們稱之為「聯繫功用」。學前兒童語言習得大部分是習得這種聯繫功用的過程。研究兒童早期的兩或多字句子有助於我們了解兒童習得語法的過程。

在兩字句時期的最早期，兒童語言已有規律性與創新性的表現。他們常以固定的方式表達各種「關係概念」；例如，洗手後說 "allgone sticky"，關門後說 "allgone outside"，喝完牛奶說 "allgone milk" 這些句子有固定的詞序，allgone 在先；被 allgone 所「影響」的事物在後。在其他句子中，第二詞項則常表「處所」（如 book there, shoe here 等）。

兒童語言雖有異於成人語言，但其相異之處亦呈規律性。這種現象促使我們推想，兒童在學話時，與成人相異之語詞似是兒童本身具有創新性的嘗試。兒童傾向有系統的學習盡量避免例外。學英語兒童

的語料中，詞尾變化「過度規則化」(overregularization) 的現象（例如以 comed 代 came，以 goed 代 went，以 breaked 代 broke），是這種傾向的明顯例證。部分兒童到小學階段仍會說出這種「過度規則化」的錯誤。

13-3-5-3　語法規律與語言處理能力的增長

兒童在習得語言早期能說出句子的字數與語意結構的複雜性均受其心智與認知發展的限制。待其稍長，兒童欲表達的意思增多，此種增長亦需要比較複雜的語法結構配合方可。但語法的增長速度往往趕不上語意增長。因此，兒童語料常出現很多與成人語法相異的刪略或簡化的情形。研究兒童語法與成人語法的差異有助於了解兒童的深層語法規律。例如，說英語兒童學會「yes-no 問句」的倒裝字序 (Can he ride in a truck?) 之同時，卻無法在「Wh- 問句」中將主詞與動詞易位 (What the boy can hit?)。然而，他會將疑問詞 what 移句首。而且在其他句子中，疑問詞移前及主詞動詞易位這兩種變形規律，均能分別的自如應用。由此觀之，此兩種變形規律確有心理上的真實性；只是在兒童說 "What the boy can hit?" 之時，他仍未能同時做到此兩種變形而已。再待兒童稍長，處理句子的能力亦增，才能說出 "Why can he go out?"，但在此同時，如果問句是否定問句，則仍未能將主詞動詞易位與否定變形一起處理，所以此時兒童的「疑問詞否定問句」仍是 "Why he can't go out?" 與成人形式 "Why can't he go out?" 相異。

同時，根據 Slobin 與 Welsh (1973) 的研究，兒童雖然無法說出複雜的句子，他們卻能處理（分析、理解）這些句子。此外，發展心理語言學家從很多實地研究中，發現雖然兒童的文化、語言或社會背景可能相異，但他們習得語法規律的方式均極相似。

13-3-6　語言習得的理論

　　研究兒童語言習得及語言發展通常有三種目標：(1)描述不同發展時期中兒童所接觸到及所說（使用）的語料；(2)描述語言習得之過程及心理基礎；(3)描述語言習得的生理基礎（參看 Menyuk (1969)）。關於語言的生理基礎，我們在下一節討論。目標(1)與(2)則與語言學理論與學習理論分別有關。本節重點在(1)，(2)則簡略提及。

　　心理語言學對語言習得的心理基礎大致有三種理論方向（參看 Slobin (1971); Chastain (1971); Lewis (1974)）。第一是經驗主義理論，此派學者認為所有語言行為皆由外在環境前設的刺激所控制。兒童說話時，其語言行為的形式亦取決於一或多種外在環境刺激的成分（語言本身，無論是自己或別人的語言，亦是刺激的一種）。由於注重外在環境因素，此派理論認為語言學習維繫於接觸語言與非語言的經驗。語言習得的過程大部分是外界引發的，機械式的習慣形成的過程；而模仿、刺激之再增強 (reinforcement) 則為語言習得的主要途徑。第二是先天理論，此派學者認為人類與生俱來具有學習語言的生理及心理的特殊機能，只要有適當的環境(即兒童四周有正常的語言使用環境)，語言的習得是無法避免的，而其過程亦有高度的共同性 (universal)。同時，語言本身無論在語音、語法、及語意各層次上，皆有超越個別語言的共同性。第三是認知理論，此派學者認為人類具有與生俱來的學習能力，而語言習得只是這種能力的部分，並沒有特殊的心理機能特別掌管語言習得。認知理論及先天理論與經驗主義理論不同，前二者均認為語言習得是一種內在精神功能引發的心理活動過程，是有規律可循並且具有創新性的，絕非僅限於機械式習慣的形成。兒童在語言習得的過程中，不斷嘗試構築語言規律，也不斷試驗他所構築的規律的正確性（參看上文關於「過度規則化」之例子）。

　　持經驗主義理論的心理語言學者，大多數運用結構語言學之理論來描述及解釋語言習得的歷程。大體而言，結構學派語言理論主要在描述語言各層次（語音、音韻、構詞、句法、語意）的結構。重點在於從外在收集到的語料當中，透過以分類為主的分析方法，整理出各層次之結構單位以及這些單位之組合形態（例如音韻的結構單位「音位」(phoneme) 有多少，每個音位有多少同位音 (allophone)，同位音的分布如何以及音位如何組合 (phonotactics) 等）。語言習得也就是透過上述之刺激─反應─刺激之再增強方式而進行，而習得的結果就是把各種語言單位及其組合法記熟並變成習慣，在適當的語言刺激下，作出適當的語言反應。

　　持先天論的學者則以變形語法以及近年來 GB 理論所倡導之普遍語法 (UG) 的觀點，來描述及解釋語言習得的歷程。至於持認知論的學者，除了認為人類天生有一些共有的能力（如認知能力，而語言只是其中一部分）外，更強調認知在語言習得過程中所扮演的角色。因此，對心理學家 Piaget 的觀點也特別注重。認知論的重點之一是「語法發展的認知先決條件」(cognitive prerequisites to grammatical development)，亦即表示語法之習得要先有認知能力的基礎。

　　至於兒童習得語料 (acquisition data) 的描述，在文獻記載的大致可分為語音、語法、語意、及語用 (pragmatics) 的習得，其中以早期語法習得的研究為多。語法習得的研究通常始於兩字或多字句時期（參看 Slobin, 1971, p. 41）。因此早期語法習得研究大都以初期的兩字或多字句作語料。 兒童在這時期的習得重點在語法關係及語意功能（參看 Brown (1973)）。以下簡介描述這一時期語法習得語料的理論（關於語音習得、語意及語用習得的初步介紹，參看 Slobin (1971); Bates (1976)；關於兒童習得中文或其他漢語方言的研究；參看 Chao (1951)；李王癸 (1978); Li and Thompson (1977); Tse (1978b), Cheng (1985) 等）。

最先描述兒童語法習得的理論多注意語料形式與分類，很少注意其語意及交談內容。1963 年 Brown 與 Fraser 二氏指出早期兒童之句子甚短，而且其中只保留名詞、動詞、形容詞、代名詞等語意分量比較重的實詞 (content words)。至於以表達語法功能為主的字 (functors) 如冠詞、介詞、繫詞與助動詞等則多省略。外形與電報文字十分相似，故名之為「電報式語言」(Telegraphic speech)。這種「電報式」的特徵，確能描述大部分早期兒童語料（當然亦有其無法描述的部分以及相反的意見，參看 Brown, 1973, p. 75 起），但其缺點是流於疏淺，無法解釋兒童真正的語言能力。（例如為何兒童理解力較表達力強？）據 Shipley 等人 (1969) 研究的結果，在說「電報式語言」的兒童中，年紀比較小的對「電報式或單字命令句」(telegraphic or holophrastic commands) 反應較佳，但年紀較大的反而對成人的命令句（即不省略語法功能字詞的句子）反應較佳，雖然他們本身所能說的僅限於電報式語言。其次，即僅就形式而言，「電報式」的特性亦嫌太籠統，無法描述兒童語言的衍生過程。

Braine (1963) 研究兒童早期的兩字句，首創以「旋軸」(pivot) 及「開放」(open) 兩種詞類來描述這種兩字句。根據 Braine 指出，這時期的兩字句中，句首之語詞種類及數目皆不多（約在九至十個之間），且重複出現，形成一封閉性的詞類。而出現在句末的字則詞類繁多，且不常重複出現，形成一開放性的詞類，故前者名為「旋軸」詞 (P)，後者名為「開放」詞 (O)。這兩種詞出現的形態大致為：(1) P_1+O；(2) O+P_2；(3) O+O，其中 P_1 與 P_2 無重複的詞項。略舉數例如下（詳參看 Braine (1963) 及 Brown, 1973, p. 92；李壬癸 (1978)）：

P+O	O+P_2	O+O
See boy	Push it	Mommy sleep
Pretty boat	Boat off	Milk cup

All broke	Siren by	Dry pants
See sock	Move it	Oh-my see
My Mommy	Water off	Papa away
	Airplane by	Pants change
Bye-bye hot	Mail come	Candy say
Hi, plane	Mama come	Find bear
More taxi	Hot in there	爸爸　眼鏡
All broke	Milk in there	
All fix	Bunny do	
I sit	Want do	
I see	夏新　臺北	
More sing	（小孩本身名字）	
No down		
Want baby		
Want get		

Braine 同時亦指出 P 不形成單字句，而 O 則常形成單字句。

　　此種理論提出以後，備受注意，惟其缺點仍多。「旋軸語法」僅足以描述兒童兩字句之語詞分配位置，彷彿此時期之兒童僅具有如何把語詞放置之能力。就形式而言，O 與 P 之定義亦不夠嚴謹；就詞序而論，「旋軸語法」暗示兒童兩字句的創新能力 (creativity) 只有四種方式：$P_1+O; O+P_2; O+O$；以及 O；而沒有 P, P_1+P_2 或 P_2+P_1 的組合可能。事實上，晚近研究揭示 P 及 P+P 的組合是可能的。例如，有些被分類為 P 的兒童用字如 Hi, bye-bye, more, there, here 等，是可以單獨出現在兒童語中。同時 Bowerman 亦指出，在 Braine 自己的資料中，有些項目如 want wet, want more 等，亦可算是 P+P 的組合。而且像 "that off" 這種句子亦曾在兒童語料中出現過（參看 Brown, 1973, p. 100）。

同時旋軸與開放兩種詞的詞序亦不是固定的。綜合上面討論 O 與 P 所能出現之位置，我們只得到「句子→（字）＋字」的結論，所以從詞序而言，「旋軸語法」的衍生律似乎毫無意義。最後，其最大缺點仍是在於無法解釋亦低估兒童之語言能力（例如 "Mommy sock" 一句可以有 "Kathryn picked up her mother's sock" 及 "Mother was putting Kathryn's sock on Kathryn" 兩解，但「旋軸語法」卻無法解釋此種現象）。其他反對的論據頗多，讀者可參看 Brown, 1973, pp. 90–112，以及其中眾多書目。

　　前述「電報式」語法及「旋軸」語法皆僅注重兒童句語外形之組合，對於語法關係及語意功能之描述毫無貢獻；對於兒童本身的語言能力更是無法解釋。理論上，此二派頗受結構學派語言學理論的影響，注重形式的描述與結構的分類。近年來心理語言學家受認知心理學及變形語法理論的影響，多從事兒童語言之語意功能及語法關係的研究。70 年代以還，這方面的研究相當可觀，尤其是兒童習得英語的研究，更為豐富。大體而言，近十年來兒童語言習得的研究可分為兩種，其中一種受 Chomsky 變形語法影響，對兒童語料，以類似「標準理論」（Standard Theory，參看 Chomsky (1965)，湯廷池 (1977)）之方式加以描述。基本上，「標準理論」式語法比較注重句法部門，因為這是衍生部門，專司句子的產生，而語意部門是解釋部門，專司個別句子的語意解釋。句法部門包括基底 (base) 與變形 (transformation) 兩部分；而句子的表面結構則由深層結構 (deep structure) 經變形規律而衍生。雖然句子的語意決定於句法部門所產生的深層結構，但深層結構本身不直接等於語意，真正語意仍須經過語意部門的「語意解釋律」(semantic interpretation rules) 方能獲得（詳參看 Chomsky (1965)；湯廷池 (1976)；及 Brown (1973)）。以這種語法為依據描述兒童語料之學者以 Bloom (1970)、McNeill (1970) 為代表。這種研究最大的缺點是：⑴要寫出一

組表示語法關係的基底律 (base rule)；(2)因為兒童語通常都省略很多種表面結構詞組，因此亦要設定很多 「刪略變形」 規律 （deletion 或 reduction transformation）。(1)之基底律常會推演出一些在實際兒童語料中所沒有的詞組組合。至於為兒童語言能力設定「刪略變形」則必須先假設兒童自己語法中先設有某一詞組，方能說有刪略變形的可能。但是，我們沒有很有力的證據來支持這種假設 （關於這種以語法關係為主來描述兒童語料的理論優劣點之詳細討論，請參看 Brown, 1973, p. 90 起，及 Greenfield and Smith, 1976，第 1 章）。

　　另一種研究受 McCawley (1968a, 1968b) 等學者的影響，認為句子最深層結構即是語意結構，而語言只有語意與音韻兩種結構，二者則以變形規律來聯繫，所以無需再設定一種「標準理論」式的句法部門及深層結構，亦不需要語意解釋律。一切語意決定於語意部門，經過變形規律，成為表面結構，再經音韻規律，成為實際說出來的語音形態。以這種學說為依據描述兒童語料的學者比較注重兒童語言的語意功能 （如「主事者」與「動作」或「主事者」與「客體」或「主題」與「評論」等的組合）。這類研究有 Schlesinger (1971), Gruber (1967) 等。Fillmore (1968) 的「格變語法」亦反對「標準理論」式的深層結構，而比較注重深層語意的組織 （格位，case role），故廣義而言，亦屬注重語意的研究 （關於「格變語法」理論，參看 Fillmore (1968)；湯廷池 (1977)）。以「格變語法」為依據，從事早期兒童兩字或多字句研究的，以 Brown (1973) 為創始。據 Brown 的看法，對於早期兒童習得語料，「格變語法」 確能提供不少涵蓋廣泛的推論，而且其描述方式亦比 Bloom 與 Schlesinger 的語法更清晰明確。

　　利用格位的理論，Brown 指出此時期的兒童語料雖然外表形式都有「缺點」（亦即如「電報式語言」，不符合成人的句子形式），但最少已可以表達出以下的語意關係 （參看 Brown, 1973, pp. 141, 173, 108,

92）。

⑴「主事者」與「動作」（如：Adam write）

⑵「動作」與「客體」（如：Hear horn）

⑶「主事者」與「客體」（如：I beat drum）

⑷「動作」與「處所」（如：Sit water?）

⑸「實體」與「處所」（如：Adam home）

⑹「所有者」與「所有物」（如：Mommy sock）

⑺「實體」與「屬性」（如：Party hat）

⑻「指事」與「實體」（如：It ball）

以格變語法描述兒童語料有很多優點。第一，兒童早期語料中，大部分「主詞」都是實際動作的「主事者」(Agent)，與其按照 Chomsky 的語法假設兒童具有如下結構圖的「主詞」。

```
                          S
          Noun Phrase（主詞）     Verb Phrase（述語）
                            V（動詞）   NP（受詞）
```

（我們事實上無法證明兒童具有這種語法能力）倒不如假設兒童在學話初期大部分名詞組都是「有生名詞」(animate noun)，而這些名詞大都是動作（可能是真正說出來的動詞，亦可能只是兒童當時即情即景的具體動作）的「主事者」（Agent，亦即是真正做動作的人）。這種以語意為主的假設比以語法形式為主的假設更合理。第二，對於兒童單字句的描述，格變語法更為有利。我們若把一個單獨出現名詞稱作「主事者」，只要當時兒童有「動作」出現，仍不失為合理的看法。但是，如果把一個單獨出現的名詞稱作「主詞」的話，我們就必須假設兒童在「單字句時期」就具備了如上圖的深層語法結構，再經過兩次的刪略變形將動詞及受詞都刪去，剩下真正說出來的「單字主詞」。這種看法，實在有點可笑。第三，Fillmore (1968) 所提倡的格變語法主要描述

簡單句子，因此特別適合兒童語料的描述。

　　當然，格變語法亦有其缺點。因為這種語法對 Modality 部分分析不詳盡，因此無法處理如「祈使」、「否定」、「疑問」等句式。另外對於「助動詞」、「定詞」(determiner)，和「包接子句」以及「連接句式」(conjoined clause)，亦無法描述（詳參看 Brown (1973), Greenfield and Smith (1976)）。

　　晚近更有以語意為基本，從語用學 (pragmatics) 的觀點去描述兒童語料。這方面研究除以衍生語意學 (generative semantics) 的深層語意結構分析兒童的語意之外，更以語用學上所談的「語言行為」(speech acts)，句子的「前設條件」(presupposition)，以及約定俗成的「交談原則」(conversational postulates) 等觀念來描述兒童語料。此種研究方法認為語言是一種「社會行為」(social act)，因此研究語言時（無論是兒童或成人語言），不可不考慮語言使用的情景及其他因素。此派是以實用的觀點為主，將語言看作是一種替我們做事的工具。Elizabeth Bates (1976) 可算是此種研究的先驅之一。Clark and Clark (1977) 亦可算是比較注重語用學的研究。

　　綜合以上所論，描述兒童語言習得理論的方向從早期的形式結構描述（如「電報式」或「旋軸」語法），經過近十年的發展，已趨向注重語法與語意關係的描述。

13–4　第二語言習得

　　人類除母語以外，常因社會生活需要，會學習母語以外的語言。第二語言的習得牽涉在既有的母語語法系統以外，加上另一種語言的語法系統的能力，其間所經歷的心理語言歷程，一向都是心理學家、語言學家以至語文教育學者感興趣的課題。第二語言習得的心理歷程

研究促使我們探討兩種語法系統在同一個體（人）的心理機制中之互動情形，從而理解各種心理、社會因素對語言習得之影響，並可進一步對語法結構的心理真實性作佐證。在學習第二語言的過程中，母語與「目標語」(target language) 在結構上之異與同，以及學習時之心理與社會因素（例如性向、態度、動機等），究竟是對學習的助力還是阻力，則是語言教育學者更注重的課題；因為助力及阻力都是在教材教法的設計與施行時重要的考量。因此，近年來第二語言習得也成為心理語言學重要的一環，有關的文獻相當豐富。在本章有限的篇幅中，我們只能對第二語言習得研究的主要課題作一綜合的簡介。

首先，第二語言習得是一個牽涉很多因素的複雜過程，其中包括學習者本身的因素以及學習環境的因素。這兩方面因素互動的結果，使第二語言習得的過程顯得複雜且多變化。然而，如果第二語言習得的過程只是每個人都不一樣的個案，亦即是無盡的個別差異，其過程毫無相同或普遍的現象，則此種歷程也沒什麼研究的價值。但事實上，第二語言習得過程中，有好些因素及現象是多數學習者所共有或共同經歷者；因此，第二語言習得研究的注意力，常放在這些課題上，簡述如下：

㈠第一語言（母語）習得、第二語言習得、外語習得

這三者之間是否有別？從直覺、從經驗、從常識判斷，我們很自然會認為三者有所不同。母語習得的過程似乎自然而不費力，而母語以外的語言，其習得就顯得刻意且困難多了。至於第二語言與外語習得之差別則在於前者之「目標語」（即學習者想學的語言）也是學習者生活環境中的主要語言，例如中國人在美國學英語；而後者之「目標語」在學習者生活環境中使用率不高，例如中國人在中國學英語。二者之差異主要在於學習者接觸目標語機會之多寡以及目標語在生活中所扮演的角色。在第二語言習得的過程中，目標語是生活中必需的溝

通工具，但在外語習得的過程中，目標語經常只是學校裡的一門課程，這種差別影響學習動機甚大。

上述的種種似乎都強調這三種語言習得過程的差異。然而，從語言習得的心理歷程以及社會語言層面看，這三種歷程無論在習得語法結構的順序、錯誤的形成及種類、學習的策略、學習語料、動機、情意因素、正式教學活動等方面，都有相似甚至相同之處。因此，對這些歷程的研究，均能幫助我們了解語言結構及句法系統如何在我們認知系統中運作。

㈡「習得」與「學習」

在語言學習的研究文獻中，不少學者主張「習得」與「學習」有別。「習得」（英語用 acquisition 來表示）指自然而不自覺地學會語言的過程，如兒童習得母語；而「學習」（英語用 learning 來表示）則指自覺、刻意，而常有正式教學活動的學習語言的過程，如大多數人學第二語言或外語。但是，這種二分法並非絕對的。事實上，在近年來的研究中，第二語言（甚至外語）學習過程中，也有類似母語習得的自然過程，而母語習得過程中，也會有刻意的教導活動。因此語言習得與學習之別，只是指出母語與第二語言習得過程中比較顯著的差異，其分界線並非絕對的。

㈢母語在第二語言習得過程中所扮演的角色

在 50 及 60 年代中，心理語言學家假設第二語言學習最主要的困難來自學習者的母語。在學習過程中母語對其影響稱為「語言轉移」(language transfer)；母語與第二語言相同之處會形成學習的助力，即「正轉移」(positive transfer)，而相異之處則形成學習的阻力，即「負轉移」(negative transfer) 或更常稱為「干擾」(interference)。教師主要工作之一是注意可能產生干擾之點，協助學生克服這些困難。

在這種想法下，母語在第二語言學習過程中，扮演重要的角色。

為了要找出學習困難之處，語言學家提倡「對比分析」(contrastive analysis)，將母語與第二語言之語法結構列出並比較，從其相異之處去預測學習困難所在。但是到了 60 年代後期，學者透過對學習者實際所犯之錯誤之分析 (error analysis)，發現對比分析只能解釋或預測第二語言學習時的部分困難，很多錯誤沒法以母語干擾來解釋，母語在第二語言習得過程中之重要性因而大為降低。

㈣ L1 = L2 假設

Brown (1973) 研究幾名幼童習得母語（美語）的語法詞素（grammatical morphemes，如 -ing, -s, -ed, a, the, 's 等）的過程及順序十分相似。Klima 與 Bellugi (1966) 也發現兒童習得英語疑問句及否定句的方式相當一致。受到這些研究的激勵，第二語言習得研究的學者認為，假如第一語言 (L1) 的習得有一種「自然」的順序，而錯誤分析顯示「干擾」並非第二語言 (L2) 習得過程中最重要及決定性的因素，則 L2 的習得可能也有其「自然」的順序。

在眾多的跨語言研究中，發現 L2 學習者習得英語語法詞素的錯誤似乎依循一些蠻一致且可預測的發展順序，不同母語背景的受試者在習得 L2（英語）過程中，學會上述語法詞素的順序，雖然略有不同，但整體的順序等級相關 (rank order correlation) 卻達到統計上高度顯著水平，顯示「自然」順序並非意外或偶發的現象。進一步比較 L2 及 L1 習得過程的錯誤，發現兩者發展過程很相似，例如無論 L1 或 L2 習得過程中，-ing 及規則複數詞尾都比冠詞先學會。除了錯誤分析以外，對 L2 學習者長期縱深研究也提供 L1 及 L2 之習得過程相似的證據。因此，70 年代的心理語言學家中，不少人提出「L1 = L2 假設」，認為 L1 及 L2 的習得過程基本上都是具有創造性及規律性的過程 (creative rule-governed process)，雖然 L2 習得因為年齡、母語及社會因素的影響，會與 L1 習得有些不同，但本質及過程則十分相似。

　　L1 = L2 假設又稱為 creative construction 理論，是 70 年代「錯誤分析」(error analysis) 及 L2 長期縱深研究的結果，也是第二語言習得理論之一。

　㈤學習者之個別差異

　　就如同所有學習行為一樣，L2 學習者的個別差異在學習過程中是一個重要的因素。影響 L2 習得的個別差異因素有五種，分別是：年齡、性向、認知風格、學習動機以及人格。

　　這些因素中，認知風格與人格對 L2 習得的影響我們所知不多，有系統的研究也不多，其主要原因之一在於缺乏有效的測驗工具，可用來量度人格以及不同的認知風格。其餘三種因素與 L2 的關係在文獻中有相當多的研究，大多數均顯示這些因素之個別差異是 L2 學習者在習得過程中成敗得失的主要影響因素。

　㈥第二語言習得之輸入語料

　　要習得一種語言，一定要接觸到這種語言的語句。在學習過程中所接觸到的語料 (data) 為習得過程中之輸入語料 (input)。輸入語料最有效的質與量為何，我們至今仍未能確知。結構學派理論強調輸入語料的重要性，因此對學習者提供大量的語料，使其反覆接觸和練習，直到透過「過量學習」(over-learning) 而變成自動習慣為止。衍生語法理論則強調學習者天生的「語言習得裝置」(LAD, language acquisition device)，輸入語料固然必需，但只扮演習得過程的觸媒角色，並不需要過量。然而，也有研究顯示，第二語言習得的過程中，僅接觸到語料還不夠，這些輸入語料還得是學習者能理解的 (comprehensible) 以及有意義的（meaningful，即與其自身及生活有關者），方能利用來作為學習之輸入語料。因此 Krashen (1981, 1982) 提倡所謂「可理解的輸入語料」 (comprehensible input) 才是第二語言習得過程中有用的輸入語料（素材）。這種情形，可以從有些聾啞父母生下聽力正常孩子後，在

家中常播放收音機及電視廣播節目，以增加孩子接觸語料的做法及效果得到一些有意義的印證。因為從收音機或電視所聽到的語言，對上述的孩子而言，並不一定是（而且經常不是）有意義及可理解的輸入語料，所以這些孩子與一般父母的語言及聽力均正常的孩子比較，在語言習得早期其語言發展比較緩慢而效果差，等到他們上幼稚園後，與其他小孩接觸，才慢慢趕上。

從上面的簡述中，我們確知「輸入語料」(input) 對第二語言習得至為重要，然而其「質」（可理解程度、與學習者相關程度、有意義程度）與「量」如何，方能成為最有效的語料，並使之從「輸入語料」變為「吸收語料」(intake) 則仍舊是近年來研究中最具爭議的課題之一。

㈦習得的歷程

學習者如何把聽到的語料與自己既有的知識相連而轉化為自行的語言能力？對這種歷程，文獻中有兩種看法，其中一種強調學習者的認知能力，透過「認知策略」來解釋習得語言知識的歷程。這些策略大致可分為三類：⑴「學習策略」(learning strategy) 處理輸入語料使其轉化成自己的語言知識，這些策略是刻意的具體行為（如為記憶而做的複誦、背誦），也可以是心理語言活動（如推想或過度規則化的推論（所謂矯枉過正））；⑵「說話策略」(production strategy) 對自己已有的知識作最有效的運用，例如言談的規劃、語句的安排等；⑶「溝通策略」(communicative strategy) 用來表達自己目標語的能力不足以表達的語意，例如，求助於對話者（如：這東西英文怎麼說？"What do you call this in English?"），或是迂迴或釋義的說法（如用「喝水用的東西」"the thing we use to drink with" 代替 "cup" 或「汪汪」(wow wow) 代替「吠」(bark)）等等。

另一種看法認為人類天生就有一種特別的語言本能 (language faculty)。這種本能本質上是一群高度普遍性的抽象規律和原則（參看

第八章，8-8 節）。這些規律與原則組成的系統稱為「普遍語法」
(Universal Grammar, UG)。UG 為人類自然語言所共有，其核心規律及
原則存在於所有語言中，也是人生下來就有的語言藍圖。因此，無論
是 L1 或 L2 的習得過程中，UG 都會起重要的作用（例如 L2 學習者習
得目標語中屬於 UG 所有的核心規律比習得目標語中特有的規律來得
更容易）。因此，只要 L2 學習者接觸到有效而適當的輸入語料，其天
生的 UG 就會起作用，再透過認知／學習行為，如練習、複述、朗誦、
背誦等，逐漸習得 L2 的能力。

㈧正式的教學活動

第二語言習得與母語習得最顯著的差別之一是，前者往往會涉及
正式的教學行為。正式教學對 L2 習得的方式、過程或速度（效果）會
不會起作用？這也是第二語言習得研究重要課題之一。L2 習得是否有
自然的順序？正式教學活動能否改變這順序？正式教學能否加強或改
變 UG 的規律與原則？正式教學能否加速習得的過程？這些問題至今
仍存有不少爭議。

關於上面㈠～㈧各點之詳細討論，可參看 Ellis (1985)。

13-5　人類大腦與語言

大腦是神經系統的中樞。關於大腦的感覺和運動功能，我們了解
較多；但關於高層次的認知功能，如思想、推理、記憶，以及語言等，
則知之甚少。近年來腦功能與認知行為的研究當中，最令人注意的課
題是，人類大腦兩半球的功能在認知層次上有顯著的分別。在語言功
能方面，左右半腦更有功能偏向 (Lateralization) 的現象。一般人（尤其
是「右利者，right-handers」）的語言多由左半腦處理，故左半腦又稱
為「優勢半腦」(dominant hemisphere) 而右半腦則稱為「劣勢半腦」

(minor hemisphere)。但是，近年來研究（尤其是對經過胼胝體切開或割除手術的病人 (split-brain patients) 的研究）發現，左右半腦主要分別在於處理精神或認知活動的方式，左半腦傾向於分析性 (analytic) 的處理，右半腦則傾向形態或整體性的 (Gestalt 或 Wholistic) 處理。斷然以語言功能來分「優」「劣」，實在有欠公允。況且右半腦確實具有語言能力，尤其是「自動式」的語言，如打招呼、咒罵，以及語用功能的處理等；而且亦具有相當的語言理解力（參看 Gazzaniga (1977); Nebe (1977); Tse (1978a)）。不過無可否認，一般有命題內容的語言 (propositional speech) 大部分確實是在左半腦處理。因此，以下僅討論左半腦與語言的關係。

對大部分人而言（幾乎全部的「右利者」與很多的「左利者」），左半腦掌管大部分語言功能。支持這種看法的理由如下：

(1)左半腦損傷所引起的語言障礙及失語現象遠比右半腦損傷所引起的為多。

(2)使用 Wada 試驗（安密妥鈉試驗 Sodiam Amytal）將右或左半腦分別麻醉時，左半腦受麻醉會發生失語現象，右半腦受麻醉時一般不致有失語現象。

(3)使用「同時相異訊號聽覺試驗」(dichotic listening test，即同時以不同訊號分別輸入左右兩耳)，使左右半腦同時處理不同訊號而產生競爭時，如果輸入是語言訊號，則右耳無論在反應速度及精確性方面均佔上風。一般假設這是由於右耳比較能直接與左半腦接觸的結果。左耳接到語言訊號後，則先傳至右腦，再經聯繫兩半腦的胼胝體 (corpus callosum)，傳至左半腦處理❷；因此在時間上右耳接受的語言

---

❷　其實在平時，左耳聽到的訊號既可傳至右腦（對側傳遞，contralateral path），也可以同時傳到左腦（同側傳遞，ipsilateral path），右耳的情形亦如是。然而，在做 dichotic listening 試驗時，因為左右同時傳入不同的訊號，兩耳的感受及

訊號要比左耳接受的早大約千分之三秒到達左半腦。所以在這種試驗中，右耳成績比較好。

　　⑷以「速讀訓練機」(tachistoscope) 將語言訊號呈現在左右視場 (visual field) 時，右視場在反應速度與精確性方面的成績均較左視場為佳，一般假設解釋此現象之理由如⑶。

　　⑸從事語言活動時（無論其活動是內在的如閱讀或是外在的如交談），左半腦的腦電活動 (electrical activities) 比右半腦較多（以上⑴至⑸參看 Penfield 與 Roberts (1959); Krashen (1977) 及其中參考書目）。

　　綜合上述五點，我們得知語言能力與左半腦的關係可從病例及實驗求證。據文獻所載左半腦對語音、具有音節形態的聲音群、具有語意成分的聲調（如泰國語及漢語的聲調）、具有語法結構的音節組合，以及句子的語法結構等的感覺能力比右半腦強；但是，對樂音、聲納訊號，及環境聲音的感覺能力則比右半腦弱。同時左半腦對訊息的時間順序的判斷力，對將訊息整體分解成其組成的個體的分析能力，以及處理一連串快速而有次序的運動 (rapid motor sequence) 的能力，都較右半腦為強。事實上，語言無論在結構或是實際的發音行為上，都需要⑴時間順序的判斷力；⑵分析能力；⑶處理快速而有次序的運動（如發音過程中控制各種發音器官的肌肉收縮）能力。由此觀之，左半腦的語言能力與⑴至⑶三種能力息息相關。很可能在進化過程中，因為左半腦具有這三種能力而特別被利用來處理語言行為，也因此而產生了「語言功能偏向」的現象 （Lateralization of language function，參看 Gazzaniga (1977); Nebe (1977); Krashen (1977)）。

　　從解剖上看來，左半腦皮層有兩個重要區域與語言有密切的關係，

　　　音訊處理產生了「競爭」的現象，因此「同側傳遞」方式受到壓抑，致使產生右耳聽到的訊號全送至左腦，而左耳聽到的則全送至右腦的結果。

其一在左半腦額葉 (Frontal Lobe) 靠近側腦溝 (Sylvian Fissure)，叫「Broca 區域」（又叫做「語言運動區」），另一區域在側腦溝 (Sylvian Fissure) 後方，界於頂葉 (Parietal Lobe) 與顳葉 (Temporal Lobe) 之間，叫「Wernicke 區域」（又叫「語言感覺區」）。其分佈情形大致如圖 13–1：

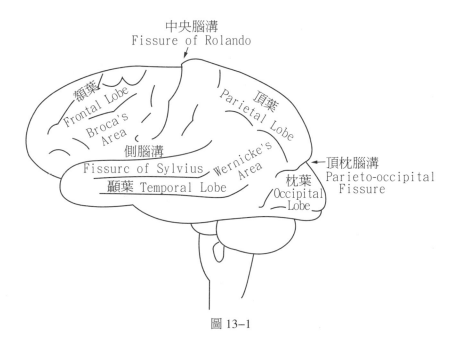

圖 13–1

　　這兩個區域是根據很多病例、實驗、外科手術，以及驗屍解剖結果而界定的。腦部病例如損傷 (lesion) 在這兩區域，則手術前後發生短期或長期失語現象的比例極高（參看 Tse (1978)）。 關於失語症 (Aphasia) 還可以依其程度與發生障礙的語言技巧細分為很多種（參看 Penfield 與 Roberts (1959)）。大體上，如 Broca 區域受損傷，病人則無法流利說話，其發音亦不清晰，但其語言內容與語意均屬正常，這種現象亦稱 Broca's Aphasia。如 Wernicke 區域受損傷，病人則語句流利而且發音清晰，但是其語言幾乎毫無內容，辭不達意，這種現象亦稱

Wernicke's Aphasia。然而，對大部分的人而言，在右半腦相對的部位上的損傷，一般都不致發生如此現象。

關於大腦與語言的關係，我們目前所知多限於其生理的解剖，處理語訊的方式（analytic 或 wholistic），以及腦損傷與失語徵狀的關係。至於語言訊碼是如何編碼與解碼（encoding 與 decoding），其生理基礎如何（究竟是腦細胞的化學或是電化學作用？其作用過程如何？）以及語法規律是如何儲存在大腦等等問題，仍有待科學家的進一步探討。

13-6　語言與認知

人類的文化、社會行為，以及思想，全部需要語言。雖然語言如此重要，但要決定其重要程度卻非易事。心理學家曾經一度將語言與思想等量齊觀，亦即說，語言就是思想。然而，今天的心理學家多半採取比較溫和的立場，認為人類認知受語言影響，但並非由語言所形成，語言只不過是使人類有別於其他動物的特有行為中之一而已。

13-6-1　語言、說話與思想

語言在人類思想上扮演何種角色？John B. Watson 認為說話本身就是思想。Ivan M. Sechenove 立場則比較溫和，認為兒童通常邊說邊想。Vygotsky 在 *Thought and Language* 一書中主張無論在種系發生史 (phylogeny) 或在個體發生史 (ontogeny) 上，都可發現有不用語言作媒體的思考行為，以及不表達心智活動的說話行為。Piaget 學派則主張認知發展在先，語言發展在後而反映認知發展，兒童智力的增長基於與四周人與物互相影響，而語言在這種互相影響中有其重要功能，但是語言本身並非是導致認知發展的原因。Vygotsky 與 Piaget 二氏的主張比較受晚近學者注意。

　　另一個問題是，我們能不說話而思考嗎？在回答這問題之前，我們必須將語言 (language) 和說話 (speech) 分別清楚。說話是一種形諸外而可直接觀察的具體行為，其物理現象是表意的語音；而語言則是我們內在的一種精神能力，是無法直接觀察並以各種語言結構為基礎的符號系統，我們使用內在語言能力時不一定同時產生外在的說話行為。因此，以上的問題我們可以改為：沒有內在語言活動我們可以思考嗎？從很多科學家、數學家、藝術家和作曲家口中，我們得知他們創作過程不必全部形之於語言；換言之，他們的創作有部分是透過非語言的思考而進行的（參看 Ghiselin, 1955, *The Creative Process*）。事實上，無論形之內或形之外，思想比說話所涉及的範圍都廣。說話只是眾多表意工具之一，而非思想本身。其他能表達思想的「工具」還有意象、情緒、意志、抽象，以及對聲音、氣味、感覺的記憶等等。

13-6-2　語言：思想的工具

　　內在的語言是思想的工具，而外在（即在人際交往時運用）的說話則是意見溝通的工具。語言這兩種使用方式都能影響認知行為。我們通常以語言來記憶及接收資訊。例如，有人告訴你「抽屜裡有個蘋果」，這種語言資訊可以指導你的行為；因為當你稍後想吃蘋果時，你會拉開抽屜去拿。因此，語言訊碼對記憶很重要。同時，將經驗傳譯為語言訊碼的能力，亦能影響記憶經驗的方式。Carmichael 和同仁曾作研究，要求受試者看一圖形（○—○），試驗者告訴部分受試者說此圖形為「眼鏡」，對其餘的受試者則說是「啞鈴」。稍後，要求受試者依記憶中印象將此圖形重畫出來。聽說該圖形是「眼鏡」的受試者畫出（○◦—◦○）的形象，而聽說該圖形是「啞鈴」的，則畫出（○—○）的形象。由此可見語言確能影響記憶。在實際生活中，語言在在影響我們的記憶。最明顯的例子是「謠言」的傳播；一件事情從第一次用語言傳述開始，

由於隨後的轉述者本身的生活經驗，期望以及偏見等因素，影響其對傳述內容的記憶，幾經轉述後，便可形成與原來事件十分相異的「謠言」了。

13-6-3　語言：認知發展的工具

語言在兒童的思考及意見溝通方面亦很重要。上文我們提到語言似是反映認知發展。如此說屬實，則語言的使用對兒童發展又有何影響？Slobin (1979) 認為使用語言以傳意對兒童認知具有特殊意義，因為語言有時候助長有時候卻妨礙認知發展。Hollos 與 Cower (1973) 發現經常獨自玩耍或經常觀察別人的兒童，在需要推理及分類的認知活動方面表現較優異；而經常和他人說話的兒童，在角色扮演的活動方面表現較優異。

意見溝通在認知發展上的重要性，早經心理學家注意。Piaget 在 *The Language and Thought of the Child* 一書中將兒童語言分為「自我中心語言」與「社會化語言」兩種，而其發展過程是從前者至後者。Piaget 僅關注兒童思想的發展，因而忽略「自我中心語言」。Vygotsky 則強調，所有語言活動均具社會功能，而兒童早期的「自我中心語言」在發展過程中，逐漸分為兩種，一種是說出聲的「說話」，另一種是內在的「心語」，亦即思想。

誠然，由於語言的具象與抽象的代表能力，兒童可以超越說話即時情景的時空；他可以將各種事情以語言記憶下來，他亦可以將思想與行動分開。不過，這種能力或許是與生俱來的能力，可以不依附語言而存在。Piaget 派學者研究的結果是，特別加強語言訓練並不足以加速認知的發展，而心理語言學研究則指出，在兒童發展的過程中，概念往往比表達該種概念所需之語言結構出現得更早。因此關於認知與語言的關係，目前我們只能採取比較溫和的立場，認為語言與意見的

溝通在兒童認知發展過程中扮演相當重要的角色，但是語言不會導致認知的發展，而只是反映兒童認知能力的增長。

─────────── 複 習 問 題 ───────────

1. 各語法層次的結構都有心理上的真實性，試舉例說明兩種語法結構的心理真實性。
2. 我們為什麼想證明語言結構具有心理上的真實性？
3. 試簡述語言的理解過程。
4. 試略述語言習得的理論。
5. 試比較第一語言（母語）與第二語言習得之異同。
6. 何謂語言功能偏向？
7. 略述語言與認知之間的關係。

第十四章　語言規劃

14-1　引言

　　語言使用時有個人的層面，例如遣詞用字，體裁的選擇，在不同場合中語言的變換使用等等，這些都是「微觀社會語言學」(microsociolinguistics) 探究的課題（參看第十二章）。另外，語言使用時也有其社會的層面，這方面牽涉到在社會中大部分人使用語言的情形，例如國語標準的訂定，國語的推行，在多語言社會中官方語的選擇以至各種語言社會功能的劃分，語言在教育的地位等等。這些問題是語言問題而且都與國家社會發展有密切的關係。語言問題的解決往往需要特意的規劃，特別是在國家層次上的規劃，這就是「語言規劃」(language planning)，是「宏觀社會語言學」(macrosociolinguistics) 探究的課題。因為第二次世界大戰後產生很多新興的國家，這些國家在發展的過程中常有一些與語言有關的問題，因此經常會以政府的能力來規劃一些語言的政策，這些語言規劃的活動與經驗，引起社會學家及語言學家，特別是社會語言學家的興趣，因而在語言學這學門裡，也逐漸發展成為一種比較「新」的學術研究。在以下各節裡，我們將簡略討論四個課題：㈠語言問題；㈡語言是國家資源之一；㈢語言規劃；㈣語言與教育。

14-2　語言問題

　　在人類的社會裡，常會產生一些語言的問題。為什麼呢？如果某

個社會裡，全人口都只說一種語言，連方言的差異都沒有的話，語言問題是不會發生的。但是在多語言（或多語言多種族多文化）的國家或社會裡，好些社會問題是會與語言有關的，例如在加拿大的英語與法語之爭（在魁北克 Quebec 尤甚），在挪威的 Landsmal（Nynorsk 新挪威語）與 Bokmal（比較「文言」的另一體）之爭，在比利時，Flemish 語與法語之爭，在愛爾蘭，英語與愛爾蘭語復興運動的關係，以及很多非洲及東南亞的新興及開發中國家推行自己的國語及官方語所遇到的種種問題等等，這些問題在這裡通稱作語言問題。

當然，並非所有的多語言國家都會產生「對立或衝突」性質的語言問題，像瑞士，全人口使用的語言包括法語、德語、義大利語以及 Romansch 語，但是社會上並沒有語言的問題，相當和諧。然而，有很多國家及地區可不像瑞士那樣幸運的，在語言規劃過程中，常會產生許多問題。例如近半世紀以來臺灣地區推行國語相當成功，在語言及社會溝通功能上，國語已成為國人的共同語言。但是在國語與地方語言（原住民語、客家語、閩南語）之間的互動方面，因為沒有妥善規劃；在國語推行成功之際，沒有同時培育地方語言，以致各種地方語言都面臨程度不一的流失。有一些原住民語甚至面臨滅亡的地步（亦即這一代的人老逝以後，該語言便消失了；關於臺灣地區語言流失及其他的語言問題，參看 Tse (1990, 1997) 以及 Huang (1993)）。

語言是很有趣的東西，但是也是很複雜的一回事。把它純粹的當作一個符號系統來看，我們可以相當客觀而冷靜的對待它。但是，把它放回它的社會層面裡，大多數的人都會對它有些主觀的看法。因為語言跟文化及種族的關係很密切，因此當好幾種語言同時並存於同一社會或國家時，語言問題往往容易發生。可能會引起語言問題的社會情況大致有四種：(1)人口非常龐大的國家（如印度）使用很多不同的語言，而至於相鄰的鄉鎮都不能相互溝通；(2)在殖民地的情況下，殖

民國家把自己的語言加之於當地人口，如戰前非洲的大部分地方；(3)
當某種語言成為國家民族的標誌時，例如蓋爾語（Gaelic，亦稱愛爾蘭
語 Irish）在愛爾蘭的復興；(4)當某種語言在社會經濟活動方面比較常
用而成為大多數人口（至少為商業理由）仿效的對象時（參看 Elgin,
1979, p. 111）。

14-3　語言是國家資源之一

　　當我們談論國家（或社會）的資源時，我們會想到很多有形與無
形的資源，有形的資源包括例如農牧、礦藏、森林、水力、人力等等；
無形的資源包括國民的進取精神、教育水準、愛國情操，以及知識的
層次等等。其實，語言也可以視為國家（或社會）資源之一，雖然它
是無形的，而一般人也不容易感覺其存在。然而，我們可以想一想，
從個人的層面看，今天社會上，很多人在某些情況下願意付錢去學一
種語言，或是付錢去請一個翻譯人員（在經濟的觀點來看，這是投資
於語言上，希望能在某方面得到利益）。從國家的層面看，譬如國語文
的推行及教育可以大大的提高國民的知識水準，透過全國人民使用通
用的國語，可使國人更加團結，減低妨礙社會進步的地域觀念，這些
都是有助於國家發展的。另外，透過外語（特別是英語），可以幫助商
業的發展，增進經濟的建設，同時更可以幫助國人加速吸收科技新知，
促進科學技術的發展（參看 Tse (1984)），當然，也可使國人了解外國
的文化，擴充視野，並能進而使外國人了解本國文化，達到文化交流
的目的。從這幾方面看來，語言的確可以視為國家發展過程中的資源
之一。因此，語言就如同其他社會資源一樣，可以規劃，以助國家發
展。

14-4　語言規劃

「語言規劃」(language planning) 作為學術研究的一門的歷史很短，還不超過四十年，但是語言規劃作為語言變化導向或是語言發展的歷史卻是相當久遠的事。事實上「語言規劃」這個名稱最早出現在 Haugen (1959)；雖然在 Haugen (1965) 中，他也提到 Uriel Weinreich 在 1957 年也已提出這個名稱。下面我們要討論語言規劃的定義，語言規劃的歷史，以及語言規劃在現代開發中國家的重要性。

14-4-1　語言規劃的定義

語言規劃本質上是規劃 (planning) 的一種，因此「規劃」的要素與語言本身的特性都應列入考慮（關於社會語言學家對「規劃」的要素所下的定義，參看 Alisjahbana (1971b); Haugen (1966b); Fishman (1973)；及 Jernudd (1973)）。像其他在國家層次上的規劃一樣，語言規劃同時涉及社會、文化、宗教、經濟以及政治的層面。大體上，文獻中對語言規劃有兩種定義，一種是觀念上的定義，另一種是運作上的定義。

「語言規劃」的概念是什麼？在這個名稱還沒有創造出來以前，一度曾經稱為 language engineering（「語言工程學」，用來指語言標準化以及人為的語言發展導向）（參看 Karam, 1974）。從 1959 年以後，文獻中有關語言規劃的定義就比較多了，Haugen (1959) 認為語言規劃是「在多語言社會中為指導說話者及寫作者而編寫標準字體，文法以及詞典的活動。」Rubin 在她與 Shuy (1973) 所編的書中的引言裡，對語言規劃所下的定義是「對於語言變化以及語言使用的特意而有預測性的處理方法。」(Fishman, 1975) 認為語言規劃是「在國家的層次上，

有系統的尋求語言問題的解決」的活動。Jernudd 與 Das Gupta (1971) 指出語言規劃是行政及政治上為解決語言問題的活動。Tauli (1974) 認為語言規劃是「規範或改善已有的語言，或是創造出新的共同語言，國語或國際語的有規律的活動。」

從上面這些觀念上的定義看來，以及從文獻上眾多性質相似的定義看來，我們不難發現，語言規劃具有以下的特點：

⑴是以將來為取向的；

⑵是有系統（特意而人為的）的決策過程；

⑶是以解決語言問題為目標的；

⑷通常是在國家的層次進行的。

至於在運作方面的定義，在文獻中比較少。通常以流程圖的方式，把語言規劃的過程表示出來。Karam (1974) 以如何把一種地區方言發展成為超越地區語言性質的共通語為例，說明為達此目的所需要採取的活動及其過程，作為語言規劃的運作說明。語言規劃的流程根據 Karam 的看法如下圖 14-1：

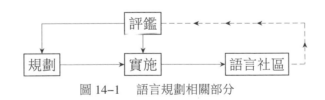

圖 14-1　語言規劃相關部分

「規劃」部分包括初步的可行性探測計劃（那是任何決策活動的必要步驟）以及有關資料蒐集及規劃細節的擬定的過程，「實施」部分包括把計劃實施時之一切活動，「評鑑」部分包括檢討及衡量規劃及實施的成果。實施的對象是語言社區，規劃中所要推廣的語言在語言社區中的接受及使用程度，也提供「評鑑」時所依據的事實資料。因為語言與文化本身會變化，隨著新的語言問題發生，又需要新的規劃活

動，因此語言規劃是一種循環的流程。

　　Tse (1980) 根據 Karam 的概念以及觀念上的定義，提出下面的運作定義：

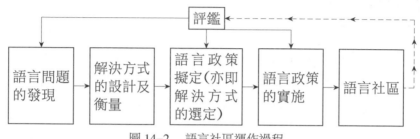

圖 14-2　語言社區運作過程

　　綜合而言，從觀念上看來，語言規劃一如其他的規劃，是為解決問題而設的有系統的因應措施，從運作上看來，語言規劃是一種動態的循環活動，其實施的結果可以幫助我們解決因語言所引起的問題。

14-4-2　語言規劃的歷史

　　「書同文，語同音」是人類的一種共同的希望，古今中外皆如此。這種希望也是歷史上種種語言規劃活動的原動力之一。另外，為了國家民族自尊的緣故而尋求語言上的標徵（例如我們中國人總以自己的國語為榮，以自己的國語為國家民族標徵之一），以及為了國家發展的緣故而追求語言文字的現代化等等，也都是語言規劃活動的目的。人類在上述這幾方面的希望自古有之，只是在古代，這些希望很少透過政府規劃的方式來追求。孔夫子之提倡「雅言」，也是希望語文朝更好更標準的方向走。秦朝在語文方面的政策，如小篆及隸書之推行，以及南北朝的「正音」運動，特別是魏孝文帝的提倡漢語，可以說是早期的國家政府層次的語言規劃活動，這七十多年來我國推行國語的運動，更是成效卓著的語言規劃的記錄。

在我國以外的地區，早期的語言規劃也都是非政府層次的，其形式也大多是與編寫及推廣規範性質的語法、詞典、字表等有關。甚至有名的古印度語法學家 Panini 所寫的描述性質的語法，其目的之一也是想為梵文立下一萬世可遵循的標準。在歐洲，透過 Cicero（西元前 100～43，羅馬演說家），Horace（西元前 65～8，羅馬詩人），Donatus（第四世紀羅馬語法學家），以及 Quintilian（西元 35～100，羅馬人，演說教師）這幾人的努力，使拉丁文建立起一種規範的形式，一直流傳到中世紀。在文藝復興以前，因為當時的教會使用羅馬字母的結果，在歐洲各地引起了不少的寫作傳統，但是當時的各國的語言仍未能標準化，而大致上是以拉丁文與希臘文為模式。文藝復興除了帶來很大的社會變化以外，在各國自己的語文發展方面也有很大的影響。印刷術的發明使得一般人也得到閱讀與寫作的機會，不再是教會與僧侶的專利；一般人對知識的追尋也使其思想不受教會的過度控制；現代民族國家 (nation-state) 的興起也使人民不受教會的控制。法語、德語、義大利語以及西班牙語的分別興起，成為各該國的國家語言，是語言發展及標準化過程的好例子。

馬丁路德在 1522～1534 年所翻譯的聖經德文本，成為所有德國人所接受的德語的標準。在西方，比較早期的政府語言規劃活動是法王 Francis I 有關本國語使用的命令。在 1539 年，他下令宮廷中廢止使用拉丁文，因此使法語成為法國所有官方用途的唯一語言。法國革命以後，其自由、博愛的理想隨後也在歐洲引起其他的革命，導致很多國家相繼誕生：例如挪威 (1814)，希臘 (1829)，比利時 (1831)，羅馬尼亞 (1861)，匈牙利 (1867)，保加利亞 (1878)，阿爾巴尼亞 (1913)，以及第一次世界大戰後獨立的芬蘭 (1917)，愛沙尼亞 (1918)，拉脫維亞 (1918)，立陶宛 (1918)，冰島 (1918)，愛爾蘭 (1921) 等等。每個國家建立之後，馬上都面臨著語言的問題，這些問題大多數與急需確立自己

國家語文的標準有關，有些問題則與國家（官方）語言之選擇有關，例如在挪威的 Landsmal 與 Bokmal 之爭。而這些問題之迫切需要解決也就成為現代政府層次的語言規劃的先驅（參看 Haugen (1966a)）。

　　一般說來，在早期語法學家關心並提倡「雅」言及標準用法的努力，以及現代國家的政府有系統的從事語言規劃活動之間，有些官方及半官方的「語文學院」(language academy) 的努力，可算是這兩者之間的橋樑。義大利在 1582 年建立了一個語文學院（稱為 Academia della Crusca），法國在 1635 年建立了著名的法國語文學院 (Academie Francaise)；前者建立的目的是為了將「義大利語文加以過濾，以篩除不純正的成分」，後者則是為了「規範法語文的詞彙，文法，以及拼字法則，使優雅的語文更形完美」。這是最早期成立的語文學院，這兩個機構成立以後，就成為兩國語文用法標準以及風尚的裁決者。一時之間，歐洲多國亦相效尤。西班牙於 1713 年，瑞典在 1739 年，匈牙利於 1830 年亦成立類似的國家語文學院。英國皇家學會 (British Royal Society) 成立於 1660 年，雖然也提倡過少數文法學家的研究，但其本質卻非語文學會而是科學研究的學會。事實上，在這方面，英國倒也相當獨特，從來沒有成立過官方的語文機構，英語的規範與標準大多是透過著名的文學家與作家（如 Milton, Dryden, Defoe, Swift，以及 Samuel Johnson 等）的寫作而建立的（參看 Haugen, 1966a, p. 10 起）。在東方，現代新興國家中也有一些類似，但與歐洲的語文學院不同的語文機構，例如菲律賓的 Institute of National Language of the Philippines （菲律賓國語文機構，參看 Sibayan (1971b)）；印尼在日據期間的 Commission on the Indonesian Language（印尼語文委員會）以及獨立後的 Language Commission 與 Balai Pustaka（為半官方的機構）（參看 Alisjahbana (1966, 1971a, 1971b); Noss (1967)）；馬來西亞的 Dewan Bahasa dan Pustaka（語言文學機構，參看 Omar (1974)）；日本

的 National Language Research Institute（參看 Neustupny (1970)）等。
這些機構除了實施其國家的語言政策以外，還負有類似歐洲的語文學
院在語言規範方面的功能。

　　大體上，積極的語言規劃與廣泛實施這些規劃的方法與資源在十
九世紀才有（參看 Haugen (1966a)），而今天，大規模的語言規劃活動
已經不是像文藝復興前後的少數有心人士或是一些肅穆莊嚴的語文學
院的事，而是以政府的力量為基礎，結合語文、政經、社會等方面專
家的努力的活動。從近一百多年來的語言規劃活動中，我們看到希伯
來語文的復興　（參看 Fellman (1972, 1973); Morag (1959); Rabin
(1971)）；土耳其成功的文字改革（參看 Fishman (1971), Gallaghcr
(1971)）；愛爾蘭語（蓋爾語）的復興（雖然並不很成功；參看 Macnamara
(1971)）；Urdu 與 Hindi 分別發展成為巴基斯坦及印度的國語（參看
Das Gupta (1971)）；Bokmal 與 Nynorsk (Landsmal) 在挪威所引起的紛
爭（參看 Haugen (1966a)）；中華民國成功的國語標準化及推行（參看
方 (1965), Tse (1980)）；在印尼、菲律賓、非洲各地，以及世界上很多
地區裡，把當地語言發展成為各該國的國語（參看 Alisjabana (1971a,
1971b); Sibayan (1971a, 1971b); Ladefoged 等 (1972); Whiteley (1968,
1970, 1971a, 1971b, 1974); Armstrong (1968)；以及 UNESCO (1953)）。
以上這些活動，只是文獻上有所記載的少數例子而已。

14-4-3　語言規劃與開發中的國家

　　對於現代的國家而言，尤其是新興的以及開發中的國家，語言規
劃十分重要，而事實上，近年來語言規劃活動最為集中的也是這些國
家。語言規劃在二十世紀這些新興及開發中的國家實施那麼多的理由
很多，在眾多的理由中，民族主義的發展可以說是所有語言規劃的推
動力之一。Fishman (1971) 指出，現代民族主義有三種特徵：團結統一，

自覺自主，以及現代化。語言正好與這三點有密切的關係。事實上，
在開發中的國家的語言規劃中，經常都以這三者之一、二，或全部為
其規劃的最終目標。在新興國家建國的努力（開發中國家發展的過程
亦然）中，如果這國家的人口是多語言多種族，那麼能擁有共同的一
種通用的語言是比較能使國民更團結一致，國家更統一。像東南亞及
非洲許多國家，都具有這種社會語言背景（然而，語言固然有其團結
統一的功能，有時候亦有其「分離」的功能，例如加拿大的魁北克省
法語的情形，參看 Kelman (1971)）。這些國家，會盡可能選出本土的
語言之一來作「國語」，其原因正因為本土的語言最能表示自覺與自主，
而自覺與自主正是民族自尊之所依，本土的「國語」更是國家的象徵，
人民歸屬認同的標誌。此外，除非這些國家選上英語或法語等國際語
言為「國語」（這種可能微乎其微），否則，其所選的本土的「國語」
一定得經過現代化的過程（有關語言現代化的概念，參看 Ferguson
(1968)）。至少，其詞彙應大量增加與現代生活及科技有關的單字。「國
語」的現代化是所有其他方面的現代化的基礎，因為人的一切活動大
都依靠語言做媒體。即使最新的科技知識的獲取容或要依靠國際語言
（如英語），但是其傳播與教育還是非透過本國語文不可的。從以上的
討論中，明顯可見為何現代新興及開發中的國家願意投資大量的人力
與物力，從事語言規劃的工作，這正因為團結統一，自覺自主，以及
現代化是這些國家的發展的三要素，而這三者都與語言文字息息相關。
這些語言規劃工作的目標很多，例如「國語」的選擇，「國語」標準（包
括發音、詞彙、句法）的設定，全民識字教育的推行，「國語」的推行，
「國語」詞典的編纂，標準字體的訂定，科學或其他專業詞彙的編輯，
「國語／文」教育的研究，「國語／文」與現代資訊科技配合的研究等
等，都是新興國家與開發中國家從事國家建設時的要務，因為語言也
是國家建設的資源之一。

14–5　語言與教育

　　語言與教育的關係非常密切，一方面語言本身，尤其是自己的國語是教學科目之一，另一方面，任何其他學校科目都要利用語言來作教與學的媒體（工具）。因此在所有的教育規劃中，都會包括有語言規劃的一部分，當然，從社會的其他方面來看，語言規劃的範圍不只限於教育的規劃，但是兩者的關係是相當密切的，因為很多語言規劃的實施都要利用教育機構（特別是學校）來作推行的管道。

　　一般說來，教育規劃中牽涉語言的部分往往與兩種考慮有關：(1)語言作為學科（亦即應教哪些語言）以及(2)用哪一種（或幾種）語言作為教學的媒體。在我國的情形看來，我們覺得應教國語文，一切學科都應用國語作教學媒體是天經地義的事，但在世界有許多多語言多文化多種族的國家中，對上面這兩個問題，並非像我國那麼幸運與單純的。即使在我國，第一個問題還是教育政策及規劃上的一個重要的考慮。我們除了教國語以外，還把英語當作一種學科，從國中一年級開始教，直到大學一年級（對一般學生而言）為止。最新的高中課程標準中，還列有英文以外的第二外國語的選修科目。在這些政策的規劃過程中，勢必考慮過為何要教英語，為何從國中一年級開始，為何還要有第二外語的選修等等的問題。

　　在多語言背景的國家中，利用本國語教學有時候也不是容易做得到，尤其是一些新興及開發中的國家往往過去是列強的殖民地，英語或法語或其他西方語言往往在教育上佔盡優勢，因此這些國家要推行以本國語來教學時常常會有不少的問題。從文獻的考察我們可以發現，粗略的看，這些多語言國家的教育語言政策大致有兩種：

　　(1)本國「國語」同時做教學科目以及教學媒體。國語以外的其他

本地語言在中小學不教，在高等教育層次則作為學術研究的科目。世界性的語言（如英語等）因為對國家發展有用，因此當作學科來教，通常是從小學高年級或是從中學開始教。

　　⑵小學低年級階段利用本國「國語」以外的其他本地語言作為教學媒體，到小學高年級階段引進「國語」或外語（英語等世界性語言）作為教學媒體以及／或教學科目。至於高等教育則大多數以世界性語言（如英語等）作為教學媒體，許多非洲的新興國家及東南亞的國家屬於這一類。

　　誠然，以上的分類是非常粗略的，個別國家及地區經常有其獨特的情形。然而這種分法只是表示初步的觀察，同時也便於往後的描述而已。事實上，從文獻的考察中，我們也發覺屬於第二類的國家在他們的教育語言政策與規劃中有朝向第一類政策的傾向，主要原因大多是基於民族精神的考慮，馬來西亞就是這種傾向的例子（參看 Omar (1974) 與 Smith (1975)）。有關教育語言政策與語言規劃的關係，以及語言在教育中的功能及規劃的種種問題，並非本書篇幅所能涵蓋，詳請參看 Tse (1980) 以及其中所列之眾多參考書目。正如以上所述，我國在這方面相當平順，國語文的教育有非常悠久的歷史傳統，近年來由於國語推行成功，全民都會使用國語，加上科技的進步，所有的基礎科學都可以用國語來教，教材也以中文編寫，同時因為資訊科技人員近年努力的成果，使電腦中文化有極可觀的進步，今後我們國語文的規劃自是以「培育」（參看 Garvin (1973); Tse (1983b)）為重點，促使國語不斷的發展與進步。

複 習 問 題

1. 為什麼現代新興國家常從事語言規劃的工作？

2. 什麼是語言規劃？有幾種定義？

3. 什麼是語言問題？

4. 從什麼觀點來看可以把語言看作是國家資源之一？

5. 試簡述西方語言規劃的歷史。

6. 略述語言與教育之關係。

第十五章　語言學與語言障礙

15-1　引言

　　語言是人類溝通的最主要工具，是人類個體及群體生活中非常重要的一環。因此，以語言為研究中心的語言學本質上與很多其他學科都有關；也因此，科際研究的領域（亦即語言學的應用研究）也很多。前面幾章已介紹過與語言學相關的三種主要科際研究，分別是社會語言學、心理語言學及語言規劃。其中心理語言學是語言學與人類個體有關的研究，而社會語言學與語言規劃則是語言學與人類群體相關的研究。事實上，即使在這兩大範圍中，也還有很多細分的類別，如神經語言學 (neurolinguistics)、言語科學 (speech science)、計算語言學 (computational linguistics)、資料庫語言學 (corpus linguistics)、臨床語言學 (clinical linguistics)、人工智慧 (artificial intelligence) 等等。就如 Tse (1995) 指出：「語言學在人類群體方面最廣泛的『應用』是社會語言學中的語言規劃，而語言學在人類個體方面影響最深遠的『應用』是人工智慧的研究。在這兩極之間，就存在著種種重點不一，取向不同的科際研究。」

　　在語言學與人類個體相關的研究中，正常的語言使用及習得是心理語言學的重點。但當個體因生理或心理因素而產生語言能力及使用異常時，相關的研究就屬於「語言病理學」(language pathology)、「語言障礙」(language disorders)、及「語言治療」(speech therapy) 的領域了。這領域通常與醫界及教育界相關。Crystal (1981) 甚至稱之為「臨床語言學」(clinical linguistics)。近年來，由於語言學家、語言治療師、

語言病理學家、聽力學家的研究，把語言障礙的注意力擴大到語用學及實際的溝通功能，因此這領域的研究也稱為「溝通障礙學」(communicative disorders)。雖然名稱有異（語言病理、語言治療、臨床語言學、溝通障礙學），但在這領域中，語言學的研究具有一定的重要性。本章旨在簡介語言學與語言障礙之間的關係，特別是在語言治療中所扮演的角色。為行文方便起見，我們在下文以「語言障礙」來泛稱這領域。

15-2　語言學與語言障礙

影響溝通的因素很多，但因為語言是我們最主要的溝通工具，所以大多數的溝通障礙都會牽涉語言障礙。在文獻中及醫院臨床上，最常提及的語言障礙包括嗓音異常、唇顎裂、語暢異常、構音障礙、失聰、失語症等。最廣義的看，學習障礙因為常涉及語言，所以也有人把它包括在語言障礙的範圍裡。

一般說來，各種語言障礙在不同程度上都需要語言治療。有關語言／聽力障礙之病理、診斷、評估及治療，可參看中華民國聽力語言學會 (1994), Liu (1991), Tseng (1996), Crystal (1981, 1984) 等。

在語言障礙的分析研究過程中，語言學的研究及方法有助於對語障病人語言能力的描述，而對異常語料之描述與分析是語言治療師對語言障礙的診斷、評估及治療計畫之設計的基礎。因此，語言治療師除具備生理學、心理學、聽力學、語言病理學以及相關的醫護知識及技能外，語言學知識也是應有的基本知識。因為如果沒有精確的描述與分析語障病人的語料，對其語言障礙就很難做出精確的診斷，沒有精確的診斷，也就談不上如何設計治療的計畫及評估治療的效果了。

在前面各章中，我們介紹過語言各層次的結構，也探討過這些結

構的形式及功能。以這些理論作基礎，我們可對各層次的語法結構（包括語音、音韻、構詞、句法、語意等）加以精確的描述，並進一步對語言的規律性及系統性有所了解。對於語言障礙及治療而言，語言學知識最大的貢獻有二：(1)語言學知識可提供語言治療師對障礙語料精確的分析與描述，以了解問題之所在；(2)語言學知識可幫助語言治療師了解障礙語言如正常語言一樣，本身也具有系統性。以下我們以語音及音韻障礙為例，對這兩點加以說明。我們選擇以語音／音韻障礙為例子的理由有二：(1)長久以來，語音學是語言治療師的基本學科及技能訓練之一；(2)語言病理及治療的文獻中，語音障礙的研究相當豐富，也是重要的一部分。

15-2-1　語言學與語音／音韻障礙

　　語音障礙給人最顯著的感覺是障礙語音有異於一般正常的語音。因此，我們首先要了解的，是這些異常語音與正常語音的差異。其次，我們並不難發現，異常的語音在個別語音障礙的病例中，經常呈現一定的系統性。這種系統性有兩個層面：(1)在語障者的語音系統中，語音（包括異常的語音）也是有規律的；(2)障礙語音系統與正常的語音系統間具有規律的對應關係。以語言學的法則，我們甚至可以對每一位語障者整理出一個他自己的語音系統，作為對其語音障礙的診斷及治療計畫設計的基礎。綜合上述各點，現代語言學中的語音學及音韻學知識與理論，可幫助治療師對語音障礙者的語音作精細的描述，並進一步釐清這些語音在音韻系統上的關係（如音位對比的維繫、自然音群的關係、音韻歷程的變化、語音組合法的掌握等）。

15-2-1-1　障礙語音的精確描述

語言治療對語音障礙傳統上都用一些涵蓋面廣泛而精確度不足的

術語來分類，例如「取代」(substitution)、「省略」(omission) 及「扭曲」(distortion)。其中取代與扭曲如從發音細節及辨音成分來看，只是程度上的差異而已。而且把很多發音差異都放在同一錯誤類別裡（例如最常見的所謂「取代」），反而不容易釐清障礙語音之間以及障礙語音與正常語音之間的系統及其規律的對應關係。事實上，對障礙語音作精確的描述主要是基於以下四點理由。

　　首先，有構音障礙的病人所發的語音的細節，常常超越正常語音的範圍，常需要使用 IPA（國際音標）的各種音標加上附加的符號 (diacritical mark) 才能精確的描述這些語音。語言治療師或研究員如果未經過語音學的訓練，就可能無法發現錯誤音的本質。假設有一位構音障礙的兒童，其語料中國語語音ㄗ〔ts〕（不送氣、清、齒塞擦音）有四個取代音，分別為〔ɟ〕（不送氣、濁、軟顎塞音）、〔d̯〕（不送氣、濁、移後之齒塞音）、〔dẕ〕（不送氣、濁、齒齦塞擦音、除阻部分為後移之 z），以及〔tɕ〕（不送氣、清、齦顎塞擦音）。受過良好語音學訓練的治療師會很忠實地使用以上的 IPA 音標及附加符號精確的標示出來。然而，沒受過語音學訓練或不願精確記錄語音的治療師很可能作出如下的記錄：「個案病童的〔ㄗ〕有四個取代音，分別為〔ㄍ〕、〔ㄉ〕、〔ㄓ〕、〔ㄐ〕」。這個記錄，除第四個取代音〔ㄐ〕(=〔tɕ〕) 正確之外，其餘三個與該病例實際發出的語音有相當大的差距，是很不精確的記錄。又假如該病例之〔ㄗ〕的取代音以〔ɟ〕、〔d̯〕、〔dẕ〕為主，而〔tɕ〕只佔極少數，那麼該語音障礙病童明顯的有將清音〔ㄗ〕濁化的現象，而這種現象，如用〔ㄍ〕、〔ㄉ〕、〔ㄓ〕來描述其取代音的話，根本就看不出來，因為注音符號中這些音都是清音。

　　第二，語音精細的記錄可幫助治療師了解病人音韻系統之音位對比。假設某病人障礙系統中〔ㄗ〕發音正確（〔ts〕），但〔ㄓ〕則沒有捲舌，其除阻並非〔ʂ〕（捲舌擦音），而是移後之〔s̠〕，亦即其音值為

〔tʂ̩〕。如果治療師辨音能力不足，或完全未受過語音學訓練，很可能會錯誤的認為這病人沒有〔ㄗ〕〔ㄓ〕的對比，或籠統地說他ㄗㄓ不分。但實際的情形是，其音位〔ㄗ〕以〔ts〕體現，音位 /ㄓ/ 則以〔tʂ̩〕體現，兩者之對比仍然存在，只是有別於正常語音系統之〔ts〕與〔tʂ〕之對比而已。

第三，語音精細記錄可幫助治療師了解病人音韻系統中，語音結構單位之間的關係。假設某病童的語料中，詞尾鼻音都省略，但其音節母音則有鼻化現象，因此，「他」、「貪」兩字分別唸成〔tʰa〕、〔tʰã〕。雖然，「貪」字的基底音韻結構中的鼻音〔n〕沒有發出來，但這種精細的發音記錄足以顯示出病人對「他」、「貪」二字之差異仍有所覺識。然而，假如病人真的把「他」、「貪」都唸成〔tʰa〕，則顯示出他對詞尾鼻音沒有覺識，如此，很多類似的單詞的語意對比都「中立」（取消）了。這種情形要比前述情形更為嚴重。上述這兩種情形的分別，端賴精細的語音記錄，方可分辨出來。

第四，語音細節之記錄有助於治療／矯正方法之設計。例如病人如以〔dʐ̩〕來取代〔ㄗ〕（〔ts〕），矯正之方向除把發音部位向前移之外，還得把聲門狀態從濁轉為清。

15-2-1-2　障礙音韻系統

(一)語音障礙與音位對比

雖然說語音障礙者的語音與正常語音有別，但是這些語音常常也能維持基本的音位對比，也能自成一個系統，因此我們可以障礙音韻系統稱之。

在整個語法系統中，音韻部門最重要的功能之一是維持音位的對比，因為有音位的對比方有語詞語意的對比，表意、溝通方有可能。從音位對比的角度看障礙音韻系統，可能察覺有以下兩種可能性。第

一，系統中的語音可能與正常音有異，但不影響其基本的對比功能，例如把ㄨ發成〔v〕，ㄈ發成〔φ〕，但〔v〕、〔φ〕仍是有別，可構成對比。這種障礙可稱之為「發音障礙」，因為只有發音細節異常，其音韻系統（如基本對比）沒有受到影響。第二，如語音不止異常，且使對比中立，就構成「音韻障礙」了。例如當ㄈ與ㄨ都發成〔φ〕時，ㄨ與ㄈ的對比就無法維持。這種情形最常發生於傳統所指的「取代」的錯誤發音中。有關對比的中立，我們還得注意兩點：(1)中立的情形是完全的或是部分的，前者如所有的ㄈ與ㄨ都以〔φ〕取代，後者如ㄈ與ㄨ有時候唸對，有時候以〔φ〕取代；(2)取代音是單一的或是多重的，前者如ㄈ與ㄨ都以〔φ〕取代，後者如ㄈ與ㄨ有時以〔φ〕取代，有時以〔p〕取代。

㈡語音障礙與自然音群

音韻障礙不只影響個別語音，經常也影響自然音群，前面第六章音韻理論中，有關以辨音成分為基礎的自然音群概念，可幫助我們理解語音障礙的原因及系統性。例如從語料中假使我們發現送氣的ㄆ、ㄊ都發成不送氣的ㄅ、ㄉ，我們就有理由推測，ㄍ、ㄎ也可能受到影響，因為ㄅ、ㄉ、ㄍ與ㄆ、ㄊ、ㄎ分別為自然音群，而且從送氣這個辨音成分在國語中所具備的廣泛辨義功能看來，我們甚至可以預期ㄑ、ㄔ、ㄘ也可能受同樣的影響，唸成不送氣的ㄐ、ㄓ、ㄗ。

此外，辨音成分分析可提供障礙語音異常程度的指標，例如，在 Lai 等人 (1986) 的語料中，顯示ㄎ有五個取代音，分別為ㄍ、ㄉ、ㄊ、ㄏ、ㄅ (p. 12，表七)，其中取代比率最高的三個分別為ㄍ (62.1%)、ㄉ (17.2%) 及ㄊ (15.5%)。我們如果以辨音成分看，ㄎ與ㄍ只有〔voiced〕一個成分不同，而ㄎ與ㄉ則有〔sonorant〕，〔anterior〕，〔coronal〕，〔voiced〕，〔tense〕五個成分不同；ㄎ與ㄊ則有〔anterior〕及〔coronal〕兩個成分不同。雖然我們不願意說涉及較多辨音成分的障礙音其異常

程度較高，但辨音成分分析多少比起整個單音較來得精確。至少，經過這種分析，我們可以說，作為ㄅ的替代音而言，ㄍ的確比ㄉ或ㄊ更接近正常的語音。

㈢語音障礙與音韻歷程

Stampe (1973) 提出自然音韻歷程 (natural phonological processes) 的說法，認為人類天生的語言知能中，有一些非常自然的音韻使用歷程，這些歷程也是兒童習得母語整體歷程的一部分，其性質之所以自然，是因為具有充分的發音生理條件，符合發音容易原則 (ease of articulation) 的要求，例如詞尾子音省略（以利 CV 音節的產生），擦音的塞音化，詞尾濁子音清化等等。如果這些自然音韻歷程全部實現，所有的語句都會變成極度自然的音節如〔pa〕或〔pə〕。但事實上卻不然，兒童在習得母語的過程中，會依照聽到的語料，對這些自然歷程作出適當的修飾。有些歷程會受到壓抑而不使用，例如「擦音的塞音化」（如以ㄅ取代ㄈ），因為在成人的語音中，二者不可混淆；有些歷程則會受到約束，使範圍大為縮小，例如「詞尾濁子音清化」在說標準英語的小孩習得過程中會受到壓抑，因為在標準英語的系統裡，清濁是重要的音位對比，但在某些非標準的英語方言區裡，在小孩習得的過程中，詞尾的〔d〕還是會清化成〔t〕，因為這些方言的發音的確如此，因此，詞尾濁子音清化的歷程只受到約束，使用範圍縮小到只及於〔d〕，其他詞尾濁子音都不能清化。在這種觀點下，習得語音的整體歷程就是對上述天生的自然音韻歷程修飾（以成人語言為參照），以及加入一些個別語言特有的規律（如英語的 k → s/＿＿＋ity，國語的 ian (ㄧㄢ) 中的 a → ε 等）的結果。

在某種程度上，障礙的語音與正常語音比較與上述自然音韻歷程相似。從文獻中看，傳統所謂取代、扭曲、省略等障礙音，細分之下，常常可以分為類似下列的自然音韻歷程 (Wolfram 與 Johnson (1981),

Li (1978))。

> 子音群簡化

> 例如：stop → 〔tap〕　　bread → 〔bɛd〕

> 擦音塞音化

> 例如：see → 〔ti〕　　希→〔kiˀ〕　　蘇→〔tuˀ〕

> 部位移前

> 例如：ship → 〔sɪp〕　　開→〔tʰaɪˀ〕　　該→〔taɪˀ〕

> r/l 滑音化

> 例如：run → 〔wʌn〕　　lay → 〔jeɪ〕　　兩→〔jaŋˇ〕

> 詞尾子音省略

> 例如：dog → 〔dɔ〕　　five → 〔faɪ〕　　放→〔faˇ〕

> 詞首子音省略

> 例如：打你→〔taˇ　iˇ〕

> 清化／濁化

> 例如：cab → 〔kæp〕　　tea → 〔di〕

> 鼻化

> 例如：bean → 〔bĩ〕　　sing → 〔sĩ〕　　翻→〔fãˀ〕

> 雙母音簡化

> 例如：帽→〔mɔˇ〕　　飛→〔peˀ〕　　白→〔paˋ〕

以上列舉者只是一些例子，並不是自然音韻歷程的全部。以這些歷程來分析，我們可以把一些語音障礙分成兩類：(1)是某些自然音韻歷程仍繼續在運作，例如語障小孩子到了七、八歲時還把「兩」字唸成〔jaŋˇ〕，「六」說成〔jioˇ〕時，顯示「r/l 滑音化」的影響力還在，而語音發展正常的小孩則早已成功地壓抑了這個歷程了。(2)是一些並非自然音韻歷程的語言變化。例如有些說英語的語音障礙小孩會把 see 唸成〔ɬi〕，sip 唸成〔ɬip〕，也就是把〔s〕變成「邊除擦音」〔ɬ〕

(lateral fricative)，這種邊音化的現象並不多見，是異常的發音。

從音韻歷程的觀點看，第一類語音障礙可視為習得過程中的遲緩（未能及時地修飾天生的自然音韻歷程），而第二類則可視為異常的發展。如此，我們可以對障礙音韻系統作更精細的描述，並增加對障礙系統與正常語音系統之間的關係的了解。

㈣語音障礙與語音組合法

每種語言都有一定的語音組合法 (phonotactics)。例如國語不容許子音串連（*CC- 或 *-CC），英語字首不容許「塞音＋擦音」的子音串連（*ps-, *pf-, *ks- 等）。這些組合法則是正常小孩習得過程中必學的一部分。在語音障礙現象中，異常的組合也是常見的現象，如上面㈢的「子音群簡化」現象。廣義來看，語音的省略也常影響到語音組合的形態（如音節結構）。此外，語音組合法與辨音成分分析互動，可讓我們更了解某些語音障礙的形態，例如同樣是子音串連 (CC)，語障者可能有不同的錯誤發音，如英語的「塞音＋流音」子音串連 (break) 可能經「滑音化」而發成〔bwek〕，而「擦音＋塞音」子音串連 (stop) 則可能經「子音群簡化」而唸成〔tap〕。對音節形態比較複雜的語言而言，語音組合法的障礙常與其他語音障礙相關，甚至自成一種障礙。

15-2-1-3　音韻分析與治療設計

從上面的討論，我們可以了解，障礙的語音並非全部都是紊亂的錯誤。這些語音，也常顯示相當程度的系統性（例如基本語音對比的維持）。因此，在對病人語料作精確的描述後，治療師可作詳細的音韻分析，這兩層面的精確資訊，對治療／矯正課程或訓練的設計有幫助。例如，當病人把ㄅ、ㄉ、ㄍ唸成〔p, t, k〕，而ㄆ、ㄊ、ㄎ也唸成〔p, t, k〕（而非〔pʰ, tʰ, kʰ〕）時，顯示他的系統中，「送氣」對比仍未能掌握。針對這種情形，如以個別語音來設計矯正練習，倒不如以消除其

音韻系統中的「送氣消除 / 弱化」(deaspiration) 的音韻歷程為重點來設計，因為這些錯誤語音不是個別的錯誤，而是在系統中，辨音成分「送氣」(〔aspirate〕) 的錯誤。

此外，音韻學系統中的衍生原則，對設計矯治的步驟也有啟示。就如同兒童習得語言一樣，從開始到學會，一定會經過一些普遍而自然的中間階段，語障之治療也少有一夜之間就矯正的例子。因此矯正的訓練也可依自然習得音韻歷程而分階段進行，例如，語音障礙者的ㄎ有問題，假設分別有ㄍ、ㄉ、ㄏ三個取代音，在訓練初期，治療師可以接受（甚至某種程度上鼓勵）ㄍ作為接近目標音ㄎ的初步，然後再作「送氣」的訓練，直到能發正確的ㄎ為止。又例如兒童經常省略詞尾子音，喜歡 CV 形態的開放音節，說英語的兒童在學會正確的 CVC 音節前（如 top, cat, dog 等），往往先以喉塞音（〔ʔ〕）來取代所有詞尾子音（如把 top, cat, dog 發成〔tʰaʔ〕,〔kʰæʔ〕,〔dɔʔ〕等）。語音障礙者也常有這種情形，而治療師在矯正的過程中，初期也可以接受（甚至鼓勵）以〔ʔ〕來代替詞尾子音，然後逐步細分為各種塞音，最後再擴大到其他的詞尾擦音、鼻音、塞擦音等。

簡言之，因為語音的障礙系統常與音韻理論的原則相符合，所以以音韻理論原則來規劃矯治訓練 / 課程，應該是合理、可行及有用的方向。

15-2-2　語言學與其他語言障礙

語音 / 音韻以外的障礙還包括構詞、句法、語意及語用等方面的障礙。在這些障礙的診斷、治療與評估的過程中，語言學所扮演的角色與 15-2-1 節所描述的一樣，亦即是：語言學之理論及方法可以幫助語言治療師對病人之語障情形及性質作精確的描述與分析，作為問題之診斷之基礎，在治療方式及評估的設計上，語言學理論可幫助治療

師作出系統性及整體性的訓練計畫或課程，使治療得到更好的效果。

　　限於本書性質及篇幅，我們不在本章作更多的敘述。有關語音／音韻以外的各種語言障礙與語言學理論之間的關係的基本認識，可參看 Crystal (1981, 1984) 以及其書目中相關著作。

複 習 問 題

1. 語言學各層次的研究中（語音學、句法學等等），你認為哪種研究與語言治療最相關？為什麼？
2. 你贊成「臨床語言學」(clinical linguistics) 這種說法嗎？你贊成或反對的理由為何？
3. 語言治療上傳統的術語（如扭曲、取代等）有什麼缺點？
4. 為什麼要對障礙語音作精確的記錄與描述？
5. 「發音障礙」與「音韻障礙」的區別在哪裡？

參 考 書 目

Akmajian, A., Demers, R. A., & Harnish, R. M. (1979) *Linguistics: an introduction to language and communication.* Cambridge, Mass.: MIT Press.

Alisjahbana, S. T. (1971a) Language Policy, Language Engineering and Literacy in Indonesia and Malaysia. In J. A. Fishman ed. (1974) *Advances in Language Planning.* The Hague: Mouton, 391–416.

_____ (1971b) Some Planning Processes in the Development of the Indonesian-Malay Language. In Rubin & Jernudd eds. (1971) 171–89.

Altmann, S. (1973) Primate Communication. In G. Miller ed. (1973) *Communication, Language, and Meaning.* New York: Basic Book.

Antinucci, F. & Parisi, D. (1975) Early Semantic Development in Child Language. In Eric H. & H. Lenebert eds. *Foundations of Language Development, Vol. 1.* New York: Academic Press.

Atkinson, M., Kilby, D., & Roca, I. (1982) *Foundations of General Linguistics.* London: George Allen & Unwin.

Austin, J. L. (1962) *How to Do Things with Words.* Cambridge, Mass.: Harvard University Press.

Barber, C. (1964) The Origin or Language. In Clark *et al.* eds. (1977) *Language: introductory readings.* 7–18.

Bates, E. (1977) *Language and Context: the acquisition of pragmatics.* New York: Academic Press.

Bever, T. G., Lackner, J. R., & Kirk, R. (1969) The Underlying Structures of Sentences Are the Primary Units of Immediate Speech Processing. *Perception and Psychophysis*. 5: 225–31.

Bloch, B. & Trager, G.L. (1942) *Outline of Linguistic Analysis*. Linguistic Society of America.

Bloom, L. (1973) *One Word at a Time*. The Hague: Mouton.

Blumenthal, A. L. (1967) Prompted Recall of Sentences. *Journal of Verbal Learning and Verbal Behavior*. 6: 203–6.

_____ and Boakes, R. (1967) Prompted Recall of Sentences. *Journal of Verbal Learning and Verbal Behavior*. 6: 674–76.

Braine, M. D. S. (1963) The Ontogeny of English Phrase Structure: the first phase. *Language*. 39: 1–14.

Bransford, J., D. Barclay, J. R., & Franks, J. J. (1972) Sentence Memory: a constructive versus interpretative approach. *Cognitive Psychology*. 3: 193–209.

Brown, R. (1973) *A First Language*. Cambridge, Mass.: Harvard University Press.

_____ & Fraser, C. (1963) The Acquisition of Syntax. In C. N. Cofer & Musgrave eds. (1963) *Verbal Behavior and Learning: problems and process*. New York: McGraw-Hill, 158–201.

Caplan, D. (1972) Clause Boundaries and Recognition Latencies for Words in Sentences. *Perception and Psychophysics*, 12: 73–76. As reviewed in Slobin (1979).

Carmichael, L., Hogan, H. P., & Walter, A. A. (1932) An Experimental Study of the Effect of Language on the Representation of Visually Perceived Form. *Journal of Experimental Psychology*, 15: 73–86. As reviewed in Slobin (1979).

Carroll, J. M. & Bever T. G. (1976) Sentence Comprehension: a case study in the relation of knowledge and perception. In E. C. Carterette & M. P. Friedman eds. (1976) *Handbook of Perception, Vol. 7. Language and Speech*. New York: Academic Press. 209–344.

Chan, H. C.（詹惠珍）(1984) The Phonetic Development of Mandarin /z/ in Taiwan: a sociolinguistic study. MA Thesis, Fu Jen Catholic University.

Chang, C. H.（張春興）(1976) 心理學。臺北：東華書局。

Chao, Y. R.（趙元任）(1930) A System of Tone Letters. *Le Maitre Phonetique*. 45: 24–27.

_____（趙元任）(1947) *Cantonese Primer*. Cambridge, Mass.: Harvard University Press.

_____（趙元任）(1951) The Cantian Idiolect: an analysis of the Chinese Spoken by a twenty-eight-month-old child. Reprinted in, C. A. Ferguson and D. E. Slobin eds. (1973) *Studies of Child Language Development*. New York: Holt, Rinehart & Winston.

_____（趙元任）(1968) 語言問題。臺北：商務印書館。

Chen, S. Y.（陳聖芸）(1984) An Investigation of Mandarin Aphasics' Speech: with special reference to four function words. MA Thesis. Fu Jen Catholic University.

Cheng, H. H.（鄭恆雄）(1985) A Developmentalist View of Child Phonology. *Studies in Language and Literature*. Taipei: Dept. of Foreign Languages, National Taiwan University.

Cheng, Y. S.（程玉秀）(1989) *A Preliminary Syntactic Study on Mandarin/ Taiwanese Code-switching*. MA Thesis, Department of English, National Taiwan Normal University.

Chomsky, N. (1957) *Syntactic Structure*. The Hague: Mouton.

_____ (1964) *Current Issues in Linguistic Theory*. The Hague: Mouton.

_____ (1965) *Aspects of the Theory of Syntax*. Cambridge, Mass.: MIT Press.

_____ & Halle, M. (1968) *The Sound Pattern of English*. New York: Harper & Row.

_____ (1970) Remarks on Nominalization. In Jacobs, R. & Rosenbaum, P. (eds) *Readings in English Transformation Grammar*. Waltham, Mass.: Ginn & Co., 184–221.

_____ (1981) *Lectures on Govement and Binding*. Dordrecht: Foris Publication.

Chung, L. S.（鍾露昇）(1966) 國語語音學。臺北：語文出版社。

Chung, R. F.（鍾榮富）(1996) *The Segmental Phonology of Southern Min in Taiwan*. Taipei: The Crane Publishing Co. Ltd.

Clark, V. P., Eschholz, P. A. & Rosa, A. F. eds. (1977) *Language: introductory readings*. New York: St. Martin's Press.

Clark, H. H. & Clark, E. V. (1977) *Psychology and Language: an introduction to psycholinguistics*. New York: Harcourt Brace Jovanovich.

Clements, G. N. & Keyser, K. C. (1983) *CV Phonology*. Cambridge, Mass.: MIT Press.

Cole, P. & Morgan, J. eds. (1975) *Syntax and Semantics III*. New York: Academic Press.

Coltheart, M. & Geffen, G. (1970) Grammar and Memory: phonological similarity and proative interference. *Cognitive Psychologys*. 1: 215–24.

Cook III, A. (1969) The Linguist and Language. In Clark *et al*. eds. (1977), 19–27.

Cook, V. J. (1988) *Chomsky's Universal Grammar: an introduction*. Oxford: Basil Blackwell.

Crystal, D. (1981) *Clinical Linguistics*. London: Edward Arnold.

_____ (1984) *Linguistic Encounters with Language Handicap*. Oxford: Basil Blackwell.

Damasio, A. R. & Damasio, H. (1992) Brain and Language. *Scientific American*. 267.3: 62–71.

Das Gupta, J. (1971) Religion, Language, and Political Mobilization. In Rubin & Jernudd eds. (1971) 53–62.

De Saussure, F. (1959) *Course in General Linguistics*. New York: McGraw-Hill.

Denes, P. B. & Pinson, E. N. (1963) *The Speech Chain: the physics and biology of spoken language*. New York: Anchor Press.

Dineen, F. (1967) *An Introduction to General Linguistics*. New York: Holt, Rinehart and Winston.

Durand, J. (1990) *Generative and Non-Linear Phonology*. London: Longman.

Eimas, P. D., Sigueland, E. R., Jusczyk, P., & Vigorito, J. (1971) Speech Perception in Infants. *Science*. 171: 303–306.

Elgin, S. H. (1979) *What Is Linguistics?* Englewood Clifs, New Jersey: Prentice-Hall.

Ellis, R. (1985) *Understanding Second Language Acquistion*. Oxford: Oxford University Press.

Fang, S. D. （方師鐸）(1965) 五十年來中國國語運動史。臺北：國語日

報社。

Fellman, J. (1972) The Academy of the Hebrew Language in the Eyes of the Public 1953–1972. International Research Project on Language Planning Processes. Mimeographed.

_____ (1973) Language and National Identity: the case of the Middle East. *Anthropological Linguistics*. 15. 5: 244–49.

Ferguson, C. A. (1959) Diglossia. *Word*. 15: 325–40.

_____ (1968) Language Development. In J. A. Fishman, C. A. Ferguson, & J. Das Gupta eds. (1968) *Language Problems of Developing Nations*. New York: John Wiley & Sons.

Fillmore, C. J. (1968) The Case for Case. In E. Bach & R. Harms eds. (1968) *Universals in Linguistic Theory*. New York: Holt, Rinehart & Winston.

Fishman, J. A. (1971) The Impact of Nationalism on Language Planning. In Rubin & Jernudd eds. (1971) 3–20.

_____ (1972) *Language and Nationalism*. Rowley, Mass.: Newbury Houses.

_____ (1973) Language Modernization and Planning in Comparison with other Types of National Modernization and Planning. *Language in Society*. 2. 1: 23–43.

_____ (1974) *Advances in Language Planning*. The Hague: Mouton.

Foss, D. J. (1969) Decision Processes During Sentence Comprehension: effects of lexical item difficulty and position upon decision times. *Journal of Verbal Learning and Verbal Behavior*. 8: 457–62.

_____ & Hakes, D. T. (1978) *Psycholinguistics*. Englewood Cliffs, New Jersey: Prentice-Hall.

Francis, N. (1958) *The Structure of American English*. New York: The Ronald Press Company.

Fromkin, V. & Rodman, R. (1978) *An Introduction to Language* 3rd ed. New York: Holt, Rinehart and Winston.

Von Frisch, K. (1962) Dialects in the Language of Bees. *Scientific American*. 207. 2: 78–87.

_____ (1967) *The Dance Language and Orientation of Bees*. Translated by C. E. Chadwick, Harvard University Press.

Gallagher, C. F. (1971) Language Reform and Social Modernization in Turkey. In Rubin & Jernudd eds. (1971) 157–78.

Gardner, B. & Gardner, R. (1969) Teaching Sign Language to a Chimpanzee. *Science*. 165: 664–72.

Garrett, M., Bever, T. J., & Foder, J. (1966) The Active Use of Grammar in Speech Perception. *Perception and Psychophysics*. 1: 30–32.

Garvin, P. (1973) General Principles for the Cultivation of Good Language. In Rubin & Shuy eds. (1973) 24–33.

Gazzaniga, M. S. (1977) Review of the Split Brain. In Wittrock, *et al*. eds. 89–96.

Ghiselin, B. (1955) *The Creative Process*. New York: Mentor Books.

Gleason, H. A. Jr. (1964) *Workbook in Descriptive Linguistics*. New York: Holt, Rinehart and Winston.

Goldsmith, J. (1976) *Autosegmental Phonology*. MIT Ph.D dissertation. (Published by Garland, New York, 1979).

_____ (1990) *Autosegmental & Metrical Phonology*. Oxford: Basil Blackwell.

_____ (1995) Phonological Theory. In Goldsmith ed. *The Handbook of*

Phonological Theory. Oxford: Basil Blackwell.

Greenfield, P. & Smith, J. (1979) Communication and the Beginnings of Language: the development of semantic structure in one word speech and beyond. In Slobin (1979).

Grice, H. P. (1975) Logic and Conversation. In Cole & Morgan eds. (1975).

Hall, R. A. (1964) *Introductory Linguistics*. Philadelphia: Chilton Company.

Halle, M. & Mohanan, K. P. (1985) Segmental Phonology of Modern English. *Linguistic Inquiry*. 16: 57–116.

Haugen, E. (1959) Planning for a Standard Language in Modern Norway. *Anthropological Linguistic*. 1. 3: 8–21.

_____ (1965) Construction and Reconstruction in Language Planning: Evar Aasen's grammar. In A. S. Dil ed. (1972) *The Ecology of Language*. Stanford: Stanford University Press.

_____ (1966a) Language Conflict and Language Planning. Cambridge, Mass.: Harvard University Press.

_____ (1966b) Linguistics and Language Planning. In A. S. Dil ed. (1972) *The Ecology of Language*.

Hockett, C. F. (1958) *A Course in Modern Linguistics*. New York: Macmillan.

_____ (1960) The Origin of Speech, *Scientific American*. 203: 88–96.

Hogg, R. & McCully, C. B. (1987) *Metrical Phonology: a coursebook*. London: Cambridge University Press.

Hollos, M. & Cowan, P. A. (1973) Social Isolation and Cognitive Development: Logical operations and Role-taking Abilities in Three Norwegian Social Settings. *Child Development*. 44: 630–41.

Hsiao, Y. E.（蕭宇超）(1991) *Syntax, Rhythm and Tone: a triangular relationship*. Taipei: The Crane Publishing Co. Ltd.

Hsu, P. P.（許彬彬）(1976) Male Chauvinism in Lexical Structure of Chinese. MA Thesis, Fu Jen Catholic University.

Huang, S. F.（黃宣範）(1982) 語法與心理：一些沒有語言心理基礎的語法現象。中國語文的心理學研究。臺北：文鶴出版有限公司。

_____ (1983) 語言哲學：意義與指涉理論的研究。臺北：文鶴出版有限公司。

_____ (1993) 語言、社會與族群意識。臺北：文鶴出版有限公司。

Huang, C. H.（黃錦鋐）(1982) 中國詞語使用的習慣與教法。中日中國語言教學研究會論文集。臺北：中華民國日本研究學會；師大國語中心。

Hurford, J. R. & Heasley, B. (1983) *Semantics: a course book*. Cambridge University Press.

Jakobson, R. (1968) *Child Language, Aphasia and Phological Universals*. The Hague: Mouton.

Jarvella, R. J. (1971) Syntactic Processing of Connected Speech. *Journal of Verbal Learning and Verbal Behavior*. 10: 409–416.

Jernudd, B. H. (1973) Language Planning as a Type of Language Treatment. In Rubin & Shuy eds. (1973) 11–23.

_____ & Das Gupta, J. (1971) Towards a Theory of Language Planning. In Rubin & Jernudd eds. (1971) 195–215.

Karam, F. X. (1974) Toward a Definition of Language Planning. In Fishman ed. (1974) 103–24.

Katamba, F. (1989) *An Introduction to Phonology*. London: Longman.

Katz, J. & Postal, P. (1964) *An Integrated Theory of Linguistic*

Description. Cambridge, Mass.: MIT Press.

Kelman, H. C. (1971) Language as an Aid and Barrier to Involvement in the National System. In Rubin & Jernudd eds. (1971) 21–51.

Kiparsky, P. (1982a) From Cyclic Phonology to Lexical Phonology. In van der Hulst, H. & Smith, N. eds. (1982) *The Structure of Phonological representation (part I)*. Dordrecht: Foris Publication.

       (1982b) Lexical Morphology and Phonology. In Yang, I-S ed. *Linguistics in the Morning Calm*. Seoul: Han Shin.

       (1985) Some Consequences of Lexical Phonology. *Phonology Yearbook*. 2: 85–138.

Klima, E. & Bellugi, V. (1966) Syntactic Regularities in the speech of children. In Lyons, J. & Wales, R. (eds) *Psycholinguistics Papers*. Edinburgh: Edinburgh University Press.

Krashen, S. D. (1977) The Left Hemisphere. In Wittrock *et al.* (1977) 107–30.

       (1981) *Second Language Acquisition and Second Language Learning*. Oxford: Pergamon.

Krashen, S. D. (1982) *Principles and Practice in Second Language Acquisition*. Oxford: Pergamon.

Labov, W. (1969) Contraction, Deletion, an Inherent Varianility of the Copula. *Language*. 45: 715–62.

       (1972) The Social Stratification of /r/ in New York City Department Stores. In Labov (1972) *Sociolinguistic Patterns*. Philadelphia: University of Pennsylvania Press.

Ladefoged, P. (1962) *Elements of Acoustic Phonetics*. Chicago: University of Chicago Press.

_____ (1975) *A Course in Phonetics*. New York: Harcourt. Brace and Jovanovich.

_____ Glick, R. & Criper, C. (1972) *Language in Uganda*. London: Oxford University Press.

Lai, H. C.（賴湘君）, Liao, W. L.（廖文玲）, & Yang, P. C.（楊百嘉）(1986) 中國語言構音異常的類型 (II)。聽語會刊，第三期，8–14。

Leech, G. (1974) *Semantics*. Middlesex, England: Penguin Books Inc.

Lemonick, M. D. (1995) glimpses of the Mind. *TIME* July 31, 1995, 34–41.

Lewis, E. G. (1974) *Linguistics and Second Language Pedagogy: a theoretical study*. The Hague: Mouton.

Li, C. N. & Thompson, S. A. (1977) The Acquisition of Tone in Mandarinspeaking Children. *Journal of Child Language*. 4: 185–200.

Li, R. K. Paul（李壬癸）(1978) Child Language Acquisition of Mandarin Phonology. In *Studies & Essays in Commemoration of the Golden Jubilee of Academia Sinica*, 615–632.

_____ (1978) 認識兒童語言。國語日報，六十七年十一月二日。

_____ (1983a) 語言古生物學。國語日報，六十二年六月九日。

_____ (1983b) 泰雅語群的男女語言形式。國語日報，七十二年一月二十七日。

_____ (1983c) 不同年齡在語言形式上的差異造成語言的演變。國語日報，七十二年三月十日。

_____ (1983d) 男人的語言與女人的語言。國語日報，七十二年九月十五日。

Liu, L. R.（劉麗容）(1991) 如何克服溝通障礙。臺北：遠流出版社。

Lyons, J. (1968) *Introduction to Theoretical Linguistics*. London:

Cambridge University Press.

_____ (1977) *Semantics 2*. London: Cambridge University Press.

_____ (1981) *Language and Linguistics: an introduction*. London: Cambridge University Press.

Mackay, I. (1978) *Introducing Practical Phonetics*. Little, Brown and Company.

Macnamara, J. (1971) Successes and Failures in the Movement for the Restoration of Irish. In Rubin & Jernudd eds. (1971) 65–94.

Mandelbaum, D. E. ed. (1958) *Selected Writings of Edward Sapir in Language Culture and Personality*. Berkeley and Los Angeles: University of California Press.

Mason, W. (1960) The Effects of Social Restriction on the Behavior of Rhesus Monkeys, I. Free Serial Behavior. *Journal of Comparative and Physiological Psychology*. 53: 582–89.

_____ (1961) The Effects of Social Restriction of the Behavior of Rhesus Monkeys, II. Tests of Gregariousness. *Journal of Comparative and Physiological Psychology*. 54: 287–90.

McCawley, J. (1968a) Concerning the Base Component of a Transformational Grammar. *Foundation of Language*. 4: 243–69.

_____ (1968b) The Role of Semantics in Grammar. In E. Bach & R. Harms eds. *Universals in Linguistic Theory*. New York: Holt, Rinehart and Winston, 124–69.

_____ (1968c) Lexical Insertion in a Transformational Grammar without Deep Structure. *Papers from the Fourth Regional Meeting of the Chicago Linguistic Society*. 71–80.

McNeill, D. (1970) *The Acquisition of Language: the study of developmental psycholinguistics*. New York: Harper & Row.

Menyuk, P. (1977) *Sentences Children Use*. Cambridge, Mass.: MIT Press.

Miller, G. A. (1981) *Language and Speech*. Freeman and Company.

_____ & Isard, S. (1964) Free Recall of Self-embedded English Sentences. *Information and Control*. 7: 292–303.

_____ & Nicely, P. E. (1955) An Analysis of Perceptual Confusion among Some English Consonants. *Journal of Acoustical Society of America*. 27: 338–52.

Mohanan, K. P. (1986) *The Theory of Lexical Phonology*. Dordrecht: Reidel.

Morag, S. (1959) Planned and Unplanned Development in Modern Hebrew. *Lingua*. 8: 247–63.

Morgan, J. L. (1975) Some Interactions of Syntax and Pragmatics. In Cole & Morgan eds. (1975).

Nebe, R. D. (1977) Man's So-called Minor Hemisphere. In Wittrock *et al*. (1977) 97–106.

Neustupny, J. V. (1970) Basic Types of Treatment of Language Problems. *Linguistic Communications*. 1. 77–99. Also in Fishman ed. (1974).

Newmeyer, F. J. (1980) *Linguistic Theory in America: the first quartercentury of transformational generative grammar*. New York: Academic Press.

Noss, R. (1967) *Higher Education and Development in Southeast Asia 3.2*. Paris: UNESCO and International Association of Universities.

Nottebohm, F. (1970) Ontology of Bird Song. *Science*. 169: 950–56.

Ohio State University (1982) *Language Files* 2nd ed. Department of

Linguistics, Ohio State University.

Olson, G. M. & Clark, H. H. (1976) Research Methods in Psycholinguistics. In E. C. Carterette & M. P. Friedman eds. *Handbook of Perception, Vol. 7. Language and Speech*. New York: Academic Press.

Omar, A. H. (1974) Language Planning and Educational Policy in Malaysia: an account of efforts to establish Malay as the medium of education. Paper presented to the Eighth World Congress of Sociology, Toronto, Canada.

Palmer, F. R. (1976) *Semantics: a new outline*. London: Cambridge University Press.

Patterson, P. & Cohn, R. H. (1978) Conversation with a Gorilla. *National Geographic*, Oct., 1978.

Pearson, B. L. (1977) *Introduction to Linguistic Concepts*. Alfred A. Knopf, Inc.

Penfield, W. & Roberts, L. (1959) *Speech and Brain-Mechanisms*. New York: Atheneum.

Piaget, J. (1926) *The Language and Thought of the Child*. Translated by M. Worden, New York: Harcourt, Brace.

Pollack, I. & Pickett, J. M. (1964) Intelligibility of Excerpts from Fluent Speech: auditory vs. structural contexts. *Journal of Verbal Learning and Verbal Behavior*. 3: 79–84.

Porter, R., Kopp, G. A., & Lp $\frac{11}{22}$, H. G. (1947) *Visible Speech*. New York: Dover Publishing, Inc.

Premack, A. & Premack, D. (1972) Teaching Language to an Ape. *Scientific American*. 227: 92–99.

Rabin, C. (1971) Spelling Reform—Israel 1968. In Rubin & Jernudd eds.

(1971) 93–121.

Radford, A. (1981) *Transformational Syntax: a student's guide to Chomsky's extended standard theory*. London: Cambridge University Press.

Robins, R. H. (1964) *General Linguistics: an introductory survey*. London: Longmans.

Ross, J. (1967) *Constraints on Variables in Syntax*. MIT Ph.D dissertation.

Rubin, J. (1973) Discussion of Some Current Issues. In Rubin & Shuy eds. (1973) 1–10.

_____ & Jernudd B. H. eds. (1971) *Can Language Be Planned? Sociolinguistics Theory and Practice for Developing-Nations*. Honolulu: University Press of Hawaii.

_____ & Shuy, R. eds. (1973) *Language Planning: current issues and research*. Washington, D.C.: Georgetown University Press.

Sachs, J. (1967) Recognition Memory for Syntactic and Semantic Aspects of Connected Discourse. *Perception and Psycholinguistics*. 2: 437–42.

Sapir, E. (1921) *Language*. New York: Harcourt, Brace.

Savin, H. B. & Perchonock, E. (1965) Grammatical Structure and the Immediate Recall of English Sentences. *Journal of Verbal Learning and Verbal Behavior*. 4: 348–53.

Searle, J. R. (1969) *Speech Acts: an essay in the philosophy of language*. London: Cambridge University Press.

Sechenove, I. M. (1863) Refleksy golovnogo mozga〔Reflexes of the Brain〕. Meditsinskey Vestnik. 3: 461–64, 493–512. As reviewed in Slobin (1979).

Shipley, E. F., Smith, C. S. K., & Gleitman, L. R. (1969) A Study of the Acquisition of Language Free Responses to Commands. *Language*. 45: 322–42.

Sibayan, B. P. (1971a) Language-planning Processes and the Language-policy Survey in the Philippines. In Rubin & Jernudd eds. (1977) 123–40.

＿＿＿ (1971b) Language Policy, Language Engineering and Literacy in the Philippines. In Fishman ed. (1974) 221–54.

Singh, S. & Singh, K. S. (1977) *Phonetics: principles and practices*. Baltimore, Maryland: University Park press.

Slobin, D. I. (1971) *Psycholinguistics*. London: Scott, Foresman & Co.

＿＿＿ (1979) *Psycholinguistics*. 2nd ed. London: Scott, Foresman & Co.

＿＿＿ & Welsh, C. A. (1973) Elicited Imitation as a Research Tool in Developmental Psycholinguistic. In C. A. Ferguson & D. I. Slobin eds. (1973) *Studies of Child Language Development*. New York: Holt, Rinehart and Winston 485–93.

Smith, L. E. (1975) Teaching English in Asia: an overview. *Topics in Culture Learning*. 3: 145–48.

Spencer, A. (1996) *Phonology*. Oxford: Basil Blackwell.

Stampe, D. (1973) *A Dissertation on natural Phonology*. New York: Garland Publishing Co. Inc.

Tang, T. C. （湯廷池）(1977) 國語變形語法研究。臺北：學生書局。

＿＿＿ (1982a) 國語詞彙學導論：詞彙結構與構詞規則。**教學與研究**，第四期。臺北：師範大學。

＿＿＿ (1982b) 國語詞彙中的「重男輕女」現象。**國語日報**，七十一年五月十三日。

_____ (1983) 如何研究國語詞彙的意義與用法。**教學與研究**，第五期。臺北：師範大學。

_____ (1984) 國語疑問句研究續編。**師大學報**，第二十九期。

Tauli, V. (1974) The Theory of Language Planning. In Fishman ed. (1974) 49–67.

The Principles of the International Phonetic Association. University: Language College (1969).

The Speech—Language—Hearing Association of the R. O. C.（中華民國聽力語言學會）(1994) **聽力障礙之評估**。臺北：心理出版社。

Trager, G. L. & Smith H. L. (1951) *An Outline of English Structure*. Norman, Oklahoma: Battenburg Press.

Trudgill, P. (1974) *Sociolinguistics: an introduction*. Middlesex, England: Penguin Books.

Tse, K. P. John（謝國平）(1973) *The Upper Even Tone in Cantonese: an instrumental investigation*. MA Thesis, Department of English, National Taiwan Normal University.

_____ (1978a) Language and the Right Hemisphere. *Studies in English Literature and Linguistics*. (1978) 69–79.

_____ (1978b) Tone Acquistion in Cantonese: a longitudinal case study. *Journal of Child Language*. 5: 191–204.

_____ (1978c) *The Upper Even Tone in Cantonese: an instrumental investigation*. Taipei: Chia Hsin Foundation.

_____ (1980) Language Planning and English as a Foreign Language in Middle School Education in the Republic of China. Ph. D Dissertation. Los Angeles: University of Southern California.

_____ (1983a) Bilingualism in University Students in the Republic of

China. *Studies in English Literature and Linguistics.* 1983, May, 178–92.

＿＿＿ (1983b) 是建立國家語文機構的時候了。**國語日報**，七十二年六月二日。

＿＿＿ (1984) 英語教學與科技發展。**明日的科學教育**。臺北：幼獅文化事業公司。445–453。

＿＿＿ (1988) *Acoustic Properties of the coronal Affricates and Fricatives in Mandarin Chinese: a spectrographic analysis.* Taipei: The Crane Publishing Co.

＿＿＿ (1989) 國語「空韻」音響特性之聲學分析。第二屆世界華語文教學研討會。

＿＿＿ (1990) 從語言規劃看雙語教育。**臺灣史田野研究通訊**，第 14 期。臺北：中央研究院。

＿＿＿ (1995) 語言學與其他科學：科際整合 (引言 [I])。**語言學學門現況與發展研討會引言人報告會議記錄**。臺北：國科會，85–87。

＿＿＿ (1997) 語言與群體意識及認同。**臺灣語言發展學術研討會論文集**。新竹：新竹師範學院，383–392。

Tseng, C. H.（曾進興）(1996) **語言病理學基礎**，第二卷。臺北：心理出版社。

Tung, T. H.（董同龢）(1964) **語言學大綱**。臺北：中華叢書編審委員會。

Tsung, F. P.（宗福邦）(1964) 關於廣州話陰平調的分化問題。**中國語文**。5: 376–389.

Turner, E. A. & Rommetveit, R. (1968) Focus of Attention in Recall of Active and Passive Sentences. *Journal of Verbal Learning and Verbal Behavior.* 7: 543 –48.

UNESCO. (1953) *The Use of Vernacular Languages in Education.* Paris:

UNESCO.

Vygotsky, L. S. (1962) *Thought and Language*. Translated by Hanfmann & Vakar. Cambridge, Mass.: MIT Press.

Wang, H. S.（王旭）(1995) *Experimental Studies in Taiwanese Phonology*. Taipei: The Crane Publishing Co. Ltd.

Wang, L.（王力）(1988) 漢語史稿。王力文集第九卷。山東教育出版社。

Wang, William S.-Y. (1967) The Phonological Features of Tones. *Internal Journal of American Linguistics*. 33: 93–105.

Warren, R. M. & Warren, R. P. (1970) Auditory Illusions kind Confusions. *Scientific American*. 223: 30–36.

Watson, J. B. (1913) Psychology as the Behaviorist Views It. *Psychological Review*. 20: 158–77. As reviewed in Slobin (1979).

Whiteley W. H. (1968) Ideal and Reality in National Language Policy: A case study from Tanzania. In Fishman, Ferguson & Das Gupta eds. (1968) *Language Problems of Developing Nations*. New York: John Wiley & Sons.

_____ (1970) The Kenya Language Survey: a retrospective note. *Journal of the Language Association of Eastern Africa*. 1. 1: 110–17.

_____ (1971a) Language Policies of Independent African States. In Fishman ed. (1974) 177–89.

_____ (1971b) Some Factors Influencing Language Policies in Eastern Africa. In Rubin & Jernudd eds. (1971) 141–58.

_____ (1974) *Language in Kenya*. London: Oxford University Press.

Whorf, B. L. (1956) Science and Linguistics. In J. B. Carroll ed. *Language, Thought and Reality: Selected Writings of Benjamine Lee Whorf*. Cambridge, Mass.: MIT Press.

Wickelgren. W. (1966) Distinctive Features and Errors in Short-term Memory for English Consonants. *Journal of Acoustical Society of America*. 39: 388–98.

Wittrock M. C. *et al.* (1977) *The Human Brain*. Englewood Cliffs, New Jersey: Prentice-Hall, Inc.

Wolff, P. H. (1966) The Natural History of Crying and Other Vocalizations in Early Infancy. In B. M. Foss ed. (1966) *Determinants of Infant Behavior, Vol. 4*. London: Methuen.

Wolfram, W. & Johnson, R. (1982) *Phonological Analysis: focus on American English*. Washington, D. C.: Center for Applied Linguistics.

Woo, N. (1969) *Prosodic Phonology*. MIT Doctoral dissertation.

Xu, L. J.（徐烈炯）(1989) 生成語法理論。上海：上海外語教育出版社。

Yao, R. S.（姚榮松）(1983) 詞義分析之理論基礎：語義成分分析與同義詞。**教學與研究**，第五期。臺北：師範大學。

Yip, M. (1980) *The Tonal Phonology of Chinese*. MIT Ph. D dissertation.

Yuen, C. H.（袁家驊）(1960) 漢語方言概要。北京：文字改革出版社。

索引

國家圖書館出版品預行編目資料

語言學概論／謝國平著.——四版二刷.——臺北市：
三民，2024
面；　公分

ISBN 978-957-14-7382-6 （平裝）
1.語言學

800　　　　　　　　　　　　111000564

語言學概論

作　　　者	謝國平
創 辦 人	劉振強
發 行 人	劉仲傑
出 版 者	三民書局股份有限公司 (成立於 1953 年)

三民網路書店
https://www.sanmin.com.tw

地　　　址	臺北市復興北路 386 號　（復北門市）　(02)2500-6600
	臺北市重慶南路一段 61 號 (重南門市)　(02)2361-7511
出版日期	初版一刷 1985 年 7 月
	四版一刷 2022 年 6 月
	四版二刷 2024 年 3 月
書籍編號	S800120
I S B N	978-957-14-7382-6

三民書局